二見文庫

禁断のキスを重ねて

ジル・ソレンソン／幡　美紀子＝訳

The Edge of Night
by
Jill Sorenson

This translation published by arrangement with Bantam Books,
an imprint of Random House,
a division of Penguin Random House, LLC
through Japan UNI Agency, Inc., Tokyo

お母さん、あなたは最高。
愛しているわ。

チュラビスタ市警察の方々に心から感謝を申しあげます。ギャング対策班に同行する貴重な機会を与えていただき、本当にありがとうございました。リチャード・パワーズ巡査部長は私をパトカーに同乗させ、ひとつひとつの質問に丁寧に答えてくださいました。イザベル・チャベス巡査とは夜通し街を走りまわり、警察官の仕事を間近で拝見させていただきました。私が写真が撮れるようにと、落書きの多発地域にも案内してくださいました。皆さんとご一緒した体験は生涯の宝物になりました。

サンディエゴ郡教育管理事務所、ギャング更生・撲滅プログラムのプロジェクト・コーディネーター、アンソニー・セハにも感謝の意を捧げます。数年前私がオーシャンサイドで若者の非行を防ぐ活動をしていたときに初めてお目にかかり、地元のギャングについて話をうかがうなら彼以外にいないと決めていました。彼は子供たちと真摯に向きあい、地域に多大な貢献をしています。

以下の方々にもこの場を借りてお礼を申しあげます。

この作品を愛し、輝かせる手助けをしてくれたバンタム・デルの編集者、ジェシカ・セボア。

新たに批評のパートナーになってくれたジョアンナ・クラーク。貴重な意見をいつもありがとう。

常に私を信じてくれたエージェントのローリー・マクリーン。

スペイン語の監修もしてくれた夫のクリス。彼はすべてのよい言葉、そして大半の悪い言葉を知っています。

そして私を快く迎え入れてくれた夫の家族。あなたたちには本当に助けられました。母のロラ、ロサウラ、アナ、マリア、そして女の子たち――グラシアス！

親友のジェニファー。若くしてシングルマザーになったあなたは楽々と育児をこなしているように見えたけれど、自分も母親になった今、そうではないことがわかりました。

禁断のキスを重ねて

登場人物紹介

アプリル・オルティス	バーで働くシングルマザー
ノア・ヤング	チュラビスタ市警察の巡査
メガン・ヤング	ノアの妹。大学生
エリク・エルナンデス	〈チュラビスタ・ロコス〉のメンバー
パトリック・シャンリー	ノアの先輩。チュラビスタ市警察の巡査
ビクトル・サンティアゴ	チュラビスタ市警察殺人課の刑事
ヘニー・オルティス	アプリルの娘
ホセファ・オルティス	アプリルの母親
ラウル・エルナンデス	ヘニーの父親。〈チュラビスタ・ロコス〉の前リーダー
フニオル・ロペス	エリクの親友。〈チュラビスタ・ロコス〉のメンバー
クリスティーナ・ロペス	フニオルの妹
ジャック・ビショップ	スーパーマーケットの経営者の息子
オスカル・レイエス	〈イーストサイド・インペリアル・ビーチ〉のリーダー

1

チュラビスタでは、壁の落書きはもはや風景の一部と化している。サンディエゴのダウンタウンと、メキシコ、ティファナのアップタウンに挟まれた人口密集地は、メキシコと国境を接しているためにメキシコ国内にいるような錯覚を与える。事実、人や車でごった返した通りに乱立する広告看板の半分はスペイン語で書かれている。チュラビスタとは〝美しい風景〟という意味だが、街で目にするのはそれとはまったく逆の光景だ。うだるように暑い土曜の午後には暑さと排気ガスでかげろうが立ち、道路標識にはうっすら黒い汚れがこびりついている。

ノア・ヤング巡査が座るパトカーの助手席からは、渋滞の長い列しか見えなかった。それと壁という壁を埋めつくす落書き。

ノアは指先で腿を叩《たた》きながら、無意識のうちに新しい落書きのメッセージを解読していた。警察官になってもうすぐ五年、ギャング対策班に配属されて二年にしかならないが、相棒のベテラン巡査パトリック・シャンリーよりもギャングのシンボルをよく理解していた。パトリックはチュラビスタ市警察に勤務して三十年になるが、わざわざスペイン語を覚えようとはしなかった。

信号が青に変わるのを待つあいだ、ノアは舗道に視線を移し、歩行者に監視の目を光らせた。

三十メートルほど前方で、黒髪の少年がふたり、金網のフェンスを乗り越えて舗道におり立つのが見えた。フェンスの奥には、しばらく前に閉鎖されて今はギャングのたまり場になっている古い小学校の校舎がある。

ふたりの少年は同時にパトカーに気づいた。ここぞ目を見交わし、うつむきかげんに並んで反対方向に歩きだした。

年は八歳か九歳といったところだろう。まだ保護者の監督が必要な年齢だが、悪さをするには充分だ。「脇に寄せてくれ」

パトリックがうんざりした目でノアを見た。「落書き犯を捕まえるのにか？」

「あのふたりは落書き犯じゃない」もしそうだったとしても、ノアは驚きはしなかっただろう。実際、スプレー缶を持った幼稚園児を見かけたこともある。しかしあの少年たちは荷物を持っていなかった。態度だけで悪いことをしていると決めつけるのは危険だ。この地域では警官を警戒する理由がごまんとある。法律上の身分、文化的背景、大人への不信感。

「少しのあいだでいいんだ」ノアはとにかく言った。

パトリックはしぶしぶサイレンを鳴らし、車を路肩に停《と》めた。ノアは子供たちに逃げる隙を与えないように急いで車を飛びだし、長い脚を生かしてわずか三歩で追いついた。

「ちょっと待ってくれないか《エスペランセ・ポル・ファボール》」手で止まるよう合図した。

ふたりは立ちどまってノアを見ると、焼けるように熱い舗道の上で落ち着きなく足を踏み替えた。ふた組の茶色の目がパトカー、人通りの多い通り、金網のフェンスをすばやく見まわす。顔立ちがよく似ているので兄弟に違いない。

「どこへ行くんだい？《アドンデ・バン》」ノアは尋ねた。

「スーパーマーケットだよ」兄と思われる少年が得意げに英語で答えた。その声には〝英語くらい話せるんだよ、このばか〟とでも言いたげな響きがあった。

ノアはわかったというようにほほえんだ。スペイン語が得意で日に日に上達していたが、完璧に話せるようにはならないだろう。職務質問をするときは英語を使うほうがよかった。「どうして古い学校の校庭を横切ってきたのかな？」

「近道だからだよ」

　ノアは今度は弟に訊《き》いてみることにした。見るからに怯《おび》えていて、兄に比べて嘘《うそ》をつく確率が低そうだったからだ。「校庭で何を見たんだい？」

　少年は答えなかった。

「何も見てない」兄が弟の脇腹を肘でつついた。

「何も見てない《ナーダ》」弟は小声で言い、片方の足からもう一方の足に重心を移した。

　身長百八十八センチのノアは、子供の目を見るには背が高すぎた。そこで膝に手をついて腰をかがめ、目の高さを同じにした。少年は怯えきった目をしている。「何を見たのか話してくれないか？」

「女の人」ささやくように言う。

　ノアの背筋に冷たいものが走った。「きれいな人だったかい？」

　弟の顔がみるみる青ざめ、喉の奥で奇妙な音がした。ノアはオレンジのアイスキャンディと思われる吐瀉物《としゃぶつ》を靴に吐きかけられる寸前に飛びのいた。

「どこだ？」ノアは兄に尋ねた。すでに胃がむかつきはじめている。

「階段のそば」

　パトリックも緊急の徹底捜査が必要と判断したのだろう。エアコンのきいた快適なパトカーから降りてきた。彼の人生哲学には同意しかねる点もあったが、相棒としては信頼し、尊敬していた。

警察官は一歩外に出たら、互いを助けなければならない。

ノアは兄弟を見ていてくれるようパトリックに合図して前を通り過ぎると、金網にガンベルトを引っかけないように注意してすばやくフェンスをよじのぼり、反対側におりた。ここは前にパトロールしたことがあるので、大まかな配置は頭に入っていた。教室は等間隔に並んだ平屋建ての建物に入っている。南カリフォルニアでは一般的な校舎の造りだ。

八月初旬の今、気温は三十五度を超える猛烈な暑さだった。汗が肩甲骨のあいだを流れ落ち、アンダーシャツを濡《ぬ》らした。チュラビスタ市警察の制服は濃紺で生地が厚く、日光を吸収して熱をたくわえているように思える。

日陰になった通路に入ると、うなじにかかる短い髪が風に揺れた。ノアは暗さに目が慣れるまで数秒待った。

階段は管理棟と管理棟のあいだを走る通路の端にあった。管理棟の向こう側にはフェンスで仕切られた駐車場があり、兄弟はおそらくそこから校庭に侵入したと思われる。ノアは通路を進んでいったが、ゴム底の靴はほとんど音をたてなかった。

通り過ぎる壁はすべて落書きで埋めつくされていた。ここは人目につかず、アーティストは創作活動にたっぷり時間をかけられる。手のこんだ大作も多く、作風だけで誰の落書きかわかるものもあった。作品に必ず〝e〟という装飾的な小文字のサインを入れる落書き犯は多作で、本職の壁画画家になるかTシャツのデザインをしたら、人並みの生活ができるだろうと思えた。

それなのにそいつは郡の公共施設を破壊することに才能を費やしている。

ノアはカラフルな落書きから目をそらし、日陰になった通路を慎重に進んでいった。そのあいだも、兄弟の怯えた目を見たときから感じている不吉な予感がつきまとって離れなかった。

突きあたりの階段に何が待ち受けているのだろう？

ノアは右手でグロックのホルスターのスナップを外し、指を曲げ伸ばししたあと、拳銃の上に手をさまよわせた。子供たちの反応、舗道の上の吐瀉物が、死体と遭遇するはめになることを暗示していた。

階段の上まで来ると、靴が見えた。キャンバス地の黒のフラットシューズで、サイズは二十三・五センチから二十四・五センチ。

靴を見て、ノアは胃がよじれそうになった。妹が似たような靴を履いていた。

体のほかの部分は建物の壁にさえぎられて見えなかったが、仰向けにじっと横たわっているのはわかった。

ノアは銃に手をかけたまま声をかけた。「お嬢さん？」

返事はなく、女性はぴくりとも動かない。

ノアは階段をおりていった。鼓動が速まる。周囲をすばやく見まわして誰もいないことを確認すると、階段の下に横たわっている女性に視線を移した。そして息をのんだ。

脚はむきだしで、デニムのスカートがウエストまでまくりあげられていた。彼女は無残な姿をさらしていた。破れたフランネルのシャツからほっそりしたウエストがのぞき、首には長い黒髪が巻きついている。死因になったと思われる透明なビニール袋が頭にかぶせられていた。叫ぼうとしたのか、口は開いたままだった。

犯人は彼女をレイプしながら窒息死するのを眺めていたのだ。

ノアはむごたらしい光景から目をそらし、唾をのみこんだ。目に涙を浮かべ、両手の拳を固く握りしめる。

排泄物《はいせつぶつ》にまみれたホームレスの死体、車体に挟まれてめちゃくちゃになった飲酒運転のドライバーの死体、溺死体、焼死体は見たことがあったが、殺人事件の被害者の死体を見るのはこれが初めてだ。

もちろんギャング対策班の警官として殺人事件の捜査に加わったことはある。ギャング同士の殺人はごく日常的な出来事だった。悲劇ではあるものの、想定外ではない。暴力的な人間は暴力的な結末を迎えるものだ。

だが、これは違う。これはもっとねじくれた卑劣な犯罪だ。

対立するギャングを殺すのは悪いことだが、なんの罪もない若い女性をレイプして窒息死させるのは……邪悪以外の何物でもない。

腰に携帯した警察無線が鳴り、ノアはわれに返った。「ヤング巡査、応援不要か《コード・フォー》？」

パトリックの声が聞こえた。現場の状況を尋ねてきたのだ。

「来てくれ《コード・ファイブ》」ノアは答えた。動揺のあまり、声がうわずった。被害者をちらりと見て咳払《せきばら》いをし、気をしっかり持とうとする。「遺体を発見。ヒスパニックの女性。年齢は十代か二十代」遺体のそばのコンクリート上に小さなバッグが落ちていたが、手は触れなかった。「サンティアゴの事件だ、どうぞ」

ビクトル・サンティアゴは署の殺人課の主任刑事だった。パトリックの元相棒で、現在の敵でもある。

「殺人《ワン・エイト・セブン》？」パトリックが訊いた。

「それと、強姦《ツー・シックス・ワン》」ノアは言った。

パトリックはしばらく無言だった。強姦《レイプ》殺人ほど憎むべき犯罪はない。未成年が犠牲になったとなればなおさらだ。今回のケースがそれにあてはまるのかどうかはわからないが。ビニール袋で顔の一部が隠れているので、年齢はあくまでも推測だ。

「了解」パトリックが無線を切った。

いつまでそうしていたのだろう。ノアは遺体の番をするように立っていた。手がかりを捜し、動機を探るべきなのはわかっていたものの、気が動転して足元がふらついていた。吐瀉物で現場を汚さないようにじっと立っているのが精いっぱいだ。何度か深呼吸を繰り返すうちに、いくらか落ち着いて周囲を観察できるまでになった。使われなくなった建物はけちな犯罪者のたまり場で、ギャングのメンバーが頻繁に出入りしていることはノアも知っていた。ここは見晴らしがきき、身を隠す場所もたくさんある。

暗がりにしゃがんで被害者を待ち伏せることもできる。

被害者の後ろの壁には〝CVL#1〟と書かれていた。この界隈《かいわい》でよく見かけるチュラビスタ・ロコスのサインだ。チュラビスタ・ロコスはこの学校の校庭を占拠し、付近一帯を縄張りにしている。チュラビスタで最も危険なギャングだ。

ノアは無理やり遺体に視線を戻し、目に見える証拠をひとつひとつ挙げていった。顔はゆがみ、黒髪はもつれている。ほっそりしているが、胸のふくらみはあった。骨格はティーンエイジャーのように華奢《きゃしゃ》で、身につけている服は安物だ。縫製が悪く、破れやすい。

見た限り、防御創はひとつもなかったものの、両腕と両脚が傷だらけで赤く腫れている。おそらく自分でかきむしってできた傷だろう。クラックやメタンフェタミンなど、ドラッグを何種類かまぜて常用すると起きる恐ろしい副作用だ。

被害者がドラッグ常用者であり子供ではない可能性が出てきても、ノアの胃のむかつきはおさまらなかった。ドラッグの常用は売春と同じように危険な行為だ。そのせいで狙われたのかもしれない。だが彼女が殺されていい理由は何もない。誰もこんなむごい死に方をしていいはずがなかった。

ほどなく郡の検死官と鑑識課員が到着し、犯行現場の写真を撮ったり、証拠を採取したりしはじめた。そのあと午後はぼんやりと過ぎていった。ノアはずっと立って捜査を見守った。捜査手順を覚えたかったというのもあるが、被害者を守らなければならないという気持ちがあったのも事実だ。被害者はなんの罪もないのにレイプされ、ごみのように捨てられた。突然若い命を絶たれたのだ。

最大限の敬意を払って彼女を扱ってほしかった。

殺人課の刑事のひとりが遺体袋のファスナーを閉めると、ノアは肩の力が抜けた。気がつくと、ビクトル・サンティアゴ刑事が目の前に立っていた。「子供が通報してきたのか？」

「正確にはそうではありません」ノアはサンティアゴに注意を向けた。「ふたりがフェンスを乗り越えるのを見て、追いかけたんです」

サンティアゴはパトリックと同年代だが、それ以外は正反対だった。パトリックは白に近いまばらなブロンドの髪を短く刈り、アイルランド系特有の赤ら顔にずんぐりした体型をしている。ずけずけものを言い、大口を叩く大男だ。

対照的にサンティアゴには秘めた力強さがあり、ノアは彼のそんなところに憧れていた。黒髪にオリーブ色の肌。不格好な眼鏡をかけているので学者のように見える。身長はノアよりも少し低いものの、圧倒的な存在感があった。派手な身ぶりはせず、余計なことも言わなければ、体に贅肉《ぜいにく》もついていない。

サンティアゴは選び抜かれた署員からなるチームを率いていて、ノアはその一員になりたいと思っていた。

現場保存を手伝っていたパトリックがノアの横に立った。

サンティアゴはふたりを交互に見た。「ギャング対策班はいつから子供を追いかけるようになったんだ？」

「俺たちは少なくとも誰かを追ってる」パトリックは答え、ガンベルトを引っ張りあげた。彼の巨体ではよちよち歩きの子供をつかまえることもできないだろう。「デスクにへばりついてる連中とは違う」

サンティアゴはパトリックの嫌みを無視した。殺人課の刑事はオフィスにいる時間が長いが、署内で最も高い地位にあり、幅をきかせている。「なぜふたりを呼びとめた？」ノアに尋ねる。

ノアは眉間に皺《しわ》を寄せ、的確な答えを導きだそうとした。「別にこれといった理由は」肩をすくめた。「ただ怯えているように見えたので」

値踏みするようにノアを見るサンティアゴの黒い瞳は冷ややかだった。ノアはもっとちゃんとした答えを言えばよかったと後悔した。

「被害者はロラ・サンチェス、二十三歳」サンティアゴがビニール袋に入った免許証をノアに渡した。「見覚えは？」

ノアは写真の美しい顔を見つめた。「ないですね」答えてから、免許証をパトリックに渡す。

「バッグに吸引具が入っていた」サンティアゴは続けた。「ここに出入りしている売人を知ってるか？」

「ここにはチュラビスタ・ロコス以外、来ない」パトリックがサンティアゴに免許証を返した。「だが子供はそんなことはわからんからな」

「君たちにも捜査を手伝ってもらう」サンティアゴは言った。「財布にクラブ・スアベの名刺があった。オーナーに彼女が従業員かどうか確認した。ゆうべは店に出ていたそうだ」

ノアは驚いて目をしばたたいた。サンティアゴが世間の注目を浴びそうな事件の捜査を手伝わせてくれるとは思ってもいなかった。こんなむごたらしい事件を目のあたりにしたのは初めてだ。残虐な犯人を逮捕することを考えただけで脈が速くなる。なんとしてでも捜査に加わりたかった。

一方、パトリックは突っ立って指示を待っているだけだった。

「店の従業員に話を聞いて、監視カメラのテープを回収してこい。ギャングとかかわりがなかったかどうか、誰とつきあっていて、昨日の夜一緒に店を出た者がいないかどうか知りたい」

「了解」ノアは背筋を伸ばして言った。

サンティアゴはふたりに行くよう合図した。

ノアは遺体袋に入れられた小さな体を最後にもう一度見たあと、パトリックとフェンスに向かって歩いていった。出入りしやすいように金網が切り取られ、穴が空いている。そこから通りに出てパトカーに戻った。

「あそこまでへつらう必要があるか？」パトリックが言った。

「怒らせるよりはましだろう」ノアは言い返した。

気まずい沈黙が流れた。ノアはパトリックがサンティアゴをひそかに恐れ、それを出世競争のせいにしていることを知っていた。パトリックが巡査でくすぶっているあいだに、サンティアゴは出世の階段を駆けあがっていった。その差は歴然としている。

ノアもサンティアゴと同じ道を行きたかった。パトリックにもほかの何物にも邪魔されたくない。ギャング対策班は走りまわることが多く、体力には自信がある。パトリックと違い、どんな犯人も追いかけて捕まえることができた。地域の安全を守るために積極的に子供たちとかかわり、非行の芽を摘んでいた。

だがノアが何より好きなのは謎を解き明かすことだった。スペイン語や落書きのメッセージを解読するのが得意なのは、どちらの言語にも独自の規則性や象徴《シンボル》があり、ひとつひとつをつなぎあわせると意味を持つからだ。

ノアは自分の長所が殺人課で役立つことを願った。数カ月後、規定の五年のパトロール勤務を終えたら、殺人課に異動願を出すつもりだ。

パトリックはそれを知っている。

「まあ」不機嫌な相棒がようやく口を開いた。「スアべの女たちに話を聞くのはいやな仕事じゃないけどな」

ノアは苦笑いを浮かべた。クラブ・スアベはもともとはストリップ劇場だったが、営業許可や都市区画法の問題で、今は独身者相手のバーとして繁盛していた。噂《うわさ》では、大音量の音楽、安い酒、露出の多い制服を着たウエイトレスが売りの店らしい。

「たしかにいやな仕事じゃないな」ノアは小声で言い、助手席の窓の外を見た。いつの間にかとっぷり日が暮れていた。

2

アプリル・オルティスは土曜の夜が大嫌いだった。

金曜のほうが忙しいが、にぎやかで楽しい。金曜には魅力的でおもしろい客がやってくる。ナンパされに来た独身女性と騒ぐのが好きな若い男性でテーブルは満席になる。みんな楽しく飲んで踊って、仕事の憂さを晴らすのだ。

でも土曜になると、楽しい雰囲気はだいぶ薄れてしまう。前の晩に運に見放された男たちが大挙して店に戻ってくるからだ。大酒飲みや失業者、最近離婚したばかりの男。店には投げやりな空気が充満する。

男たちは目をぎらつかせ、ウエイトレスの体に触ろうとする。いやな夜はまだ始まったばかりだ。八時少し前だというのに、七番テーブルの客はアプリルを無理やり膝の上にのせようとした。女性用トイレの清掃がすんだら、またすぐにフロアに戻って、あの客の注文を取りに行かなければならない。

「ひどい《ペロ》」アプリルは小声で言い、トイレのドアに書かれた卑猥《ひわい》なメッセージをこすり落としはじめた。昨夜、客の誰かが広告スペースとして使ったに違いない。

「誰がまた遅刻してるか、あててみて」

アプリルはちらりと目をあげ、開いたドアのところに立っている同僚のカルメンを見た。「遅れるって連絡があったの？」

カルメンが腰に手をあてた。クラブ・スアベの制服である薄手の白のタンクトップと黒のミニスカートがスタイルのよさを引き立てている。「あるはずないでしょ。気が向いたら、またのこのこ出てくるわよ。なんでリコが首にしないのか不思議だわ」

カルメンはボスを、ラテン系のセクシーなラッパーが九十年代にヒットさせた《リコ・スアベ》という曲にちなんでリコと呼んでいた。リコの本名はエディで、ふたりとも彼がロラを首にしない理由を知っていた。ロラが遅刻するたびに、〝人事考課〟と称して自分のオフィスに連れていくのだ。

「私は絶対に遅刻しないわ」アプリルはかすかに身震いし、落書きを消す作業に戻った。ボスに性的な奉仕をすることを考えただけで気分が悪くなる。

「私も」カルメンが同意する。

そのとき、エディがドアのところから不機嫌そうな顔をのぞかせた。彼は従業員が陰で噂話をするのを嫌った。「全体ミーティングを行う」もったいぶった口調で言う。

「奥で全員と話がしたい」

カルメンがむっとした表情でボスを見た。「ここは女性用トイレよ、リコ。字が読めないの？」

「今すぐだ」エディはカルメンの顔に太い指を突きつけると、廊下を歩いていった。アプリルは清掃用具を鍵付きの清掃用具入れにしまうと、急いでボスのあとを追った。それでなくても人手が足りないのに、また誰かを首にするんじゃないといいけど。アプリルにはどうしてもこの仕事が必要だった。カルメンと違って、アプリルには養わなければならない娘がいる。

首にされたらとても暮らしていけない。

カルメンがアプリルに追いつき、ふたりは並んで廊下を歩いた。メインフロアに近づくと、ハウスミュージックの低いベース音が響いてきた。アプリルはエディの後頭部に視線を向けていた。エディは小柄でがっしりしていて、体毛が濃い。両開きのドアから厨房《ちゅうぼう》に入ると、突然明るくなり、音楽の音が小さくなった。ほかのウエイトレスたちはすでに来ていて、美しい顔に一様にいらだちを浮かべている。

みんな早くフロアに出て、金を稼ぎたいのだ。

「男の従業員とはすでに話をした」エディが言った。店はウエイトレス六人のほかに、用心棒をふたり、バーテンダーをひとり、皿洗いをひとり雇っていた。皿洗いは怖いもの知らずの客がおつまみ《ボターナ》を注文したときは、コックも兼ねる。「警察から連絡があった。ロラが事故に巻きこまれたらしい」

「どんな事故ですか?」アプリルは尋ねた。

「よくわからん。だが警官がふたり、これから従業員全員に話を聞きに来るそうだ。まあ、それくらい深刻な事態だってことだ」

カルメンは眉をひそめた。「ロラは大丈夫なの?」

エディは答えなかった。キッチンタオルを手に取り、額の汗をぬぐう。彼がよくする仕草だった。「みんな警察の捜査に協力するように。何も言わなくていいから、とにかく行儀よくしてろ。騒ぎになって客足が遠のいたら、たまったもんじゃない。わかったな?」

ほかのウエイトレスたちがいっせいにうなずいて、同意の言葉をささやいた。エディはゆっくりと部屋を見まわし、鋭い目でアプリルを見据えた。

アプリルの心臓が跳ねた。エディは暗に彼とロラの関係を黙っているように言っているのだ。ウエイトレスの中ではカルメンが一番口が軽いが、アプリルは一番嘘をつけないタイプだった。

「わかりました」アプリルは言った。仕事を失いたくなかった。絶対に。

エディは見るからにほっとしていた。従業員との情事を後ろめたく感じているのだろうか？　彼には妻と三人の子供がいる。

「さあ、仕事に戻れ」エディはおざなりに言うと、業務用冷蔵庫のところに行って、冷えたコロナビールを取りだした。

アプリルはロラのためにスペイン語ですばやく祈りを捧《ささ》げた。ウエイトレスたちは急いで統一戦線のメインフロアに戻っていった。フロアは客であふれ、注文を取りに来るのを辛抱強く待っている客もいた。

しかし店にいた全女性の視線は正面の入口に向けられている。

警官がすでに到着していた。

アプリルは年上のほうのシャンリー巡査は知っていた。ギャング対策班の警官で、昔からこの界隈のギャングを取りしまっている。彼女の視線はシャンリー巡査を通り過ぎ、横に立つ相棒の警官に釘《くぎ》付けになった。背が高く、鍛えられて余分な肉のない体つきで、角張った力強い顔立ちをしていた。体に合った濃紺の制服が広い肩と引きしまったウエストを強調している。

アプリルが見つめていると、若い巡査はガンベルトに片手を添え、リラックスした姿勢で客を観察した。ストロボライトが短い髪にちらちら反射して色ははっきりわからなかったが、おそらくダークブロンドだろう。

フロアを挟んでいるのに、アプリルは体に電流が走ったような強い衝撃を受けた。ハンサムな男性は店にも大勢来るけれど、大半がろくでもない男で、アプリルはルックスだけで惹《ひ》かれることはなかった。それなのに彼にここまで惹きつけられるのは、威圧的な警官の制服がその存在を際立たせているからだろう。

「ほんとにいい男《アイ・パピ》ね」カルメンは胸に手を押しあてた。「いけないことをしたら、手錠をかけられる？」

「彼が私の家の前をジョギングしてるところを見たことがあるわ」ニキがうっとりした顔で言った。「シャツを着ていないともっとすてきよ」

そのとき本人がこちらを向いて、アプリルに目をとめた。彼女の顔を見つめたまま、相棒のシャンリー巡査に何かささやく。アプリルは慌てて目をそらした。

カルメンが片方の眉をあげた。「あなたでも赤くなることがあるのね」

「メイクよ」アプリルは小声で言い、ニキの背中をそっと押した。「お客様がお待ちかねよ。さあ、行って《バモス》」

ほかのウエイトレスたちも客の中に散っていき、エディが警官を迎えるために出てきた。アプリルはカルメンの手首をつかんで鏡張りになった柱の陰に引っ張っていった。「警察に話すつもり？」

カルメンは眉根を寄せた。「まさか。リコに言われたからだけじゃないわ。ロラが誰とつきあってたかは知ってるでしょ」

アプリルは胃が締めつけられた。「ええ」

「それにロラにはなんの義理もないし。あの子は私から盗んだのよ」

「わかってる」アプリルは入口に立っている警察官を陰鬱《いんうつ》な目で見た。「彼女の身に何が起きたの？」

カルメンはアプリルの視線を追った。「悪いことよ。同じ目には遭いたくないわね。そうでしょ？《ベルダッド》」

アプリルは黙ってうなずき、カルメンの手首を放した。カルメンは誘いかけるように腰を振ってストロボライトの中に消えていった。黒いカーリーヘアに光の輪ができている。

アプリルは次の一時間、いつものように片手にトレイを持ち、背筋を伸ばして、手際よく酒を運んだ。決して注文を間違えなかった。生半可な気持ちでこの仕事はできないことを苦労の末に学んだ。クラブ・スアベには女性を性の対象としてしか見ていない男が大勢やってくる。七番テーブルの客がそうだ。あの男はダンスフロアでもウエイトレスの体に触りまくっていた。

網タイツとハイヒールを履くようになって五年、アプリルの接客は芸術の域に達していた。思わせぶりな笑みを浮かべながらも一定の距離を保ち、身をかがめるときにはさりげなく胸の谷間を見せて目をそらす。そうすれば、胸の谷間を見ていることに気づかれたという気まずい思いを客にさせなくてすむ。

夜ごと重いトレイを運び、誘いをかけてくる大勢の客をあしらいながら、距離にして十五キロ以上は歩いているだろう。

客に体を触らせたらチップを弾んでもらえるのではないかと考えるウエイトレスもいるが、それは間違いだ。アプリルの経験では、体に触ってくるような客はけちで、チップを弾むことはありえない。なんでもただでありつけると考えているのだ。

ロラを除く残りの五人のウエイトレスは順番にオフィスに呼ばれ、警察から話を聞かれた。アプリルは注文に応じるのに忙しかった。土曜の夜にしては繁盛していて忙しい。客も機嫌がよかった。

自分の順番がまわってきたときまでに、アプリルは六つのテーブルをかけ持ちしていた。ほとんどの客が料金をあとでまとめて支払うことになっている。

「あなたの番よ」ニキがアプリルの手からトレイを取った。

アプリルは伝票帳をつかみ、合計金額を暗算して急いで書きとめると、伝票をはぎ取ってニキのエプロンに滑りこませた。部屋を見まわすと、問題の七番テーブルの客がダンスフロアにいた。「七番テーブルの客に注意してね。マヤに十時になったら追いだすように言って。だいぶ酔ってるみたいだから」

「わかった」ニキが請けあった。

アプリルは不安に襲われた。「大丈夫、何も心配いらないわ」自分に言い聞かせ、背筋を伸ばしてオフィスに向かう。オフィスは警備の観点からクラブの奥の一段高いところにあり、着色ガラス越しにダンスフロアが見渡せるようになっていた。オフィスから客は見えるが、客からオフィス内は見えない。

アプリルは深呼吸をして、オフィスに通じる短い階段をのぼっていった。ドアがわずかに開いていて、そこから中に入った。

ふたりの警官はエディがポーカーをするときに使う円テーブルに座っていた。派手な照明と大音量の音楽がないと、アプリルは自分の格好が気になってしかたがなかった。クラブの外では死んでもこんな格好はしたくない。こんな姿で警察から事情を訊かれるなんて最悪だ。

若い巡査が立ちあがってアプリルを迎えた。彼女を見つめる目ははっとするような青色で、ナイフのように鋭い。鼻筋の通った鼻、鑿《のみ》で彫ったように角張った顎、筋肉質の腕、日に焼けた手、何から何まで力強かった。

「ミス・オルティスですね？　巡査のヤングです。こちらは相棒のシャンリー巡査」

アプリルはヤング巡査が差しだした手をおずおずとつかんだ。握手には力がこもっていたが、乱暴ではなかった。大きくてあたたかい手で、手のひらはざらざらしている。態度も礼儀正しかった。彼の肌と触れあった箇所が熱を帯びる。

頬が赤くなるのを意識しながらアプリルが視線をあげると、ヤング巡査と目が合い、その瞳に一瞬熱いものがよぎった気がした。慌てて手を引っこめ、シャンリー巡査を見る。日に焼けて深い皺の刻まれた顔を見たら、ますます落ち着かない気分になった。シャンリー巡査は握手はおろか、立ちあがろうとさえしなかった。「座って」向かいの椅子を勧める。

アプリルはぎこちなく椅子に腰をおろした。着色ガラスを背にしていると、窮屈で息苦しさを感じる。それが彼らの狙いなのだろう。緊張のあまり、アプリルはまともにふたりの目を見ることができず、代わりにふたりの前に置かれた飲み物を見つめた。

シャンリー巡査はブラックコーヒー。ヤング巡査はソーダを飲んでいた。

「何か飲みますか?」ヤング巡査が訊いた。「水は?」

アプリルは内心で目をくるりとまわした。ウエイトレスに飲み物を勧める人がいるなんて。「結構です」彼女は腕で胸元を隠したい衝動を抑えた。明るい照明の下ではクラブ・スアベのタンクトップはほとんど透けて見える。「ありがとうございます」

シャンリー巡査が唐突に言った。「今日の午後、ロラ・サンチェスが死んでいるのが発見された」

アプリルは耳を疑った。「ロラが死んだ?」

「殺されたんだ」

警官が来たのだから何か重大な犯罪に巻きこまれたのだとはわかっていたけれど、まさか殺されたとは思ってもいなかった。「誰にですか?」

「それを捜査している」シャンリー巡査はアプリルが事実をのみこむ間もなく、すぐさま質問に入った。「最後にミス・サンチェスに会ったのは?」

「昨日です。昨日の夜」

「店を出るとき、誰かと一緒だったか?」

アプリルは思いだそうとした。「わかりません」

「仕事の行き帰りの交通手段は？」

アプリルは眉間に皺を寄せた。「ゆうべは友達に車で送ってきてもらったんだと思います。でもバスを使うときもあるし、一緒に働いている女性の車に乗せてもらうこともありました」

「その友達の名前はわかるか？」

「いいえ」

「現在の住所は？」

アプリルは喉がからからになった。「ロラは人の家を泊まり歩いていました。ウエイトレスのカルメンもしばらくアパートメントに泊めてあげてたんですけど、それは数週間前の話です」

「君のところに泊めたことはないのか、ミス・オルティス？」

「ありません。五歳になる娘がいるので。家に……他人を泊めることはありません」

シャンリー巡査が眉をあげた。「ミス・サンチェスはここで半年も働いてたのに？」

「それほど親しくはありませんでしたから」

「君はウエイトレスの責任者だろう？」

アプリルはうなずいた。

「彼女の最近の仕事ぶりはどうだった？」

アプリルはあたり障りのない返答をするのに苦労した。「これといって……問題はありませんでした」

「様子がおかしかったことは？」

アプリルは答えに詰まった。余計なことを言ってはならない。ロラはハイになっていないときはよかったが、それ以外のときはすぐに気が散って何をしでかすかわからなかった。トイレでドラッグを吸引しているのではないかと疑ったときもある。

「ミス・オルティス、君はウエイトレスの責任者として、ほかの女性たちが酔っていないかどうか監督する役目があるんじゃないのか？」

「もちろんアルコールがどんな影響を及ぼすかはよくわかっています」

シャンリー巡査が従業員名簿に目を落とした。「君の住所はサウス・オレンジ五五一だ。ドラッグ常用者がどんな行動を取るかを知らないはずはない」

アプリルは顔を赤らめた。自分が住んでいる地域は決して安全とは言えないが、現在の収入ではそこが精いっぱいだ。「ロラがドラッグを使っているのは知ってました」アプリルは認めた。「禁断症状が出ているんじゃないかと思えるときもあって、家に送り返すかボスに報告するかしたほうがよかったんでしょうけど、そうはしませんでした」

「これはドラッグ絡みの殺人かもしれない」

アプリルは目を閉じ、目尻に涙がたまるのを感じた。ゆっくり深呼吸をして、涙をこらえる。エディに報告したところでどうにもならなかっただろう。助けてあげられればよかったのかもしれないが、自分のことで手いっぱいだった。なにせパートタイムのウエイトレスで、パートタイムの学生で、フルタイムの母親なのだから。

「ミス・サンチェスが誰とつきあっていたか知らないか？」

アプリルは涙ぐんだまま首を振った。

「ここに会いに来た男は？」

「私が覚えている限りではいません」

「特別親しかった客は？」

「いなかったと思います」

シャンリー巡査がヤング巡査をちらりと見て、発言する機会を与えた。

「あとで監視カメラの映像を確認しますが」ヤング巡査が言った。「ゆうべの客で名前や人相を覚えている人物がいたら、教えていただけると助かります」

アプリルは少しほっとした。ヤング巡査のほうが物言いがやわらかく、話しやすい。

「自分が担当したお客様は覚えていますけど、ほかのテーブルはあまり気をつけていないので」

ヤング巡査が励ますようにほほえむ。「どんなことでもいいんです」

アプリルは昨夜、最初に接客したグループを思いだした。みんな笑っていて、派手な服装をしていた。ひとりひとりの特徴を詳しく説明したあと、次に接客した客、その次の客と移っていった。それが終わるとフロア全体を思い浮かべた。ひと晩に何度か全体を見まわして、ウエイトレスがちゃんと働いているか、トラブルが起きていないか確認するのが習慣だった。

アプリルは思いだせる限り多くの客の特徴を教えた。

「覚えてるのはこれだけです」そう締めくくる。

ふたりの巡査は不思議な生き物を見るような目でアプリルを見た。ヤング巡査の前に置かれた手帳は斜めになった筆跡で埋めつくされている。「驚異的な記憶力ですね」

「そんなことありません」アプリルは謙遜した。「ただ……誰が何を注文したか忘れないように、ネクタイの色とかワンピースの種類とか、特徴的なことを覚えるようにしているだけです。ほかのウエイトレスにもそうするように言ってます」

「百人もの特徴を覚えていたんですよ」

「昨日の夜は三百人は来ていたはずです。その半分も覚えてません」

ヤング巡査はおもしろがるように言った。「駐車場に停まっている車のメーカーと型が言えますか？　ナンバーは？」

アプリルはぎこちなく笑った。「自分の車のナンバーだって覚えていません」

ヤング巡査はシャンリー巡査をちらりと見てから尋ねた。「ミス・サンチェスはギャング、特にチュラビスタ・ロコスのメンバーとつながりはありませんでしたか？　ドラッグの売人か恋人がゆうべ、店に来ていた可能性は？」

アプリルは青ざめた。クラブ勤めで感情を表に出さない訓練をしていなかったら、内心の動揺に気づかれていただろう。代わりに彼女は顎をあげ、ヤング巡査の目をまっすぐに見つめた。「わかりません」

ふたりはその言葉を信じたに違いない。アプリルは解放され、ヤング巡査から時間を取らせた礼を言われた。

アプリルはゆっくり立ちあがり、ミニスカートの裾を引っ張った。

「何か思いだしたら連絡してください」ヤング巡査が彼女に名刺を渡した。受け取るときに指先と指先が触れあった。

ヤング巡査の目は吸いこまれそうなほど青い。

アプリルは自らに現実を思い知らせるためにシャンリー巡査をちらりと見た。ごつごつした顔を見ても、なんの気休めにもならない。シャンリー巡査が、たいして重要な人物ではないからもう行っていいとばかりのおざなりな短い笑みを浮かべた。こちらを下に見ているのは明らかで、アプリルは彼の顔にもうしばらく視線をとどめ、顔の皺まで記憶しようとした。

シャンリー巡査は彼女に対するヤング巡査の態度が気に入らないらしい。バーのウエイトレスが嫌いなのかもしれない。あるいは名刺を渡す必要などないと思ったのか。アプリルは落ち着かない気分になり、名刺をエプロンのポケットに入れて、ドアへと向かった。ふたりの視線を背中に感じながら、一度も振り返らずに階段をおりると、ほっとして膝の力が抜けそうになった。しかしすぐさま罪悪感に襲われた。

フロアに出ると、エプロンのポケットから名刺を取りだした。〝ギャング対策班、ヤング巡査〟

情報を頭に入れると、名刺をエプロンのポケットに忍ばせて仕事に戻った。次にカルメンが呼ばれ、少しして戻ってきたが、それほど葛藤を抱えているようには見えなかった。「なんて言ったの？」アプリルは尋ねた。

カルメンは肩をすくめた。「何も」

「名刺を渡された？」

「いいえ。どうして？」

ふたりの警官はクラブを出ていくところだった。ヤング巡査はアプリルの前を通り過ぎるときにうなずいて挨拶すると、フロアで踊る客をかき分けていった。

「あなたのことが気に入ったのよ」カルメンが言う。

アプリルはハンサムな警官から目をそらした。「どうして？」

「あなたのことをじっと見てたもの。私がオフィスにいるあいだ、ちらちら窓の外ばかり見てた。あなたをずっと目で追ってたわ」

「私が嘘をついているのに気づいてるのよ」

「黙っているのと嘘をつくのは違う」

「責務を果たしていないという罪になるわ」アプリルは言った。

「罪になんてなるわけないでしょ」カルメンが言い返す。「彼に番号を教えたら？」

アプリルはかぶりを振った。電話番号を渡したくても——渡したくはなかったが——場所とタイミングが悪すぎる。殺人事件の捜査を利用して男性と親しくなろうとするなんて恥知らずもいいところだ。

それにクラブ・スアベのウエイトレスは個人情報を教えることを禁じられている。

アプリルはその規則には賛成だった。ほかのウエイトレスたちと違って、伝票に電話番号を書いて渡したいと思ったこともない。

そのとき、ふとひらめいた。「そうね」アプリルは伝票を一枚はぎ取った。

カルメンが驚いて眉をあげる。「ほんとに？　冗談で言ったのに」

「番号を教えるわ。ついでに住所も」

カルメンはアプリルの意図を理解して目を丸くした。「急いで」あたりを見まわして誰も見ていないことを確認する。

アプリルは名前を走り書きした。住所は思いだせず、通りの名前と家の外観を簡単に書いた。そのあと紙を小さく折りたたんで手の中に隠した。

「私が渡してあげようか？」カルメンが言った。

「自分で渡すわ」不安だったが、アプリルは正面の出口に向かった。外に出ると、蒸し暑い空気が体にまとわりついた。サービス料を払う客の短い列ができていた。用心棒のオマルが客の身分証明書を確認している。

エディはふたりの警官を見送るためにすでに外に出ていた。

アプリルはエディの横に立って、ヤング巡査と向きあった。「何か力になれることがあれば、いつでもおっしゃってください」接客用の笑みを浮かべ、右手を差しだした。時間が過ぎるのがひどくのろく感じられた。首の付け根の脈が激しく打っているのがわかる。

手のひらと手のひらが触れあった瞬間、またしてもぞくぞくする感覚に襲われた。アプリルはそれを無視して、小さく折りたたんだ伝票が落ちないことを祈りながら、握手した手に左手を重ね、ヤング巡査の手を包みこんだ。彼が隠されたメッセージに気づかなかったら、なんと言い訳すればいいのだろう。

アプリルはヤング巡査がメモに気づいたのがわかった。目がそう語っている。「ありがとう、ミス・オルティス」彼はアプリルの手を握りしめてから離した。気づかれないようにメモをそっとズボンのポケットに移し、エディに注意を戻した。「この店のウエイトレスは街一番ですね」

エディは自分のものだと言わんばかりに得意げに太い腕をアプリルの肩にまわした。「いつでも来てくださいよ」

ヤング巡査はアプリルのむきだしの肩に触れたエディの手をちらりと見て、目を細めた。「必ず」

3

駐車場にも監視カメラが設置されているのがわかっていたので、ノアはすぐにポケットからメモを取りだすようなことはしなかった。

エディ・エステスは昨夜の監視カメラの映像のコピーは渡したが、オフィスにも隠しカメラが仕掛けてあるのではないかとノアはにらんでいた。もちろん本人は否定したが。ウエイトレスたちの口が重かったのはそのせいかもしれない。

「女たちを署に呼んで正式に事情聴取したほうがいいだろう」パトリックはノアの考えを読んで言った。「本当のことを言ってるとは思えない」

ノアは助手席に乗りこむと、店の前のネオンサインを見つめた。ストリップ劇場だった頃の名残で、グラマーな女性の体をかたどったネオン管がけばけばしいピンクの光を放っている。

「その件だが、おまえは女に甘すぎる。女子供だからといって無実とは限らない」

「大半は無害な存在だ」

パトリックはエンジンをかけ、警察無線のスイッチを入れた。

「どこかのベビーフェイスが銃を抜くのを見たら、おまえも考えが変わるだろう」

ノアは指先で腿を叩いた。メモが入ったズボンのポケットが焦げて穴が空くのではないかと思えるほど熱くなっている。

「それから感情を抑える訓練をしろ。ああいう店でおっぱいと尻に目がくらんでどうする。俺だっておまえくらい若ければ、アプリル・オルティスみたいな美人にくらっとしてたかもしれないが――」

「いいかげんにしてくれ」ノアはさえぎった。彼女を見つめていたのは事実だが、いちいちパトリックに指摘されたくない。「目がくらんでなんかいない」

「いや、彼女が客の特徴をぺらぺらしゃべりだしたとき、テーブルの裏におまえのナニがあたってごつんと音がするのをこの耳でちゃんと聞いたんだ。おまえは頭のいい女に興奮するんだな」

ノアはあえて反論しなかった。アプリル・オルティスに惹かれたのは事実だ。肌を大胆に露出したウエイトレスはみんな、美人でセクシーだったものの、アプリル以外はほとんど目に入らなかった。なぜかはわからないけれど、彼女にだけ強く惹きつけられた。

アプリルは見た目とは違っていた。

見た目は経験豊富なコールガールといったところだ。美人だが、ガードが堅く、人を見抜く鋭い目を持ち、心からほほえむことはない。派手なメイクと髪型はセクシーな鎧《よろい》のようだった。鎧の下のアプリルは近寄りがたく、ミステリアスだ。

彼女の秘密を知りたいと思った。

クラブで会った女性に欲望を感じたのはこれが初めてではない。だが普段はたとえ非番のときでももっと慎重だ。出会った瞬間、足が止まり、ほかのものがいっさい目に入らなくなるほどの衝撃を受けたことはない。アプリルをひと目見た瞬間、〝彼女だ〟と性的衝動がささやいたのだ。

衝動の赴くまま行動する自由があったら、アプリルを見つめたまま、まっすぐ近づいていっただろう。

話を聞くあいだも、アプリルはほかの女性とは違っていた。礼儀正しく、落ち着いて自信に満ちていた。彼女は慎重で、こちらの質問にあらかじめ用意されていたような返答をし、協力的とは言いがたかったが、ノアはひどく興味をそそられた。

そして話が終わる頃にはすっかり魅了されていた。ノアはアプリルの話を聞きながら、店内の様子を簡単に手帳に書きこんでいた。アプリルほど観察力が鋭く、記憶力のいい人はめったにいない。ノアも記憶力はいいほうで、特に名前と数字を覚えるのは得意だったものの、アプリルの足元にも及ばなかった。

彼女のような女性にはいまだかつて出会ったことがない。

美人で頭がいいが、どこか危うげなはかなさがあり、男に守ってあげたいと思わせるタイプだ。アプリルはロラの身に起きたことを悲しみ、ほかのウエイトレスたちを守らなければならないと感じているようだった。

「色目を使ってくる女をみんな見逃してやってたら、殺人課で二週間と持たないぞ」パトリックが駐車場から車を出した。真夜中なので交通量は少なく、ティファナのメキシコ側の国境が混雑しているだけだ。「女は男の弱みにつけこむのがうまい。女に弱い警官は命取りになりかねない」

「女が役に立つこともある」ノアはポケットに手を入れた。

「それはなんだ?」

ノアは折りたたんだ紙を開いて、内容に目を通した。「男の弱みにつけこむ悪い女のひとりがこっそり渡してくれたんだ。俺が女に弱いのを見透かされてたんだな」

パトリックの目が光った。「垂れ込みか?」

ノアは声に出して読んだ。

〝トニー・カスティーリョ
灰色の漆喰《しっくい》の壁、紺色の鎧戸
表に大きなサボテン
フェアファックス四〇〇？〟

「俺の勘違いでなければ、アプリル・オルティスはロラ・サンチェスと関係のあったギャングの名前と住所を教えてくれたんだ」

パトリックはバックミラーを見て後続車がないのを確認すると、すばやくUターンしてフェアファックス・アベニューに向かった。「女の参考人について俺はなんて言ったかな？」

「嘘つきども」ノアはにやりとした。

パトリックもにやりとした。「よし、この一件はおまえにやる」

ノアはコンピュータの端末にログインして、トニー・カスティーリョの名前を入力した。該当者はふたり。いずれもヒスパニックで、ドラッグの密売で逮捕歴があった。

人相も似ていて、スキンヘッドに眠そうな目をし、首にタトゥーを入れている。

「逮捕状が出てる」ノアは言った。「出頭拒否だ」

パトリックがうなる。「今わかっている一番新しい住所は？」

「シティ・ハイツ」ノアはフェアファックスの居住者をすばやく検索した。「賃貸物件のオーナーにアルトゥーロ・カスティーリョの名前がある。四一三番地だ」

パトリックは肩に装着した無線機に手を触れ、状況を説明した。

「慎重に進めろ」サンティアゴ刑事の声が聞こえる。その声には満足げな響きがあった。

ノアは興奮で心臓が早鐘を打ちだした。殺人事件の捜査は初動の二十四時間が重要だ。この手がかりが事件解決の突破口になる可能性がある。だからサンティアゴは手がかりを追う許可を与えてくれたのだ。

ノアはふと思った。「俺が殺人課への異動を希望していることをサンティアゴに話したのか？」

「進んで情報提供はしなかった」パトリックははぐらかした。

「サンティアゴに訊かれたのか？」

「ああ。おまえは見込みがあると聞いたと言ってた」

ノアは照れくささで顔が熱くなった。アプリル・オルティスが店の外まで見送りに出てきたときと同じように。あのときは一瞬、彼女が自分に気があるのではないかと思ったが、表情を見て事件に関係することだとわかった。

「クラブのオーナーは何か隠してると思うか？」パトリックは尋ねた。

「隠してたとしても驚かないな」ノアは答えた。隠しごとのない者などいない。

フェアファックス四一三番地はアプリルのメモに書いてあったとおりだった。歩道に沿って刺《とげ》のある巨大なサボテンが植えられ、家の正面が一部隠れている。メキシコではノパルと呼ばれるサボテンの若い茎節を料理に使うので、やわらかい茎節はきれいに切り取られ、大きくて分厚い茎節だけが残っていた。サボテンはパトカーほどの大きさで、腕が何本も生えた化け物のように見えた。街灯の明かりが殺風景な前庭に不気味な影を投げかけている。

真夜中なので近隣は真っ暗だったが、ブロックの端に車が停められ、若い男たちがたむろしている場所があった。フェアファックスはドラッグとギャングがはびこる貧困地域として知られている一方、正直で勤勉な人たちも住んでいる。少しでもいい暮らしをしようと懸命に働いている家族もいるのだ。

いっそのこと、カスティーリョのようなクズは指定された地域から出さないようにすればいい。そうすれば、子供たちが銃撃戦に巻きこまれることもない。だが犯罪者の大半に子供がいるのが現実だった。次世代のギャング予備軍だ。

パトリックとノアは慎重に玄関に近づいた。ドラッグの家宅捜索ではなく、話を聞くだけなのでこそこそする必要はなかったが、警察が来たことをわざわざ宣伝するつもりはなかった。

ドアの前に来ると、ノアは立ちどまって耳を澄ました。カーテンが閉まり、薄暗い明かりがついているので、家に人がいるのはわかっている。一瞬張りつめた沈黙が流れたあと、すり足で床を歩くような足音が聞こえた。

パトリックはドアをノックした。「チュラビスタ警察だ。トニー・カスティーリョと話がしたい」

中にいる住人はすぐに行動に出た。玄関とは反対側の家の裏手に向かって走っていく足音が聞こえた。

「逃げたぞ」ノアは追跡の体勢を整えた。

パトリックが毒づき、肩に装着した無線を手探りした。「行け！」

ノアはすぐに走りだし、家の角をまわると、ためらわずにフェンスを飛び越えた。容疑者が裏口から飛びだしてきて、そのまま逃げていった。白いTシャツが暗闇に浮かびあがる。

「チュラビスタ警察だ」ノアは容疑者の背中に向かって叫んだ。「地面に伏せろ」

トニー・カスティーリョは警告を無視し、裏のフェンスを飛び越えて隣家の庭に侵入した。

「くそっ」ノアは毒づき、続いてフェンスを飛び越えた。足の裏が芝生についた瞬間、再び走りだしたが、ピットブルが二頭、吠《ほ》えながら猛スピードで芝生を駆けてきて、かかとに嚙《か》みつこうとする。

幸い、嚙まれることはなかった。

カスティーリョはすばやく左に曲がり、住宅地とビジネス街を隔てるブロック塀を乗り越えていった。

塀の向こうには逃げこむ場所がたくさんある。

ノアは塀に飛びついて乗り越えると、一か八《ばち》か未知の空間に飛びこんだ。そこはユーカリの雑木林で、危うく木から落ちそうになったが、地面におり立つとまたすぐに走りだした。急斜面をくだった先は巨大スーパーマーケットの駐車場になっていた。カスティーリョはすでに駐車場を横切っている。ノアは落ち葉に足を滑らせ、地面に散らばった石につまずきそうになりながら必死にあとを追った。

平らな地面に到達すると、急速に距離を縮めていった。カスティーリョも足が速かったが、ノアはそれをうわまわっている。持久力も負けない自信があった。足では勝ち目がないと判断したのか、カスティーリョは次の作戦に出て、建物のあいだに逃げこんだ。

ノアは先ほどと同じ決断を迫られた。追跡するか、止まって耳を澄ますか。今回はピットブルに噛みつかれる危険はないものの、視界が問題だった。駐車場は明るいが、路地は闇に包まれている。

ノアは小声で悪態をつき、建物の角で立ちどまってざらざらしたコンクリートの壁に背中を押しつけた。

逃げていく足音に耳を澄ます。しかし聞こえてくるのは耳の血管をどくどくと流れる血液の音と鼓動だけだった。ノアは肩の無線受信機に触れ、パトリックに手短に状況を説明した。

そのあと、金網のフェンスに人間の体があたる聞き覚えのある音が聞こえた。

「追跡を続行する」ノアは暗い路地に入っていった。カスティーリョの白いTシャツが灯台の明かりのように輝いている。路地の先は行きどまりで、高いフェンスがそびえていた。ノアは猛然と走りだした。わずか数秒の躊躇《ちゅうちょ》が命取りになるとよく知っている。

カスティーリョはフェンスによじのぼろうとしていた。

ノアは銃を抜くことを考えたが、そんな脅しが通用する相手とは思えなかった。容疑者を撃つ正当な理由もない。地面から一メートルも離れていなければ、テーザー銃を使用していただろう。百ボルトの電流を流されたら、どんなに乱暴な逮捕者もおとなしくなる。

だがノアは昔ながらの荒っぽい手段に出た。カスティーリョに追いつくと、足首をつかんで引きずりおろした。容疑者がおとなしく観念するとは思っていなかった。むしろ激しく抵抗するのを期待していた。容疑者の追跡で興奮し、喧嘩《けんか》がしたくてうずうずしている。

だが、それだけでは終わらなかった。

カスティーリョは左手でフェンスにつかまると、右手をズボンの腰のあたりに伸ばした。

次の瞬間、ノアの目に二二口径の銃身が飛びこんできた。

全世界がスローモーションになって停止する。五感が研ぎ澄まされ、ひとつひとつのものが細部まではっきり見て取れた。

カスティーリョの汗と自分の汗のにおいがした。淡いオレンジ色をした駐車場の防犯灯の明かりが、靄《もや》のようにふたりを包みこむ。カスティーリョの目は瞳孔も虹彩《こうさい》も黒く見え、まるで獣の目のようだった。

カスティーリョが引き金を引いた。カチッという音がしたが、何も起こらなかった。安全装置が解除されていなかったことにカスティーリョが気づくまでに一瞬、間があった。カスティーリョは慌てて安全装置を解除したものの、ノアは右腕を振りあげて銃を払い落とした。銃が発射され、耳をつんざく音が響き渡る。

弾はふたりを取り囲むブロックの壁に跳ね返った。

ノアはカスティーリョをフェンスから引きはがし、うつぶせに地面に押しつけた。カスティーリョはすっかりおとなしくなった。「両手を頭の後ろに置け!」

今度は素直に従った。

ノアはカスティーリョの両腕を背中にまわして手錠をかけると、バギーパンツのポケットを探った。もう少しで撃たれるところだったことを考えると、両手が震えた。ふたりとも肩で息をしている。

前ポケットから白い粉の入った小さな袋が出てきた。ノアは激しい怒りに駆られた。

「このために引き金を引いたのか?」袋をアスファルトに放った。カスティーリョの首のタトゥーがくっきり浮きでて、付け根の静脈が激しく打っているのがわかった。

「これっぽっちのコカインのために?」

ノアはロラ・サンチェスの名前を出さなかったが、内心は言いたくてたまらなかった。カスティーリョの顔を何度もアスファルトに打ちつけてやりたかった。無防備な若い女性をレイプして殺害したのなら、それ相当の荒っぽい扱いを受けてしかるべきだ。

しかし深呼吸をして心を落ち着かせ、カスティーリョに殴りかかりたい衝動をこらえた。良心的な警察官は拘束した容疑者に暴力をふるったりはしない。逮捕者を動けなくするのが最善だ。

やがて通路の端にパトリックの姿を見て取った。相棒は銃を抜いていた。ノアはパトリックの目に映った光景を想像してぞっとした。容疑者は地面にうつぶせに押さえつけられ、Tシャツは破れ、鼻血を出している。

「ヤング巡査、容疑者からおりろ」

ノアはカスティーリョからおりた。頭がぼうっとしている。

「おまえに向かって発砲したのか?」

「そうだ」

「座れ」

ノアは壁にぐったりともたれて目を閉じた。まだ息が荒く、アドレナリンが全身を駆け巡り、心臓が早鐘を打っている。肺が焼けるように熱く、両の拳がひりひりした。パトリックが無線で位置を伝えると、すぐに応援が駆けつけた。

何人かの巡査がよくやったとノアの肩を叩いてねぎらった。しかしノアは複雑な心境だった。容疑者が武器を持っている可能性を常に頭に入れておくよう訓練を受けていたのに、警戒を怠ってしまった。ギャングのメンバーで、ドラッグの密売で逮捕歴があり、殺人容疑もかけられている男が銃を持っていないはずがないのに。

あまりに不注意だった。カスティーリョが引き金を引くのが早かったら、ノアは撃たれて死んでいただろう。

カスティーリョは警察の暴力についてぶつぶつ文句を言いはじめた。顔についた血が乾いて、出産時に胎児の頭を覆っている羊膜のようになっている。スキンヘッドに瞳孔の開いた目。まるでスラム街のバンパイアだ。

カスティーリョは顔の血をぬぐわれたあと、連行されていった。

鑑識課員がノアの両手の写真を撮った。手には自身とカスティーリョの血がついている。ノアはたじろぎ、過剰な制圧行為で訴えられないことを願った。危うく自制心を失うところだった。

「拳が壁をこすったんだ」ノアは言い、カスティーリョを地面に引きずりおろしたときに感じた鋭い痛みを思いだした。

「あいつの顔をこすってできた傷だってかまわない」パトリックは言い、泡状のハンドソープを渡した。「逮捕に抵抗して、隠し持ってた武器でおまえを撃とうとしたんだろう？　ぶちのめされたって文句は言えない」

「それにしても速かった」

「足がか？」

「銃を抜くのがだ。フェンスから引き離した次の瞬間には銃を向けられていた」

「弾がそれてよかったな」

「安全装置がかかったままだったんだ」

話を聞いていたほかの巡査が小さく口笛を吹いた。「守護天使がついてるに違いない。本当にラッキーだったな」

ノアはパトリックと目を見合わせた。パトリックから以前に受けていた警告がふたりのあいだに漂っていた。パトリックの言ったとおりだ。若い犯罪者が警官に銃を向ける危険性についてせっかく警告されていたのに、無謀な行動から自らの命を危険にさらしてしまった。

もっと経験のある警官ならこんなミスは犯さなかっただろう。

状況を手短に説明したあと、ふたりは署に戻った。明日の朝カスティーリョの令状が発行されたら、サンティアゴが取り調べを行うだろう。あいにくクラブ・スアベの監視カメラの映像を確認する機会はなかった。逮捕報告書の作成に数時間かかったのだ。ノアは几帳面《きちょうめん》で、ささいな事柄もおろそかにしなかった。

カスティーリョがロラ・サンチェスの殺害をあっさり認めて、事件は解決するかもしれない。

ノアが帰宅したときには午前三時になろうとしていた。インペリアル・ビーチにある自宅は涼しく、しんと静まり返っていた。疲労困憊《こんぱい》していたが、二階のベッドルームには行かなかった。冷えたビールを取りだし、暗いリビングルームに座って今日見たおぞましい光景を思いださないようにした。

水滴のついたボトルを額にあて、目を閉じて、美しいもの――アプリル・オルティスの姿を思い浮かべた。

4

アプリルはヤング巡査にメモを渡したのをエディに見られていない自信があったが、自分の行動がどんな結果をもたらすか不安だった。

トニー・カスティーリョは犯罪組織とかかわりのある暴力的な男で、ロラとはうまくいっていなかった。チュラビスタ・ロコスの古くからのメンバーであるトニーが、エディにドラッグを供給しているのではないかと、アプリルは疑っていた。

事実が明るみに出たら、エディは多くのものを失うだろう。家庭に仕事、そして命の危険にもさらされる。

考えただけで胃が締めつけられ、アプリルはその晩ずっと胃の痛みに悩まされた。トニーは嫉妬のあまりロラを殺したのかもしれない。次はエディに仕返ししようとするだろう。メモのことが知れたら、アプリルにも復讐《ふくしゅう》の手が及ぶ。

アプリルは娘のヘニーの無事を確認するために震える手で自宅に電話をかけた。

誰も出なかった。

ヘニーの面倒を見てくれている母のホセファはいつも夜遅くまで起きていて、週末アプリルが帰宅したあと、まだ夜も明けきらないうちに出かけていくこともあった。すでに寝てしまったと考えられなくもなかったが、その可能性は低い。

アプリルは早くシフトを終えようと、急いで最後の注文に応じた。今夜は迷惑な客に耐えるだけの余裕もなかった。七番テーブルの客が彼女の腿の裏に触れようとしたとき、うっかりズボンに水をこぼしてしまったふりをした。

「まあ大変《アイ・ディオス・ミオ》」アプリルはエプロンのポケットからすばやくナプキンを取りだした。「本当に申し訳ありません」

いまいましいことに、客はチップを置かずに店を出ていった。

閉店時刻になると、今日の売上伝票を提出して急いで店を出ようとした。ほかのウエイトレスたちはすでにロラの噂話を始め、カルメンもヤング巡査のことを根掘り葉掘り訊きたがるだろうとは思ったが、今夜はおしゃべりにつきあっている暇はなかった。

「何をそんなに急いでるんだ?」エディが訊いた。

「母が電話に出ないんです」

エディはうわの空でうなずいた。「また来週」

アプリルの家庭の事情はクラブのみんなが知っていたが、問題の深刻さが正しく理解されているとは言いがたかった。

アプリルの母は一年ほど前に手首を怪我《けが》し、それ以来鎮痛剤が手放せなくなっている。もう薬は必要ないはずなのに、依存の傾向が強くなり、定められた以上の量をアルコールと一緒に乱用している疑いがあった。

先週は玄関前の階段で意識を失って倒れていた。アプリルはもう少しで救急車を呼ぶところだった。

母は昔から何をしでかすかわからない傾向があったが、根は優しく、ヘニーにとってはいい祖母だった。アプリルは母がヘニーの面倒を見るにあたって、ふたつの条件を出した。ひとつは男を連れこまないこと、もうひとつはお酒を飲まないこと。しばらく前まで母はきちんと約束を守る模範的な乳幼児保護者だった――少なくとも、ヘニーに対しては。アプリルが子供のときはそうではなかった。

あっという間に手に負えない状況になり、アプリルは途方に暮れた。母を愛していたし、頼りにしてもいた。

ヘニーを父親に預けることはできないし……。

アプリルはバックミラーでパトカーがいないことを確認すると、アクセルを踏みこんで家路を急いだ。店から自宅までは四キロほどの距離で、道路もすいていた。真夜中になるとサウス・オレンジのスラム街でさえ静かになる。

車が一台置けるだけの小さなガレージに車を停め、降りるとすぐにアラームを作動させた。この界隈では盗難を防ぐために万全の対策を採る必要がある。

またキッチンのドアに鍵がかかっていない。アプリルは後ろ手にドアを閉めて鍵をかけると、財布を冷蔵庫の上にあるキャビネットにしまった。母が財布からお金をくすねることがあるので、家の中でも用心するに越したことはなかった。

「母さん」呼びかけながら小さなキッチンとダイニングルームを抜け、リビングルームに入っていく。テレビがついていたが、音量はさげられていた。アプリルはリモコンを手に取って電源を切った。

母のベッドルームのドアが開いていた。

アプリルは室内をのぞいた。部屋には誰もおらず、ベッドに寝た形跡はない。いやな予感がして、急いで廊下を走っていって娘のヘニーと使っている部屋をのぞいた。やはりベッドには誰もいない。ストライプの毛布がわずかに曲がっている。

アプリルは振り向き、小さなバスルームをのぞいた。「ヘニー?」

「ママ？」

ためらいがちに尋ねるくぐもった声がした。アプリルは二歩でベッドルームを横切り、クローゼットの扉を勢いよく開けた。五歳になる娘が、片方しか耳がないお気に入りの犬のぬいぐるみのラロを抱きかかえて隅にうずくまっていた。

アプリルの目に安堵《あんど》の涙があふれた。ひざまずいて腕を広げると、ヘニーはその中に飛びこんできた。

アプリルはしばらく声も出せなかった。娘をきつく抱きしめ、小さな体の感触や髪のにおい、やわらかいパジャマの肌触りを確かめる。

ヘニーはアプリルのすべてだ。生きる糧だった。

「何があったの？」アプリルは娘を放し、整った顔を見つめて尋ねた。ヘニーはアプリルをそのまま小さくしたようで、母親と同じ黒髪に茶色の瞳をしている。

ラウルの面影があるのは頑固そうな小さな顎だけだ。

「起きたら、おばあちゃん《アブエリータ》がいなくなってたの」ヘニーが唇を震わせて言った。「知らない人が来るといけないから、クローゼットに隠れたの。前に隠れたみたいに」

アプリルは心臓をわしづかみにされたような恐怖を覚えた。「前にも知らない人が来たことがあるの？」

「ううん。来たらいけないと思っただけ」

「ママが帰ってきたからもう大丈夫よ」アプリルはもう一度娘を抱きしめた。「何も心配いらないわ」

ヘニーはくすんと鼻を鳴らした。「おばあちゃん《アブエリータ》は大丈夫?」

「もちろんよ。たぶん薬を買いに行ったんだわ」

「まだ病気なの?」

「そうよ」アプリルは声を潜めた。「とっても重い病気なの。だからよくなるように私たちで助けてあげないと。一緒に手伝ってくれる?」

ヘニーが神妙な顔をしてうなずく。思いやりのある優しい娘が、アプリルは愛《いと》おしくてたまらなかった。

「さあ、ベッドに戻って寝ましょう」

ヘニーはうなずいてクローゼットの床に落ちていたラロを拾いあげると、ベッドによじのぼった。アプリルはヘニーの横に寝そべり、涙に濡れた顔にかかる髪を撫《な》でつけ、そっと子守唄を口ずさんだ。すぐに深い寝息が聞こえてきた。

アプリルは疲れていたものの、空腹で眠れなかった。母のホセファのことも心配だったが、捜しに行かないほうがいいことはわかっていた。母の携帯電話は数カ月前に止められていて、外で遊びまわっているときは捜されるのをいやがった。

アプリルはそっとヘニーのそばを離れると、靴を脱いで部屋を出た。後ろ手にドアを閉め、キッチンへ向かう。網タイツをはいた足はリノリウムタイルの床で足音ひとつたてなかった。

母が夕食にチキンのエンチラーダを作っていて、冷蔵庫に残り物があった。アプリルはお腹《なか》が鳴り、皿によそって電子レンジに入れ、皿が回転するのを眺めた。あたため終わると、ひとつだけあるテーブルに着いた。小さなダイニングルームには裏庭が見晴らせる窓がある。

この家を選んだのはこの庭があったからだ。緑が生い茂っているわけでも広いわけでもなかったが、野菜を植える畑があり、ヘニーを遊ばせるだけのスペースがあった。テーブルに座った瞬間、窓からこちらをのぞいている男の顔が見えた。

ラウルだ。

アプリルは飛びあがって悲鳴をあげそうになった。

〝俺だよ〟窓の向こうの男性は両手をあげ、声に出さずに口だけを動かして言った。

ラウルではなく、エリクだった。

アプリルは大きく息を吐きだした。心臓が今にも口から飛びだしそうになっている。

すっかり怯えている自分に戸惑いながら、エリクを中に招き入れた。

「心臓が止まるかと思ったわ」

「悪い。ヘニーを起こしたくなかったんだ」エリクは身を乗りだしてアプリルの頰にキスをした。そのときテーブルの料理が目に入ったようだ。「それはなんだい？」

「エンチラーダよ。食べる《ロ・キエレス》？」

「君が作ったの？」

アプリルは舌を出した。「まさか」

エリクが笑う。「それなら、もらおうかな」

アプリルは自分が食べる倍の量をレンジであたため、冷蔵庫から飲み物を出した。

「ありがとう」エリクは食べはじめた。

ふたりはかつて真夜中に何度もそうしたように黙々と料理を口に運んだ。

「うまい。君のお母さんの料理は最高だ」

アプリルは同意の言葉を小声で言った。母は前ほど料理をしなくなったので、エンチラーダはめったにないご馳走《ちそう》だった。この一年、アプリルは料理も含めて家事のいっさいを自分でしなければならないと思っていたが、料理だけはとても母にかなわなかった。

だが今夜の出来事のせいで食欲がなく、食べきることができなかった。
エリクがその分も食べてくれた。

「それで、どうかしたの？」アプリルは汚れた皿を片づけた。

「別に。様子を見に寄っただけだ。もっと早く来るつもりだったけど、忙しくて」

「そう」

エリクが目を細め、探るようにアプリルの顔を見た。「君は？」

アプリルは一瞬ためらったあと、リビングルームについてくるように合図した。そのほうが落ち着いて話ができるからだ。エリクがソファに座ると大部分を占領されてしまい、アプリルは反対側に距離を置いて座った。「さっき帰ってきたら、母さんがいなくなってたの。ヘニーはクローゼットに隠れてたわ。目を覚ますと誰もいなくて怖くなったんだと思う」

エリクはアプリルの母について何か言いたいことがあるように手で口元をぬぐった。

「もっと寄るようにするよ。君が店に出てるときは毎晩、様子を見に来る」

アプリルは首を振った。エリクにはすでに充分すぎるほどよくしてもらっている。彼は病気の祖母を抱えながら昼間働き、ほかにも責任を負っていた。申し出はありがたいが、エリクはベビーシッターには適さない。

「もう母さんにヘニーを預けることはできないわ」アプリルは目に涙がこみあげ、喉が締めつけられた。「ここから出ていってもらわなければならないかもしれない」

エリクの目に同情の色があふれた。アプリルが体に触れられるのをいやがると知っていたので、肩に腕をまわしてきたりはしなかった。アプリルは今まではエリクの態度に感謝していたが、今夜は孤独で無性に寂しく、人肌が恋しかった。

アプリルはまつげの下からヘニーの叔父を見つめ、今までとは違った目で彼を見た。エリクはアプリルよりも年下とはいえ、少年の面影はない。ヒスパニックのハンサムで、身長も高く、スポーツ選手のような引きしまった体をしていた。短い黒髪で、白いTシャツにはしみひとつない。

女性にもてるけれど、派手な色恋沙汰を起こしたことはなかった。ドラッグの売人でもあったが、紳士だった。

困ったことに、エリクは何から何までラウルにそっくりだ。アプリルはエリクを実の弟のように思っていた。

「問題はそれだけじゃないの」彼女は小声で言った。

エリクの目が光った。「なんだい?」

「ロラ・サンチェスのことは聞いた?」

「いや、ティファナから戻ったばかりなんだ」

アプリルは深呼吸をしてから、クラブに警官が来たことを話した。「トニーの名前を教えたわ」

エリクがはじかれたようにソファから体を起こした。「どうやって？」

「紙に書いてこっそり渡したの。誰にも見られてないと思う」

エリクは少しほっとしたように見えた。「わかった」

「トニーがやったんだと思う？」

「やったんなら、ただではすまされないだろ」

アプリルの背筋に冷たいものが走った。「私が名前を教えたことを知られたらどうしよう？」

エリクの表情が険しくなる。「誰にも君に指一本触れさせない」

そう言ってもらえると心強かった。彼は必ず守ってくれると信じている。それでもエリクの言った言葉の意味を考えずにはいられない。アプリルはもう何年も男性と肌を触れあわせていなかった。欲望を感じないわけではなかったが、無視できる程度のものだったし、自分で解消することもできた。

でも、今夜は誰かにそばにいてほしかった。

アプリルが欲望を感じるのには理由があった。原因はほかでもないヤング巡査だ。男性に触れてほしいのではなく、彼に触れてほしかった。ヤング巡査のたくましい両手と青い瞳を想像しただけで体が震えた。

アプリルが何を考えているのか気づいたように、エリクが妙な目で彼女を見た。アプリルは赤くなり、腕組みをした。エリクに頼んだら、欲望を満たす手助けをしてくれるかもしれない。エリクが自分を義理の姉としてではなく、女として見ている可能性もある。エリクは女性を歓《よろこ》ばせるのが好きだという噂だ。それも何度も。

エリクがアプリルの体に視線をさまよわせる。薄手のタンクトップから網タイツまで。「その格好は気に食わないな」低い声で言った。

いかにも弟が言いそうなことだと思い、アプリルは笑った。

「明日、電話をかけてくれ」エリクは立ちあがった。「何か困ったことがあったら遠慮せずに言ってほしい」

「わかったわ」

エリクはポケットに手を入れて、ふたつに折った紙幣を取りだした。

アプリルは手をあげて制した。「エリク――」

「ヘニーのためだ。新しいシッターを雇うといい」

アプリルが娘のためにどうするのが最善か決めかねているあいだに、エリクは彼女の手に有無を言わさずに二十ドル札の束を押しつけた。もう一度アプリルの頰にすばやくキスをして家を出ていく。

アプリルはしばらくのあいだそれを見つめ、このお金が必要な今の状況を、男性に触れてほしくてほてる体を呪った。目に涙があふれ、頰を伝ってドラッグで稼いだお金の上に落ちた。

彼女のように汚れきったお金に。

家に誰かいる。

かすかな物音がして、ノアははっともの思いから覚めた。その瞬間、ビールが手にかかった。ビールはまだ冷えていて、半分残っていた。ボトルを脇に置き、ジーンズで手をぬぐって耳を澄ます。

まただ。かすかだが、たしかに聞こえる。

ノアは眉間に皺を寄せて立ちあがると、正面の窓に近づいた。暗く人けのない通りを一瞥《いちべつ》し、戸締まりを確認して狭い裏庭を見る。不審なものは何もなかった。

家がきしんだだけかもしれない。そう思ったものの、ほかに誰かいる気がしてならなかった。

今夜トニー・カスティーリョを追跡したときには、全身を駆け巡るアドレナリンの影響でかっとなり、冷静さを失ってしまった。慎重さに欠けていた。二度と同じ過ちは繰り返さない。

ノアは忍び足で階段をのぼり、廊下を進んでゲストルームのドアの前に立った。

ベッドのスプリングがきしむ音がする。

全身のありとあらゆる神経が張りつめた。

足音を忍ばせて自室に向かい、急いで中に入る。今度は準備を怠らなかった。クローゼットに行き、私物のリボルバーを保管している鍵付きのボックスに手を伸ばした。ものの一分もしないうちにノアの手には装塡《そうてん》した銃があった。

ずっしりとした重みが心地よかった。

武器を持っていると安心できた。ノアは廊下を戻って再びゲストルームのドアの前に立ち、耳を澄ました。

聞こえてくるのは静かな寝息だった。

くそっ。

廊下の明かりをつけてドアを開ける。「チュラビスタ警察だ」叫んで、ベッドにリボルバーを向ける。「見えるところに両手を置け！」

眠っていた侵入者は飛び起きた。目を見開き、大声で叫んで腕で頭を抱え、胎児のように丸まった。そうすれば弾丸から身を守れるかのように。

メガンだった。

ノアは左手を胸にあて、銃をおろして銃口を床に向けた。手のひらを突き破りそうなほど心臓が激しく打っていた。

メガンは静かになり、腕の下からのぞいた。「兄さん？」

「そうだ」

「兄さんを訪ねてきたの」

ノアはゆっくり息を吐きだした。思わず笑いだしそうになった。「それは見ればわかる。これを……しまってくるよ」

「わかった」

メガンは合鍵を持っていたが、控えめに言っても妹の訪問は予想外だった。妹は両親とシーダー・グレンに住んでいて、今年の夏はすでに二週間一緒に過ごしていた。もうじき大学の二年目が始まるところだ。

ノアは自分の部屋に戻ると、震える手で銃から弾を取りだした。その作業に集中して気持ちを落ち着かせる。今夜は悪夢を見ているようで、何から何まで現実に起きたこととは思えない。ついさっきは男に撃たれそうになり、今度は自分の妹を撃ち殺しそうになった。

いったいどうしてしまったんだ？

パトリックの言うとおりかもしれない。友人と敵、嘘と真実の区別がつかないなら、殺人課でやっていくことはできないだろう。

ノアは何度か深呼吸をして動悸《どうき》を鎮めようとした。落ち着くとメガンのところに戻った。メガンは何をしに来たのだろう？　連絡もせずに来ることなんてなかったのに。

妹はベッドの上に膝を抱えて座っていた。スタンドの明かりがついている。ノアの古いTシャツをパジャマ代わりにしていたが、ウエストから下は淡い青の毛布で覆われて見えなかった。

ノアはどう切りだしたらいいのかわからず、ベッドの端に腰をおろした。

「すごくかっこよかった」メガンがぎこちない笑みを浮かべた。「警官の仕事をしてるのを見るのは初めてだったから」

「撃たれて死んでいたかもしれないんだぞ」

メガンは唾をのみこんだ。「ごめんなさい。前もって連絡するべきだった」

「いいんだ」ノアは優しく言った。どんな状況でも妹に会えてうれしかった。「怖がらせるつもりはなかった。今夜はぞっとすることがあって、神経が高ぶってるんだ」

メガンが眉間に皺を寄せる。「ぞっとすること？」

「男に銃を向けられたが、安全装置が解除されていなくて命拾いした」

メガンは青ざめた。「兄さん……」

「もう大丈夫だ」ノアはこの二十四時間の忌まわしい光景を頭から消し去った。殺人事件の捜査について話すことはできない。「母さんには言うな」

メガンがうなずく際に下を向いた。前髪が目にかかり、ノアは何か変だと感じた。

「母さんのことだけど――」

「その髪はどうした？」

メガンが恥ずかしそうに髪に手をやった。「兄さんも気に入らない？」

メガンの髪はノアよりも一段明るいハニーブロンドで、いつもきれいに整えていた。一カ月前はウエストまで届く長さだったのに、今はばっさりショートにし、前髪は片側だけが長いアシンメトリーになっている。

閉鎖されたコンサートホールのフォース・アンド・Bに寝泊まりしているホームレ

スの十代の少女のようだ。

　しかしショートにしたことで整った顔立ちがより引き立ち、青い瞳はより色濃く見えた。男に媚《こ》びない風変わりなスタイルだ。ノアが何より気になったのは妹の態度だった。大人びて、どこか寂しそうだ。

　三つ編みにして歯列矯正器をつけていた頃のメガンのほうがずっと好きだった。

「母さんも気に入ってないの」メガンは枕にもたれた。「芝刈り機に轢《ひ》かれたのかと言われたわ」

　ノアは妹の髪型に対する母の反応を想像して笑った。元美人コンテストの女王で、現在は牧師の妻である母は、ファッションに関しては非常に保守的だった。両親はふたりとも厳格で伝統を重んじる。

「母さんと喧嘩したの」メガンが続けた。

「髪のことで？」

「ほかのことでも。大学を辞めたのよ」

　メガンが通っていたチャペル・カレッジはカリフォルニアの中部にあり、実家から車で北に数時間行ったところにあった。小さな名もないキリスト教系の大学で、ノアもサンディエゴ州立大学に移る前に二年間通った。「どうしてだ？」

「とにかくいやなの。偽善者ばっかりで。聖書の勉強も聖歌隊の練習も、樽《たる》のビールを飲んで吐くだけのパーティにもうんざり」

ノアは妹が大げさに言っているのではないことを知っていた。彼自身、学生のときに似たような偽善者に出会っている。チャペル・カレッジの女子学生は日曜はお行儀よくしているが、土曜の夜になると豹変《ひょうへん》してはめを外す。ノアはむしろいいことだと考えていた。「そんなのは必修科目じゃないんだ。いやなら、つきあわなければいい」

「それはそうだけど。私はどうしてもなじめなかった。みんなとは違うのよ」

ノアは目を細めてメガンの派手な髪を見た。「違う?」

「あそこの学生とは話が合わないの。私は視野を広げたいのよ。新しい人に会って、世界を探求したい」

ノアは片方の眉をあげた。「去年の夏、パリに行ったじゃないか」

「青年部と一緒にね」メガンは目をくるりとまわした。「チャペル・カレッジみたいな隔離された環境で人生の目的を見つけることなどできないわ」

ノアは自分が十九歳だった頃のことを思いだして、にやりとした。彼はいつも警察官になりたいと思っていたので、ある意味では幸運だった。自分探しをしたいという強い欲求に駆られたことは一度もない。だが従順な子供ではなかったので、それなりに両親とは衝突した。両親はシーダー・グレンの静かな村よりもチュラビスタのスラム街にいるほうが落ち着くという息子の心情を理解できなかった。

「何も今夜、宇宙の神秘を解き明かす必要はない」ノアはぶっきらぼうに言った。

「おまえについてもわからないことだらけだが、もう眠らないとまずい」

メガンが唇をなめた。「その前に訊いておきたいことがあるの」

「なんだ?」

「ここにいさせてくれる?」

「もちろんだ。妹を放りだすとでも思ったのか?」

「そうじゃなくて、ここで一緒に暮らしたいの」

ノアは一瞬、言葉を失った。すぐに断ろうと思った。何よりプライバシーがなくなるのがわずらわしかった。それに休暇のときに訪ねてきたのなら一緒に過ごすこともできるが、今は休暇を取っているような余裕はない。毎晩、家を空けているし、この界隈は治安がいいとは言えない。若い女性が殺害されたばかりなのだ。メガンはチャペル・カレッジにいたほうが安全だ。

「家には戻らない。母さんは普通の大学には行かせてくれないし」

「俺だっておまえを大学に行かせる余裕はない」

「働くわ」

「おまえはなんの経験もないだろう？　貯金もないし、車も持ってない」ノアはふと気づいた。「どうやってここまで来たんだ？」

「バスで」メガンが得意げに言った。「どうってことないわ。サウスウエスト・カレッジがここから三キロ行ったところにあるから、兄さんみたいに働きながら通える」

「何を言ってるんだ」ノアは手で顔をさすった。「考えさせてくれ」

メガンはノアがまるでイエスと言ったかのようにはしゃいでベッドの上で飛び跳ねた。「絶対に迷惑はかけない。兄さんがデートの相手を連れてきたら、隠れるわ。存在を消して、私がいることに気づかせない」

「考えてみると言っただけだ」

メガンがノアの首に両腕をまわして抱きついた。「大好き、兄さん」

そう言われると、もはやだめだとは言えなかった。

5

アプリルはカモメの鳴き声と軍艦の汽笛の音で目を覚ました。

〝海の中のパイナップルに住んでいるのは誰？　スポンジ・ボブ、スクエアパンツ！〟

騒々しいテーマソングが聞こえてくると、うめいてベッドの上で腹這《はらば》いになり、枕で耳をふさいだ。そのあとふいに昨夜の記憶がよみがえってきて、眠気がいっきに吹き飛んだ。

アプリルははじかれたように目を開けた。

ナイトテーブルに置いたデジタル時計は午前九時一分を示していた。ベッドに入ったのは午前四時頃だ。わずかに開いたベッドルームのドアの向こうで、誰かが冷蔵庫をごそごそあさっている音がする。「ヘニー？」

娘がドアから期待するような顔をのぞかせた。まだ色あせたピンクのパジャマを着たままだ。「目が覚めた、ママ？」

アプリルはいつものように罪悪感に胸が痛んだ。ヘニーは朝はいつも静かにしているわけではなかったが、ときどき何時間か眠らせてくれることがあった。「覚めたわ」ため息まじりに言い、しょぼしょぼする目をこすった。「でも手を引っ張ってくれないと起きられない」

ヘニーが笑って部屋に入ってきて小さな手を差し伸べた瞬間、アプリルは娘をベッドに引っ張りこみ、ハグとキスの雨を降らせた。ヘニーはうれしそうにキャッキャッと笑った。このゲームは朝の儀式のひとつになっていた。

アプリルはベッドに起きあがると、ゾンビの真似《まね》をして両手の指を鉤爪《かぎづめ》の形にした。「お腹がぺこぺこで、脳みそだって食べちゃうぞ！」大げさにうなり、ヘニーのくしゃくしゃの頭に襲いかかるふりをした。そのあと体をくすぐり、互いの息が切れると、並んでベッドに横たわりながらリビングルームのテレビから聞こえてくるスポンジ・ボブの鼻声に耳を傾けた。

「おばあちゃん《アブエリータ》は戻ってきた？」アプリルは尋ねた。

「うぅん」

アプリルはベッドからおりた。「朝食は何がいい？」

「パンケーキ！」

アプリルは大きく伸びをするとキッチンへ行き、まっすぐコーヒーメーカーに向かった。コーヒーを淹《い》れるあいだ、冷蔵庫の中身を確認した。「シナモン・トルティーヤでもいい？」

ヘニーが肩をすくめる。「いいよ」

アプリルは火にかけたフライパンにトルティーヤの生地を入れ、表面がふつふつ泡立ってきてから指先でひっくり返した。焼きあがるとすぐに表面にバターをうっすら塗り、シナモンと砂糖を振りかけてくるくる巻いた。

「さあ、できましたよ、マダム」アプリルは出来立ての朝食を紙皿によそって出した。「ミルクにいたしましょうか、それともオレンジジュースになさいますか？」

ヘニーは額に皺を寄せて考えた。「ミルクにする」

「賢明な選択だわ」アプリルはグラスに低脂肪のミルクを注《つ》いでテーブルに運んだ。フライパンが熱いうちに自分の分のトルティーヤを焼いた。昨日はあまり食べなかったのでお腹がすいている。「今日は何がしたい？」

「おばあちゃん《アブェリータ》がビーチに連れてってくれるって言ってた」

アプリルは自分のカップにコーヒーを注いだ。昨夜ヘニーを家にひとりにした母への怒りはまだおさまっていなかった。でも薬を買いに行ったのではなかったら？　怪我をしたり、混乱して家に帰れなくなっていたり、最悪の場合……死んでいたりしたら？

ロラのように。

アプリルは身震いしてヘニーの向かいに座った。

「忘れてるんだと思う？」

「何を忘れてるの？」

「あたしをビーチに連れてってくれること」

アプリルはため息をついて髪をかきあげた。母は車を持っていないし、アプリルの車を運転することも許されていなかった。ヘニーをビーチに連れていけるはずがないのに。「おばあちゃんが病気だって言ったのを覚えてるわよね？」

「うん」

「ときどき大切なことを忘れちゃって、できない約束をしてしまうの。おばあちゃんは車を運転してはいけないのよ」

「そう」ヘニーはがっかりしたように言ったが、急に元気になった。「だったら、ママが連れてってくれる？」

今日のように暑い日のビーチは観光客や地元の住民で混雑する。夏のあいだチュラビスタに車を停めるのは悪夢以外の何物でもない。アプリルはどうしても街を抜けだしたくなったときは、北のもっと静かできれいなビーチにヘニーを連れていった。ちょうど今は街を抜けだしたい心境だった。「いいわ」

朝食をすませると、アプリルはランチボックスに簡単なランチを詰め、古いタオル数枚と一緒に大きめのメッシュのビーチバッグに入れた。ヘニーは青緑色の水着を着て、裏庭からおもちゃをいくつか取ってきた。使い古されて色あせたおもちゃは、汚れていたので、きれいに洗った。

そのあとベッドルームに戻って出かける支度をした。一番上の引き出しに紺色のタンキニと、まだ一度も着たことのない露出度の高いビキニの水着が入っていた。カルメンに勧められて数週間前のバーゲンセールで買ったものだ。

仕事以外では派手な服装はしないので、古い水着にした。ヘニーと砂の城を作るのにも都合がいいし、何も新しい白の水着を砂で汚すことはない。

水着に合わせて花柄のコットンのスカートを身につけ、ビーチサンダルを履いて髪を結んだ。ヘニーの髪は母親の髪に似て、黒く豊かで、もつれやすい。ヘニーの髪を撫でつけようとしたとき、外でバイクの音が聞こえた。すばやくポニーテールにしてやって、鏡付きのチェストにヘアブラシを置いた。

「歯を磨くのを忘れないで。それからトイレに行くのも」

「もう行った」

「もう一度行きなさい」

ヘニーがトイレに入っているあいだ、アプリルは急いでキッチンに行き、冷蔵庫の上のキャビネットから財布を取りだしてエリクにもらったお金を入れた。ビーチに行く前に現金自動預払機《ATM》に寄らなければならない。ビーチバッグのタオルのあいだに財布を隠し、正面の窓に近づいて外の通りを見た。

上下ともレザーで決めたバイカーが路肩で母のホセファを降ろしているところだった。白髪頭で背が高く、母より十歳は年上だろうか。アプリルは母親がデートをする相手はみんな気に入らなかったが、年上ならまだましだ。娘と変わらない年の若い男にしなだれかかっている母の姿を見ることほどいやなものはない。

母が娘にいやな思いをさせたのは一度や二度ではなかった。母はまだ四十一歳で美しい。スタイル抜群で遊び慣れていて、ほほえみかけられると、ついこちらまでほほえんでしまうような笑顔の持ち主だ。ふたりで出かけると、よく姉妹に間違われた。

「またな、ホセファ」バイクの男は玄関に向かう母の形のいいヒップを目で追った。

「いつでもオーケーよ」母はさよなら《アディオス》と軽く手を振った。

家に入ると、アプリルの前をすっと通り過ぎた。酔っ払っていて、娘の顔に浮かんだ怒りや失望の色にはまったく気づかないようだ。「少し寝る」そう言うと、服を着たままベッドに入ってしまった。「明かりを消してくれない？」

「日が差してるのよ、母さん」

「何？」次の瞬間にはもう寝ていた。

アプリルは歯ぎしりする思いで母のフェイクレザーのバッグを拾うと、ベッドの足元の上に中身をぶちまけた。煙草《たばこ》、コンドーム、それに……コカインがあった。アプリルは一瞬、目を疑い、小さなビニール袋をもう一度まじまじと見た。

母が酒を飲みすぎ、処方薬を乱用していることは知っていたが、ドラッグに手を出すほど堕《お》ちているとは思ってもいなかった。

果たしてそうだろうか？

母はずっと前からドラッグを使用していたのかもしれない。ヘニーにディズニー映画を見せておいて、トイレで吸引していたのかもしれない。ヘニーが眠ったのを見計らって、男を家に入れていたのかもしれない。

ベッドの上のビニール袋を見て、アプリルは激しい怒りに駆られた。ドラッグはアプリルが憎むべきものの象徴だった。記憶が鮮明によみがえり、吐き気がした。彼女はハイになるのがどんなことか知っていた。喉の奥がしびれるような味も覚えていた。

〝一度くらい、いいじゃない〟コカインがささやきかけてくる。

「いやっ！」アプリルは叫び、髪をかきむしりたくなった。代わりにビニール袋をつかんでまっすぐバスルームに向かった。

ヘニーが不思議そうな目で見た。「それは何、ママ？」

「毒よ」

手が震え、目には涙があふれていた。アプリルは袋の中身を便器に空けて流すと、袋を水ですすいでごみ箱に捨てた。そしてごみ箱の中身を裏口のドアのそばに置かれた容器に捨てた。ドラッグの痕跡をきれいに消し去ると、シンクで手を洗った。

何度も何度も洗った。

「大丈夫、ママ？」

アプリルは蛇口を閉め、布巾で手を拭いた。心を落ち着かせるために深呼吸をし、床にひざまずいてヘニーをきつく抱きしめる。「大丈夫」娘の小さな腕の中に慰めを見いだした。「大丈夫よ」

ノアが目覚めると、ベーコンのにおいがした。そのあとメガンのことを思いだした。うめいてシーツを蹴飛ばし、急いでベッドから出た。妹に大学へ戻るように言うべきだった。妹をここに置いておいたら、母に何を言われるかわかったものじゃない。母の怒りに対処できる自信はあったが、今はそんな気分ではなかった。母はメガンのこととなると神経質だった。

「くそっ」ノアは床に脱ぎ捨てたジーンズを探した。

彼が階下に行くと、メガンがキッチンカウンターのスツールに座って新聞を読んでいた。淹れ立てのコーヒーのほかに、山盛りのスクランブルエッグとかりかりに焼いたベーコンも六枚あった。

ノアのお腹がぐうぐう鳴った。

「おはよう」メガンがにこやかに挨拶する。

ノアも小声で挨拶すると、カップにコーヒーを注いで朝食をとりはじめた。カフェインを摂取して胃に食べ物を入れると、人としての機能が回復し、キッチンがきれいになっていることに気づいた。

汚れた皿は片づけられ、カウンターはぴかぴかに磨きあげられている。ノアは十八歳のときからひとり暮らしをしているので、料理も家事もひととおりこなせたが、妹にさせるのも悪くないと思った。妹を家に置く利点もある。

メガンがカウンターに新聞を広げた。足首がのぞく丈のジーンズをはき、ボーダーのタンクトップを着ている。おかしな前髪は細いヘアバンドであげていた。妹はすっかり成長し、美しい大人の女性になっていた。

ノアは廊下に置かれた写真立てに視線をさまよわせた。五年ほど前にホイットニー山の頂上で撮った写真だ。メガンは髪をかわいらしくポニーテールにしている。兄妹とも日焼けし、笑っている。ノアの中ではメガンはまだ子供だった。

「〝家でできる仕事〟」メガンが求人広告を読みあげた。「〝簡単で、しかも高収入〟」

「詐欺だ」ノアはスクランブルエッグを口に運んだ。

「そうよね。ねえ、ここにおもしろいのがある。〝高収入の男性限定の会員制クラブがダンサー募集。日給数千ドル以上〟」

「俺が生きてるうちはだめだ」メガンが冗談で言っているとわかっていたが、ノアはすごみをきかせて言った。

「でも、〝未経験者歓迎〟って書いてあるわ」

ノアは冗談につきあっている暇はないと言わんばかりに目を細めて妹を見た。

「おお、怖い」メガンは言った。「朝は機嫌が悪いのね」

「無作法な客のせいで遅くまで眠れなかったんだ」

「ガレージにまだ自転車はある？」

「ビーチクルーザー（アメリカの伝統的な自転車であるクルーザー・バイシクルを西海岸のサーファーが改造した自転車）のことか？」

「借りてもいい？」

ノアは肩をすくめ、ベーコンを頬張った。「もちろん」

「ブロードウェイのビジネス街に行ってみようと思ってるの。何か仕事が見つかるかもしれない」

ノアは昨夜、追跡劇を繰り広げたビジネス街を思いだした。銃を抜いたときのカスティーリョの不気味な黒い目が頭に浮かび、フォークを置いた。「このあたりにはスターバックスもおしゃれなアウトレットもないぞ、メガン」

「ペットショップがあるわ。それにスーパーマーケットも」

ノアはいやな予感がしてうなじをさすった。実家に帰るように妹を説得すべきかもしれない。「ちょっとだけ羽を伸ばしてみたいという気持ちはわからないでもない。チャペル・カレッジは世界一おもしろい場所じゃないし……。だが大学に行くのは賢のいい教育を受けるためだ。投資した分だけもとが取れる機会をなぜふいにする？」

嵐の前の空のようにメガンの青い瞳が暗くなった。「兄さんにはわからないのよ。男というだけであらゆる面で得をしてるのに。母さんと父さんは兄さんが仕事で人を撃ったり、教会に通わなかったり、誰彼かまわず寝ても気にもとめない」

ノアは朝食が胃にもたれた。「誰彼かまわず寝たりなんかしてない」

「よく言うわ。シンディはどうしたのよ？」

ノアの頬に赤みが差した。「別れた」

「ほらね」

妹の言いたいことはわかるが、不当な非難だ。ノアはたしかに独身生活を楽しんでいる。しかし恋人がいた時期もあり、ひとりの女性に深くかかわることを恐れてはいなかった。まだ独身なのは、これはと思える女性に巡りあえていないからだ。

ノアはすかさず反撃に出た。「おまえの恋人はどうしたんだ？　おまえが大学に戻らないと知ったら、マイケルが悲しむんじゃないのか？」

メガンは唇を引き結んだ。「どうかな。もう会ってないから」

「そうなのか」

「大学を辞めたのは彼が原因じゃない」メガンはノアの視線を避けるように新聞を折

りたんだ。「理由はそれだけじゃないの」

ノアは妹の顔を見つめ、苦痛の表情がよぎったのを見逃さなかった。昨日殺害された若い女性の被害者が思いだされ、あらぬ方向に考えが向かった。「マイケルに何かされたのか？」

メガンが眉根を寄せた。「たとえばどんなこと？」

「たとえば力ずくで……」ノアは気まずそうに言った。自分は妹のメガンを女として見ることはできないが、ほかの男はそうではない。ビーチで十六歳のメガンに色目を使う男がどれほどいたことか。

変態どもめ。

メガンが突然笑いだして頭を振った。「まさか。結婚しようと言われたけど、まだ準備ができてないと断ったのよ」

ノアは身震いしてコーヒーをさらにひと口飲んだ。「賢明な選択だ」若くして結婚するのは、婚前交渉が罪とされるチャペル・カレッジの学生が直面する危険のひとつだった。

「一緒に住むのはかまわないと思ってるけどね」メガンは思わせぶりな口調で言った。

ノアは飲んでいたコーヒーをカウンターにぶちまけそうになった。「だめだ」警告するように言う。「ここに男を連れてくるのも、ひと晩中、出歩くのも禁止する。ルールは実家と同じだ」

メガンは澄ました顔で腕組みをした。「わかった」

当然ノアは夜勤があるので、四六時中妹を監視してルールを守らせることはできない。「母さんに殺されるな」うめくように言い、きれいに平らげた皿をシンクに持っていった。「本当に俺が殺されてもいいのか？」

メガンが満足げな顔をしてスツールから立ちあがった。「母さんが怒り狂うのは私に対してだけ。兄さんがすることはなんでもかんでもすばらしいと思ってるんだから」

「それは違う」

メガンは話題を変えた。「今日も仕事なの？」

今日は日曜で非番だが、殺人事件の捜査は時間を選ばない。「ああ。オフィスで片づけなければならない仕事がある」

「出かける前に自転車を見てくれる？」

ノアはため息をついて残りのコーヒーを飲み干した。「わかった。だが、ブロードウェイのビジネス街は安全じゃない。ホームレスが物乞いしているし、駐車場で五番街にあるリカーショップは週末ごとに強盗の被害に遭ってる。ハンバーガーショップのトイレでは薬物依存症のやつらがドラッグを打ってるし、マッサージパーラーは……マッサージを行うところじゃない」

メガンが顔をしかめる。「それなら海沿いの地区に行ってみようかな」

海沿いもスラム街と変わらず治安はよくなかった。「あまり遠くへは行くな」ノアはすでに自分が妹のお守《も》り役にうんざりしはじめていることに気づいた。「夜は自転車には乗らないほうがいい。反射板がついてないし、とにかくこのあたりは危険なんだ。その点に気をつけて働く時間を決めるといい」

メガンは強情そうに顎をあげた。「兄さんがここなら安全だと思う場所はないの？」

「ない」ノアは言った。チュラビスタに安全な場所などない。

自転車のタイヤに空気を入れ、ダイヤル錠の組み合わせをメガンに教えたあと、ノアはチュラビスタ市警本部に向かった。サンティアゴにクラブ・スアベの監視カメラの映像を確認するように言われていたので、その作業を行うつもりだった。カスティーリョが殺人を自供していたら聞き込み捜査は必要なくなるかもしれないが、そう簡単にはいかないと踏んでいた。

署に行くと、ウィリアムズ刑事が背中を丸めてコンピュータの前に座っていた。片手をマウスに置き、浅黒い顔を画面にこすりつけるようにして粒子の粗い画像をにらんでいる。ウィリアムズは殺人課の新入りで、若くて頭が切れ、とにかく体が大きかった。

「やあ」ウィリアムズはまばたきせずに言った。

ノアは事件に関するスクープを聞かせてもらえるのを期待して、ウィリアムズの隣にある椅子をつかんだ。「カスティーリョの取り調べはすんだんだろう？」

「それが、あいつにアリバイがあったんだ。これを見てみろよ」

ノアは画面を食い入るように見つめた。カスティーリョの金色のシボレー・カマロが国境の検問所の建物に近づいていく映像が映っていた。「サン・イシドロの検問所か？」

ウィリアムズがうなずく。「午前零時一分に国境を越えてティファナに入っている。戻ってきたのは六時十五分。行きも帰りも鮮明な映像が残ってる」

「検死官から正式な死亡推定時刻は出たのか？」

「まだだ。だが非公式には午前二時から四時のあいだと言ってる」

クラブ・スアベのウエイトレスは、ロラ・サンチェスが午前二時十五分までクラブにいたと証言している。よって犯行時刻はさらに絞られ、午前三時から四時のあいだに殺された可能性がある。メキシコにいたカスティーリョが犯行に及ぶのは不可能だ。

「くそっ」ノアは片手で髪をかきあげた。カスティーリョが有罪であってほしかった。自分が殺人犯を逮捕したことになるからだけではない。署の警察官は全員、ロラ・サンチェスをレイプして殺した犯人を刑務所に入れたがっていた。

「麻薬取締局がドラッグの密売でカスティーリョを捜査してる。家宅捜索令状と車両押収令状を取るようだ」

ノアはカスティーリョが所持していたドラッグがメキシコから密輸されたものだとしても驚かなかった。「ティファナで何をしていたと言ってる？」

「売春宿をぶらついていたと言ってる。ひとりで」

ノアは検問所で停まったカマロの静止画像に目を凝らした。カスティーリョは嘘をついている。やつはひとりではない。同乗者はカメラがどこにあるのかわかっているように顔をそむけている。「別の角度から撮った映像はないのか？」

「ない」

ウィリアムズがマウスを動かして一番よく撮れている画像を拡大した。同乗者の顔は映っていないが、若く健康そうに見えた。短い黒髪でカスティーリョと同じように白のTシャツを着ている。左の手首にはバンダナを巻いていた。

「チュラビスタ・ロコスだ」ノアは言った。

「サンティアゴに見せよう」ウィリアムズは椅子から巨体を持ちあげた。「見学に来るか?」

ノアはまたとないチャンスに飛びついた。「もちろん」

廊下を挟んだ右側に取り調べの様子を録音、録画する部屋があった。すでに数人の刑事が進行中の取り調べの様子を見ていた。灰色のズボンに青いシャツを着たサンティアゴは落ち着き払っている。それとは対照的にカスティーリョはドラッグの禁断症状が出ているのか、げっそりしてひどく汗をかき、疲れ果てて見えた。

ウィリアムズは国境の検問所でカスティーリョともうひとりの男が写った写真のコピーを刑事のひとりに渡した。刑事はイヤホンを通して新たな情報をサンティアゴに伝えた。

「おまえが同乗者とメキシコからアメリカに入国したときの映像がある」サンティアゴは言った。「麻薬取締局はおまえの旅行に特別な関心を示すだろうな。捜査に協力すれば長い刑務所暮らしをせずにすむ」

禁断症状は出ていたが、カスティーリョは愚か者ではなかった。どのみち刑務所行きが避けられないことはわかっている。「金曜の夜にしたことはみんな話した。ティファナに行った。いい女が見つからなかったから戻ってきた。それだけだ」

「一緒にいたのは誰だ？」

「誰でもない」

「その〝誰でもない〟やつはチュラビスタ・ロコスのメンバーか？」

カスティーリョが反抗的に目をぎらつかせた。「俺がチュラビスタ・ロコスのことを話すとでも思ってんのか？」

「刑務所では守ってもらえないぞ」

それは紛れもない事実だ。カリフォルニアの刑務所は規模が大きい組織化されたギャングに支配されている。メキシカン・マフィアに比べたら、チュラビスタ・ロコスはボーイスカウトのようなものだ。

「弁護士と話がしたい」カスティーリョはそう言い、だんまりを決めこんだ。「ロラには何もしてない。誰だか知らないが、ロラをひどい目に遭わせたやつは俺が殺してやる」

サンティアゴは席を立ち、カスティーリョを留置場に戻すよう刑務官に合図した。ひと晩、監房に入れられ、明日、国選弁護人と面会することになるだろう。ショーは終わった。ノアはほかの刑事とともに部屋を出た。

「ゆうべ、君が逮捕したんだろう？」ウィリアムズは言った。

ノアはうめいて、右手を出してみせた。指の関節にかさぶたができている。「頭を撃ち抜かれそうになった。うかつだった」

「それでも逮捕したじゃないか。僕なんか、逃げられたらおしまいだよ。風のように走れたらな」

「大型トラック並みの破壊力があればな」ノアは真面目に言った。「だから、おあいこじゃないのかな」

ウィリアムズが笑った。「クラブ・スアベの女の子はどうだった？」

「最高だよ」ノアは素直に認めた。

「監視カメラの映像を確認するのに手は足りてるか？」

ノアは被害者と接触した客をすべて洗いだし、それをアプリル・オルティスが教えてくれた特徴と照らしあわせるつもりだった。時間のかかる作業だが、ひとりでするほうがいい。アプリル・オルティスのミニスカートが体の線をあらわにしている様子に、事件とは関係のない関心を抱くといけないからだ。

「ひとりでなんとかなるよ」ノアは笑みを返した。

「どうして僕には美人に話を聞く機会がまわってこないんだろう？」ウィリアムズが

自分の相棒にこぼした。「普段の行いがよくないのかな」

メガンは海沿いの店をあたってみたが、まったく成果がなかった。

ブティック、アイスクリームショップ、アウトレットのスポーツ用品店、サンドイッチのデリカテッセンがあったが、どの店も求人募集はしていなかった。夏の終わりで、小規模な店舗はむしろ人を減らそうとしていた。

大学の職業訓練プログラムに申しこんでみようかとも思ったが、講座が始まるのは三週間後からで、それまで待っていられなかった。早く何か仕事を見つけないと、兄に追いだされてしまう。

メガンは決意も新たに東に向かってペダルを漕《こ》ぎだした。兄には行かないように言われていたブロードウェイのビジネス街だ。

人通りが多く、ホームレスがバスの停留所のあたりをうろついていたが、危険は感じなかった。むしろ……活気を感じた。メガンが生まれ育った白人ばかりの保守的な小さな町と違い、チュラビスタは無秩序に広がる大都会で、異なる文化のるつぼだ。騒々しく、異国情緒が漂い、少し猥雑だった。

メガンはそれが気に入った。

とはいえ、働き口が簡単には見つからないという兄の予想は正しかった。スペイン語の話せないメガンはこの街ではまったく使いものにならない。韓国系アメリカ人が経営する鮮魚店でも職にありつくことはできないだろう。そして、ハンバーガーショップは本当に世にも恐ろしいところだった。

今朝、兄には大人ぶってみせたが、裸になって踊るつもりも、〝マッサージ〟をするつもりもなかった。

焼けつく日差しがむきだしの肩や頭のてっぺんに降り注ぎ、汗が胸の谷間を伝って落ちた。気がつくと、働く場所ではなく、冷たい飲み物を買える場所を探していた。角にスーパーマーケットがあった。前に買い物をしたことがある店だ。アウトレットのように巨大ではなく、中程度の規模で、通りに面したウインドウも店内も清潔そうだった。入口付近にドラッグの売人らしき人物もいない。

メガンは期待に胸をふくらませ、そのまま店の周囲を走って駐輪スペースを探した。駐輪スペースは裏口近くにあり、自転車を降り、地面に膝をついて施錠しようとしたとき、若い男性が驚くほどのスピードで角を曲がってきた。

男性のほうもメガンを見て驚いたようだった。「悪い」すばやく自転車から降りる。渋滞をすいすい抜けられるフリースタイルタイプの自転車だった。男性はメガンと同じくらいか、一歳か二歳年上に見えた。短い黒髪で、これといった特徴のない服装をしている。同じようなタイプの男性を今日は何人も見かけた。

男性がプラスチックのカバーがついたチェーンを前輪のスポークに通そうとしたとき、彼の手がメガンの手に近づき、思わず見とれた。なぜか心臓がどきどきした。

「いい鍵だな」男性が言った。

メガンは震える手で施錠し、男性の目を見あげた。彼にメガンを怖がらせる意図はなく、単に好奇心から訊いただけに思えた。「兄が警官なの」彼女は立ちあがった。「このタイプの鍵が一番だと言ってたわ」

男性も立ちあがってうなずいた。「君の兄さんの言うとおりだ」

メガンはタンクトップが汗で肌に張りつき、体が熱くほてるのを感じた。彼も同じように汗をかいていた。中で着替えるのか、紺色のポロシャツを片方の肩にかけている。

「ここで働いてるの？」メガンは尋ねた。

「そうだ」

「どんな感じ？」

彼は肩をすくめた。「まあまあかな」

「求人募集はしてる？」

「してるんじゃないかな。先週、袋詰めの係がふたり辞めたばかりだから」

メガンは舌で唇を湿した。「誰に話せばいいの？」

「ジャックだ」その名前を口にしたとき、声にあざけるような響きがあった。「君なら即採用だよ」

「そう思う？」

「ジャックは美人が好きだから」

メガンはお世辞に戸惑い、髪に手をやった。彼はほかに何か言いたいことがありそうだったが、結局口にしなかった。「あなたの名前は？」

男性が手を差しだした。「エリクだ」

「私はメガン」

「はじめまして《ムーチョ・グスト》」

握手をしてエリクがほほえむと、メガンはお腹の中で何かが飛び跳ねるような奇妙な感覚に襲われた。彼は歯並びの整った白い歯をしていた。たった今シャワーを浴びたばかりのようないい香りがする。

「はじめまして《ムーチョ・グスト》」メガンはぎこちなく繰り返し、エリクの手を放した。

エリクが笑った。「いや、君は〝こちらこそ《エル・グスト・エス・ミオ》〟と言えばいいんだ。〝喜び《プレジャー》は私のものです〟という意味だ」

彼にとてもそんなことは言えない。〝肉体的な歓び《プレジャー》〟と聞いただけでメガンは顔から火が出そうになった。

メガンが気まずそうにしているのに気づいて、エリクの顔からおもしろがるような表情が消えた。「ジャックはオフィスにいる。幸運を祈ってるよ」

「ありがとう」メガンは建物に沿って歩きながら自分を戒めた。エリクは自分に気があるわけではない。彼がハンサムで、スペイン語がセクシーに聞こえるだけだ。

「エル・グスト・エス・ミオ」メガンは小さな声で言い、目をくるりとまわした。

店内に一歩入ると、北極に来たのかと思うほどエアコンがきいていて、熱くほてった体に風が冷たく感じられた。メガンはレジを通り過ぎ、オフィスを探した。

電子カウンターのところでぶらぶらしている男性と女性の従業員がいた。ふたりとも同じ紺色のポロシャツを着ている。女性は若く、黒髪にアッシュブロンドのメッシュを入れていた。セクシー系の魅力的な女性だ。一緒にいる男性はひょろっとしていて、ぼさぼさの髪に眠そうな目をしていた。

「やあ」彼はメガンを上から下までじろじろ眺めた。

この男性がジャックに違いない。

「あの」メガンは自分でも緊張しているのがわかった。「求人募集の書類をいただけないかと思って」

「もちろんだ！　そこらへんにあったはずだが」

ジャックがカウンター下の書類の山に手を突っこんで探しているあいだ、カウンターにもたれていた女性が片方の眉をあげ、品定めするような目でメガンを見た。

「すてきな髪ね」

メガンも同じように相手を品定めした。「そのハイライト、すてきね」

「クリスティーナよ」女性が態度を変えて言った。「この人はジャック」

ジャックがメガンに書類を渡した。

「メガン・ヤングです」彼女は自己紹介した。「ここで記入してもいいですか？」

「どうぞ」

「あたしは仕事があるから」クリスティーナがけだるそうに言った。

ジャックはクリスティーナの後ろ姿を目で追った。彼の目はうつろで、少し血走っている。

「人を募集していますか？」メガンは訊いた。

ジャックがメガンに注意を戻し、指先でカウンターを叩いた。「仕事によっては」

「たとえば？」

「袋詰め作業をした経験は？」

もちろんメガンにそんな経験はない。「冷たいものは冷たいものと一緒に。重いものは下に、軽いものは上に入れればいいんですよね」

ジャックはにやりとした。「客にはなんて言う？」

「いらっしゃいませ」

「値段はどうやって確認するんだ？」

メガンは肩をすくめた。「商品が置いてあった棚に行って、値札を見る」

「ブリーは何？」

「チーズ」

「ファラフェルはどこに置いてある？」

メガンはそれがなんなのかさっぱりわからなかった。「エスニックフードのコーナー？」

「スペイン語は話せる《アブラ・エスパニョール》のか？」

「いいえ。でも手話が少しできます」

「よし」ジャックがカウンターの後ろから出てきた。「君は物覚えがいいようだし、使えないやつばかりで困ってるんだ。源泉徴収票を取りに行こう」

メガンはまだ書類の記入も終えていなかった。「雇ってもらえるんですか？」

「もちろん。今から始められるかい？　人手が足りないんだ」

メガンはジャックのあとについて両開きのドアをいくつか通り抜けた。「オーケー」

彼女は倉庫を見まわした。中は雑然としている。生鮮食品の箱が天井まで積みあげられ、エリクともうひとりの男性が牛乳パックのかたまりを運んでいた。

従業員が搬出口を頻繁に出入りするためか、店の裏手にはエアコンがついていなかった。

メガンはエアコンのききすぎた店内にいたあとなので心地よく感じられたが、エリクと同僚の男性はそうではなかった。エリクは髪の生え際に汗をかいている。七リットルの牛乳を持ちあげるとき、彼の腕の筋肉が盛りあがった。

「衛生状態に気をつけろと何度言わせれば気がすむんだ？」ジャックが声を荒らげた。「五番通路に制汗剤が売ってるだろ」

「失《う》せろ」エリクは足を止めずに小声で言った。

ジャックはエリクが冗談を言ったかのように笑った。メガンには冗談だとは思えなかった。「これを着てくれ」ジャックがメガンに紺色のポロシャツを渡した。「LとLサイズしかないんだ」

「Lで大丈夫です」メガンは制服を受け取った。新品ではないが、清潔そうに見えた。

「トイレは向こうにある」ジャックは青い円に男性と女性の姿が描かれたドアを指さした。「書類に記入したら、タイムカードを押してくれ」

メガンはポロシャツを胸に抱えて唾をのみこんだ。

「クリスティーナが仕事を教える」

「わかりました」

エリクともうひとりの男性は、ジャックが倉庫から出ていったあとも仕事のペースを落とさなかった。一定の速度で牛乳のカートンを次々に積み重ねていく。メガンは書類に記入しながらもふたりが気になり、ちらちら見ずにはいられなかった。

エリクのほうが背が高く、スポーツ選手のような引きしまった体型をしている。手首に茶色のバンダナを巻いていて、ファッションとしてはどうかと思ったが、みっともなくはなかった。冷却器の上段に牛乳パックを積みあげるとき、ポロシャツの半袖から、上腕二頭筋に入れたタトゥーの文字の一部がちらりとのぞいた。

メガンはそれも不快には感じなかった。

赤くなって目をそらし、周囲を観察した。小さなテーブルを挟んでプラスチック製の椅子が三脚置かれていた。タイムレコーダーのそばには電子レンジと小さな冷蔵庫がある。従業員の休憩室としては粗末だが、贅沢は言っていられない。メガンは〝希望する給与額〟のところだけ空欄にして書類の記入を終えた。

わずかな賃金しか期待できないことは書類を見ただけでわかる。源泉徴収票に記入するのにさらに数分かかり、あれこれ試してみた末にようやくタイムカードを押すことができた。それがすむと、トイレに行って着替えた。省エネタイプの照明で顔が青白く、目がうつろに見えた。

メガンは身震いし、ヘアバンドを直して出ていった。

エリクがテーブルのそばに立って、ミネラルウォーターを飲んでいた。メガンは浅黒い首筋の喉ぼとけが上下するのを眺めた。

「あの……荷物はどこに置いたらいいの？」

エリクはメガンのメッセンジャーバッグをちらりと見て、キャビネットの下部を開けた。「ここに入れるといい」

メガンはほかの人のバッグの横に自分のバッグを入れた。「ありがとう」

エリクはうなずいたが、態度がどこかよそよそしかった。ジャックに衛生面のことで小言を言われたのを気にしているのだろうか？

「エル・グスト・エス・ミオ」メガンはとっさに言った。

エリクは静かに笑って首を振った。「こういうときには使わないが、まあいいだろう」

「もっと勉強しないとだめね」

エリクが一瞬視線をメガンの唇にとめる。彼は協力を申しでたそうに見えた。

「それじゃあ、またあとで」メガンはそそくさと出ていった。

「またあとで」エリクも言った。

あっという間に数時間が経《た》った。人手が足りないというジャックの言葉に嘘はなかったが、余計な口出しはしないという彼の従業員の管理法にも問題があった。従業員の能力に差があり、メガンはクリスティーナの二倍の量の食料品を袋詰めした。

気づいたときにはすっかり日が暮れ、閉店時間になっていた。

「明日の午後にまた来てくれ」ジャックが言った。

メガンが店を出たときには、エリクはすでに外にいて、自転車の鍵を外しているところだった。暗く暑い夜だった。

「遠くに住んでいるのか？」メガンの不安そうな表情を見て、エリクが訊いた。

「数キロ離れたところ。インペリアル・ビーチよ」

エリクはうなずいた。「送っていくよ」

「どこに住んでるの？」

「キャッスル・パーク」

送ってくれるというのはありがたかったが、キャッスル・パークはインペリアル・ビーチとは反対の方角にあり、申し訳なく思えた。「このあたりは、夜は……安全じゃないの？」

「安全とは言いきれない。女のひとり歩きは危険だ」

「自転車に乗っていれば大丈夫」メガンは言った。

「携帯電話は持ってる？」

メガンはかぶりを振った。家を出る前に母に取りあげられてしまった。

「ちょっと待って」エリクがバックパックを探った。中から白い紐《ひも》のついたホイッスルを取りだす。「試しに吹いてみて」

メガンは唇をすぼめ、ホイッスルに息を吹きこんだ。夜の空気をつんざく甲高い大きな音がして、ふたりとも驚いて笑った。

「これなら気づいてもらえる」エリクが言った。

メガンは首からホイッスルをぶらさげた。「明日、返すわ」

「心配しなくていいよ。姪《めい》っ子にもらったんだ。俺がおもちゃが好きだと思ってるらしい」

メガンはほほえんだ。「それなら、なおさら大切なものじゃない」

ふたりはそのまましばらく見つめあった。メガンは今になって、家まで送ると言ったエリクの申し出を素直に受けていればよかったと思った。慌てて腰をかがめ、自転車の鍵を外す。メインストリートで別れたとき、エリクと目に見えない糸でつながれている気がしてならなかった。

ホイッスルに手を触れ、家に向かってペダルを漕ぐ。金属が肌にひんやりと冷たかった。

6

翌朝、アプリルは七時にはっと目を覚ました。心臓が激しく打っている。母のホセファが恋人のバイクの後ろにヘニーを乗せてビーチに行こうとしている悪夢を見た。アプリルは車であとを追っていた。ヘニーの悲鳴が聞こえた気がして車の窓を開けようとしたが、開かない。フロントガラスは埃《ほこり》にまみれ、強烈な日差しで前が見えなかった。

突然、前の車が停止し、アプリルは急ブレーキをかけ、タイヤをきしらせて停まろうとしたものの、前の車に追突してしまった。

アプリルは悪夢を振り払うように起きあがり、目にかかる髪を払いのけた。隣にヘニーの小さな体のぬくもりを感じた。また寝ているあいだに母親のほうにすり寄ってきたのだろう。クイーンサイズのベッドの片側は空いたままになっている。

アプリルはベッドの端からおりた。思わずため息がもれる。家賃を払っているのは自分なのに、部屋は娘と一緒だ。つい最近まではなんの不満もなかった。ヘニーは赤ちゃんの頃からひとりで寝るのをいやがり、それでアプリルは自分のベッドに寝かせるようになった。アプリルは若く、子育てに不慣れで、ヘニーをそばに置いておくと安心だった。一緒に寝るほうがお互いによかった。

しかしヘニーが成長するにつれ、アプリルはプライベートな空間がほしくなった。ヘニーはいっときも目が離せない時期を脱し、母親べったりではなくなった。ほかの女の子のように、好きな色で統一し、お気に入りのおもちゃであふれた自分の部屋をほしがるようになった。

アプリルはできることなら娘が望むものを与えてやりたかった。十代で予期せず母親になり、シングルマザーになってしまったが、ヘニーのために生まれ変わると誓った。娘には自分が持っていた以上のものを与えたかった。アプリルには父親がおらず、生活は不安定で、周囲に模範となるような大人もいなかった。

しかし気づけばアプリルも母のホセファと同じ道を歩んでいた。ひとりで子供を育て、食べていくのがやっとだ。母のように悪い男を選び、人生の選択を誤った。

母がおととい の晩、ヘニーをひとりにしたことを申し訳なく思っているのはわかっていた。アプリルとヘニーがビーチから戻ると、母はご馳走を作って待っていてくれた。ヘニーの大好きなデザートのオレンジフランもあった。アプリルはそんなことではごまかされず、ひと言も口をきかなかった。気まずい食事がすむと、三人とも早めに部屋に引き取った。

　でも、いつまでも黙っているわけにはいかない。

アプリルは手早く身支度を整え、顔に冷たい水を浴びせた。ヘニーを起こして軽い朝食をとらせると、外に連れだした。昨日、近所のコンスエラに母に代わってヘニーを預かってもらえないかと頼んでみたのだ。コンスエラには三人の娘がいて、一番下の女の子はヘニーと同い年で、三人は遊び友達だった。夫は季節労働者として北部に出稼ぎに行っており、少しでもお金になるならと快く引き受けてくれた。金額や時間など細かい条件も決まり、ほっとしていた。

　今度はそれを母に伝えなければならない。

アプリルはヘニーの手を引き、左右を確認してから通りを渡った。不安な思いでコンスエラの家の玄関のドアをノックする。「少しのあいだ、ヘニーをファビアナと遊ばせてもらえない？」コンスエラが応対に出てくると、アプリルはスペイン語で尋ねた。「母《アブエリータ》に……話さないといけないから」

「おばあちゃんは病気なの」ヘニーが助け船を出した。「薬をのみすぎちゃう病気」

コンスエラがヘニーを招き入れた。「さあ、どうぞ。時間は気にしないで」

「ありがとう《グラシアス》」

アプリルは汗ばんだ手のひらをショートパンツで拭いて家に引き返した。朝のこの時間帯はまだ涼しく、空も雲に覆われていたが、すぐに雲のあいだから焼けつくような日差しが照ってくるだろう。母はリビングルームのソファの上で丸くなっていた。華奢な両手で大きめのマグカップをつかんでいる。

アプリルもカフェインがほしかった。昨夜は母にどう話を切りだしたらいいか思い悩み、よく眠れなかった。

「ヘニーはどこ？」

「コンスエラの家にいるわ。今日から私が働いているあいだ、預かってもらうことにしたの」

ホセファは殴られでもしたかのようにのけぞり、マグカップを脇に置いた。「この前の夜は悪かった。ヘニーをひとりにしていいものかどうかさんざん迷ったけど、すぐに戻ってくるつもりだったし……」忌まわしい記憶を消し去ろうとするように顔の前で両手を振る。「言い訳はよすよ。あんなことは二度としない」

アプリルは詰め物をした椅子に腰をおろした。コーヒーはもはやほしくなっていた。すでに胃がむかつきはじめている。「前にもヘニーを置いて出かけたことがあるの？」

ホセファが美しい茶色の目をしばたたいた。「ないよ」

アプリルは手の震えを隠すために腕組みをした。「男を家に入れたことは？」

「ない」母はきっぱりと否定した。

本当のことを言っている気がしたが、母は嘘をつくのがうまい。「男にちらりとでもヘニーを会わせたとわかったら、一生許さないから。絶対に」

ホセファの目に涙があふれた。「そんなことはしてない」

アプリルも目の奥がちくちくして、深く息を吸いこんだ。クローゼットに隠れていたヘニーの姿が目に浮かび、胸が張り裂けそうになる。子供の頃、母の恋人が夜中に部屋に入ってこようとしたとき、アプリルも同じようにクローゼットに隠れた。

「ヘニーの身にそんなことが起きたら、死んでも死にきれない。「悪いけど母さん、このままにしておくわけにはいかないの。母さんには治療が必要よ。それがいやなら、出ていって」

ホセファが信じられないと言わんばかりの目で娘を見た。「たった一度の過ちで？」

「大きな過ちよ、母さん。それも初めてじゃない」

「もう二度としないと約束する」

「バッグの中にコカインが入っているのを見つけたわ」

ホセファは青ざめた。「私のじゃない」

アプリルは泣きだしそうになりながらも、あざけるように鼻を鳴らした。「ヘニーが見つけてたら、どうなっていたと思うの？ 〝カプセル入りのドラッグ《ビタミン剤》〟を口に入れてしまう危険だってあるのよ」

「減らすようにする」ホセファは十字を切った。「誓うから《テ・ロ・フロ》」

前にも聞いたことがあるせりふだ。「だめよ」

「どういうこと？」

「完全にやめてほしいの。依存症者の会やプログラムに参加するとか、とにかく必要な治療を受けて」

ホセファはしばらく黙って頬を濡らす涙をぬぐっていた。「つらいことばかりで、ちょっとくらい楽しい思いをしてもばちはあたらないと思ったんだよ。ヘニーが大きくなったら、おまえだって羽を伸ばしたくなる」

「母さんは私が生まれる前から羽を伸ばしっぱなしじゃないの」

「違う！ おまえが赤ん坊のときは一生懸命子育てしたよ。自分の時間をすべておまえに捧げた。ヘニーにだってそう。私が何時間面倒を見てやってると思ってるんだい？　それなのに、お金をよこせなんて一度も言ったことがないだろう。感謝こそされ、こんな仕打ちを受ける覚えはないよ。おまえが妊娠したときには面倒を見てやったし、おまえが顔に痣《あざ》を作ったときだって――」

アプリルは手をあげて母を制した。「家賃を減らしてあげる代わりにヘニーの面倒を見る約束だったでしょう。その家賃だってもう何カ月も払ってもらってないわ。私の財布からお金は盗むし、母さんに借りなんてない」

ホセファが手を伸ばしてアプリルの手首をつかんだ。「私からヘニーを取りあげないでおくれ。大事な大事な孫なんだよ。頼むから」

アプリルは母の手を振りほどき、唇が震えないようにきつく引き結んだ。「ここにはもういてほしくないの。電話もかけてこないで。訪ねてもこないで。治療を受けないなら、娘の人生にかかわってほしくない」涙で声がかすれそうだった。「私の人生にも」

「私を叩きだすつもり？」ホセファが立ちあがった。「どこに行けっていうんだよ」

自分をパーティに連れていってくれる男はいくらでもいるが、親身になって世話を焼いてくれる男はひとりもいないことを母は知っていた。友人といっても、大半はいいかげんな酔っ払いだ。母は手首を怪我してから一年近く働いておらず、傷病手当も支給されなくなっていた。支給されたお金は処方薬に消えてしまった。

母にはお金も財産と呼べるものもなく、チャンスもない。文字どおり路頭に迷うことになる。「ごめんなさい」アプリルは涙をこらえて言った。

母は怒って足音も荒く部屋から出ていった。「やめようと思えば、いつだってやめられるんだから」スペイン語で悪態をつき、チェストの引き出しを開けてベッドに次々と服を放りはじめた。「冷たいもんだ《フリア》ね。修道女みたいな生活なんてしてられるわけがないだろう」

アプリルは目に浮かんだ涙を見られないように顔をそむけた。「二、三時間、ヘニーを公園で遊ばせてくるわ」気が変わらないうちに玄関に向かった。「大騒ぎしてヘニーの心的外傷《トラウマ》になるようなことはしないで。本当にあの子を大切に思ってるなら、静かに出ていって」すすり泣きがもれないよう、手の甲で口元を押さえながら家を出た。

これでは実の母親にホームレスになって橋の下で暮らせと言ったも同然だ。

自分はいつからこんな血も涙もない娘になってしまったのだろう？

アプリルはバッグを肩にかけ、通りを渡ってヘニーを迎えに行った。心配そうな顔をしたコンスエラに、なんと言えば安心してもらえるのかわからなかった。だから弱々しくほほえみ、ヘニーの腕をつかんで歩いた。泣き崩れる前に近所から離れたかった。

ふたりはインペリアル・ビーチの近くにある比較的静かで安全な公園まで歩いた。そのあいだもヘニーはアプリルにあれこれ質問し、ひっきりなしにしゃべりつづけた。アプリルは緊張型頭痛が始まり、こめかみがずきずきして視界がぼやけてきた。ヘニーはあまり手のかからない子供だが、活発でじっとしているのが苦手で、ときどき手を焼かせた。頭がよく、知りたがり屋でおしゃべりだった。アプリルがいらいらしていたり気が散っていたりするとますますその傾向が強くなり、今日は静かにさせることは不可能だった。

アプリルは公園に着くとすぐに自動販売機でダイエットコーラを買った。喉を鳴らして飲んだあと、しかたなくヘニーにも飲ませた。「少しだけよ」念を押す。「カフェインが入ってるから」

「遊んでもいい？」

アプリルは公園のベンチにぐったり座りこんだ。「ちょっと待って。話があるの」

ヘニーは隣に座ったが、落ち着かない様子だった。まだ朝露に濡れている青々とした芝生や小さな遊び場のほうをきょろきょろ見ている。

アプリルはヘニーの腕に手を置いて、自分に注意を向けさせた。「おばあちゃん《アブエリータ》がしばらくお友達のところに行くことになったの。もう一緒には暮らさないのよ」

ヘニーが眉間に皺を寄せた。「どうして？」

喉にかたまりができたようにアプリルはすぐに言葉が出てこなかった。「薬ののみすぎで病気になってしまったの」やっとの思いで言葉を絞りだす。「よくなるために家を離れなければならないのよ」

ヘニーの目に涙があふれた。「もう戻ってこないの？　パパみたいに？」

ヘニーの問いかけにアプリルは不意打ちを食らって衝撃を受けた。ヘニーは父親のことはほとんど覚えていないはずだ。ラウルは数年前に刑務所に入り、刑期がまだ数年残っている。ヘニーには一生のように思えるのだろう。アプリルには一生の半分でも短すぎるように思えた。

「わからない」正直に言った。「戻ってこられるといいけど。だからこれからママが夜、仕事に出るときは、ファビアナのおうちに行くのよ」

ヘニーの表情がぱっと明るくなった。「お泊まりするの？」

「そうよ」

ヘニーはしばらく考えた。「いいよ」

　どのおもちゃを持っていっていいかさらに二、三の質問をしたあと、ヘニーはベンチから飛びおりてうれしそうに遊び場に走っていった。

アプリルはほっとしてダイエットコーラを飲んだ。ヘニーがどんな反応を示すか心配だった。きちんと事情をのみこんだら泣くかもしれないが。

あとは母がひと悶着《もんちゃく》起こさずに静かに去ってくれることを祈るのみだ。

ヘニーに父親がいれば事情は違っただろう。アプリルには相談にのってくれるような相手はひとりもいなかった。仕事と学校以外、どこに行くにもヘニーが一緒だ。母親業に休みはない。ヘニーを海や公園で遊ばせているあいだも目が離せず、うたた寝もできなかった。

常に気を張って見守っていなければならないので、神経がすり減った。

　ほんの少しの時間でいいから、ほっと息をつきたかった。でもそれすら許されない。

ヘニーがいるのに耐えがたいほど孤独だった。

「めそめそしてる場合じゃないわ」アプリルは手の甲で涙をぬぐった。今は涙を流すことさえ贅沢に思えた。子供でもあるまいし、大の大人が公園でわんわん泣くことはできない。

ラウルと別れたとき、いい母親になると誓った。もう何年も男性とはデートすらしていない。母のようにはなりたくなかった。母は娘の前に次々と新しい男を連れてきた。それでもアプリルは自分にふさわしい相手を選べればいいのにと思わずにいられなかった。ヘニーはエリクを慕っているし、ほかにもいいと思える男性はいた。ヘニーのためにもそういう相手とつきあったほうがよかったのかもしれない。

もちろんアプリルにとっても頼れる相手がいれば心強かっただろう。

母はアプリルを冷たい《フリオ》と言った。それは誤解だ。アプリルは恐れているだけだ。また男性とデートするようになったら、間違った選択をしてしまいそうで怖かった。少しでもお酒を飲んだら、もとに戻ってしまう気がした。警戒心を緩めたら、また身も心も傷つくようなことをしてしまいそうだ。

アプリルはため息をついてバッグから小さなノートを取りだした。夏のあいだはフルタイムで働いているので収入は多かった。大学に入ったら、クラブで働く時間を減らすつもりだ。明け方近くまでお酒を運んでいると、授業に集中するのは難しい。今後はベビーシッター代を稼ぐために最低でも週に三日働くか、引き続きエリクの施しをあてにするしかなくなる。アプリルはいらだち、ノートをバッグに押しこんで遊び場のほうを見た。

ヘニーがいなくなっていた。

ノアはランニングをしながら五番街を渡った。いつも走るのはもっぱら近所で、周囲を注意して見ることもなかったが、今日は事件のこともあり、今まで行ったことのない場所に足を向けた。

クラブ・スアベの監視カメラの映像は不鮮明でほとんど役に立たなかった。ウエイトレスを見分けるのが精いっぱいだ。ロラ・サンチェスとアプリル・オルティスはふたりとも長い黒髪で体型も似ていた。よく観察すると、アプリルは姿勢がよく、動きもきびきびしている。一方、ロラはだるそうに酒を運び、特定のテーブルに長居した。ノアが見た限り、挙動不審な客はいなかった。

トニー・カスティーリョは事件当日、ロラにはいっさい会っていないと証言した。ロラと体の関係があったことは認めたが、当日はひとりで売春宿にいたと言い張った。自宅に隠し持っていたドラッグが押収されあとも、一緒に車に乗っていた男の名前を言うのを拒否し、販売目的のドラッグ所持、不法取引の容疑で送致された。

だが殺人事件の容疑者からは除外された。

カスティーリョがドラッグを入手するためにメキシコに行ったのは明らかだ。ロラはドラッグ常用者の大半がそうであるように、次の注射を打つのが待てずにドラッグを求めて出かけ、深刻なトラブルに巻きこまれたのだろう。

　ウエイトレスのひとりが、店が終わったあとロラを友人の家で降ろしていた。ロラはソファで寝起きしていたという話だったが、友人はロラが帰ってきたのには気づかなかったという。ロラはドラッグを手に入れるためにそのまま外へ出たのかもしれない。

　女性が殺人事件の被害者の場合、犯人は被害者と親しい間柄にあるケースがほとんどだ。夫、恋人、男友達が第一容疑者になる。

　けれどもロラが殺人犯とまったく面識がなかった可能性もあった。その場合、捜査は白紙に戻る。ロラはたまたまその場に居あわせたか、犯人が求める特定のタイプに合致したために襲われたと考えられる。この種の犯人は目撃者か物的証拠がない限り、逮捕するのは困難だ。

　犯人が第二の犯行に及ぶ可能性もあった。狙われるのは似たタイプの女性だ。

　ノアはロラの友人の家を横目でちらりと見ながらゆっくり走り過ぎた。殺人事件の捜査においては犯人の動機にかかわらず、犯行現場の位置が重要になる。ロラの足取りをたどるために、最後に寝泊まりしていた友人の家から犯行現場までの地図が作製されるだろう。

従業員名簿によると、アプリル・オルティスはこの近くに住んでいるはずだ。彼女の自宅からアレグリア・パークまでは二キロも離れていない。あの公園は日中は子供や家族連れの姿が多く見受けられるが、日が暮れるとドラッグの売人が姿を現す。ロラはドラッグを買うために公園に行ったのかもしれない。

ノアはあと数ブロック走って本来の調子を取り戻そうと、そのまま公園に向かった。ランニングは最高のストレス解消法だったが、今日はなぜか体が重かった。雲間から強烈な日差しが照りつけ、湿度が高くて蒸し暑い。

速度を落とし、事件のことを考えながらゆっくり公園の角を曲がる。サンティアゴに指示されたわけではないものの、ノアはこの事件の捜査に全力を注ぐつもりだった。この近所の誰かが何かを知っているはずだ。

公園に入り、噴水式の水飲み場の前に来たときには、さまざまな情報がノアの頭の中を駆け巡っていた。死亡推定時刻。チュラビスタ・ロコス。アプリル・オルティス。前に立っていた三つ編みの小さな女の子が水を飲もうとしていたが、背が届かなくて困っていた。

ノアはあたりを見まわした。女の子を抱きあげてやっていいものかどうかわからなかった。ほっそりとした黒髪の女性がこちらに背を向けて公園のベンチに座っている。

「さあ」ノアは水飲み器の前に片方の足を出した。「この上にのっていいよ」

女の子はベンチの女性からノアの顔に視線を移し、彼の三十センチの足をまじまじと見た。水を飲みたそうにしている。

「どうぞ」

女の子は警戒の目でノアを見つめてから、彼の靴の爪先部分にのって水を飲んだ。飲み終えるとノアの足からおり、口元をぬぐって再び彼を見つめた。

どこか見覚えのある顔だった。

ノアはベンチの女性のほうを見た。今度は横顔がはっきり見て取れた。背筋を伸ばし、誰もいない遊び場を見て眉根を寄せている。ノアはすぐに女性が誰かわかった。

「あの人がママかい？」女の子に尋ねる。

女の子は遊び場のほうに走っていってしまった。

アプリルが走ってくる人の気配を感じ、娘を見て胸を撫でおろした。そのあと子供を守る母親が皆そうするようにノアのほうを見て危険な人物ではないかどうか確認し、彼だと気づいたらしく目を見開いたが、また素知らぬふりで前に向き直った。

ランニングでそれでなくても速くなっていたノアの脈拍がいっきに跳ねあがる。彼はアプリルに初めて会ったときと同じような衝撃を受けていた。幸い、今回は彼女に近づく正当な理由がある。興奮を抑え、水飲み器の上に身をかがめて生ぬるい水を飲んでから、青々とした芝生を横切っていった。

女の子は遊具の後ろに隠れてノアを見ている。

アプリルは明るい灰色のタンクトップに濃紺のショートパンツという格好だ。すんなりと伸びた小麦色の脚にくるぶし丈の白いソックスと古びたテニスシューズを履いている。カジュアルな服装なのに、露出の多いクラブの制服よりもセクシーに見えるのが不思議でならなかった。

アプリルの視線は遊び場のほうに向けられたままだ。ノアには彼女も自分と同じように緊張して固唾をのんでいるように見えた。ひょっとしたら、人差し指と中指を交差させて幸運を祈っているのかもしれない。アプリルがついに気づかないふりをするのをやめてノアを見たとき、彼の鼓動が再び速くなった。

カジュアルな服を着てメイクをしていないアプリルは親しみやすく見える。それでいて、たった今ベッドから起きだしてきたかのようにセクシーだ。

「やあ」ノアは言った。

アプリルがわずかに頬を赤らめた。「ハイ」

「俺と話したくなかった？」

「別にそんな……」アプリルが口ごもった。「座って」

「お嬢さんかい？」ノアはベンチに座ると、小さなアプリルを顎で示した。

「ええ」

「お母さんにそっくりだ」

ノアはアプリルがクラブにいたときと同じように緊張していることに気づき、いきなり本題に入った。「この前の夜はありがとう。君がリスクを冒して情報を提供してくれたのはわかってる。感謝してるよ」

「たいしたことじゃないわ。成果はあった？」

「カスティーリョは令状が出て勾留されてる」ノアはどこまで公表していいのかためらった。「俺に向かって銃を抜いたんだ」

アプリルがぞっとした顔でノアの目を見た。すばやく彼を上から下まで眺める。

「怪我はなかった」

「よかった」アプリルはため息まじりに言い、手で口を覆った。

「エディはカスティーリョと組んでビジネスをしているのかい？　君はそのことを知ってるから、クラブでは何も言おうとしなかったのか？」

アプリルは娘に視線を送った。女の子はこちらをちらちら見ながら遊んでいる。遊び場にはほかにふたりの子供がいて、三人で仲よく鬼ごっこをしていた。「トニーがクラブに来たことはないわ」曖昧に答える。「仕事帰りにロラを彼の家で降ろしたことがあって、それでつきあってるんじゃないかと思ったの」

「最近別れたのかな？」

「わからない。この前言ったように、私はロラとはそれほど親しくなかったから。カルメンから聞いた話では、ロラとトニーはうまくいってなかったみたいだけど。ロラはドラッグが手に入るなら、相手は誰でもよかったんだと思う」

「エディも含めて？」

アプリルは肩をすくめた。

「エディはオフィスに監視カメラを設置しているとは言わなかった。君はあそこで何が行われているのか知らないか？　ドラッグの売人かギャングのメンバーに会っている可能性は？」

「ポーカーをしているのは知ってるわ。ギャンブルか何かをしてるのかもしれない」

「君の同僚の話によると、ロラはしょっちゅう具合が悪いといって遅刻してきたそうじゃないか。よく首にならなかったな」

アプリルがノアを横目でちらりと見た。「わかるでしょう?」

ノアは視線がひとりでにアプリルの唇に向かうのを抑えられなかった。こんなに官能的な唇は見たことがない。「体で埋め合わせをしていたというのか?」

「もう行かないと」アプリルはバッグのストラップを引っ張った。

ノアはアプリルの腕に手を置いた。「待ってくれ。君を不愉快な気分にさせるつもりはなかった」

アプリルはノアの視線を避け、遊び場のほうに目をやった。

彼女の首の付け根の血管が激しく脈打っている。ノアは客観性を失いかけている自分に気づいて唾をのみこんだ。アプリルはすべてを正直に話しているわけではないが、それを責めることはできない。ノアはしぶしぶ手をおろした。「トニーに相棒がいるとしたら、チュラビスタ・ロコスとかかわりのある人物だろうか?」

アプリルがはっとしてノアを見た。「知らない」大げさなほど首を振って否定する。

「どうしてそんなことを訊くの?」

「事件に関する情報はどんなことでも知りたいんだ」ノアは静かに言った。

「あなたは殺人課の刑事じゃないでしょう? 名刺にはギャング対策班とあったわ」

気づいてくれたのかとノアはうれしくなった。ほとんどの場合、名刺はごみ箱行きになるのがおちだ。「ロラを殺害した犯人はギャングとかかわりのある人物の可能性がある。俺はいつか殺人課で働いてみたいと思ってるんだ。この事件の捜査で認められたら、チームの一員になるチャンスが巡ってくるかもしれない」

アプリルの口元がかすかに緩んだが、肩には力が入ったままだ。「私はすでに言ってはいけないことを言ってしまったの。娘がいるのに、店を首になったら生活していけないわ」

ノアはブランコに乗って遊んでいる女の子をちらりと見て、アプリルの抱えるジレンマを想像した。子供を守ろうとする態度は立派だが、彼女自身も男に対して異常に警戒心が強いように思えた。監視カメラの映像を見たとき、アプリルが男の客と絶妙な距離を取っていることがわかった。

誰かが彼女の警戒心を強くさせるようなことをしたのだ。

「あの子の父親と三人で暮らしているのかい？」ノアは尋ねた。

個人的で不適切な質問だった。アプリルが心を閉ざしたのが目の表情からわかった。

「それが事件の捜査となんの関係があるの？」

「ない」ノアは認めた。

アプリルは何も言わずにノアを見つめた。張りつめた重苦しい空気が流れる。言葉は交わさなくても、こうして見つめあっているだけで、彼女がこの前の夜に渡してくれたメモに書かれていたことよりも重大な秘密を分かちあっている気がした。

ノアはこの状況から脱しなければならないとわかっていた。今日は非番だが、警察官として行動している。警察官が事件の関係者に言い寄るべきではない。

たとえアプリルのほうにその気があったとしても、許されることではない。

汗が顎を伝って流れ落ち、自分がどれほど見苦しい格好をしているか思いだした。魅力的とはとても言えない。「くそっ」ノアはTシャツの裾で顔の汗をぬぐった。「この暑さはこたえるな」

アプリルがあらわになったノアの胴に視線をさまよわせた。「湿気が多いからよ」小声で言う。

いいぞ。天気の話をすればいいんだ。

「ママ！」アプリルの小さな娘が頬を上気させてベンチのほうに走ってきた。「もう遊びたくない」母親のほっそりしたウエストに腕を巻きつけ、あっちへ行ってと言いたげな目でノアを見る。

「ノアだ」彼は笑顔で言った。

女の子は舌を出した。

「ヘニー！」

ノアは声をあげて笑った。

「だめでしょう」アプリルが言った。ヘニーは母親の後ろに顔を隠した。

「いいんだよ」ノアは気さくに返した。邪魔が入るのを待っていたくらいだ。

アプリルがヘニーの肩に手を置く。「ごめんなさい」気まずそうにほほえんだ。

アプリルの笑顔があまりにまぶしく、ノアは目をしばたたいて立ちあがった。「情報をありがとう」

「どういたしまして、ノア」

公園を出たあと、ノアは妙に心が浮ついて、風にでもなった気分で走った。今回の事件は彼の将来を左右する重要な事件になるかもしれない。そしてアプリル・オルティスは今まで会った中で最もセクシーで、最も惹きつけられる女性だ。

7

暑さは一週間やわらぐ気配を見せなかった。

金曜日、強烈な日差しが照りつける中、エリクはボニータ・マーケットに向かってチュラビスタのメインストリートを自転車で走っていた。トニー・カスティーリョが逮捕されてから、人目につく行動は避けている。近所でロラ・サンチェスのことをそれとなく訊いてまわったが、誰も何も知らないようだった。

トニーは薬物依存症のろくでなしだが、ロラを殺してはいない。エリクはそう確信していた。警官に銃を向けるか、ドラッグの取引でもめて言い合いになるか――トニーにできるのはせいぜいそれくらいだ。無防備な女を殺すような大それたことはできない。

とはいえトニーと知りあって十年、彼が恐ろしいことをするのを見ていないわけではない。いまだに頭にこびりついて離れないおぞましい記憶もある。昨夜、兄を手伝ってまたひとつ新しい穴を掘る夢を見た。

エリクはいやな考えを頭の隅に追いやってペダルを漕ぎ、ブロードウェイの渋滞の列をすり抜けていった。午後二時五十五分、いつもの時間に駐車場に着いた。エリクは週に五日、一日六時間働いている。

生鮮食品の積みおろしは難しい仕事ではないが、単調で体力を使い、決して楽ではない。それでも煉瓦《れんが》を敷いたり、ハンバーガーをひっくり返したり、溝を掘ったりするよりははるかにましだった。エリクはその三つをすべて経験したことがあるのでよくわかっている。

ボニータ・マーケットには特典があった。

自転車に鍵をかけ、裏口から中に入るとすぐにその特典のひとつが目に飛びこんできた。メガン・ヤングが休憩室のテーブルに座って、クリスティーナとiPodで音楽を聴いていた。

前髪の片側が顔の半分を覆っている。

ふたりがすぐに友達になったのは意外だった。共通点がほとんどないからだ。メガンはカリフォルニア北部の田舎町出身、クリスティーナは都会のこの街で生まれた。クリスティーナはローライズのジーンズに派手な色合いのへそ出しルックを好むのに対し、メガンはもっと控えめで無難なスタイルを好む。

メガンがちらりと視線をあげ、ほほえみかけてくると、エリクは心拍数があがるのを感じた。

今日のメガンは色あせたリーバイスのジーンズにチェックのノースリーブシャツを合わせていた。エモとかいうボーイッシュなヘアスタイルだが、美しさは損なわれていない。知的でアーティスティックな雰囲気があり、エリクはメガンのそんなところに惹かれていた。

エリクがこれまでつきあってきたのは、クリスティーナみたいなセクシーで悪ぶっているタイプの女の子だった。自己中心的で楽しいことが大好きで、深くものを考えない代わりに野心もない。クリスティーナは舌にピアスをつけ、人生に大きな期待をしていなかった。エリクがデートしようと言ったら、すぐにオーケーしてくれるだろう。寝たいと言えばすんなり応じてくれるかもしれない。

もちろんそんなことはしないが。

親友の妹にそんなことはできない。エリクはクリスティーナを性的な対象として見たことはなかった。メガンのほうがはるかにそそられるが、彼女もまた触れるべからざる存在だ。警察官の兄がいる時点でアウトだ。

エリクはため息をついてバックパックをキャビネットの下部にしまい、制服のポロシャツを肩にかけた。メガンとクリスティーナにうなずいて挨拶してから、ジャックのオフィスに向かった。彼に渡すものがある。オフィスのドアは開いていた。

ジャックは中にいて、デスクの椅子の背にもたれていた。オフィスといっても、ジャックは何をするわけでもなかった。

「おまえはノックするってことを知らないのか？」

エリクは後ろ手にドアを閉め、ポケットからビニール袋を取りだしてデスクに放った。

ジャックの顔からいらだちの表情が消えた。デスクに身を乗りだして袋をつかむと、鼻にあてて深く吸いこんだ。頬がこけ、顎にまばらなヤギひげを生やしているので、ネズミのように見える。「上物なんだろうな？」

エリクは試していなかった。ジャックは宇宙にぶっ飛んでいくほど強いドラッグをほしがるが、エリクは地球にいるほうがいい。「あんたには上等すぎるくらいだ」

ジャックはエリクにあてつけるようにメキシコ人とメキシコの質の悪いマリファナについて少々文句を言ったあと、財布から金を取りだした。エリクはわざわざ数えたりしなかった。ジャックはろくでもない男だが、払うものはきちんと払う。

「助かる」ジャックが言った。エリクと取引すればいいドラッグが手に入ることがわかっていた。

「いつでも言ってくれ」エリクは応え、金をポケットに入れてオフィスを出た。客の選《え》り好みはしなかった。成人でそこそこまともなら、こちらをどう思っていようがかまわない。

休憩室のテーブルでは、クリスティーナがメガンと一緒に聴いているバンドのことを尋ねていた。メガンが首を振ると、彼女の耳からイヤホンが外れた。ふたりは同時に拾おうとして手を伸ばし、クリスティーナのブレスレットがメガンのTシャツの胸のあたりに引っかかってしまった。メガンはつねられたかのようにあっと言って手で胸を覆った。そのあと、ふたりはくすくす笑いだした。

なにげないやり取りなのに、それを見たエリクは強い衝撃を受けた。ふたりの魅力的な女の子が肩を寄せあい、笑って互いの体に触れている。妄想がいやでもふくらんだ。

「さっさと働け、怠け者」ジャックの声がエリクの妄想を打ち砕いた。

エリクはジャックをちらりと振り返り、拳を握りしめた。ジャックはエリクがまだタイムカードを押していないことを知っているはずだった。

エリクが怠け者でないことも。怠け者はジャックのほうだ。ジャックは店を管理しているふりをしているだけだ。だがオーナーの息子なので、誰にとがめられることもない。自分で努力して勝ち取ったものではないので、親から与えられた機会に感謝してもいなかった。午後はもっぱら優雅に波に乗る自分の姿を想像したり、女性従業員にいやがらせをしたりして過ごしている。そのうち腹に据えかねた父親に首にされるかもしれないが、それまではジャックがボスだ。どんなに腹が立っても、殴るのはこらえなければならない。

メガンは自分も怒られるといけないと思ったのか立ちあがり、クリスティーナはiPodをしまって目をくるりとまわした。

エリクはトイレに行って、かっかしながらポロシャツに着替えた。メガンが雇われる前は、ジャックにどんな態度を取られてもたいして気にならなかった。だが今は、メガンの前で怒鳴りつけられるのは屈辱的だ。

トイレから出ると、メガンが外に立っていた。「どうしたの、グスト？」エリクにだけ聞こえるように小声で言った。

「なんでもない、ミア」

初めて会った日、エリクがスペイン語を教えたのがきっかけで、メガンはふざけて彼を英語の〝喜び〟を意味するグストと呼ぶようになった。エリクもそれに合わせて、メガンを〝俺のもの《ミア》〟と呼んでいた。ほかの女の子とだったらセックスを連想したかもしれないが、メガンが性的な意味合いに気づいているのかどうかはわからなかった。エリクはもちろんわかっていたものの、メガンとは距離を保たなければならないと思っていた。メガンは遊びでつきあうタイプではない。

エリクはタイムカードを押し、同僚のエクトルと一緒に配送トラックから荷物をおろしはじめた。ひたすら体を動かしていると無心になれて、日々のストレスが解消された。荷物を運んでいるときはパトカーに追われることもない。ギャングの抗争も、メキシコにいる母のことも、刑務所にいる兄のことも考えずにすむ。

閉店時間になると、従業員割引で食料品を購入し、それをバックパックに入れた。店を出るとき、ジャックがメガンとクリスティーナを何かにしつこく誘っているのが聞こえた。

「今夜、インペリアル・ビーチで焚《た》き火パーティをするんだ」ジャックはメガンの肩に腕をまわした。「君たちも来いよ。最高に楽しいぞ」

「インペリアル・ビーチのどこで？」クリスティーナが訊いた。

「南桟橋だ」

クリスティーナは肩をすくめた。「おもしろそう」

メガンがちらりとエリクを見た。「あなたも来る？」

エリクはバックパックを肩にかけ直しながら考えた。ジャックに招待されたわけではないし、今夜はほかにしなければならないことがある。しかしメガンが喜ぶなら、どんなことでもしたいという強い思いに駆られた。

「エリクが行くようなところじゃないと思うけどな」ジャックがにやりとした。「ちんぴらはビーチに行ったりしないだろ？」

メガンがむっとしたようにジャックの発言に眉をひそめた。彼女にとっては考えられないようなことなのだ。

「なんとかして行く」気がつくと、エリクはそう言っていた。

ジャックが驚いて眉をあげたが、来るなとは言わなかった。こちらが強く出ると、ジャックは弱気になる。エリクはジャックがひそかに自分を恐れているのではないかと思った。だからあんな嫌みな態度を取るのかもしれない。

「向こうで会おう」エリクは言い、店を出るときに小声で悪態をついた。どうしてこんなばかげた約束をしてしまったのだろう？　飲んだくれで喧嘩っ早いサーファーたちのグループと一緒に過ごすなんてまっぴらなのに。

クリスティーナはエリクのあとについて外に出ると、彼が自転車の鍵を外すのを見つめた。「フニオルには言わないよね？」

エリクは笑ってうなずいた。「もちろん」

「よかった」兄に楽しみをぶち壊されずにすむとわかって、クリスティーナはほっとしたようだった。エリクもフニオルには来てほしくない理由がある。フニオルはいつ喧嘩を始めるかわからないからだ。

エリクが体を起こすと、クリスティーナは彼のほうに身を乗りだして頬にキスをし、自分の唇が触れた箇所を指先でなぞった。「またあとで《アル・ラト》」

メガンがちょうど裏口から出てきたところで、ふたりのやり取りを見られてしまった。

ほんの挨拶程度のキスだが、クリスティーナが思わせぶりな態度を取るので、エリクは困惑した。しかしキスを返さなければ、クリスティーナを傷つけることになる。

「またあとで《アル・ラト》」彼はクリスティーナの頬に軽くキスをした。

メガンは気を悪くしたように目をそむけた。

「またあとで」エリクはメガンに声をかけた。

メガンはぎこちなくほほえんだ。「じゃあね」

帰り道、エリクはメガンにどう思われようとかまわないじゃないかと自分に言い聞かせた。もともと彼女とはかかわり合いにならないほうがいいのだ。ビーチにも行かないほうがいいかもしれない。

渋滞をすり抜けながら、エリクは行くべきか行かざるべきか迷った。ぐっと気温がさがって涼しくなり、自転車を漕ぐのが楽になった。白いTシャツが風になびき、汗が引いていくのがわかる。

金曜の夜のチュラビスタは活気にあふれていた。通りを埋めつくす車のヘッドライトの明かり、ラジオから大音量で流れる音楽、騒々しいクラクションの音。まるで怪物が眠りから覚めたかのようだ。

エリクがこれほど生きている実感を味わうのは久しくないことだった。

メガンは彼に妙な影響を及ぼした。彼女と出会うことによって、エリクは自分が今の生活にどれだけ不満を感じているかに気づかされた。食べていくためにはどんなことだってするし、それを恥じてもいない。しかし今はいずれ手痛いしっぺ返しを受けるのではないかと不安だった。自分のことだけ考えていればいいなら、チュラビスタを出たかもしれない。

逃げだせたらと、ときどき思いさえした。

エリクが家に戻ると、テレビの音量が最大になっていた。エリクは音量をさげ、祖母の頬にキスをした。「補聴器はつけてないの？」

祖母は笑って補聴器を調整した。「忘れてたよ《セ・メ・オルビド》」

「夕食はなんにする？ トマトスープ？」

「ああ、それでいいよ《スィ・ミホ》。ありがとう《グラシアス》」

エリクは食料品をしまうと、トマトスープをあたため、ケサディーヤと一緒に出した。記録的な速さで食事を終えるとシャワーを浴び、ビーチに行く準備をした。曇った鏡を拭き、無精ひげが生えていないかどうか確認する。

制汗剤をつけ、マウスウォッシュでうがいをすると、腰にタオルを巻いてバスルームを出た。

フニオルがベッドに座って、車専門誌の『ローライダー』の古い号をぱらぱらめくっていた。「くそっ」シボレー・エルカミーノの改造車の上にかがんでポーズを取っているビキニ姿の女の写真を見てつぶやく。光沢のある銀色のビキニは想像の余地を残さないほど小さかった。

「服を着てもいいか？」

フニオルは手を振った。「かまわない。気にすんな」

気にしているのはエリクのほうだったが、文句を言うほどのことではない。上段の引き出しに入っているボクサーショーツをつかんで身につけ、その上から一番新しいジーンズをはいた。ノースリーブのアンダーシャツを頭からかぶり、クローゼットを開けて中身を点検する。少し迷ったあと、深緑色のポロシャツを選んだ。

「何してる?」フニオルが言った。ふたりはいつも似たような格好をしている。ベージュのパンツに白のTシャツ、茶色のバンダナだ。「今日は俺と出かけるんじゃなかったのか」

「悪い。急用ができた」

フニオルが怪しむように目を細める。「女か?」

エリクはちらりと鏡を見た。「違うよ」

「いや、女だ。引っかけに行くんだろ」

エリクは認めるつもりはなかった。だいいち、女の子を引っかけるつもりはなかったし、仮にそうなったとしても、フニオルに話す気はない。それに自分がメガンのことをどう思っているかは説明できなかった。女の子とよろしくやるのは悪いことではないが、ただ好きだからというだけで警官の妹とつきあうのはエリクにとって自殺行為も同然だった。

「アプリルか？」

エリクはフニオルに向かって顔をしかめた。「まさか」

「俺だったら迷わず行くな。あんないい女を放っておけるか」

フニオルがそう言うのは初めてではないので、エリクはいちいち反応しなかった。アプリルは姪の母親だし、兄のラウルを裏切るような真似はできない。

「ここに来る途中、店に寄った」

フニオルがバックパックから黒のスプレー塗料の缶を二本取りだすのを、エリクは見守った。プロのグラフィックアーティストが使うような高級品だ。エリクは満面に笑みを浮かべた。「すごいな。いくらだ？」

「いいんだよ《ナダ・グエィ》。盗んだんだ」

エリクは声をあげて笑い、チュラビスタ・ロコス独特の握手をして、片方の腕でハグした。「明日の夜、使おう」

フニオルが帰っていくと、エリクはスプレー缶をクローゼットにしまった。エリクが留守でベッドに寝かせられないとき、祖母はリビングルームのリクライニングチェアで寝るので、家を出る前にそのそばに歩行器と毛布を置いておいた。

そのあとガレージに寄った。自慢の愛車の七二年型のシボレー・シェベルは特別な機会にしか乗らないようにしていた。自転車のほうが小まわりがきいて速いし、足がつかない。

デートなら車を使っただろうが、今夜はデートではない。

「またな《アスタ・ラ・ビスタ》」エリクは愛おしげにボディを撫でてささやくと、ガレージに鍵をかけ、バス停まで歩いていった。


「こんなの着られない」メガンはタンクトップをクリスティーナに突き返した。

「着てみなよ」

「だめよ。こんな……」

「セクシーすぎる?」

「誘ってると思われそう」

クリスティーナが目を細めてメガンを見た。「男の子に間違われてもいいの?」

メガンはクリスティーナが家から持ってきてくれた黒のタンクトップをつかんでもう一度バスルームに行き、音をたててドアを閉めた。そしてすばやく着替えた。

薄手の黒のタンクトップはレースをあしらった胸元が大きく開いていたが、実際に着てみると思ったほど露出しなかった。胸のふくらみがはみだすこともないし、ブラジャーがのぞくこともない。「どうにでもなれだわ」メガンは目をくるりとまわした。

「このほうがずっといいよ」クリスティーナはメガンのメイクを終えると、そう言ってうなずいた。クリスティーナは赤のチューブトップにスキニージーンズという格好だ。

　クリスティーナのスタイルのよさはメガンも認めざるをえなかった。メガンはクリスティーナの横に立ち、鏡に映る自分の姿をしげしげと見た。黒のアイシャドウを施し、つやのあるリップグロスを塗った自分は別人のようだ。

「セクシーだね」クリスティーナは言った。

　エリクがどんな反応を示すか考えると、メガンは期待でみぞおちのあたりがぞくぞくした。「さあ、行くわよ。兄さんにメッセージを残しとかないと」階下のキッチンカウンターで、ペンを持つ手を止めた。「何時頃、戻ってこられる？」

「あたしの家に泊まるって書いとけばいいよ」クリスティーナが言った。「あたしが酔っ払って運転できなくなったら、車で寝れば」

　メガンは笑い、友達の家に泊まるとだけ走り書きしたメッセージを残した。こんなことをするのは初めてだ。なんの計画も立てずに思いつくまま行動するのは怖くもあり、楽しみでもあった。

メガンはエリクとビーチを歩く自分の姿を思い浮かべた。砂浜に毛布を広げて……。

「これ、あんたの兄さん？」

メガンは自身とノアが写っている写真立ての写真を見ているクリスティーナにちらりと目をやった。「そうよ」

「キュートだね」

「まあね」メガンは心ここにあらずだった。「あなたとエリクは……」

「寝たことがあるかって？」クリスティーナが写真から視線を離した。「ないよ。だけどチャンスがなかったわけじゃない。今夜はいけるかもしれないな」

メガンの心は沈みこんだ。さっきクリスティーナがエリクの頬にキスをするのを見たときから、彼女がエリクのことをどう思っているのか気になっていた。

「とにかく、ジャックに気をつけて。あんたに発情しちゃってるから」

「そうなの？」

「間違いない。でもアレが小さいし、使い方もわからないみたいだけど。とにかく、気をつけるんだよ」

メガンは頭を振って笑った。

「聞いたところでは、エリクはその点は問題ないみたい」

ふたりで外に出ると、クリスティーナのフォード・フィエスタが停まっていた。ビーチに向かいながら、クリスティーナは自分の恋人たちや彼らの下半身についているもののサイズのことなど、メガンの知らない情報をたっぷり教えてくれた。

メガンはクリスティーナの話に聞き耳を立てた。

クリスティーナが横目でちらりとメガンを見て、鼻の頭に皺を寄せた。「まさかバージンじゃないよね？」

「違うわ」メガンは赤くなった。「別れた恋人と一度だけ……」

「たった一回？　そのあとすぐに捨てられたの？」

「いいえ。私のほうから別れようと言ったの」

クリスティーナがぞっとした顔になる。「そんなにひどかった？」

「よくはなかったわね」メガンは認めた。

「うわあ、悲惨。あんたには本物の男が必要だわ。どれくらいしてないの？」

「ほぼ一年」

「ええっ！　ひとりでやるのに飽きない？」

メガンは両手で顔を覆った。死にそうなくらい恥ずかしかった。「息ができない」

「何も言わなくていいよ」クリスティーナはくすくす笑った。「あんたにキュートな男を見つけてあげないと。あたしにもね。エリクは望み薄だから。あたしの兄さんに気を遣ってるんだ。でも、心配いらない。ジャックにはサーファーのかっこいい友達がたくさんいるから、より取り見取りだよ」

メガンはクリスティーナがエリク以外の男性に目を向けてくれることを祈った。この一週間で、メガンはエリクがますます好きになっていた。彼が荷物を運んでいるときに盛りあがる腕の筋肉にひとりでに目が行き、ポロシャツの袖からちらりとのぞくタトゥーが気になってしかたがなかった。なんと書いてあるのか、どういう意味なのか、ほかにもあるのか……。

エリクにほほえみかけられるたびに、胃が飛び跳ねるような感覚に襲われた。

クリスティーナはインペリアル・ビーチの南桟橋にある有料駐車場に車を停めた。あたりは真っ暗で、すでに火が焚かれていた。ふたりはマルチカラーの毛布を持ち、焚き火を取り囲んでいるにぎやかなグループに近づいていった。三十人くらいの人がいて、ほとんどの男性は二十代前半だった。

ジャックがいつものように大きすぎる声とわざとらしい笑顔でふたりを迎えた。ラジオから大音量でレゲエが流れている。ジャックの目は赤く、何か甘ったるい鼻につんとくるにおいをさせていた。見まわすと、みんながマリファナを吸っているのがわかった。

　メガンは一度も試したことがなかった。

「勝手に飲み物を取ってくれ」ジャックが青いクーラーボックスを指さした。中にはフルーツジュースのようなものが入っている。

「なんなの？」クリスティーナが訊いた。

「ジャングルジュース（数種類の酒をミックスして酔っ払いやすくしたもの）だ」ジャックはふたりにカップを渡した。

　メガンはためらわずにカップを受け取った。マリファナを試した経験はないけれど、お酒なら飲んだことがある。兄のノアでさえ一度ビールを飲ませてくれた。なんの問題もない。

「うわっ」ジュースを口にして、メガンは思わず声をあげた。刺激の強いフルーツパンチのような味がした。

　クリスティーナは喉を鳴らして飲んだ。「ゆっくりね。クレイジーになるには早すぎる」

　ジャックが彼に負けず劣らずやかましい友人のところに行っているあいだ、メガンはクリスティーナと一緒に焚き火から三メートル離れたところに毛布を敷いて座っていた。太平洋から吹いてくる涼しい夜風がメガンの髪を揺らす。日中の暑さから解放され、ほっとひと息つけた。

パーティに来ていたほかの女の子たちは誰も挨拶に来なかった。男の子は男の子同士で騒がしく話をしていたが、陽気な音楽と砕け散る波の音にかき消されてメガンには何を話しているのかわからなかった。

ほかの人にどう思われているか気になったが、いやな雰囲気ではなかった。夜の空気は電気を帯びているかのようにエネルギーが満ちあふれている。メガンはカップのお酒を少しずつ飲み、燃え盛る炎を見つめながらエリクを待った。

ほどなく焚き火のまわりに酔っ払いたちが集まってきた。誰かがマリファナをまわしはじめた。クリスティーナにまわってくると、彼女はすばやく一服してメガンによこした。

メガンはマリファナを指で挟み、燃えている先端を見つめた。断る口実を考えたが、下手な言い訳しか浮かんでこない。〝ドラッグにはノーと言おう〟と教わったからとか。

「吸うか、まわすかしなよ」男の子のひとりが言った。

メガンは次の人にまわした。

「トイレに行ってくる」クリスティーナがメガンの腕を引っ張った。

メガンのカップはすでに空になっていて、砂浜に置いたままにした。トイレに行く途中、メガンは何度かよろけ、それがひどくおかしくてふたりで笑った。もう酔っ払ってしまったのかと思うと、少し情けなかった。

それでもいい気分だ。

くすくす笑いながらトイレを使い、ビーチに戻ったが、数分歩くことが苦行に思えた。焚き火のところに戻ると、エリクがジャックと一緒にクーラーボックスのそばに立っていた。

「ハロー、ミオ」メガンはエリクをハグした。彼が着ているポロシャツはやわらかい肌触りだったが、その下の体は硬く引きしまっている。

「俺はグストだ、覚えてる？」

メガンは自分の間違いに笑った。「そうだったわ」

エリクはメガンが誰かわからないかのように奇妙な表情を浮かべていた。そのあと彼の視線が下に向かい、レースをあしらったタンクトップの胸元にとまった。メガンは恥ずかしい気持ちよりも、喜びで体に震えが走った。

「座ったほうがいい」エリクが言った。

「そうね」

四人は毛布に戻り、男、女、男、女の順に座った。ジャックはお酒が半分まで入ったジョッキを持っていた。「注ごうか？」

メガンは空になったカップを持ちあげた。「もちろん」

クリスティーナもお代わりしたが、エリクは断った。代わりに缶ビールを開けてあおった。

メガンはエリクの喉元から目が離せなくなった。

「楽しんでる？」エリクが訊いた。

「ええ」メガンは夢見心地で言った。まわりの人がみんないなくなってしまえばいいのにと思った。

でも、そんなことが起きるはずはない。

クリスティーナがエリクの肩に腕をまわして、彼の注意をひとり占めした。ジャックが新しいマリファナに火をつけ、すばやく吸ってメガンに渡した。「助かる」エリクに言う。「こいつは上物だ」

メガンはジャックからマリファナを受け取り、けげんな顔をした。「あなたが持ってきたの？」

エリクは肩をすくめた。肯定も否定もしなかった。

メガンは試してみたい誘惑に駆られた。エリクが持ってきたのなら安心だ。マリファナを唇に近づけ、深く吸いこんで息を止めた。慣れているように見せたかった。喉が焼けるように熱くなり、少し咳《せ》きこみながらも吸ってまわした。

エリクは感心するどころか、いらだっているように見えた。自分では吸わずにクリスティーナにマリファナを渡す。

メガンは奇妙な感覚に襲われた。全身の肌がぞくぞくし、焚き火の炎で物がゆがんで見え、まわりにいる人の顔もゆがんで見えた。みんなが同時に話しているように聞こえ、誰が何を言っているのかわからなくなった。

動悸が激しくなり、頰が燃えるように熱くなる。喉の渇きを覚え、カップのお酒を飲んで、さっきまで感じていた楽しい気分を取り戻そうとした。

ジャックが彼女のうなじを撫ではじめた。メガンはますます混乱した。男性から注目されたいとは思っていたけれど、相手はジャックではない。それなのに抵抗しないで目を閉じ、混乱がおさまるのを待った。

目を開けると、世界が傾いて見えた。自分の体が傾いているのかと思い、姿勢を正した。ふと横を見ると、クリスティーナがエリクの膝の上にまたがり、笑って毛布の上に押し倒してキスで動けなくした。

メガンは気分が悪くなって目をそむけた。「風にあたりたい」ジャックの耳にささやいた。

ジャックはすぐに立ちあがり、よろめくメガンを支えて波打ち際に向かった。「止まるな」彼女のウエストに腕をまわした。「歩いていれば、頭がすっきりする」

メガンはうなずいてジャックにもたれ、足を交互に前に出すことに集中した。体が思うように動かず、頭も働かない。ついさっきまで、自分はいけてる、自分はセクシーだと思っていたのに。

今は泣きたい気分だ。

目の前に突然、桟橋が出現した。化学処理を施した巨大な木の柱が夜空に突きでている。メガンは砂に足を取られ、砂浜に座りこんだ。

ジャックが彼女の隣に座った。「これを飲めよ」

ミネラルウォーターだった。メガンは喉を鳴らして飲んだ。

「ゆっくりだ」

メガンは最後にひと口飲んでから、ジャックに返した。「ありがとう」

「気分がよくなったか？」

「ええ」

ふたりはしばらく黙っていた。メガンはクリスティーナがエリクにキスをしている場面を頭から締めだすことができなかった。酔っていても——ひどく酔っている自覚はあった——ジャックは願いさげだ。ジャックは好きではなかった——友達としても。でもジャックは親切にしてくれたし、メガンは傷つき、怒り、混乱していた。だから彼が顔を近づけてきて唇にそっと押しあててきたときも抗《あらが》わなかった。

ジャックが唇の角度を変え、キスを深めてくる。メガンはためらい、彼の胸に手をあてた。ジャックを止めるつもりだったがバランスを失い、気づいたときには、砂浜に押し倒され、彼が上になっていた。

その瞬間、メガンは現実から切り離された。ジャックの手が胸のふくらみに触れ、口の中にジャックの舌が侵入してきても、頭に浮かぶのはクリスティーナが彼の下半身についている小さなものについて言ったことだけだった。

メガンはジャックを押しのける代わりに、顔を横に向けて笑いだした。

ジャックはメガンの笑い声に凍りついた。

「ごめんなさい」メガンは笑いが止まらず、あえぎながら言った。「ちょっと……おかしなことを思いだしちゃって」

「黙ってじっとしてろ」ジャックは声を荒らげてメガンを押さえつけ、彼女の胸のふくらみのあいだのレースを乱暴につかみながら、もう一方の手で彼女のジーンズのボタンを探った。

メガンは笑うのをやめ、抵抗しはじめた。ジャックの下で身をよじったときにタンクトップの前が裂け、おへそまで素肌があらわになった。ジャックがメガンをうつぶせにする。ジャックがうなって体を起こした隙に、メガンは身をよじって彼の下から逃げようとした。

砂の上に両手両膝をつき、這って逃げだそうとする。目がまわり、自分の身に起きていることが現実だとは思えなかった。

ジャックがメガンのジーンズの後ろをつかんで引っ張りおろした。ショーツも一緒に脱げ、メガンは砂をつかんで悲鳴をあげた。

8

クラブ・スアベの店内には張りつめた空気が漂っていた。

ロラ殺害事件は未解決のままで、ウエイトレスたちはみんな不安からぴりぴりしていた。アプリルにも、トニー・カスティーリョは犯人と断定されてはいないが勾留中であることしかわからなかった。新たな容疑者も挙がっていない。

その日の午前中、ロラの葬儀が営まれた。アプリルはヘニーも連れていき、ロラの母親が涙に暮れているあいだ、トニーの仲間の視線を避けていた。ロラに手を差し伸べられなかったことが改めて悔やまれ、母のホセファも同じような最期を迎えるのではないかという不安が頭から離れなかった。

クラブ・スアベからはエディを始めほとんどのスタッフが参列した。ボスはしかつめらしい顔をしているが黒のスーツはサイズが合わず、袖口からは手首が突きだし、ジャケットのボタンははじけそうだ。ウエイトレスたちは一様に髪をひっつめて控えめなメイクを施し、落ち着いた地味な装いでひとところに固まっていた。恐怖と悲しみを浮かべた彼女たちの表情に、アプリルはむなしさを覚えた。ロラは店のトラブルメーカーだった。わがままでヒステリックで。それでもこんな悲惨な最期は誰も望んではいなかった。

近所に住む人々もロラの死を悼んでいた。彼らにとっては娘であり、妹であり、恋人であり、同僚のような存在だった。チュラビスタではドラッグや暴力やギャングのために数えきれないほど多くの命が失われてきた。住民はひとり残らず死の苦しみを味わっている。

同じ悲劇が繰り返されるうち、チュラビスタの街は強くなっていった。住民は互いの経験や境遇を語り、分かちあった。その多くは苦難に耐え、それを乗り越えてきた人々だ。

この葬儀のようにひっそりと去った母を思い、アプリルは心が引き裂かれそうだった。ヘニーは夜遅くまで何時間も泣きつづけ、ようやく浅い眠りについた。じきにコンスエラの家のにぎやかな雰囲気が気に入り、お守り役が替わったことにも慣れたようだが、しばしば祖母について尋ねた。

母が今どこでどうしているのか、アプリルの耳には入ってこない。

ヘニーはヤング巡査――ノアについても質問してきた。〝ママ、あの男の人はだあれ？　なぜママとお話ししてたの？〟

エリクを除き、アプリルたちの生活に男性の影は見えない。ラウルは刑務所に入る前から子育てに無関心だった。

もの心ついたときからアプリルには父親がいなかった。彼女の父は生き急いだのか、母と結婚しないまま亡くなった。だからアプリルはずっと母とふたりきりで暮らしてきた。そしてヘニーが生まれてからは三人だけで生きてきた。

母のいない家はなんてがらんとしているのだろう。

やっと予備のベッドルームが空いて母の痕跡はすっかり消し去られ、アプリルはひとりでクイーンサイズのベッドを使えるようになった。でも広くなった気はほとんどしない。今週は家計やら、近所のトラブルやら、母の安否やらに悩まされ、ろくに眠れずに寝返りを打ってばかりいた。

寝つけないのにはもうひとつ、恥ずかしい原因があった。公園でノアと会ったおかげで女の部分が呼び覚まされ、広いベッドがひとり寝には余計苦痛に感じられた。ノアの力強い手に体中を探られてのぼりつめるまでをつい想像してしまう。

そんな寝不足の日が続き、アプリルは疲れきっていた。

すぐそばの椅子に座りこみたい気持ちを抑えて顔をあげると、騒々しい大学生たちのテーブルに伝票を届けた。あと一時間もすれば閉店だ。さっさとシャワーを浴びてベッドに潜りこみたい。

最も騒がしい学生が、テーブルを去ろうとするアプリルを引きとめて大声で話しかけてきた。「今日は友達の二十一歳の誕生日なんだ。ラップダンスで祝ってくれよ」

アプリルは腰に置かれた手を見つめた。レストランであれば、誰もこんなふうにウエイトレスをつかまえて低俗なショーを演じさせようとしたりしないだろう。侮辱的だし、ばかげている。それでもアプリルは大きなあくびをしながら応えた。「いいわよ。誕生日の子は誰？」

学生は口元をゆがめてにやにやしながら、自分の左側で顔を赤らめている若い男を指した。引っこみ思案で、いかにも人畜無害な感じだ。

アプリルは片手を差し伸べて若い男を誘った。相手が立ちあがるや、優美な身のこなしでそのあとにするりと腰かけた。笑みを投げかけ、期待に満ちた目で彼が踊りはじめるのを待つ。

自分が官能的なダンスを踊るはめになってしまったと悟った若い男が、驚いてテーブルを見まわした。友人たちがどっと笑う。

アプリルはシャツのボタンを外して脱ぎ捨てるよう、手ぶりで指示した。彼もなかなかノリがよく、仲間にあおられると音楽に合わせて腰を振りながらアプリルの前でシャツのボタンを外していった。アプリルは彼の勇気に拍手喝采して、客とダンサーの入れ替わりを楽しんだ。ダンサーの体が貧弱なおかげで、滑稽なストリップショーになったけれど。

ウエイトレスの仕事を始めた頃のアプリルは客が怖かった。たいていのことをジョークでかわせるほど度胸が据わるまでに数年かかった。今でも客が近づきすぎないように気をつけてはいるが、いやな目に遭うのではと警戒することはなくなった。アプリルはチップを弾んでくれた誕生日の主役の頬に感謝のキスをしてからテーブルを離れた。

レジに向かう彼女の目に、カウンター席から見つめてくる男の姿が映った。さりげないたたずまい。両手をズボンのポケットに突っこんでリラックスしている。シンプルな白いシャツにベージュのズボン。

ノアだ。

今朝、ロラの葬儀でも見かけた。離れた場所から死者に別れを告げ、そのまま去っていった。彼に恋人はいるのだろうか。積極的できれいな女性に大人気という感じだけれど。

今もふたり組の若い女性客に色っぽい目つきで見つめられている。

ノアも視線に気づいているはずだが、どの女性にも目をとめることなく店内を見渡していた。正確には、今しがたアプリルがもてなした学生グループの席に向かってうなずいていた。

あのばか騒ぎを見られたなんて。アプリルは頬がかっとなるのがわかった。

「けしかけるのも仕事のひとつなのかい？」ノアがにやりとして尋ねる。

「誕生日のお客だけよ」

「覚えておこう」

アプリルも思わず笑みを返した。私服姿のノアはますますすてきだ。ぴったりしたシャツが肩幅の広さを強調している。袖をまくって裾を出した着こなしがくつろいでいる感じだ。無理に格好よく決めようとしていないところがよかった。過剰に筋骨隆々とした腕や、デザイナーズブランドのTシャツや、ジェルで固めた髪に興味はない。

そういう男たちはウエイトレスのあいだで〝鏡大好き男〟と呼ばれている。チップも弾んでくれないナルシストたちだ。

「一杯ご馳走したいけど」アプリルはカウンターに腰をもたせかけながら言った。「五分前がラストオーダーだったの」

「飲みに来たわけじゃない」

じゃあ何をしに来たのだろう。もしかしてわざわざ自分に会いに来たのだろうか。そう思っただけでアプリルは喉がからからに渇き、ノアのシャツの開いた襟元を見つめながら唾をのみこんだ。いつだったか、彼のはだけた腹部がちらりと見えたことがある。引きしまった肌に汗が光っていた。

その光景のおかげで今週ずっと、アプリルはよからぬ空想にふけっていた。

「実は仕事なんだ。ロラをひいきにしていた客を捜してる」

アプリルは目をしばたたいて、ノアの上に寝そべってその平らな腹に頬ずりする妄想を払いのけた。服を着た姿しか考えないようにしてノアの体から視線をあげる。今朝はネクタイを締めてジャケットを着ていたはずだ。「ロラの葬儀に出たのも仕事だったの？」

「それもあるが、どのみち参列するつもりだった」

「なぜ？」

ノアはしばし間を置いて答えを考えた。「なんだかロラとつながっている気がしたからだ。最初に現場に着いたのは俺だったし」青い目は熱を帯びて真剣そのものだ。「彼女の死も……事件も……俺にとってはとても重要なんだ」

頭上の明かりがついて、ぎらぎらした無粋な光が閉店を告げた。常連客がぼやきながら正面の出入口からぞろぞろと帰っていく。アプリルは安物の衣装と濃いメイクに気が引けて、胸元を腕組みで隠した。

ノアは颯爽《さっそう》としていてハンサムで、見るからに誠実そのものだ。対して自分は、店のちりや埃にまみれて薄汚れている気がした。髪にはたぶん酒と安っぽいコロンのにおいがしみついているだろう。「トニーはどうなったの？」アプリルは声を落として訊いた。

「やつにはアリバイがある」

「事件にはかかわっていないってこと？」

「そう思う。だがやつが絡んでる事件はほかにたくさんあるから、街から引き離すことができてよかった。よく教えてくれたね」

アプリルはエディのオフィスに目をやった。エディはロラについてひと言も口にしなかったけれど、葬儀の費用をかなり負担してあげていた。そうしないと寝覚めが悪かったのだろう。「さあ、後片づけをしないと」

「終わるのは何時頃だい？」

「二時過ぎよ」

「少し話す時間はあるかな？」

アプリルは不安で胸がざわついた。不安というより興奮しているだけかもしれない。公園でノアがラウルについて尋ねたのは、間違いなく個人的な興味からだ。口説いても大丈夫な女なのか、自分が口説いても大丈夫なのかどうか知りたかったに違いない。

アプリルは男たちの期待にそむく達人と言えた。客は毎晩のように誘ってきた。電話番号を聞きだそうとしたり、気さくにハグを求めてきたり。下心見え見えの営業時間終了後の店外での放埒《ほうらつ》なばか騒ぎや、泡風呂でのパーティや、ホテルの部屋での密会に誘う男もいる。

でもノアの誘いほど心そそられたものはひとつもなかった。

「駐車場で待ってるよ」そう言ってノアはアプリルの顔色をうかがった。

アプリルはどんな誘いも丁寧に断るのが習慣になっていたのに、口をついて出たのはオーケーという返事だった。

ノアは人ごみに視線を戻して満足げに笑みを浮かべた。彼女に情報以上のものを求めている表情ではないだろうか。

アプリルは胸の高鳴りを感じながら、カウンター内に入ってタンブラーを氷とレモンライムソーダで満たした。ほんの少しでもノアと接触するのは危険だ。エディに知られたら、仲間を裏切って密告していると思われるだろう。

慣れた手つきでノアにタンブラーを渡し、ひと口ずつ飲む様子を見守る。彼は自分の好みを覚えられていたことに驚いてもいないようだ。

ノアの口を見つめていると、想像がふくらんでいった。キスをしたらどんな味がするのだろうか。

アプリルはたちまち頬が熱くなり、目をしばたたいて正気を取り戻すと、空のトレイを手にフロアへと出た。ノアの視線を背中に感じ、ちょっとだけヒップを振ってみる。肩越しに振り返ると、彼と目が合った。

ノアは見つかってしまったかというようにほほえんだ。そして称賛のしるしにタンブラーを掲げた。

ノアは所在なげに車のハンドルを指でトントンと叩きながら、クラブ・スアベの駐車場を見つめていた。

事件の新たな手がかりがつかめないまま、一週間が経った。サンティアゴはゆきずりの犯行だと確信しているようだが、ノアは殺人犯が再び犯行に及ぶ可能性を捨てられなかった。今週は何度もクラブの近くに車を停めては駐車場を監視した。

オーナーのエディ・エステスの行動も調べたものの、事件当日は深夜まで働いていた。ロラの死亡推定時刻をかなり過ぎた午前五時に店を出る姿が監視カメラに映っている。

殺人犯である可能性は低いとはいえ、エステスという男はうさん臭くて好感が持てない。

捜査も落胆するほど、はかどらなかった。初動の四十八時間で進展がない殺人事件はたいてい迷宮入りになる。時間が押し迫っている。解決できなければノアの無能をそしられるばかりか、警察の面目も丸つぶれだ。

この一週間というもの不眠不休で働き、ギャング相手の任務をこなすかたわら、殺人事件の捜査にも加わってきた。メガンは兄がほとんど帰ってこないのをいいことに、羽を伸ばしているのではないだろうか。仕事も決まったし、サウスウエスト・カレッジにも入学した。つい先日は食料品や、〝自分の〟部屋を飾る品々を買いこんできた。当分こちらに居座るつもりに違いない。母はかんかんに怒っている。

駐車場が空いていく。ノアは不審な人物がいないかどうか目を凝らしつづけた。ぐでんぐでんに酔っ払って友人の肩を借りる女性や、飲酒運転の現行犯で連行できそうなカップルはいなかった。交通法違反や意識障害と断定できるドライバーはいなかった。

客の車があらかた消えたあと、アプリルが同僚のカルメンとしゃべりながら裏口から現れた。

努めて客観的に観察した結果、ノアはアプリルとロラがよく似ていると判断した。髪も目の色も同じなら、背丈も同じ。アプリルのほうがやや、めりはりがあるものの、ふたりとも細身だ。遠目では見分けがつかないだろう。

アプリルはあくびを隠しながらカルメンに手を振って挨拶した。街灯の光を受けて目の下にできた影のためにいっそう疲れて見える。店では元気を装い、背筋を伸ばして明るい笑みを絶やさないが。セクシーなスパイクヒールのせいで足が痛いかもしれないのに、そぶりにも見せなかった。

ノアは胸が締めつけられた。欲情がたぎる感覚はわかるし、恋愛の経験もある。だが女性をゆっくり眠らせてあげたいという思いに駆られたのは初めてだった。

彼はアプリルが見つけられるようにトラックを降りた。

アプリルは十年物くらいだと思われるフォード・トーラスのそばで腕組みしたまま、あざ笑うような顔をした。「あなたとつきあう気はないわよ」

いきなりの宣言にノアは面食らった。デートに誘ったつもりなどないのに。しかも先制攻撃でふられるとは。「わかったよ」とりあえず答えて咳払いをした。「それは君の車？」

アプリルがノアの視線の先をたどって眉根を寄せた。「そうよ」

「先週はこの車で通勤したのかい？」

「水曜までは修理工場に出してたわ」

「どこか故障したのか？」

「エアコンが壊れたの」

「ちゃんと直してもらった？」

「いいえ」アプリルが小声で言った。「修理するお金がないもの」

ノアはうなずいた。「そのあいだ、どうやって家に帰ってたんだい？」

「カルメンの車に乗せてもらってたの」

ノアは片手で顎をさすり、無精ひげが生えてきているのを感じた。ロラはカルメンの車で送ってもらった夜に殺された。金曜の夜。ちょうど一週間前だ。

「先週、客ともめなかったか？　近所で知らない男たちを見かけたことは？」

「どうだったかしら。なぜ？」

「君とロラは遠目にはそっくりだ。関係ないとは思うが」

　アプリルは体を震わせ、がらんとした駐車場を見まわした。

「家まで送らせてくれないか？　君が無事に帰るのを見届けたい」

「わかったわ」アプリルはしばらく間を置いて言葉を継いだ。「でも玄関まででで結構よ」

　ノアはあっさり了解したが、アプリルのガードの堅さに納得がいかなかった。クラブでは気軽につきあえそうにふるまっていたのに。それがふたりきりになったとたん、頑《かたく》なでそわそわして、まるでこっちが強引に言い寄っているかのようだ。

　ノアは肩をすくめるとトラックに戻ってエンジンをふかした。

　アプリルへの関心を表に出してはならない。明らかに彼女は望んでいないのだから、一線を越えることなど問題外だ。どんなに体が求めていようが、魅惑的な目を向けられようが、アプリルの言葉を聞き入れなければならない。

　レディというのがやすやすと陥落しないものなら、彼女は陥落しない。

　ノアはアプリルが駐車場を出るのを待って車を発進させた。ただの偶然かもしれないとはいえ、アプリルがロラとよく似ていることに胸騒ぎを覚える。アプリルから目を離してはならない。守ってあげなくては。

アプリルの家は合成樹脂の屋根と漆喰壁の小さな木造住宅だった。庭には木が一本植えられ、簡素な歩道がついている。彼女が狭いガレージに車を入れるあいだ、ノアは路肩でアイドリングしながらいろいろな意味で失望していた。だがもう引きあげようとしたとき、開けっぱなしの窓が目に入った。外壁に立てかけられた網戸の枠がねじ曲がっていた。白いレースのカーテンが風にそよいでいる。

アプリルがこんな不用心な状態で出かけるはずがない。この近辺ではありえない話だ。「くそっ」ノアはダッシュボードの支給されたリボルバーに手を伸ばした。銃を手に取るや車を飛びだして玄関へ走る。

ドアは半開きだった。

正面に銃を構えたまま肩でドアを押し開け、リビングルームをすばやく見まわす。異状はない。

ちょうどガレージからキッチンを通って入ってきたアプリルは、ノアがいることに驚いて目を見開いた。

ノアは首を振って声をたてないように頼んだ。銃を右手のベッドルームに向け、アプリルには戻って外へ出るよう手ぶりで示す。彼女はうなずくと裏口へと向かった。

アプリルが取り乱さなかったことにほっとしながらベッドルームへと進み、照明をつける。誰もいない。だがチェストの引き出しを荒らされた形跡があり、硬材の床一面に衣類が散らばっていた。

そのほかは乱された様子がなく、ベッドもきちんと整えられている。

廊下の先にはもうひと部屋あった。飾りつけから察するにヘニーの部屋らしい。ベッドの毛布には、茶色の目と髪をしたアニメのキャラクターの女の子の絵があしらわれている。ノアは家中をまわり、ガレージと裏庭も確認した。不審な人影は見あたらなかった。

ズボンの後ろポケットに銃をねじこみながら、ノアは外に出た。アプリルが道の端で腕組みをしていた。不安がっているというより、いらだっている。

「押し込み強盗らしいな」ノアは言った。「ヘニーはどこにいる?」

「シッターのところよ。夜通し預かってもらってるの」

アプリルは玄関からベッドルームに入ると床一面の衣類を見つめた。ほとんどがブラジャーとショーツだった。実用的な白のコットンやベーシックな黒のものばかりだ。

「なくなっているものはないか?」

アプリルは首を振ると、膝をついて地味な下着を拾い集めた。

「それは証拠だ」

「なんの？　男性とベッドをともにするのは、とんとご無沙汰だってことの？」

ノアは髪をくしゃくしゃとかきあげた。「アプリル、レイプ犯には女性の下着を集めるやつらもいる。犠牲者の下着に執着するやつらだ」

アプリルはショーツを引き出しに押しこんだ。「見当違いよ。今週初めに母を追いだしたの。この部屋は母が使っていて、母は薬物を乱用していた。この引き出しの底に薬がテープでとめてあったから、私がトイレに流したの。きっと母がそれを捜して荒らしたんだわ」

ノアはしばし黙りこんでアプリルの話をのみこんだ。なるほど、どうやら早とちりしたらしい。

目を閉じて小声で悪態をついた。「驚かせてすまなかった」

下着をしまい終えたアプリルはノアの脇をかすめてリビングルームへ行き、ソファに腰をおろした。「熱心な捜査に感謝するわ、ヤング巡査。でも、なんでもないの。どこの家族にもある、つまらないもめごとよ」

ノアはアプリルの顔を見つめながら、力になりたいと思った。彼女は疲れきっている。内輪の事情ばかりか下着まで他人の目にさらしてしまい、恥じる気持ちもあるだろう。

「お母さんが常用している薬は？」ノアはアプリルの向かい側に座った。

「だいたいオキシコンチンね」

「イー・ストリートに薬物依存症者が入る病院がある」

「無料なの？」

「もちろん」

アプリルは額をさすった。「母はそこに行ってないと思う。人に頼るのが嫌いなの。ろくでもない男とばかりつきあうけど、甘えたりはしないのよ。血のつながった家族は私だけなのに、出ていってから連絡もよこそうとしない」最後は声を詰まらせ、肩を落として震わせている。

ノアは目の前で泣いている女性がいると慰めずにはいられないたちだが、アプリルを見ていると声をかけるのもためらわれた。それでも拳を握り、思いきって話しかけた。「薬物依存症者は余計な手助けをされないほうが早く立ち直れる。君はお母さんのために最善を尽くしてるよ」

アプリルはコーヒーテーブルからティッシュペーパーをつかみ取ると、不審そうな目を向けた。「どうしてわかるの？」

「俺はドラッグ常用者を毎日相手にしてるからだ」

「それは……恐ろしいわね」

ノアはほほえんだ。「大丈夫。それが人助けだと信じている限りはね」

アプリルは笑みを返さなかった。ティッシュペーパーを丸めながら、好奇心とかすかな戸惑いを浮かべた顔つきでしばしノアの口元を見つめた。それからゆっくり目を合わせたとき、熱くたぎるものがふたりのあいだに広がっていった。

ノアはアプリルを慰める別の方法を考えていた。

アプリルは唇をなめて相手の気を引いた。やわらかくふっくらした無防備な唇。口紅はつけていない。ノアはゆっくりと上体を近づけていったので、アプリルが身をかわす時間はあった。だが彼女は動かなかった。互いの唇が触れたとき、アプリルは右手をノアの肩に添えて自分の体を支えた。もっと濃厚なキスをねだるように。

ノアは進んで求めに応じた。

待ち受けるアプリルの口に深く押し入り、舌を触れあわせる。甘くためらいがちなキスはあっという間にみだらな欲望をはらんだ。

アプリルの爪が彼のシャツに食いこむ。ノアは彼女のウエストに腕をまわして引き寄せた。ふたりの胸がぴったりと合わさる。アプリルがノアの肩からたくましい背中にかけて探り、舌を絡めてうめき声をあげた。

だが彼女の指が銃に触れたとたん、ふたりは体をこわばらせた。

ノアは唇を離した。荒い息が彼女の口にかかる。「銃が邪魔ならば、しまおうか？」

アプリルが体の力を抜く。「いいえ。ごめんなさい」

「何を謝るんだ？」

「軽いつきあいは苦手なの……」

ノアは両肘を膝にのせて自らの高ぶりを鎮めようとした。見当違いをしたおかげで、思いがけない幸運を手に入れられた。お互いをほとんど知らなくてよかった。「軽いつきあいで終わらせる必要はない」

「どういう意味？」

「真剣につきあってもいいじゃないか」ノアはとっさに考えついたことを口にした。

「なぜ？」アプリルがいぶかしげに尋ねる。

「君のことが好きだから」

「私の見た目が好きってことでしょう」

ノアはアプリルの唇を見つめた。自然なピンクがかった褐色。ふくよかでしっとりとしてセクシーだ。クラブ・スアべのタンクトップの下で、はちきれそうな胸が呼吸とともに上下している。布地に胸の頂が浮きでていて、ノアは下腹部が痛いほどこわばり、思わず目をそらした。「君の考え方も好きだ」

アプリルが腕組みをしてため息をついた。

「俺たちは……フィーリングが合うんじゃないかな」

アプリルの目が翳《かげ》りを帯びた。「私はフィーリングが合わないの」

その真面目くさった口ぶりにノアは笑い声をあげた。ユーモアのセンスも最高だ。あまのじゃくな彼女をますます理解したくなる。「合わないんじゃなくて、合わせたくないんだろう？」

「そんな暇もお金もないもの。あなたとデートするために余分なシッター代を払う気はないから」

ノアは一計を案じた。「あの子も連れてくればいいじゃないか」

「なんですって？」

「休みの日があるだろう？　一緒に動物園に行くとか……ウェイブ・シティもいいな。妹にも連れていってくれとせがまれてるんだ。あいつも誘って一緒に行こう」

「妹さんってここに住んでるの？」

「俺を頼って転がりこんできたばかりだ」ノアは好感度が高まることを期待した。

アプリルはまだ気を許せない様子で眉根を寄せた。「ひと晩……ひと晩だけ一緒に過ごすのと、キスもその先もない友達としてのデートなら、どっちがいい？」

「引っかけ問題かい？」

「どっちがいいの？」アプリルが繰り返す。

「どっちもお断りだ。俺はデートもしないでいきなり女性とベッドをともにしたことはない。それに悪いが、ただの友達でいるのもごめんだ」

アプリルが黙りこむ。ずばりと言いすぎたかもしれない。

「俺は体の関係も真剣なつきあいも求めてない。チャンスがほしいだけなんだ。このままじゃ、どうにもならないじゃないか。実はふたりは相性が悪いかもしれない。君は野球が大嫌いだとわかるかもしれない。話しあうだけじゃ埒《らち》が明かないよ」

アプリルはノアがおかしなことを言っているとは思わなかったらしい。「あなたは野球をするの？」

「選手だった。今はコーチだ。リトルリーグのね」

「子供は好き？」

ノアは笑った。「好きだよ」

「自分の子供がほしいと思う？」

「そりゃあ、いつかはね」

「何人ぐらい?」

子供の数まで考えたことはなかった。「ひとりかふたりかな。君は?」

アプリルはかぶりを振った。「作るとしても、私が学校を卒業してからだわ。あなたと同じく、いつかはね。私はひとりっ子で、寂しい思いをしたときもあったの。ヘニーも同じ思いをしてると思う」

ノアはヘニーが小さなかわいい顔をしかめてあかんべえをしてみせる様子を思い浮かべた。「学校に行くのかい?」

「この秋からサンディエゴ州立大学に通うの」

「何を勉強するの?」

「社会福祉」

これ以上訊く必要はない。アプリルは立派だ。賢くて、人々の役に立とうとしている。おまけに我慢できないほどセクシーだ。「一度デートしよう」ノアは切りだした。「ウェイブ・シティがいい。ヘニーもきっと喜ぶよ。最終的につきあうことにならなくても、たいした問題じゃない」

アプリルは唇を噛みながら迷っている。

「次の休みはいつ?」

「日曜よ」

「日曜なら俺も休みだ。十時に迎えに来るよ」

「オーケー」とうとうアプリルも承知した。

ノアはすっかりうれしくなった。クラブで彼女の客あしらいを見て、デートに誘ってもまず断られると思っていた。対応は丁寧だが、取りつくしまがない。おそらくどんな誘いも撃退してきたのだろう。しかし誰も近づけなかったアプリルからデートの約束を取りつけることができた。男として大いに誇らしかった。

ノアは別れの挨拶代わりに、アプリルの唇に触れるか触れないかの軽いキスをした。歩道を大股で進みながら、拳を突きあげたい気分だった。

これで事件解決の糸口が見つかったら、世界を征服した気分になれるだろう。

もちろんアプリルと個人的に親しくなるのは規律違反だ。だが慎重に行動すれば小さな違反など目にとまるはずがない。ノアは捜査主任ではないし、彼女も容疑者ではない。たとえそうであっても、充分気をつける。

家に帰るまで、アプリルのことが頭から離れなかった。彼女とのキスを思い返し、これまでの経過を考えた。そしてメガンのメモを目にした。

9

エリクはメガンとジャックが焚き火のそばから離れたことに気づいたが、膝にクリスティーナがのっているので、どうすることもできなかった。クリスティーナを放りだしてみんなの前で恥をかかせるわけにもいかず、彼女に関心がないことを本人が察してくれるよう願いながらじっとしているしかなかった。

メガンは酔っ払っていた。とろんとした目で薄ら笑いを浮かべ、ふらつく足でやってくる姿を見たとたんにわかった。まともに歩けないほど飲んでいたのにマリファナを吸うなんて。たぶん今頃は頭がくらくらしているだろう。

ジャックの野郎め。

エリクが反応を示さないにもかかわらず、クリスティーナはしなだれかかって彼の下唇を噛んでいる。その軽い感触はまんざらいやでもなかった。だがエリクは顔をしかめ、クリスティーナの腰を抱えて脇へどかそうとした。その拍子にエリクがクリスティーナのジーンズより上の素肌に触れてしまい、彼女は興奮して荒い息を吸った。

「メガンの様子を見てこないと」エリクは言った。

クリスティーナがキスを中断した。「どうして？」

「彼女、べろべろに酔ってた」

「ジャックがついてるよ」

「だから心配なんだよ。おりてくれないか」

クリスティーナが眉間に皺を寄せる。引きさがる気はさらさらないらしい。「ほんとはあの子のことが好きなんでしょ？　あの子もあんたを好きみたい」耳元でささやいた。「ジャックなんか追っ払って、あたしたち三人で楽しもうよ」

エリクはその筋書きを考えないようにした。実際、そう努力した。だが心はクリスティーナの提案を受け入れ、体も彼女の触れてくる手に素直に反応していた。クリスティーナの秘められた部分がジーンズの前をかすめた。両手をあと少しおろせば彼女のヒップを抱えられる。

「メガンに話してあげてもいいよ」クリスティーナがささやいてエリクの耳たぶに舌を這わせた。

「ここで待っててくれ」エリクは彼女の体の下から這いでた。「メガンを呼んでくる」

再び冷静になり、太平洋を渡ってくる風にあたって気持ちを静めると、彼は考え直した。たとえクリスティーナの〝お試しプラン〟に同意したとしても、メガンはとても参加できる体調ではない。

今夜のメガンが愛撫《あいぶ》するのは便器の表面だけだろう。

「ばかめ《バボッ》」エリクは自分を責めた。クリスティーナの戯れにほんの数分つきあったせいで、すでにジャックたちの行き先がわからない。桟橋はふたりだけの世界を楽しめそうな場所だと考え、そちらへ向かった。

焚き火の光が遠ざかっていくにつれて不安が募る。メガンを介抱するだけなら、ジャックがこんなに遠くまで行くはずがない。

エリクは足を速め、やがて全速力でビーチを走った。

桟橋のたもとでふたつの人影がもみあっている。メガンの悲鳴が聞こえた。あたりは闇に包まれ、月も雲間に隠れていたが、何が起こっているかはっきりとわかった。ジャックがメガンを押さえつけていた。レイプしようとしている。

暗く冷たい怒りがエリクの全身を駆け巡った。昔、こんな場面を目撃したときは足がすくんで止められなかった。もう同じ過ちを犯すのはごめんだ。今なら止められる自信がある。エリクは拳を握りしめてふたりのもとに走った。一発目のパンチには十年分の怒りがこもっていた。

ジャックはエリクが駆けつけたことに気づかず、まともにパンチを食らった。メガンの体から吹っ飛んで砂浜に倒れこむ。ジャックは呆然《ぼうぜん》としていた。

ジャックのズボンの前から欲望の証《あかし》が突きでている。

「このゲス野郎」エリクはうなり声を発し、ジャックのぼさぼさの髪をつかんだ。悲痛な叫びをあげ、反動をつけて殴りかかる。肉を裂き、骨も砕かんばかりに何度も何度も拳を打ちこんだ。

「違うんだ！」ジャックが叫んでエリクの手首をつかんだ。ジャックのまぶたは腫れあがり、口元は血まみれだ。

エリクがメガンに目をやると、彼女はジーンズのボタンをとめ直していた。砂の上にむしり取られたショーツが落ちている。美しい顔は涙で濡れていた。

「てめえ、殺されたいのか」エリクはジャックの鼻に膝蹴りを食らわした。骨が砕ける音が聞こえて胸がすっきりする。ジャックは激痛に悲鳴をあげてうずくまり、両手で頭を抱えこんだ。

こんなに意気地のない野郎だったのか。エリクは不快感に胸がむかむかするのを感じながらジャックを蹴った。

ジャックはうずくまったまま、うめき声をあげている。

「くそったれ《ファート》」エリクは吐き捨てるように言った。「今度、俺の前に面を出したら、ぶっ殺してやるからな」

一度ぶちのめしたぐらいでは罰としては不充分だというのがエリクの持論だ。だが頭の隅で早く立ち去れと警告する声が聞こえた。エリクはメガンのショーツを拾ってポケットに押しこみ、朦朧《もうろう》としているジャックはそのまま放っておいた。

エリクがメガンに手を差し伸べると、彼女はびくりとして後ろにさがった。

エリクは優しく声をかけた。「行こう。こいつの仲間が来るかもしれない」

彼はためらうメガンに手を貸して立ちあがらせた。だがメガンの膝に力が入らないのを見て取ると、彼女の片腕を首にかけ、ウエストを抱えてビーチを進んだ。

エリクはメガンを急《せ》き立てながら歩きつづけた。ジャックのサーファー仲間が追ってきて状況を勘違いしたら厄介なことになる。そうなったらメガンを守れない。喧嘩は得意だが、束になってかかってこられたらかなわない。

「吐きそう」メガンが苦しげな声をあげた。

エリクがすぐに手を離すと、彼女は前かがみになって吐いた。フルーツパンチの甘酸っぱいにおいが鼻を突き、エリクまで胃がむかむかしてきた。彼は顔をゆがめて目をそむけた。吐き終わったメガンの目は潤み、口元は濡れていた。

「これを使えよ」エリクはバンダナを差しだした。

「ありがとう」

「気分はよくなった？」

「ええ。だいぶすっきりした」

エリクはメガンを引き寄せて肩に頭をもたせかけさせた。メガンは彼のポロシャツに顔をうずめた。「ごめんなさい」その目からみるみるあたたかい涙があふれでる。

「なぜ謝るんだ？」

「酔っ払ってしまって。ふしだらな女みたいなことをして」

エリクはメガンをいたわるように抱きしめた。「君は何も悪いことなんかしちゃいない」

「そ、そうね」メガンがむせび泣く。

「警察に通報しよう」

メガンがエリクのポロシャツにしがみついて怯えた声をあげた。「だめ」

「じゃあ、君の兄さんに話そう」

「だめよ。兄さんに知られたら、両親のところに返されちゃう」

「メガン――」

「何もなかったんだから！」

「君は悲鳴をあげてた。服も破れてるじゃないか」

メガンが自分の胸元を見つめられていることに気づいた。タンクトップが大きく裂けてブラジャーが見えている。彼女は慌てて服をかき寄せ、砂地にしゃがみこんだ。

「あいつに殴られた？」

「いいえ」メガンが小さな声で答える。

「レイプされたのか？」

メガンはかぶりを振った。「一度キスされたけど……私も抵抗しなかったの。あとはよく覚えてない。ジャックじゃなくてあなたのほうが警察に捕まっちゃうわ」

エリクはしばし黙りこんでから口を開いた。「通報すべきだ」

「朝になって酔いが覚めたら考えるから」

エリクはその考えに賛成できなかったし、メガンの話もどこまでが真実なのかわからなかった。ジャックが最終目的を遂げられなかったのはたしかだ。エリクはすんでのところで駆けつけ、ジャックはメガンに何もできなかったのかもしれない。

いや、メガンがエリクを安心させたくて嘘をついていることもありうる。彼女は兄や両親を失望させたくないばかりに警察に知らせるのをいやがっているのだから。アプリルもラウルの暴力を通報しなかった。

エリクは罪悪感と羞恥心から口を閉ざすことについてはよく知っていた。

ジャックを警察に突きだすかどうかはメガン次第だ。エリクは自分なりに制裁を加えて少し気がすんだ。暴行罪で逮捕されるのもごめんだ。警察はいつだってエリクたちより、白人の中流階級のガキの言葉を信じるものだ。

「行こう。この先に公衆トイレがある」

エリクはトイレの入口で足を止めてポロシャツを脱いだ。それをメガンに渡すつもりだったが、ノースリーブのアンダーシャツからむきだしになった自分の腕を見て、まだ敵の縄張りにいることを思いだした。インペリアル・ビーチでチュラビスタ・ロコスのタトゥーを見せびらかすのは利口とは言えない。

エリクはアンダーシャツも脱いで、それをメガンに渡した。

メガンはエリクの上半身を埋めつくしているタトゥーをうつろな目で見つめた。ほとんどはスペイン語の文字とギャングのメンバーにしかわからないシンボルなので、読み取れないだろう。だがエリクに対する認識はすっかり変わったようだ。

「ありがとう」メガンはぎこちなく言ってアンダーシャツを受け取った。

彼女は女性用トイレに入り、エリクは男性用トイレで手についていたジャックの血を洗い落とした。拳の皮がむけて腫れていたが、骨までは傷めていない。水滴を振り払うと、外のピクニックテーブルに腰をおろしてメガンを待った。

数分後、メガンが彼のアンダーシャツを着て出てきた。シャツはぶかぶかで、脇からブラジャーが見える。メガンは顔を洗ったようだが、目元のメイクが残っていた。男物のアンダーシャツを着たメガンはセクシーで、エリクはそれを脱がせたい衝動に駆られた。クリスティーナが提案したような夜を過ごせれば最高だったのに。

こんなときに何を考えているんだと自分にいらだち、携帯電話を取りだすとクリスティーナに簡潔なメールを送って、メガンと一緒に帰ることを知らせた。

メガンがエリクの向かいに腰をおろした。「手を見せて」バンダナが濡れているのは顔を洗って拭くときに使ったのだろう。今度はそのひんやりしたバンダナで彼の拳を包み、固く結んだ。

「どうしてこれを持ってるの？」

「なぜそんなことを訊く？」

「あなたはギャングのメンバーなの？」

エリクはかぶりを振った。否定したのではなく、彼女の率直さに感心していた。

「兄さんの家はここから遠いのか？」

　メガンは今いるところがどこか見当もつかない様子であたりを見まわした。「ベルデ・アベニューよ」

「じゃあ、歩いて帰れるな」

　ふたりは東に向かって出発すると、裏通りを渡った。メガンがぐったりともたれかかってきたが、エリクは苦にならなかった。「ジャックに薬をのまされたのかも」

「いや、違うな」

「どうして？」

「意識がはっきりしてるから」

「でも、まだぼうっとしてる気がする」

「今までにマリファナを吸ったり、強い酒を飲んだりしたことは？」

「どっちもないわ」

　エリクはメガンを抱え直しながら小声で言った。「つまり、そういうことだ」

　何キロか歩いたのち、エリクは閑静な住宅街をそれて右に曲がった。目の前に終夜営業のレストランの緑と黄色の派手なストライプに塗られた建物が現れた。看板に〝二十四時間オープン、〈タコ・ティコ〉〟と書かれている。

エリクはこの店を訪れたことがあり、料理もうまかった記憶があった。ふたりとも休憩が必要だ。メガンも何か食べたら元気が出るはずだ。「腹が減っただろう？」

メガンが体を震わせた。「いいえ」

「でも何か食べなきゃだめだ」

「それより座りたい」

「注文したら座れるよ」

メガンはうなずくと肩をそびやかして、なるべくしゃんとしているところを見せようとした。エリクはメガンの小さな背中に手を添えて入口を通り抜けた。だが店は簡素なスタンド形式で、赤いテーブルと注文する窓口しかなかった。

店に入るなり、エリクはミスを犯したことがわかった。中立的とはいっても、このあたりはイーストサイド・インペリアルビーチの縄張りだ。客に目を配るべきだった。入口近くにイーストサイドの男がふたり座っている。

うかつだった。さっさと退却するしかない。だがこっちが向こうの名前を知らないということは、向こうもこっちを知らないかもしれない。エリクは左手をメガンのウエストに添えたまま、右手をポケットに突っこんでバンダナを巻いた拳を隠した。

ふたりの男は目を向けようともしなかった。

エリクがメニューからいくつか注文するあいだ、メガンはカウンターに寄りかかり、照明の下でまぶしそうに目を細めていた。バンダナを見られないように財布から金を出すのは多少難しかったが、エリクはどうにかやってのけた。支払いをすませると、メガンを片手で抱くようにして腕をまわし、外に連れだした。

幸い、あのガキども《チャバラス》はメガンに色目を使っていたが、エリクには目もくれなかった。きれいな女の子がいきなり現れたのだから、注目を浴びて当然だろう。しかもこんな夜遅い時間で、どう見ても酒に酔っているのだから、みだらな言葉をかけられてもしかたがない。

「クアント・クエスタ?」男たちのひとりが訊いた。

「ウン・ブリトー」もうひとりが答え、揃《そろ》って笑い声をあげた。

エリクは相手にしなかった。

店の前には円テーブルとプラスチックの椅子が二脚置かれていた。エリクはひとつをメガンに勧め、もうひとつに座った。

「あの人たち、なんて言ってたの?」メガンが小声で尋ねた。

「つまらないことだ」

「教えて」

「最初のやつは、君がいくらでつきあうかって言った。もうひとりが、ブリトーひとつだと答えた」

メガンはうめき声をもらしてまぶたをさすった。「ドラッグでラリってる娼婦《しょうふ》に見える？」

「そんなことない」エリクはメガンの顔をしげしげと見た。髪が乱れてマスカラがにじんでいてもかわいらしい。これまで彼が見た娼婦はたいてい年を食っていて、肌が荒れて歯もぼろぼろだった。「君は若くてきれいだ。あれはくだらないジョークだよ」

イーストサイド・インペリアルビーチの男たちはこちらに絡んでくることもなく店を出ていった。すぐにエリクたちの注文した料理ができあがった。エリクは料理のトレイをテーブルに置いた。エリクは黄色い紙にくるまれたブリトー、メガンに発泡スチロールのカップだ。

メガンがカップの蓋を取る。「これは何？」

「トルティーヤスープだ。うまいよ」

おそるおそるひと口飲んでみたメガンが満足げな声を発した。油っこいものは胃が受けつけないが、スープはこま切れのチキンと野菜、ふやけたトルティーヤの千切りで優しい味わいになっている。

エリクはソーダの缶を開け、ふたりともしばし黙々と食べた。メガンの頬に生気が戻った。エリクの目には、マリファナの効き目が切れてアルコールも抜けてきたように映った。

メガンが彼の手に巻いたバンダナを見つめた。「ジャックにマリファナをあげたのはあなた？」

「違う」

「じゃあ、売ったの？」

エリクは答えずにブリトーをかじった。

「あなたはドラッグを使ってるの？」

「ときどきはね」エリクは認めた。

「ゆうべはなぜやらなかったの？」

「ああいうパーティでは油断できないからだ」

「だったら、なぜ出かけていったの？」

「さあな」エリク自身にもわからなかった。メガンを守るために行ったのなら、まるで役に立たなかったことになる。わずかでもチャンスがあったら自分も彼女を好きなようにしていたかもしれない。エリクは話題を変えた。「どうして両親の家に帰りたくないんだ？」

「私が大学を辞めたことをものすごく怒ってるから」

「大学はどこだ？」

「チャペル・カレッジよ。キリスト教系の大学なの」

「じゃあ、神について勉強するのか？」

メガンはソーダをひと口飲んだ。「通常の課程は全部揃ってるわ。別に宗教のことを勉強しなくてもいいの。でも……いやでたまらなかった」

エリクにはその言葉が信じられなかった。仕事も自活の必要もない生活なんて夢みたいだ。学校はさまざまな抑圧から解放されるところじゃないのか？　「学校に行きたくても行けない連中だっている」

メガンは返す言葉もないようで、ため息をついた。「あなたは大学生？」

「高校もまともに出てない」

「どうして？」

「最終学年のときに兄貴が刑務所に入っちまった。俺はずっと兄貴に面倒を見てもらってたから、働いて自活しなきゃならなくなった」

「ご両親は？」

「親父《おやじ》は死んだ。おふくろは十年前にメキシコに帰った」

「お母さんと会うことはあるの？」

「しょっちゅう会ってる。今、ティファナに住んでる」

メガンは目を丸くしてエリクを見つめた。彼がまるで他人ごとみたいにしゃべる様子に戸惑っているようだ。メガンにとっては珍しい話かもしれないが、エリクから見れば彼女は温室育ちの世間知らずだ。母親がいない子供や肉親が刑務所に入っている家庭など、このあたりでは珍しくない。

「親が金持ちで大学に通わせてもらえるなんて、ラッキーだな」

「私は両親に頼らなくてもやっていけるわ。サウスウエスト・カレッジに入学して、奨学金を申しこんだの」

「へえ」

「あなただって大学に行けるわよ」

エリクは肩をすくめた。祖母の世話と店での仕事、さらにチュラビスタ・ロコスの用事に忙しく、学校に通う暇などない。それに今さら学校に行くなどと聞いたら、仲間はいやな顔をするだろう。

高望みしてギャングから足を洗おうとしていると思われる。

スープを飲み終えたメガンは生き返ったように見えた。エリクはしらふの彼女をうらやましいとは思わなかった。酔いが覚めたらつらい出来事に向きあわなければならないのだから。

スープがメガンの胃におさまってくれたことにもエリクは安心した。少し休んだあと、ふたりは店を発《た》って再び歩きつづけた。メガンの兄の家は店から二キロ弱のところにある。家に着いたときにはもう、朝日がのぼろうとしていた。

「ここよ」メガンが忍び足で歩道を進みながら言った。

エリクは郵便受けの番号にすばやく視線を投げ、頭に刻みこんだ。

「アンダーシャツを返したほうがいい？」

「いや、かまわない」

メガンはエリクに一歩近づくと、片手を彼の肩に置いた。エリクは体をこわばらせた。「ありがとう」メガンが彼の頬にキスをした。「あなたが来てくれなかったら、どうしていいかわからなかった」

エリクはキスを受け入れたものの、目を閉じて体をこわばらせたままだった。

「また会えるわよね」

「もちろん」

鍵を取りだして玄関のドアに近づくメガンの手は震えていた。彼女はちらりと振り返ってから、すばやく中に入ってドアを閉めた。音をたてないように歩いて階下のバスルームに入ると、鏡から目をそらして服を脱いだ。頭の中が真っ白になったように感じながらシャワーの栓をひねった。

メガンは長いあいだバスルームにいた。

熱いシャワーを勢いよく浴びても気持ちが静まらないので、水温をさげて頭から浴びつづけた。知らず知らず片手が腹部をおりていって、ためらいがちに秘められた部分に触れ、異常がないことを確かめようとする。

昨夜の出来事によって感覚が麻痺《まひ》したとか、感じられなくなったということはなかった。だが自分自身への向き合い方が変わってしまった。

涙があふれてきて、メガンはシャワーを止めた。タオルを体に巻いて、そっと階上へ戻る。脱いだ服を洗濯かごに入れることができず、クローゼットに隠した。

清潔なTシャツとショーツをつけてベッドに入り、上掛けを頭まで引きあげる。世界を締めだしたかった。

そしてまたたく間に眠りに落ちた。

10

携帯電話がナイトテーブルの上で震えながら鳴り、ノアは現実に引き戻された。昨夜、冷たいシャワーを浴びても、アプリルに抱いた熱い欲情は冷ませなかった。ベッドに入ってもなかなか眠れず、ようやくうとうとしたところだった。ナイトテーブルから落ちる寸前で携帯電話をつかむ。画面に〝午前六時二十二分〟と表示されていた。かけてきたのはサンティアゴ刑事だった。

「何かありましたか？」ノアの声がうわずった。

「また犠牲者が出た。レイプされて窒息死。おそらくギャング絡みだ」

ノアはベッドで跳ね起きた。「場所はどこです？」

「南桟橋だ」

胸を締めつける不安が少し弱まった。犠牲者はアプリルではない。彼女は自宅でやすんでいるのだから。「すぐに行きます」

　手早く着替えて階下のキッチンでコーヒーを淹れていると、妹が置いていったメモが目に入った。メガンがいつ帰ってきたのか気づかなかったが、気配は感じていた。

ノアは眉根を寄せてゲスト用のバスルームの前を通った。誰かがシャワーを使ったばかりらしい。「メガン？」呼びながら階段を駆けあがる。部屋のドアは閉まっていた。

ノアはノックしながら声をかけた。「メガン？」

　返事がない。

ノアがドアを開けると、メガンはうめきながら寝返りを打ち、枕に顔をうずめた。

「出てって」

「友達の家に泊まったんじゃなかったのか」

返事は返ってきたが、声がくぐもっていて聞き取れない。

「話はあとだ。電話があったから現場に行く」

メガンは上掛けを頭までかぶった。

ノアはドアを閉めて階下に戻ったが、妹が帰っているのを確かめてほっとしていた。とりあえず新たな心配の種はない。なにしろ殺人犯が逃亡中なのだから。

　署まで行って制服に着替える時間が惜しかったので、私服で現場に向かった。すでにマスコミ関係者や野次馬や警察官で騒然としていた。ロラ・サンチェスの死はそれほど騒がれなかった。だが今度は大騒ぎになるだろう。性的動機による殺人事件が一週間あまりで二件起こったということは、連続殺人、それも無差別の犯行と考えられる。

午前七時のビーチは涼しく、どんよりと曇っていた。砂浜は湿ってじめじめしている。だが数時間もしたら太陽が雲を焼きつくすだろう。

遺体の周囲は仕切りで囲われ、桟橋のたもとの砂地にも警察の規制テープが張られて立ち入り禁止になっている。ノアはテープを越えてサンティアゴ刑事と合流した。現場は不穏な空気が満ち、目をそむけたくなるほどむごたらしかった。

犠牲者はまたもヒスパニックの女性。年齢は十代後半か二十代前半だろう。ロラ・サンチェスやアプリル・オルティスと同じく、黒髪にほっそりした体つき。顔を横向きにしてうつぶせに倒れている。ジーンズがくるぶしのまわりに絡みつき、赤いチューブトップがウエストまで引きおろされていた。ノアはぎりぎりまで近づいて被害者の顔を確かめようとした。

彼女は薄いビニール袋をかぶせられて窒息死したらしい。

目は大きく開かれ、口に黒いバンダナを詰めこまれている。曇ったビニール袋越しに布のデザインが見えた。

「被害者はクリスティーナ・ロペス」サンティアゴが言った。「フニオル・ロペスの妹だ」

「ロペスなら知っています」ノアは言った。ロペスは取り立て屋のような男で、チュラビスタ・ロコスの縄張りで違法に稼ぐギャングどもから分け前として吸いあげた金を上層部のメンバーに渡していた。取り立てに応じない者には暴力の制裁が待っている。

「街で何か情報を得たか？」

「いえ、新しいものは何も」

チュラビスタ・ロコスはイーストサイド・インペリアルビーチと長いあいだ敵対関係にあった。ロサンゼルスのギャングと違って色はさほど重要視されないとはいえ、チュラビスタ・ロコスは白と茶色、イーストサイドは黒を身につけた。

この殺しはイーストサイドの仕業かもしれない。

ギャングの暴力犯罪にかかわるのは大人も子供も男ばかりとは限らない。女性が標的になることもあり、その場合はかなりおぞましい行為が行われる。

サンティアゴは眼鏡を外すと白いハンカチで拭いた。興奮している様子で、ノアが初めて目にする表情だ。「これは厄介な抗争を引き起こしそうだ」サンティアゴが小声で言う。「君とシャンリーはフニオル・ロペスを尋問しろ。バンダナのことは伏せておいて、イーストサイドになんらかの恨みを持っていないか探れ」

「了解」

ノアは署に向かいながらパトリックに電話をかけた。パトリックは疲れ果てているらしく不機嫌で、出かけるのも億劫《おっくう》という口調だった。ふたりともこんな早朝から働くことはめったにない。「三十分でそっちに着く」ノアはそれだけ告げて電話を切った。

この一週間、パトリックの勤務態度にノアは頭を痛めていた。パトリックは優秀なベテラン警官だが、偏見にとらわれるきらいがあった。若者といえば不良、有色人種といえば不法入国者、犯罪者は必ず重ねて罪を犯すといった具合だ。ものごとを悲観的にとらえて現実の結果を見ないようになったのは一年ほど前からだろうか。

ノアはパトリックが個人的な問題を抱えていて、殺人課勤務をいやがっていることを知っていた。だが今は偏見を捨てて捜査に協力してほしかった。罪もない若い女性たちが殺されても、パトリックにとってはどうでもいいらしい。

制服に着替えたノアは自分のデスクでネットワークに接続すると事件の詳細を調べ

た。まだ公式報告がまとまっていないため、有力な情報は少なかった。死亡推定時刻は深夜零時から午前三時のあいだ。窒息死と推定される。午前五時二十五分にジョギング中の人が遺体を発見した。

犠牲者のジーンズの後ろポケットで発見された携帯電話が直近の行動を示していた。ふたつのナンバーと交信している。ひとつは〝E〟としかわからない人物のメール〝Mと一緒に帰る〟

ノアはそれをフニオル・ロペスの逮捕記録とともにプリントアウトして、またコーヒーを飲んだ。数分後にパトリックがやってきた。シャワーは浴びたようだが、目は充血している。たぶん昨夜はマリガンの店で深酒をしたのだろう。体調不良かもしれないが、ノアは少しも同情する気にならなかった。ここ数カ月でパトリックの飲酒癖は勤務態度と同じく確実に悪化の一途をたどっていた。

ノアとパトリックは無言のまま立体駐車場へ向かった。

「どこへ行くんだ?」パトリックがパトカーの運転席に座りながら尋ねた。

ノアはコンソールのキーボードで、ロペスの最近の住所を入力した。逮捕歴に載っている顔写真と目的地までの道順が画面に表示される。「フニオル・ロペス、二十四歳、身長百七十八センチ、体重九十三キロ」

　パトリックがにわかに興味を示して低いうなり声をあげた。乱闘が好きなのだ。

「尋問だ。逮捕しに行くわけじゃない」ノアは説明した。

「ちくしょう」

　ふたりは走行中にふたつの殺人の類似点を話しあった。犠牲者は外見がよく似ている。ノアは同一犯の凶行と確信していた。最初の事件には無関心を装っていたパトリックでさえ、ふたつの殺人が何を意味するかは理解していた。サンティアゴに任されたのはかなり慎重を要する仕事だ。

「ゆうべのクラブ・スアベの捜査はどうだった？」パトリックが訊いた。

　ノアは肩をすくめた。「いつもの場あたり的な偵察だ」

「目当てのウエイトレスに会えたか？」

「会えたかもな」

　ノアが取りあわないので、パトリックはすぐに話題を変えた。

「明日の朝、ボートに乗りに行くんだが、つきあわないか？　メガンも一緒に」

　ノアはこの誘いに驚いた。最後に勤務以外でパトリックとともに行動したのはいつだろう。「ありがとう。せっかくだが、明日は無理だ」断りながら、多少気がとがめた。

　ふたりはロペスの家に着いた。チョーリャ・テラスと呼ばれるくすんだ緑色のアパートメントだ。「明日はデートなんだ」

パトリックが疑わしげに目を細めてノアを見た。「アプリル・オルティスか？」

ノアは一瞬ためらってからうなずいた。

「抜け目のないやつだな」パトリックが感心したように言う。

ノアは頭を振りながらパトカーを降りた。相棒に隠しごとはできない。もっとも、パトリックは規律違反など意に介さないので、隠す理由もないが。たとえばノアが重要参考人とつきあって利用したとしても、責めるどころか詳細を聞きたがるだろう。

ふたりは無言で階段をのぼった。ロペスは上階に住んでいたが、運よく外で煙草を吸っていた。

ロペスはさまざまな罪で何度も逮捕されていたので、顔なじみも同然だ。ふたりを見ても顔色ひとつ変えず、煙草をもう一本取りだすとテラスの手すりに腕をもたせかけた。

上半身裸で裸足《はだし》、腫れぼったい目。

この種の訪問はノアにとって最もつらい任務だ。母親に息子の死を知らせに行ったことが何度かある。ロペスがギャングのメンバーだからといって、悲報を伝えるのが楽になるわけではない。

「座って話がしたい」パトリックが声をかけた。

ロペスの視線がふたりのあいだをすばやく行き来する。険しい表情が消え、目にショックと恐れと否定の色が浮かんだ。「断る」

「中で話せないか？」

「冗談じゃねえ」

「あんたの妹だが」ノアは言った。「殺された」

ロペスはしばし呆然としていたが、今にも殴りかからんばかりになり、口元をゆがめてノアをにらみつけた。その目からみるみる涙があふれ、かすれた声でわめきながらアパートメントの羽目板に拳を打ちつけた。

力任せに何度も拳を打ちつけたロペスは、ドアに額を押しあててスペイン語で祈りの言葉を唱えた。その背中を覆うタトゥーは鮮やかな〝グアダルーペの聖母〟の図柄だ。両の拳から血が滴り落ちた。

「たしかなのか？」ロペスがようやく訊いた。

ノアはうなずいた。「自分の携帯電話を所持していた。写真付きの身分証も」

ロペスがきつく目を閉じて涙をこらえる。「いったいどうして？」

すかさずパトリックが答えた。「それを捜査してるところだ。二、三、聞きたいことがあるから協力してほしい」

　ロペスはつかの間ためらったあと、アパートメントのドアを開けてふたりを招き入れた。コーヒーテーブルにビールの空き缶が積まれ、床にはテイクアウト料理の容器が散乱している。ロペスがベッドルームに入ったので、ノアもパトリックも思わずリボルバーに手を伸ばした。

「起きろ《デスピエルタテ》」ロペスの怒気をはらんだ声に続いて、ベッドのきしむ音が聞こえた。

「出ていけ《サカテ・ヤ》！」

　寝ぼけまなこの若い女性が服を抱えてよろめきながら部屋を出てきた。黒髪が乱れ、メイクも落ちかけている。ロペスにバッグを押しつけられ、スペイン語で悪態をつきながらバスルームに入った。

　ノアとパトリックはすばやく視線を交わした。ロペスの昨夜のアリバイは成立する。またたく間に服を着てバスルームから出てきた女性の目は怒りに燃えていた。

「あとで電話する」ロペスが血まみれの拳にTシャツを巻きながら声をかけた。

　彼女は嫌悪の表情を浮かべて立ち去った。

　女性の姿が消えるや、ロペスは振り返ってコーヒーテーブルを蹴り倒して上にのっていたものを床にばらまいた。ロペスが悲しみをテーブルにぶつけているのがノアにはわかったが、突然私生活をのぞかれた気恥ずかしさをごまかしているようにも見えた。ロペスはアパートメントも女性も大事にしていないのだろう。いつものタフガイの仮面がつかの間はがれ、ノアたちの視点から自分自身を見ているのかもしれない。

動揺を隠そうともせずソファに腰をおろしたロペスは、ふたりにも座るよう手で合図した。

「われわれはこのままでいい」パトリックが言った。

フニオル・ロペスは大柄な男だった。筋肉質というよりもずんぐりとしている。髪はスキンヘッドに近い。近隣の少年たちの尊敬を集め、女にもてる。冷酷な犯罪者で街のダニのような若者だが、ここではカリスマ的存在だった。

「妹が昨夜どこにいたか知ってるか？」パトリックが質問する。

「知らねえ。メールを送ったが、返事をよこさなかった」

「妹に恋人はいるのか？」

ロペスがかぶりを振る。「知らねえ」

「あんたの携帯電話を見せてくれ」ノアは頼んだ。

ロペスはジーンズのポケットから携帯電話を出すと、画面を一瞥してからノアに渡した。ノアは送受信履歴をスクロールした。「エリクというのは誰だ？」プリントアウトと照合しながら尋ねる。同じアドレスだ。

「俺のダチだ」

ロペスとつるんでいるとすれば誰のことかわかる。それが職務なのだから。「エリク・エルナンデスか？」

「そうだ。それがどうした？」

「エルナンデスがあんたの妹にメールを送ってるのはなぜだ？」

「職場が一緒だからだろうよ」

「どこだ？」

「ボニータ・マーケット」

冷たいものがノアの背筋を走り抜けた。メガンの勤め先ではないか。「ゆうべは出勤してたのか？」

「だと思う」

「何時まで？」

「店は九時閉店だ」

ノアはメールの送信時刻を確かめた。「エリクがクリスティーナにメールを送ったのは午前一時十七分」

ロペスが眉間に皺を寄せる。「どんなメールだ？」

「内容は教えられない。〝M〟のつく名前の知り合いはいるか？」

「Mがイニシャルのやつなら何人かいる」

「昨日の夜はエリクに会ったか？」

「ああ。あいつの家にちょっと寄ったが、あいつはすぐに出かけた」

「どこに出かけた？」

ロペスが肩をすくめる。「行き先は言わなかったが、めかしこんでたな」

「あんたの妹と会う予定だったんじゃないのか？」

その言葉にロペスが拳を握った。血がにじんでTシャツの布にしみでる。「どういうことか、あいつに説明させてやる」

「それはわれわれの仕事だ」ノアは警告した。「エリクに連絡したり、情報をもらしたりしないでくれ」

パトリックが割りこんだ。「イーストサイドのやつらがおまえの友達とクリスティーナが一緒にいるところを見つけて、彼女を痛めつけることにしたのかもしれない」

「それならエリクのほうを狙うはずだ。どうして妹に手を出すんだよ？」

「クリスティーナがチュラビスタ・ロコスのメンバーだからだ」

ロペスは獰猛《どうもう》な顔つきでパトリックに向き直った。「違う、クリスティーナはメンバーじゃない」

だがパトリックは引きさがらなかった。「彼女はレイプされたあげく、窒息死させられた。兄貴がギャングとつながっているせいでな。口には黒いバンダナが詰めこまれてた」

ロペスがパトリックに飛びかからんばかりにソファから立ちあがった。

ノアがすばやくふたりのあいだに入り、ロペスの激しく波打っている胸を押しとどめた。「シャンリー巡査は憶測を口にしてるだけだ」パトリックをかばいながら、ロペスの気を静めようと必死になった。「クリスティーナの口には布切れみたいなものが詰まってた。だが、まだ識別できていない」

「イーストサイドの畜生どもを皆殺しにしてやる！」

「まずはエリクと話をしてから立件だ。バンダナのことが噂になったら、それが事実であろうがなかろうが捜査に支障をきたす」ノアはあろうことか極秘情報をもらしたパトリックをにらみつけた。「そうなったら、クリスティーナを殺した犯人は野放しになるかもしれない。そんなことは望んじゃいないだろう？」

「くそっ」ロペスが構えを解いた。

「あんたのおふくろの家にも署員が知らせに行ってる。あんたも行ったほうがいいんじゃないかな。家族についていてやれよ」

「くそっ」繰り返すロペスの目に再び涙があふれた。

ノアはパトリックに対して口もきけないほど腹を立てていた。バンダナについてはひと言も触れないようにあれだけ念押ししたのに。

もしかすると相棒がロペスに情報をもらしたのは、それを利用してサンティアゴに面倒をかけたかったからではないだろうか。パトリックにとってはギャングの抗争など対岸の火事だ。メンバー同士で撃ち合いになったとしても、幸先《さいさき》がいいと言ってははばからないだろう。

メガンのことも気にかかる。職場の同僚が昨夜のうちに殺されたのだ。妹には家から出ないように留守番電話にメッセージを入れた。パトカーをまわそうかとも考えたが、やめておいた。

代わりにサンティアゴに電話をかけた。

「どんな具合だ?」

「順調です。〝E〟なる人物はエリク・エルナンデスであることが判明しました。ボニータ・マーケットに勤める被害者の同僚です。フニオル・ロペス同様、チュラビスタ・ロコスのデータに記録されています」ノアは言葉を切り、パトリックのミスを告げるべきか迷った。「エリクを追いましょうか？」

「ああ。尋問しろ」

電話を切ったノアはエリクのデータを調べた。逮捕歴はないが、ギャングの縁故がある。兄のラウルはチュラビスタ・ロコスの中心人物だった。現在、武装強盗罪で服役中だ。

エリクの住まいはキャッスル・パークのライム・ストリートに立つ老朽化した四世帯住宅にあった。ドアをノックしようとしたノアの耳に、テレノベラのオープニングが聞こえてきた。エリクはスペイン語の昼メロが好きなのかもしれない。

およそ六十秒後に彼が応対に現れた。

後方で眼鏡をかけた白髪の女性がソファに座っている。

「エリク・エルナンデスか？」

「そうだ」

「二、三、尋ねたいことがある」

エリクはノアたちを中へ通さずに、自らドアの外に出てきた。フニオル・ロペスと同じく、起きたばかりだったらしい。ノアはエリクを近所で見かけたことがあった。フニオル・ロペスほど大柄ではなく、凶暴な男にも見えない。髪は剃《そ》りあげているというよりは刈りあげている。白いTシャツに紺のジーンズ、黒のソックスを身につけている。

エリクはギャングのメンバーにしてはもの静かだった。一見するとハンサムで身だしなみのいいヒスパニックの好青年だ。だが夜になれば人知れずドラッグを売り、落書きをしてまわっていないとも限らない。ノアは古い小学校の壁にアート作品と呼べるほど入念に描かれ、〝e〟というサインが添えられた落書きを思いだした。

エリクはノアの制服のシャツを見つめ、質問を待った。

「ゆうべはクリスティーナ・ロペスと一緒だったのか?」

エリクは予想だにしなかった質問をされたように目をしばたたいた。「ああ、ちょっとだけ」

「何時頃?」

「夜中だ。十二時頃だったかな」

「十二時頃に彼女に会ったのか?」

「そうだ」

「どこで？」

「南桟橋の近くの焚き火で」

ノアは相手の態度が妙なことに気づいた。ふたりの警官の反応を探っているみたいだ。これではあべこべだ。

エリクがそわそわと右手に巻いた茶色のバンダナをいじっている。

もしフニオル・ロペスの血まみれの拳を目にしていなかったら、ノアはエリクがバンダナで傷を隠しているなどとは考えもしなかっただろう。「最近、喧嘩でもしたのか？」

エリクがけげんな顔を向けた。「メガンから聞いてないのか？」

ノアは全身の血が凍りついた。「メガンというのはメガン・ヤングのことか？」

「そう、あんたの妹だよ」

「いや、今朝は話をしていない。どういうことだ？」

エリクは答えるのをためらった。

「おい、さっさと吐け」パトリックが命じる。「言っとくが、巡査の妹さんの話をするときは言葉遣いに気をつけろ」

エリクは皮肉っぽく口元をゆがめたが、文句も言わずに従った。「昨日の夜、俺たちのボスのジャックがビーチでパーティを開きました。やつはメガンとクリスティーナを誘って、俺は彼女たちから一緒に行ってくれって頼まれた。ビーチで彼女たちに会いました。クリスティーナは俺にレスリングを仕掛けてきて――」

「レスリングとはどういう意味だ？」ノアは話の腰を折った。

「キスをして、俺の上にのっかろうとしたんです」

「君にその気はなかったというわけか？」

「まあ、そういうことかな。そのうちジャックがメガンと歩いていっちまったんで、クリスティーナに待ってろって言ってふたりを追いかけたんです」

「なぜそんなことをするんだ？」

「メガンがちゃんと立っていられないほど酔っ払ってたから。ジャックはワルだし」

「ジャックがメガンに危害を加えると思ったのか？」

「はい」

「そして思ったとおりだったと？」

「たぶん」エリクの声が沈んだ。「ふたりは桟橋のところにいて、メガンが悲鳴をあげてました。服をびりびりに破かれてたし」

ノアは足元が揺らぐほどのショックを受け、激しい怒りに体を貫かれた。次いで無慈悲で冷酷な感覚に見舞われた。トニー・カスティーリョに顔面を撃たれそうになったときでさえ生まれなかった報復を決意する。「やつを殺してやる」

パトリックが片手をノアの肩に置いて、一歩さがらせた。「ふたりを見つけてから、おまえはどうした？」

エリクがバンダナを巻いた拳をさする。「メガンを助けました」

「ジャックを殴ったのか？」

「はい」

「何発だ？」

「わからない。五発は殴った。十発かも」

「ジャックはやり返してきたか？」

「いや、全然」

「じゃあ、なぜ殴るのをやめたんだ？」

「あいつ、やられっぱなしで何もできなかったから」

「それからどうした？」

「メガンを助けて、セカンド・ストリートのトイレに連れていきました。彼女は顔やあちこちを洗ったと思う。そのあと〈タコ・ティコ〉に寄って、家まで歩いて送りました」

「警察を呼んだか？」

「呼んでません。メガンが何もなかったって言うから」

「その言葉を信じたのか？」

「完全には信じられなかった。だけどメガンがまず酔いを覚ましたいと言ったんで、口出ししなかった。きっと怖くて通報するどころじゃなかったんだと思います」

「ジャックが怖かったのか？」

「違う」エリクがノアに視線を投げた。「メガンはあんたが怖かったんだ。実家に帰されてしまうって怯えてた」

ノアは目がちくちくし、涙がにじんだ。後ろめたさと怒りと耐えがたい苦痛がせめぎあい、声が詰まって顔をそむけた。

「ジャックを放っておいたのか？　またほかの女の子を物色していたら大ごとになっていたかもしれないじゃないか」パトリックが迫る。

「やつが物色するとしたら氷嚢《ひょうのう》ですよ。あとは痛み止めとか」

「そこまで徹底的にやったのか」

「もちろん」

「手を見せてみろ」

エリクはバンダナをほどいた。まるでコンクリートブロックを相手にスパーリングしたかのように、両の拳が真っ赤にすりむけて腫れていた。

「君がクリスティーナに送ったメールだが」やっと声が出るようになり、ノアは尋ねた。「メガンと一緒に帰ると伝えていたな？」

「ああ。彼女たちは一緒にパーティに来てたから、心配させたくなくて……」拳にバンダナを巻き直していたエリクが眉根を寄せた。「どうして知ってるんです？」

「今朝、ジョギング中の人が桟橋のたもとの砂浜でクリスティーナ・ロペスを発見した。レイプされて殺されていた」

エリクの顔が蒼白《そうはく》になった。戸口の階段に座りこむと両手に顔をうずめる。昨夜の出来事が迎えたあまりにもおぞましい展開に打ちのめされた。フニオルの妹を焚き火のそばに置いてきてしまった。酔っていたクリスティーナをひとりきりにしたのだ。たぶん彼女はエリクを捜して歩きまわったのだろう。

そして見つけたのは殺人者だった。

11

メガンはまだベッドの中で上掛けを頭までかぶっていた。

「おい」ノアは妹の肩をそっと揺すった。

メガンはひどく驚いて跳ね起きると、目の前の兄にたじろぎながら額に手をやった。

「一緒に署まで来てくれ」

エリクの話が真実の場合に予想された表情がすべて、メガンの顔に浮かんだ。恐怖、嫌悪、疲れ。「なぜ?」

「言われなくてもわかるだろう」

「ど、どうしてわかったの?」

「ゆうべ、クリスティーナ・ロペスが殺された」

メガンの反応もエリクとほぼ同じだったが、胃は彼のものより弱かったようだ。メガンはベッドを転がりでると、廊下を走ってバスルームに閉じこもった。ノアには妹が胃が空っぽになるまで吐いている音が聞こえた。こんな有様の妹は見たくない。再び目に涙がにじむ。人生の醜い部分からメガンを守ってやりたい。

だが守るどころか、ノアは厳しい態度で臨んだ。

メガンを追い、バスルームのドアを叩く。「いいか、服を着ろ。下で待ってる」

待っているあいだに捜査員の派遣を要請する。サンティアゴ刑事はすでにパトカーを出してジャック・ビショップを殺人容疑で連行していた。昨夜、桟橋のたもとをレイプ犯がふたりもうろついていたなどということは考えられないからだ。

「容疑者を勾留中です」オペレーターが告げた。

「ありがとう」ノアは応えた。

数分後、メガンが階段をおりてきた。肌は青ざめ、目の下に黒いくまができている。ジーンズにゆったりしたブラウスを着て、黒の細いヘアバンドで髪をまとめている。

ノアは深呼吸をして落ち着こうと努めた。「何か食べてから出かけるか?」

メガンは身震いした。「いらない」

「事情聴取するのは俺じゃない」

「よかった」

「この件の捜査にも加われない。でも署でつき添っていてほしければ——」

「いらない」

「おまえさえよければ、あとで話しあいたいんだが」

メガンは兄の脇をすり抜けた。「あとでも今でもごめんだわ」

ノアはとっさにメガンの腕をつかんだ。「何があったとしても……メガン、おまえのせいじゃない」

メガンは兄の手を振りほどいた。「行くわよ」

ノアはかつてこれほど途方に暮れて不安になったことはなかった。メガンは地獄の苦しみを味わっているに違いない。どうしたら楽にしてやれるのだろう。ノアは苦悩しながら妹に続いて家を出た。

パトカーの後部座席に座っているエリクを見たメガンは、一瞬足を止めた。「どうして彼がいるの?」

「エリクも証言することになってる」

メガンは恥ずかしくてたまらないという様子で進み、車に乗りこんでエリクの横に座った。

「すまない」エリクがそっと告げた。

メガンは弱々しい笑みを浮かべた。その目は涙で光っている。ふたりはどこか親密な空気を醸していた。それが何を意味するのかノアにはわからなかったし、それを受け入れることもできなかった。メガンは顔を窓のほうに向け、外を見つめながら頬の涙をぬぐった。

妹はエリク・エルナンデスに好意を寄せている。

今回のことで、メガンはジャック・ビショップのような卑劣漢とはかかわらないことを学んだだろうが、エリクもまた危険な男であると見抜くほどの経験はないはずだ。エリクのハンサムな風貌は悪の魅力も備えている。

それにメガンを襲ったジャックを袋叩きにするほどの男だ。

助手席に乗ったノアの胃はきりきりと痛んだ。エリクに感謝するべきだろうか？それともメガンに近づくなと警告するべきか？

警察署に着いたメガンとエリクは別々の部屋に通された。メガンにはパトリックが、エリクにはノアがつき添った。廊下の角を曲がるときに振り返ったメガンの顔には、不安とともにヒーローであるエリクへの崇拝の念が表れていた。

妹の姿が見えなくなると、ノアは改まって恩人に話しかけた。メガンがクリスティーナ・ロペスと同じ最期を迎えずにすんだのは本当に運がよかった。エリクはレイプを防いでくれただけではない。

おかしな話だが、ノアはこのギャングのメンバーに心から感謝していた。「妹を助けてくれてありがとう」

意外な言葉にエリクが目を見開き、ぶっきらぼうに応えた。「どうってことないよ」

「感謝してる」

照れ隠しか、エリクが肩をすくめた。

ノアも決まりが悪かったので、そそくさと取調室のドアを開けた。「担当が来るまで少し待ってくれ」

部屋に入って腰をおろしたエリクは、少しも落ち着いていられない様子だった。ノアは廊下の先の監視室に向かった。室内では性犯罪特捜課のミネルバ・ワッツ警部がサンティアゴ刑事と話している。彼女がメガンの事情聴取をするのだろう。「ヤング巡査、あなたは担当外よ」

「わかっています。ですが……やつの顔を見たいんです」

ワッツがサンティアゴと視線を交わすと、刑事が軽くうなずいた。彼女はノアを招き入れ、画面のひとつを指した。

ジャック・ビショップが取調室にひとり座っている。背が高くて細身で、長めの茶色の髪をしている。エリク・エルナンデスも小柄ではないが、この男ほど長身ではない。そのジャックが片方の目の周囲に黒い痣を作り、唇は腫れ、鼻に絆創膏《ばんそうこう》を貼られている。

「確認しました」ノアは画面からさがった。妹を襲ってぶちのめされた男を眺めるだけではとうてい飽き足りないが、我慢せざるをえない。両手を固く握りしめて部屋を出た。

ノアは自分のデスクを指先で叩きつづけた。昨夜アプリル・オルティスにかまったりしないで、メガンに気をつけておくべきだった。妹に対する義務も果たせなければ、捜査も失敗した気分だ。

そして今はただ待つことしかできない。

メガンは生まれてこのかた、これほど気分が悪かったことはなかった。

二日酔いで頭はぼんやりし、ショックで何も感じられない。昨夜はドラッグとアルコールが麻酔のように働いて、どこまでが現実の出来事なのかわからなかった。今はハイな状態から覚めて魂が抜けたかのようだ。

最低の気分だ。

焚き火パーティでの出来事が何度も頭に浮かんで吐き気をもよおす。

それに、ああ……クリスティーナ。

あんなところに置いてけぼりにしたせいだ。自分は友達の身の安全など少しも考えなかった。クリスティーナは心配してくれていたのに。パーティに戻ってこないメガンたちを捜して、暗いビーチを歩きまわったに違いない。

何もかも自分のせいだ。

メガンはエリクの気を引きたいばかりにしでかした愚かな言動を思いだして、うめき声をあげた。これ見よがしに胸が見えそうな服でマリファナを吸った。メガンがあんな愚かな真似をしなければ、クリスティーナは死なずにすんだのに。

証言の内容について何度も考え直すほど長い時間が経った頃、ようやく取調室にひとりの赤毛の女性が入ってきた。上品なスラックスに淡いピンクのブラウスを身につけている。

「メガンね？　私はワッツ警部よ」

メガンは相手のほっそりした手を握った。ノアの相棒のパトリックみたいな年配のさえない警察官を予想していたが、現れたのはスリムできれいな女性だった。

「所属は性犯罪特捜課。これからあなたの話を聞かせて。私たちの会話は録音される。被害届を提出するかどうかは話し終わってから決めてもらって結構よ。匿名でもいいの。あなた次第」ワッツがかすかにほほえんだ。「もちろん何も話さなくたってかまわないのよ」

「話さなくてもいいんですか？」

「ええ」

「告訴もしなくていいの？」

「気が進まなければね」

メガンは椅子に座り直した。「わかりました」

「このまま続けてもかまわなければ、昨日の夜の出来事について覚えている限りすべて、あなたの言葉で話してほしいの。特にクリスティーナに関してはどんな小さなことも重要だと思うわ」

「兄は聞いてるんでしょうか？」

「いいえ」

メガンはまたもや襲ってきた吐き気をこらえた。胸の鼓動が速くなる。無理にすべてを話さなくてもいいとわかって少し気が楽になったし、ワッツ警部が穏やかに接してくれるので安心できる。それでもこんなことはさっさとすませたかった。「いつもと同じく、午後の仕事をしました。閉店後に、ジャックがクリスティーナと私をパーティに誘いました。クリスティーナは行く気だったけど、私は迷いました」

「なぜ？」

「ジャックのことがちょっと気持ち悪かったんです。必要以上にそばに寄ってきたり、変な目でこっちをじろじろ見たり。でもエリクも一緒に行くと言ってくれて……安心しました」

ワッツ警部がノートに何やら走り書きする。「続けて」

「私の家で支度しました。クリスティーナにタンクトップを借りました」

「彼女はどんな様子だったの？」

「はしゃいでいたわ。焚き火パーティをすごく楽しみにしていました」

「何か言っていた？」

「このパーティをきっかけにしてエリクかジャックの友達とつきあいたいって。ジャックのことも少し話したわ」

「どんなことを？」

メガンは頬が熱くなった。「ジャックが私に気があるって……それに、あの、彼は小さいって。あそこが」

「ジャックは男の大事なところが小さいってこと？」

「そうです」

「ふたりは体の関係があったのかしら？」

「そうだと思います。たぶん……一度だけ」

ワッツ警部はそれも書きとめた。「ほかには？」

「それからパーティに行きました。みんながお酒を飲んで楽しんでいました。私たちはフルーツパンチを飲みました」

「お酒は誰に勧められたの？」

「ジャックです。彼はマリファナも吸ってました」

「それも勧められた？」

「はい」思いだすにつれて、メガンは頭がくらくらしてきた。「私もクリスティーナも少し吸いました。エリクが来て一緒に座りました。クリスティーナはエリクの膝の上にのったわ。私は気分が悪くなってきて、気絶するかもと思ったので、ジャックに風にあたりたいと言ったんです」

ワッツ警部は穏やかな表情を崩さず、メガンの言葉を待った。

「ジャックと私はビーチを離れて桟橋のたもとの砂浜に座りました。ジャックが水をくれたと思います。そのときは、もうぼうっとしていて……キスされました。最初は……抵抗しませんでした。そうしたら砂の上に押し倒されて。私、酔っ払っていたんです。怖くなるよりも先にクリスティーナが言ったことを思いだして……あの……笑ってしまったの」

「人は追いつめられたり極度の不安を感じたりすると、笑いだすことがよくあるわ。ちっとも変じゃないわよ。そういう状況ではなおさらね」ワッツ警部が言う。

「ジャックは受け流してくれませんでした」

「彼はどうしたの?」

「黙ってじっとしてろと言って私を押さえつけたわ。すごく荒っぽくなって、乱暴されると思った。だから逃げようとしたらタンクトップが破れたの」

「彼に破かれたの?」

「ええ。だから体をよじって這って逃げようとした」メガンは目に涙をたたえ、必死に証言を続けた。「ジャックは私のジーンズを引きおろして、下着を引きちぎりました。私は叫んで逃れようとしたけど、押さえつけられて身動きできなかった。ジャックは私の体に触りはじめました。ズボンのファスナーをおろしたとき、何をするつもりかわかったけど……体が固まってしまって……」目を閉じて深く息をした。「気がつくと、エリクがジャックを殴ってました」

「ジャックは挿入した？　彼のものとか、指とか、異物を使った？」

「いいえ」

「体を触られたと言ったわね？」

「はい」

「具体的にどこを？」

「胸とお尻と……性器です」メガンの頬が恥ずかしさと動揺で再び赤く染まった。

「彼は射精した？」

「しなかったと思います」

「あなたはきっぱり拒絶した？」

「覚えていません」

ワッツ警部が首を傾けて尋ねた。「だったら、ほかの方法で彼に拒絶の意志を伝えた？」

「あの、ずっと抵抗していました。叫びました」

「それであなたが合意していないことが相手に伝わっていたと思う？」

「はい」メガンは確信を持って答えた。

ワッツ警部がにっこりした。「ありがとう、メガン。こういう暴行について話しあうのは大変難しいのに、よく名乗りでてくれたわね。こうやって打ち明けてくれることで、性的暴行に苦しむ女性たちに声をあげる勇気を与えるわ」

メガンは自分を勇敢とは思わなかったが、気持ちは軽くなった。「私はレイプされていないから」

「あなたは性的暴行を受けたのよ。レイプ未遂は許しがたい重罪だわ」

「これからどうすればいいんですか？」

「私はいつも医師の診察とカウンセリングを受けるよう勧めるわ。被害者には暴行の事実を忘れようとしたり、心的外傷後ストレス障害《PTSD》の兆候を示したりする人たちもいる。こういうケースは専門家に相談するのが一番よ」

「あなたは専門家じゃないの？」

「私は警察官で、医師でも心理学者でもないわ。証言を聞き取って可能な限り証拠を集めるのが仕事。今回はこういう事件には珍しく目撃者もいるから大丈夫。あなたが告訴しなくても進められるわ。容疑者はすでに勾留中だし」

メガンは身震いするほど強い不安を抱いた。「クリスティーナを殺したのもジャックなんでしょうか？」

「彼は殺人事件の捜査における参考人よ」

「わかりました」メガンはずきずきする額に手をあてた。「できる限り協力します」

ノアが何時間も自分の作業スペースにこもって書類仕事で気を紛らわそうとしているところへ、パトリックがやってきた。「行くぞ」

はじかれたように立ちあがったノアは、相棒のあとに続いて廊下に出た。

「サンティアゴが捜査に戻っていいとさ」パトリックが言った。「メガンの事情聴取が終わって、容疑者の取り調べが始まるところだ。ワッツによれば容疑はレイプ未遂。すんでのところでエリク・エルナンデスが間に合ったようだな」

安心感がどっと押し寄せた。ノアは目を閉じてしばし廊下にたたずんだ。パトリックがノアの肩に手を置いて、気持ちを落ち着かせるように軽く揺さぶる。するとまたノアの胸に怒りがわいてきた。「あのくそったれ――」

「よせ」パトリックが止める。「俺だってあいつを押さえつけておまえに殴らせてやりたい。交替で俺も殴る。そうしたいのはやまやまだが、今は〝友好的なおまわりさん〟のふりをしてないと、また監視室から締めだされるぞ」

ノアは深く息をついて胸の奥の暗く醜いところに怒りを押しこんだ。その瞬間、自分がパトリックと重なった気がした。短気で粗暴で喧嘩っ早い。目が合ったふたりは互いの心情が理解できた。状況によっては礼節など二の次でいいと思う。だがノアの場合、捜査に加わりたいなら自制心を保たなければならなかった。

「メガンに会えるか？」

「まだだ。カウンセラーと話してる」

ノアはうなずいた。「わかった」

ふたりは監視室に入ると、奥の席についた。サンティアゴがジャック・ビショップの取り調べを行っている。

「メガンに酒を飲ませたのは誰だ？」サンティアゴが問う。

「俺」ジャックが答える。

「ほかに与えたものは？」

「一緒にマリファナを吸った」

「君のマリファナか？」

「そうだ」

「彼女はどのくらい飲んだ？」

ジャックは噛みつきそうな口調で答えた。「メガンはちょっとよろけてたけど、歩けていた。全部わざとやってたのさ」

「やっていたとは何をだ？」

「俺にべったりくっついてたんだよ！　こっそり耳打ちしてきた。パーティを抜けだしてふたりっきりになりたいってさ」

「それでどこに行ったんだ？」

「桟橋の近くだ」

「そこに行った理由は？」

ジャックが肩をすくめる。「人目につかないからかな。暗がりが多いし」

「そこで何をするつもりだったんだ？」

「嘘をついてもしょうがないから白状するよ。メガンがかわいいから、つきあいたかったんだ」

「彼女と寝たかったのか？」

「そういうこと」

「メガンも同じ考えだったのか？」

「そうだと思う。キスして触ってきたからな。そしたら彼女の男が、頭がどうかしたやつがいきなり襲ってきやがった」

「彼女の男とは？」

「エリク・エルナンデスだよ」

「なぜエリクに襲われたと思う？」

「妬《ねた》みだろう。とにかく不意打ちだった。最初の一発でわけがわからなくなって、やり返すどころじゃなくなった。キックまで食らったよ」ジャックは立ちあがってシャツをまくり、肋骨《ろっこつ》周辺にできたどす黒い痣を見せた。「あいつ、絶対頭がどうかしてやがる！」

「喧嘩のあと、パーティに戻ったか？」

ジャックは腰をおろした。「いや、自分の車の中でしばらく気を失ってた。エリクにぶちのめされたなんて誰にも知られたくなかったから」

「あの晩、もう一度クリスティーナ・ロペスに会わなかったか？」

「誰にも会わなかった。夜が明けて調子が戻ってから、車で帰ったよ」

サンティアゴはジャックのたわ言など少しも信じていないという風情で、椅子の背にもたれた。「メガンの兄が警察官ということは知っているか？」

サーファーらしく浅黒いジャックの顔がみるみる青ざめた。「嘘だろ」

「あいにく本当だ。今朝、彼がメガンをここに連れてきた。彼女はまったく違う話をしてくれたよ」

「メガンの話はでたらめだ」

サンティアゴはブリーフケースから一枚の写真を出すと、テーブルの上を滑らせた。

「この顔を知っているか?」

ジャックは写真を見て顔をしかめた。「こいつは……クリスティーナだ」低い声で答えると目をそらした。初めてその顔に後悔の色が浮かんだ。ジャックは目を潤ませ、写真をサンティアゴに押しやった。

「今朝、桟橋のたもとで死んでいるのが見つかった。レイプされていた」

ジャックは言葉もなく頭を振った。

「そろそろ真面目に答えてもらおうか。メガンは君に押し倒されて服をはぎ取られたと言っている。君の話ではなく、メガンの話を裏づける目撃者もいる。しかもそれと同じ場所で第二の犠牲者が発見された」

「俺じゃない」

「どうやら形勢は君に不利なようだぞ、ジャック。思いきって真実を打ち明けろ。さもなくば殺人容疑まで加わるが、かまわないのか?」

ジャックは唇をきつく引き結んで天井を見つめた。

サンティアゴが書類を集めて席を立とうとした。

「わかったよ」ジャックがかすれた声で言った。「メガンにはちょっと手荒くした。だけど誓ってクリスティーナには何もしてない。俺は殺してない」

「ただのレイプ犯ということか？」

「違う！」

「桟橋のたもとで起こったことを包み隠さず話したらどうだ？」

ジャックがむっつりとして腕組みをした。「メガンにキスしたら、彼女、笑いだしたんだ」

「なぜだ？」

「知るか」

「笑われてどう思った？」

「腹が立った。黙らせたくて、メガンの服の前をつかんだ。そしたらメガンが体をよじったせいで破けちまった」

「メガンの服を破ったのか？」

「わざとじゃなかったんだ」

「彼女は笑うのをやめたか？」

「ああ、やめた」

「それから？」

「メガンをうつぶせにした。見られるのがいやだったから」

「どうしていやなんだ？」

ジャックの顔に陰鬱な影が差したかと思うや、頬が赤く染まった。「最近寝た女に言われたんだ。俺のは……小さいって。それがずっと気になってて……」

「そのことを笑われたと思って仕返ししようとしたのか？ 思い知らせたかったのか？」

「違う、そうじゃない」ジャックが首を振る。

「じゃあ、どういうことだ、ジャック？」

「メガンを傷つけるつもりなんかなかった！」

「君はメガンの体をうつぶせにしてジーンズを引きおろした」サンティアゴが抑揚のない口調で告げる。「一緒に下着も引きおろして、むしり取った。それなのにレイプするつもりはなかったなどと、どの口が言ってるんだ？」

ジャックは不快感をあらわにした。「俺は見たかっただけだ」

「ほう」サンティアゴがあざけるような声をあげた。

「メガンを見たかっただけで……だから手を使ったんじゃないか」ジャックの声がう

わずって大きくなる。目は涙でいっぱいだ。「メガンはあんまり気にしないだろうと思った。酔っ払ってたから覚えてないかもしれない」

サンティアゴは無言で相手の言葉を吟味している。

「俺も酔ってたし……よく考えてなかった。ばかだったよ。だけどレイプはしてない」

「エルナンデスが来てからどうなった？」

「話したとおりさ。俺はぶちのめされて車に戻った。誰も見かけなかった。歩くのもやっとだったんだ」

取り調べはさらに一時間続いたが、ジャックは証言を変えなかった。クリスティーナ・ロペス――彼の大事なところをからかった娘――と寝たことは認めたが、エリクに殴られたあとは顔を合わせていないという主張を翻さなかった。メガンに対してもレイプする気などまったくなかったと言い張った。

監視室には重苦しい空気が漂った。署の誰もが殺人犯を捕らえたかった。性犯罪特捜課はジャック・ビショップを重大な性的暴行罪で逮捕したかったが、おそらく彼は猥褻《わいせつ》罪で手錠をかけられる程度だろう。

ノアは取り調べのあいだ、かろうじて自制を保った。暴力には暴力で報いてやりたい衝動を必死で抑えた。

生まれて初めて、自分が警察官であることをつまらないと思った。

サンティアゴはノアを捜査から外さなかったが、早めに帰宅させた。エリク・エルナンデスがタコス店でイーストサイドのメンバーを見かけたと証言したので、パトリックほかギャング対策班の捜査員が捜査を進めることになった。

一方で殺人課の捜査員はふたつの殺人事件の関係を探っていた。

ノアは帰宅せずに捜査に加わりたかったが、メガンについていてやらなければならなかった。カウンセラーにはメガンが自身のペースで回復できるように見守ることを勧められた。ノアはメガンの求めに応じて妹を支えるが、かまいすぎてはいけない。心理学者に、ノアもメガンとともにカウンセリングを受けるよう勧められたことには驚いた。性的暴行の被害者の家族は、しばしば激しい怒りや無力感や罪悪感に対処しなければならないからだという。

ノアはまさしくそういった感情にとらわれてあがいていることを認め、メガンのために健全な精神を保とうと決意した。

メガンは疲れきっているようだった。ノアはメガンの気持ちを察して署を離れるまでは妹に触れず、帰り道でもほとんどしゃべらなかった。家の近くに昔ながらのハンバーガーショップがあり、故郷のシーダー・グレンでよく見かけたソーダ・ファウンテンが備えつけられていることを思いだしたノアは立ち寄ってみた。

メガンも自分の皿をつついたが、もっぱらバニラシェイクを飲んでいた。頬に少し赤みが差してきている。ひと晩ぐっすり眠れば、目の下のくまも消えるだろう。

ノアも休息がほしかった。

「そろそろあの話をしないか？」

メガンがフライドポテトをつまんでケチャップにつけ、皿の上に赤く光る筋を描いた。「いやよ。兄さんは自分のセックスライフについて話したいの？」

「メガン、あれはセックスじゃないぞ」

「母さんに知らせるつもり？」

「いや、黙っておく。おまえは？」

メガンは肩をすくめてちぎれたフライドポテトを皿に置いた。「母さんに話したら帰ってこいって言われる」

ノアは反論しなかったものの、不要なプレゼントのようにメガンを送り返す気はなかった。認めたくはないが、妹はもう大人だ。どうすることがメガンにとって最善なのだろう。「明日は休みを取って――」

「やめて」すかさずメガンが口を挟む。

「何も言わないうちに話の腰を折るなよ」

「私を励ますためにピクニックに行くとか？」

ノアはため息をついて髪をかきあげた。「俺がデートするんだ。相手には娘がいる。おまえのことも話してある」

メガンの目が好奇心で輝く。「女の子はいくつなの？」

ノアは妹が子供好きなことを知っていた。故郷ではベビーシッターのアルバイトで小遣いを稼ぎ、親たちにも好評だった。「五歳だ。明日はウェイブ・シティに行く約束で、おまえも一緒だと言っておいた。だから彼女も承知してくれたんだろう」

メガンが鼻を鳴らす。「兄さんったら腕が落ちたんじゃない？」

「そうかもな」

「つまりおちびちゃんが恋の邪魔をしないように、私にお守りをさせたいわけ？」

「違う」ノアは眉間に皺を寄せた。「これはあくまで家族ぐるみのつきあいだ」

メガンは兄の顔をしげしげと見た。「その人のこと、好きなのね」

「ああ」

「その人、離婚したの？」

「そもそも結婚してないんじゃないかな」

「ふうん。兄さんにしては珍しいタイプの女性とデートするのは結構だけど、今はアミューズメントパークに出かける気になれない。それに私が参加したらうまくいかないわよ」

「どういう意味だ？」

「子供と遊ぶのは兄さんじゃなくて私ってことでしょ？　それじゃあ、お母さんのハートをつかめないじゃない」

ノアは笑った。「いい指摘だ。だがデートはキャンセルしてもかまわないんだ」

「なぜ？」

ノアは妹を見つめた。

「私につきあって家に閉じこもってなくていいのよ」メガンはナプキンを放った。

「私は大丈夫だから」

勘定をすませたノアは無力感にさいなまれながら、メガンに続いて店を出た。妹は大丈夫ではない。それなのに自分は何ひとつしてやれそうになかった。

12

アプリルはよく眠れなかった。またしても。

昨夜、クラブ・スアベで新たな殺人のニュースを耳にした。ウエイトレスたちはみんな怯えきっていた。犯人は捕まっていないが、警察がふたつの事件の関連を捜査している。カルメンの話では、第二の犠牲者はボニータ・マーケットでエリクと一緒に働いていたらしい。

エリクのことも気がかりとはいえ、いまだに行方がわからない母のホセファのことも心配だ。

そしてノアとのキスも頭から離れなかった。ラウルのことを思いだして歓びを感じられないのではないかと恐れていたが、互いの手が触れたとたん、ヘニーの父親のことなど少しも頭に浮かばなかった。ノアのキスに夢中になり、彼の唇を割ってうめき声をもらしていた。ノアのズボンのウエストバンドに押しこまれていた冷たく硬い銃に触れなければ、すっかりわれを忘れていたかもしれない。

頬が熱くなるのを感じながら、アプリルはチェストの一番上の引き出しを開けて、新しく買ったビキニを出した。こんなに露出度が高かっただろうか。唇を噛みつつ、別の水着を引っ張りだして比べてみる。地味で露出が控えめなタンキニはずいぶんくたびれていて、〝使用期限切れ〟というメッセージが伝わってくる。

対してビキニは、〝最新流行〟と訴えている。

デートで着るのだからセクシーに見えたってかまわないと思い直し、アプリルは新しいビキニを選んだ。白地に金色の幾何学模様が華やかな水着だ。トップは黒い紐でつながっていて、首の後ろと背中で結ぶデザインだった。ショーツもサイドを紐で結ぶようになっている。

ちょっと小さすぎるかもしれないが、大事なところはちゃんと覆われている。アプリルは鏡に背を向けて後ろ姿を確認した。いやらしく見えるところはない。手持ちのローライズのジーンズにはもっときわどいものだってある。

アプリルはヘニーの意見を求めた。「どう?」

ヘニーが瞳を輝かせて褒めたたえる。「ママのおっぱいきれい」

アプリルはトップの三角形の布を調整しながら、声をあげて笑った。気になるのはヒップやお腹が丸出しになるほど小さなショーツのほうなのに、近頃のヘニーは乳房に興味津々だ。母が買い与えた、解剖学的に正しく作られている〈ブラッツ〉のせいだ。その着せ替え人形はセクシーな服の下にきらびやかな下着をつけていて、豊満な胸も備えている。「ありがとう」

ヘニーは自分の平たい胸に目を落として顔をしかめた。「いくつになったらそんなおっぱいになれるの？」

「十六歳になったらね」答えたアプリルは本心からそう願った。早熟だった自分がいつも人目を気にしていたことを思いだした。ヘニーを抱き寄せて頭のてっぺんにキスをする。「あんまり早く大人にならないで」

ヘニーが母の手を振りほどく。「エリクはどうして来られないの？」

アプリルはため息をつき、クローゼットから緑色のサンドレスを選んだ。「エリクは誘わなかったの。でも、きっととっても楽しいわよ。心配いらないわ」

ヘニーは母親の不安な心を感じ取って鏡のように反映することがよくある。この日も例外ではなかった。それに普段と違うことが起こると驚くほど活発になる。朝から家中を跳ねまわっているのはそのせいだ。

ヘニーがリビングルームのソファで宙返りをするかたわら、アプリルはあれこれ悩んでいた。髪は実用的なポニーテールにしようか、まとめずにおろそうか。ウォーターパークにメイクをしていったら、面倒な女だと思われるだろうか。初めてのデートにゴム製のビーチサンダルはカジュアルすぎる？

結局、髪はまとめずにおろし、ビーチサンダルを履いた。ウォータープルーフのマスカラとリップグロスをひと塗りしてリビングルームに行く。なんとヘニーがコーヒーテーブルにオレンジジュースをこぼしていた。しかもアプリルがウェイブ・シティで使うために用意したきれいなビーチタオルでジュースを拭き取ろうとしている。

「どうしたのよ？」

ヘニーが大きな茶色の目をしばたたいた。「ジュースがこぼれちゃったの」アプリルはうめき声をあげ、タオルを引ったくって洗濯かごに入れた。スペイン語で〝ジュースがこぼれた〟という言い方は問題ないが、英語に言い換えると意味が違ってきて、ジュース自身が勝手にこぼれたことになってしまう。ヘニーだってわかっているはずだ。

「あなたがジュースをこぼしたんでしょう」アプリルは娘を指さして訂正した。

唯一これに代わる大判のタオルはすりきれて色あせている。だがアプリルはバスルームのキャビネットからその一枚を出してビーチバッグに入れた。次にヘニーの曲がった三つ編みを直してやる。「さあ、サンダルを履きなさい」娘のお尻を軽く叩いた。

そのときドアベルが鳴った。

「ああ、どうしよう」アプリルはお腹に手をあてて息を吸った。緊張のあまり吐き気がする。

水着がいやらしく見えたらどうしよう。ヘニーがお行儀よくしてくれなかったらどうしよう。

深く息を吸いこみ、覚悟を決めて玄関のドアへ向かう。ノアがビキニに眉をひそめたら男性ホルモンを検査してもらうべきだし、いたずら盛りの子供が苦手なら縁がなかったと思えばいい。

だがノアの姿を見るなり、アプリルは胸が高鳴った。淡い茶色のTシャツと濃紺のショートパンツを身につけた彼は気取りがなくて親しみやすく、このうえなくハンサムだ。ノアが彼女のサンドレスにすばやく視線を走らせるのが、サングラスを通してさえ感じ取れる。

しかも――彼は花束を持ってきている。

「きれいだ」ノアが笑みを浮かべた。頬に軽くキスをして、ガーベラの花束を渡す。

アプリルは驚きに目をみはりそうになるのをこらえた。「ありがとう」

「君とヘニーに」ノアが言った。

ふと気づくと、ヘニーがアプリルの横に立っていた。「どうぞ入って。私はこの花を活《い》けるわ」アプリルは言った。

「あなたの妹はどこ？」ヘニーが訊いた。

「来られなくなったんだ。それでもいいかな？」

「もちろんよ」アプリルは答えて、シンクの下から花瓶を出した。本当はほっとしていた。ノアとヘニーの仲を取り持つだけでも大変なところに、もうひとり加わったらどうなることか。

「妹に君のことを話したら、これを君にって」ノアがポケットから一枚の紙を取りだしてヘニーに渡した。

ヘニーはおずおずと受け取った。「なんて書いてあるの？」

「開けてみてごらん」

アプリルが花瓶に花を挿しながら見ていると、ヘニーは折りたたまれた紙を開いた。

「あたしの名前がある！」

夢中で見入るヘニーの姿にノアが笑い声をあげた。「そうだね」

ヘニーは紙をアプリルに渡した。「ママ、あとはなんて書いてあるの？」

ノアの妹はサーフィンをする女の子の棒線画を添えていた。アプリルはメッセージを読みあげた。「〝ウェイブ・シティを楽しんできてね！　愛をこめて、メガン〟ですって」

「妹はメガンっていう名前？」ヘニーが尋ねた。

ノアがうなずく。

「年はいくつ？」

「十九歳だよ」

「ママ、それって何年生？」

「もう大学生よ」

ヘニーはうれしそうに駆けだした。「これもパパの手紙と一緒に部屋に置いておく！」

アプリルはほっとしながら布巾で手を拭いた。娘がノアに失礼なことをしないかと気をもむ必要はなかった。むしろ人なつっこくて誰にでもついていきかねないから、そのほうが心配だ。

ガーベラを眺めて喉が詰まりそうになった。メガンの手紙と同じく真心が伝わってくる。

「どうかした？」ノアが声をかけた。

「いいえ」アプリルは唾をのみこんだ。「すてきな花ね」

「君だってすてきだ」

「やめてよ」

ノアはポケットに手を突っこんでリビングルームを見まわした。ヘニーが戻ってきたので、アプリルは落ち着きを保とうと努めながらビーチバッグを手にした。今日はただのデートだ。ノアは理想の男性ではない。浮ついてどうするの。

「準備はいいかい？」

アプリルは彼が車を運転してくれるのだろうかと思った。「私の車で行かないと」

「どうして？」

「ヘニーのチャイルドシートがあるから」

「俺のトラックの後部座席に取りつければいい」

アプリルはためらった。ヘニーを赤の他人とともに車に乗せたことはない。でもノアのトラックはたぶん新車で、エアコンもちゃんと動くだろう。「わかったわ」アプリルはガレージに向かった。ノアは彼女がチャイルドシートを外すのを見て、たくましい腕で運びだした。

アプリルがそれをノアの車の後部座席に取りつけると、ヘニーが笑顔でその特別席に乗りこんだ。「すてきなトラック！　とってもきれい！」

「どうもありがとう」ノアが言った。

アプリルは頰を赤く染めて助手席に乗った。これは一大事だ。最後に男性がドライブに連れていってくれたのはいつだっただろう。めったにガードを緩めないのはばかげている。

トラックは出発して数分後には高速道路に乗っていた。いい車だ。大きすぎず派手でもないが、比較的新しくて研磨剤のにおいがする。ノアはラジオをつけなかった。ノアが運転席でリラックスしている一方、アプリルは落ち着かなかった。沈黙が広がる。

「妹が言ってたよ。君は『ドーラといっしょに大冒険』のドーラに似てるって」ノアがバックミラーに映るヘニーに話しかけた。

ヘニーはもじもじするばかりだ。

「この子、あのアニメが大好きなの」アプリルは小声で言った。

「俺はスポンジ・ボブに似ているかな」

ヘニーがチャイルドシートの上で座り直した。「ママはあんなアニメはばかみたいって言うの」

「俺たちはお利口だよな？」

ヘニーはくすくす笑って、低俗なテレビ番組を見る共犯者ができたことを喜んだ。

アプリルはとがめるようにノアを見たが、彼の作戦を責めることはできなかった。アプリルのハートを射止めるためにヘニーを味方につけようというもくろみだろう。

ウェイブ・シティの駐車場に車を停めてノアが料金を払い、三人で正面ゲートに向かった。ウォータースライダーのてっぺんを見たヘニーは、待ちきれないとばかりにアプリルの手を握りしめた。「ママ、乗り物全部に乗ってもいいの？」

「あなたの背だと、あの大きいのには乗れないかもしれないわよ」

「ここに来たことはある？」ノアが尋ねた。

「いいえ」アプリルは答えた。ここの一回のチケット代があれば、ピクニックや散歩に何度も何度も出かけられる。自分はつましい母親だが、望んでそうなったのではない。チケット売り場に向かいながらアプリルはビーチバッグに手を伸ばし、驚くほど高い入場料金を確かめた。

「チケットはインターネットで買っておいた」ノアが言う。

　アプリルは財布を出そうとする手を止めた。「なぜ？」

「なぜって？」

「お金はちゃんと払うわよ」

「そんなふうに考えないでくれ」

「施しは受けたくないの」

　ノアが低い声で言った。「いや、君はデートの相手だ。これはデートだから支払いは俺が持つ。チケットもランチもアイスクリームも何もかも」

　こんなにいらだっているノアを見るのは初めてだ。夜遅くまで仕事をしていたのか、疲れているようにも見える。アプリルはノアの心を思いやって胸が痛んだ。

「アイスクリームも？」ヘニーがうれしそうな声をあげた。

　ノアがアプリルを見つめ、承諾を求めた。

　アプリルはわけもなく刺々しい態度を取っていたことに気づいた。割り勘にしていたらふたりのあいだの距離は縮まらないし、ノアはアプリルにもっと気安く接してほしいのだ。「わかったわ」アプリルは降参のしるしに両手をあげた。

　こうして相手に譲るのも……悪くない。

　ノアが係員にチケットを渡し、三人は揃って園内に入った。この日はすでに暑く、分刻みで気温が上昇している。アプリルの手を握るヘニーの手は汗ばんでいて、汗のしずくがアプリルの胸の谷間を滑り落ちた。

「ロッカーを借りよう」料金はノアが出した。ロッカーを開けて、コイル状のリストバンドがついた鍵をヘニーに渡す。

「かっこいい」ヘニーは手首にはめたバンドをうっとりと眺めた。

ノアがTシャツを脱いでロッカーに入れた。アプリルは彼の筋肉美に見とれてぼんやりするところだった。腰ばきにしたサーフパンツ、引きしまった腹部をうっすらと覆う金褐色の毛。鍛え抜かれたたくましい体つきだが、最近の若い男に好評のメンズエステで磨いた体とは大違いだ。

見た目重視でジムに通う青二才など足元にも及ばない。

「ずっとその格好でいるのかい？」

　ノアの言葉にアプリルははっとして目をしばたたいた。ヘニーはすでに脱いだ服をノアのあとからロッカーに入れている。アプリルは頬を染めてサンドレスを頭から脱ぎ、きれいにたたんだ。彼女のビキニ姿をくまなく目にしたノアの口元が緩みかけている。ノアがひと言も発さなかったのは、ヘニーの目の前で褒めるのは適切ではないと思ったからかもしれない。

タオルで隠したほうがいいだろうか。

「ママ、行こうよ」

アプリルは幼児向けの広い遊び場に目をやった。ヘニーの身長なら大丈夫だし、スタートにはもってこいだ。アプリルは目顔でノアに尋ねた。

「お望みのままに」ノアが咳払いをした。

三人でキッズゾーンのそばのラウンジチェアにタオルを置くと、ヘニーが歓声をあげて駆けだした。まさに理想的な状況だ。ヘニーが浅いプールで大勢の子供たちとともに水遊びに興じているあいだ、アプリルはノアとふたりで話ができる。

アプリルはラウンジチェアに座って固くなっていた。ノアの楽しそうなまなざしを受けてビキニが縮んでいく気がする。ヘニーがあいだにいないと、セクシーな刺激によって熱く燃えあがる心を抑えられなくなりそうだ。

「すてきな水着だ」ノアが言った。

「あの……すてきなサーフパンツね」

そう言ったとたんに、アプリルは顔を覆って絶望のうめき声をあげたくなった。なんてぎこちない言葉だろう。ノアは魅力的で、どこから見ても礼儀正しい。でもナイトクラブやディナーで女性とつきあうほうが得意なはずだ。子持ちの女とデートしたことなどないだろう。

「涼しくなる話をしよう」ノアが切りだす。「南極に行ったことはある？」

アプリルは思わず笑い声をあげた。「雪さえ見たことがないわ」

ノアがサングラスを外した。「本当に？」

「本当よ」

「ラグーナ山やパロマー山でも？」

「ええ」

「実家があるシーダー・グレンには雪が降る。地面に触れてすぐ溶けるときもあるが、数センチ積もるときだってある。寒さが厳しいと表面が銀色に凍って、月の光にきらきら輝くんだ」

「きれいでしょうね」アプリルははしゃいでいるヘニーを見守りながら想像の翼を広げた。

「きれいだとも」

アプリルはノアに視線を移した。「どうして故郷を離れたの？」

「犯罪の少ないところだったからだ。それに俺はこの街が好きだ。街の活気も、警察も」ノアが青い目をアプリルの目と合わせた。「君は？」

「たいていはここが好きよ」チュラビスタは文化と生気にあふれている。いつかもっと静かな地区に移り住めば、この街のよさがわかるだろう。「犯罪は私にとってプラスの要素じゃないけど」

「俺の仕事はそれに取り組むことだ」

アプリルは笑った。「たしかに犯罪があるから社会的ニーズが生まれて、私が大学を出て仕事に就くときの役に立つだろうから文句は言えないわね」

ノアはラウンジチェアにゆったりともたれた。「社会福祉の仕事に興味を持ったのはなぜだい？」

「ヘニーがお腹にいるときに力になってくれた人がいたの。彼女が私の人生を変えたのよ」

ノアがもの思いにふけるように、アプリルからヘニーに視線を向けた。「そもそもヘニーの父親はいるのかい？」

「服役中よ」

アプリルの率直な告白に、ノアは驚きを隠せない様子で眉をあげた。「あの子はそのことを知ってるのか？」

「ええ」

「それで……いつ出所するんだい？」

アプリルはかぶりを振った。「彼に会うのかどうかという意味なら会いたくない。娘にも会わせたくない。ありがたいことに、彼は娘にあまり関心がないの。ヘニーの前で父親の悪口は言わないようにしていたけど……実際に悪い人なのよ」

「残念だ」

「私も残念だわ」ラウルとの関係や、それがヘニーに与える影響を考えて悔やまない日は一日たりともない。だが過去を変えることはできないのだから、よりよい未来を求めて最善を尽くしている。

「君の年はいくつ？」

「二十三歳よ」

「ずいぶん若くしてヘニーを産んだんだな」

「早熟だったの」

「ところで君のお母さんはどうしてる？」

「何も連絡がないわ」アプリルはしばし、うわの空になった。ヘニーが海賊船の階段で足を滑らせたからだ。娘が無事に起きあがるのを見て安心する。「あなたのほうはどうなの？　今度の殺人事件を捜査してるの？」

「ああ」

「詳しく教えてもらうことはできないわよね」

「ああ、それはできない。今夜も仕事なんだ」

アプリルは心配そうにノアの表情を探った。「それならそうと言ってくれればよかったのに」

「言わなくてもすむと思ったんだ。時間はたっぷりあるし」

「予定を変更してもいいのよ」

「そんなことはしないよ。捜査主任たちでさえ、昼夜ぶっ通しで働くことは許されない。世間が注目する事件の捜査中はみんな時間外勤務をするけど、休みを取ることも奨励される。ストレス解消というわけだ」

「家で休みたいんじゃないの？」

ノアがアプリルの体に視線を走らせる。「ほかにいたい場所なんてない」

ふたりはしばらく黙っていたが、互いに心が安らぎ、気づまりでも欲情が起こるわけでもなかった。少し年長の男の子が海賊船に設置された水鉄砲でヘニーを狙い撃ちすると、ノアが立ちあがった。「あの子を懲らしめてやる」そう言うなりプールに向かった。

ノアは水鉄砲を機関銃のように撃ちまくって男の子に水を浴びせ、アプリルを笑わせた。さらにヘニーをも攻撃する。ヘニーは大喜びでキャッキャッと笑いながら仕返しに乗りだした。もちろんアプリルも我慢できずに参戦した。ついに三人ともずぶ濡れになった。

続く数時間は夢物語の世界のように楽しく過ぎた。降り注ぐ太陽の光の下、透明なビニールの浮き輪に乗って、流れるプールを下った。ヘニーは大きなウォータースライダーに乗るには身長が足りず、アプリルも無理にさせようとはしなかったが、ノアの説得で急流滑りに挑戦した。それから三人は激しい流れをものともせずに波のプールを楽しんだ。

約束したとおり、ランチもアイスクリームもノアがご馳走した。

そしてアプリルが恐れていたとおり、ヘニーはノアにぞっこんになった。ウォーターパークもアイスクリームも何もかも、彼がおごってくれたためではない。ノアその人のためだった。彼はつきっきりでヘニーの相手を務め、ヘニーの言葉にきちんと耳を傾けたが、わがままを聞いて機嫌を取ったりはしなかった。穏やかなノアとおてんばなヘニーはうまが合った。

相性がいい。それだけだ。

午後一番に、ノアはヘニーに泳ぎを教えると約束した。ヘニーは水泳を習ったことがなく、水が深いところでは少しぎこちなかった。ノアは得意げに言った。「シーダー・グレンでは夏になると湖のライフガードをしてたんだぞ」

アプリルは人気者だった彼を想像した。「あなたに助けてほしくて溺れたふりをする女の子もいたんでしょうね」

ノアが笑った。「残念でした。たったひとり、口移しの人工呼吸をした相手は八十歳のおじいちゃんだった」

ヘニーがその場面を思い浮かべたのか、くすくす笑った。

「言っとくけど、その人はちゃんと息を吹き返したよ。というわけで、どうだい？」

「賛成よ」アプリルは言った。「ヘニーには基礎を身につけてほしいの。でもふたりともまず日焼け止めを塗って」

ヘニーは肌が痛くなるほど日焼けをすることはめったにないが、もともとこれほど長時間を炎天下で過ごしたことがない。アプリルはSPF15の日焼け止めをヘニーの顔にスプレーして丁寧にすりこんだ。「さあ、いってらっしゃい」アプリルがノアに向き直ると、彼の両肩は早くも赤くなっていた。なめらかに盛りあがった筋肉と淡褐色に輝く肌に見ほれながら、背中に日焼け止めをスプレーしてあげた。

ノアは人目を引かずにおかないほど見事な体つきをしている。アプリルは女性たちの目がずっと彼を追いつづけていることに気づいた。中にはアプリルよりもっと小さなビキニをつけた美しい女性もいたが、ノアは誰の熱い視線にも応じなかった。

「君は塗らないのか？」ノアが言った。

アプリルはたぶん必要ないと考えたが、髪を持ちあげて彼に背中一面にスプレーしてもらった。

「ばかげた発明だな」ノアは低い声で、肌に触れるチャンスがないことをぼやいた。

アプリルは笑いながら近くのラウンジチェアに寝そべり、水泳のレッスンには参加せずにふたりを眺めた。ヘニーは足をばたつかせて泡を吐きながら水に浮こうとし、すぐにプールのへりからノアの腕の中へ飛びこんでいった。

こんなにけだるい時間を過ごすのはいつ以来だろう。日陰にいるとそよ風が吹いて、快適な暑さだ。大急ぎでしなければならないこともなければ、誰の世話もしなくていい。自堕落もいいところだ。

アプリルは目を閉じてため息をつき、気ままな感覚を味わった。そして一瞬ののち、眠りに落ちた。

13

デートの場所は動物園にすべきだったとノアは思った。ウェイブ・シティは最高に楽しいが、アプリルのビキニ姿に理性が吹き飛びそうになる。ずばり、セクシー。感情的に言えば、ぞくぞくする。

生地はシースルーではなかった——ありがたいことに——が、アプリルの体にぴったり張りついて曲線美を浮きあがらせ、あれこれ想像する必要もなかった。ヘニーがすぐそばにいるのに、アプリルのなまめかしいヒップや、非の打ちどころがない胸や、腿のあいだの官能をくすぐる三角地帯を食い入るように見つめるのはよくない。ノアは必死に彼女から目をそらした。

だがアプリルの一糸まとわぬ姿が頭にちらついて消えなかった。

少々恥ずかしいが、不思議ではない。厄介な事件を扱っているときに感覚が高ぶることは珍しくないのだ。間一髪の危険な状況によって肉体的な反応を引きだされる男は多い。ノアも人の死にかかわったことで、最も根源的な方法で人間の生というものを再確認したくなった。

これほど欲情をそそられた女性はアプリルが初めてだ。ヘニーがいるおかげで気を紛らわすことができる。ノアは正気を保つために、ヘニーの相手をすることに集中した。ヘニーはかわいくて人なつっこいので、すぐに仲よくなれた。頭の回転が速いのは母親譲りだろう。泳ぎを習いはじめて二十分後には、腕の伸ばし方やバタ足や浮き方を身につけた。

「トイレに行きたい」突然、ヘニーが訴えた。

ノアはアプリルに目をやった。彼女はラウンジチェアで眠りこんでいて、その様子がまたかわいらしい。「よし、連れていってあげるよ」ノアはヘニーをプールから出した。

トイレはすぐ近くにあったので、ノアはアプリルを起こさなかった。女性用トイレの前までヘニーを送り、自身も男性用トイレに入った。ノアが用を足して出ると、ヘニーが同じ場所でそわそわしている。

「もうすんだのかい?」ノアは訊いた。

「水着が脱げないの」

ノアは交差している肩紐を見て眉根を寄せた。これは専門外だ。あたりを見まわして手を貸してくれそうな女性を探すと、ブルネットの美人と目が合った。

彼女はひと目で状況を把握してヘニーに優しくほほえんだ。「手伝ってあげましょうか、お嬢ちゃん。私が連れていってあげる」

ヘニーはうなずいて女性の手を取った。

「ありがとう」ノアは言った。

ブルネットの女性は彼にウインクした。「どういたしまして」

およそ二分後、ヘニーが助《すけ》っ人《と》とともに女性用トイレから出てきた。ブルネットの女性がノアに誘いかけるような笑みを投げてきた。「かわいいお子さんね」そう言うと、あたりをすばやく見まわした。

ノアは彼女のまなざしに浮かぶ問いかけを読み取った。浅黒い肌の色を見れば、ヘニーがノアの子ではないとわかる。「ありがとう。恋人の娘なんだ」

「あら、残念」

ノアはゆっくりと歩み去る女性を見送ったが、純粋な興味というよりも男の性《さが》からだった。ぼんやりとスタイルのいい女性だなと思った。

「ママはあなたの恋人なの？」ヘニーが訊いた。

「いや、違うよ。ただ――」

「ヘニー！」

振り向いたノアの目に、こちらへ走って向かってくるアプリルの姿が映った。取り乱しているようだ。それに……怒っている。アプリルがヘニーの肩を抱き、セクシーなブルネットの女性が去っていくほうを見やったとき、ノアはまずいことになったと悟った。

「どうして起こしてくれなかったの？」アプリルが問いつめる。

ノアはなんと答えていいかわからず、うなじをさすった。アプリルの反応は過剰ではないだろうか。「あの――」

「私に断りもなく娘を連れまわす権利なんて、あなたにはないわ」

ノアは無理に弁明するのはやめようと思った。公衆の面前で女性と口喧嘩をするほど愚かではない。

「もう帰るわ」

ノアはそっけなくうなずいた。彼も腹を立てていた。「わかった」

三人はロッカーに戻って帰り支度をした。ヘニーは案の定、帰るのをいやがった。その日初めて駄々《だだ》をこねて泣きながら母の手を振りほどき、靴を履こうとしない。

アプリルも泣きそうな顔をしている。

ノアは小さな女の子の相手にも、癇癪《かんしゃく》への対応にも慣れていなかった。『プリティ・リーグ』のトム・ハンクスのせりふにあるように、〝野球に涙は禁物〟の世界で生きてきたからだ。だが妹がむずかったときにいつもしていたことを思いだした。ノアはヘニーの横にしゃがみこんだ。「さあ、おんぶしてあげるから行こう」

ヘニーははなをすすりながらノアにおぶさった。

アプリルは娘の靴をビーチバッグに入れて唇を引き結び、ふたりのあとから駐車場に向かった。アプリルは他人に干渉されるのがいやなのかもしれない。人の手を借りることに慣れていないようにノアには思えた。

太陽の下で遊び疲れたヘニーは、ノアの背中でぐったりしていた。車が高速道路に乗る頃にはチャイルドシートでぐっすり眠っていた。

ノアはアプリルをちらりと見た。せっかくのデートをこんなふうに終わらせたくない。ここで互いの気持ちが和むようなことを言わなかったら、アプリルとつきあうチャンスは二度とないだろう。だが何も悪いことをしていないのに謝るのも癪だ。

そのときアプリルが小さな声で言った。「ごめんなさい」

そのひと言ですべてが変わった。

「謝らないでくれ」ノアは器の小さい自分が恥ずかしくなった。「俺がヘニーを勝手に連れていくべきじゃなかった」

「いいえ、私が過剰反応したのがいけないのよ」

「君があまりにも気持ちよさそうに寝てたから起こしたくなくて……」

「それでよかったのよ」アプリルが弱々しくほほえんだ。「目が覚めたらヘニーがいないから……パニックを起こしてしまったの」

「そりゃあそうだ。俺が考えなしだった」

「あの子は身近に男の人がいないから。叔父は別だけど。過保護だってわかってるのよ。それも……私の過去のトラブルのせいなの。少し前まで、たとえ家族の一員でも娘を誰かとふたりきりにしておけなかった」

ノアはアプリルを傷つけたやつを殺してやりたくなった。「すまない」虐待する卑劣漢などこの世から消えてなくなればいいのに。「信じてもらえなくてもいいが、君の娘を傷つけるぐらいなら死んだほうがましだ。それにこの手が女性に危害を加えるようなら自分で切り落とす」

アプリルはノアの覚悟を認めてうなずいた。「だからあなたとのデートをためらったのよ、ノア。あなたは信じられないほど誠実なのに、私はたやすく男性に気を許すことができない。もし私とベッドをともにしたいだけなら――」

ヘニーが寝言を言って、チャイルドシートの片側にもたれた。

「そんなことはない」ノアは声を落とした。

アプリルが窓の外へ目を向けた。ノアは落ち着かなかった。アプリルは彼の言葉を信じただろうか。心の中心を占めているのがセックスなのに、正反対のことを言って納得してもらえるだろうか。一日中、欲情した顔を見られるという有様だったのに。

運転しているあいだ、ノアは自身の動機を自問した。職業上の危険を冒してまでアプリルとデートをしたが、そんなことは警察官になって初めてだった。そもそもふたり――アプリルとヘニーはふたりでひと組だ――と〝込み入った〟仲になることは最善の道ではなかったのだ。

アプリルをデートに誘うべきではなかった。

一緒に過ごす時間が増えれば増えるほど好きになっていく。もう立ち去るべきときなのかもしれない。離れられなくなる前に。

アプリルの家に着き、ノアはヘニーを中に運んだ。アプリルが娘を寝かせているあいだに、彼はチャイルドシートを外して玄関のドアの前に置いた。そして両手をポケットに突っこみ、リビングルームでアプリルを待った。

彼女はすぐにも戻ってきて、悪いけどもう会えないと言うつもりだろう。

ノアはあきらめかけていた。

アプリルが忍び足でヘニーの部屋を出てドアを閉めた。しばし廊下にたたずみ、エアコンをつけてスイッチを〝強〟にした。こうすれば機械音でふたりの声が消えて、ヘニーを起こさずにすむだろう。

普段は昼寝をしない子だが、今日はいろいろなことがありすぎた。あと一時間は起きてこないに違いない。

ノアはリビングルームで待っていた。アプリルは彼にひどい態度を取ったことが悔やまれ、胸が痛んだ。ノアはヘニーに本当によくしてくれたのに、アプリルは感謝するどころかパニックになって責め立てたあげく、家に帰るとごねた。ヘニーがぐずりはじめたときは、一緒に大泣きしたくなった。

ノアはもう自分とは会いたくないだろう。それなのに、まだここにいる。きっとさよならも言わずに帰るのは失礼だと思っているのだ。

「何か飲む？」アプリルはおずおずと声をかけた。汗で濡れた手をサンドレスのポケットの中で握りしめた。コットン生地の裾が腿まであがって、ノアの注意を引いた。

「もらうよ」ノアが咳払いをした。「水がいいな」

アプリルはふたつのグラスに氷と水を注いだ。彼女がソファに腰をおろすや、ノアがすぐ横に来て水をグラスの半分まで喉を鳴らして飲んだ。

「ごちそうさま」

しばし沈黙が流れた。

「帰り道で謝ったとき、私が人を信用できないって話をしたでしょう?」アプリルは口ごもりながら語りだした。

ノアがうなずいて耳を傾ける。

「たぶんこれから先もずっと私はヘニーに対して過保護だし、あなたと一緒にいて心からくつろげるようにはならない。ふたりきりのときはね」アプリルは思いきってノアに視線を向けた。恥ずかしくてたまらない。「この前の夜はどうかしてたの。ほら、いつもはもう少し男の人に……用心してるから」

ノアがあの夜のキスを思いだしているように、彼女の唇に視線を落とす。アプリルの頭にもその場面がよみがえった。ノアが体を寄せてくる。彼の香りがした。男性の肌と夏の熱気がまじった、魅惑的でめくるめく香り。

アプリルは唇を湿し、ノアと唇を重ねてその感触を味わいたいと切望した。「私ったらまるで関係ない話をしてるわね。あんなに過剰反応した理由を最後まで説明したかっただけなの。すてきな一日をありがとう。それからごめんなさい……何もかも」

ノアがアプリルの目をのぞきこむ。「じゃあ、これで終わりなのか？」

「そうよ」

彼は文句を言わなかったが、帰るそぶりも見せない。アプリルにはノアが落胆しつつも納得していないことも、彼の情欲も感じ取れた。ふたりは長いあいだ見つめあった。計り知れない崖っ縁に立ち、かろうじてバランスを取っているかのようだった。

アプリルは自分の胸が呼吸とともに上下していることを意識した。そしてまだ湿っている水着が胸の頂に張りついていることに気づいた。

ノアが自身の腿の上で両手を動かすと、それに呼応するようにアプリルは腿のあいだが引きしまった。彼に触れてほしい。体中どこもかしこも。

アプリルにはノアが身を乗りだしたのか、自分が体を寄せたのかわからなかった。だがたちまち、互いにもう我慢できなかったのだとわかった。次の瞬間、ノアが夢中になってアプリルにキスをしていた。彼の唇は熱く、やわらかく、貪欲だった。アプリルはうめき声をもらし、舌でノアの舌を愛撫しながら、彼の髪に指を差し入れた。

ノアが両手でアプリルを抱きしめる。ドレスの生地越しに熱が伝わってきた。

ノアは思う存分アプリルの唇を味わってやると言わんばかりに何度もキスをしてき

た。アプリルは背中を弓なりにそらし、もっと彼の体を感じようとした。ノアが欲望の命ずるままにアプリルをソファに押し倒し、彼女の胸をつぶしそうな勢いで覆いかぶさる。こわばった下腹部をアプリルの腿の合わせ目に押しあてると、低くうめいた。アプリルは両脚をノアのウエストに巻きつけ、彼の口に荒い息を吐きかけて肩に爪を食いこませた。

ノアの指先がアプリルの背中を軽やかに動き、ドレスの下にある結び目をほどいた。アプリルはビキニのトップが外れ、サンドレスがずり落ちるのを感じた。ノアが急にキスするのをやめ、彼女のあらわになった胸を見つめる。ビキニに覆われていた肌はほかの部分よりも少し白い。胸の先端は小さく硬いビーズのようだ。アプリルは欲望に翳っていくノアの目を見ること以上に官能的な経験を知らなかった。

ノアの顔がさがっていく前に、アプリルは両手で彼の肩をつかんだ。「待って。ここでは……だめ。娘がいるときはできない」

「君の部屋へ行こう。静かにするよ」

「ベッドのきしむ音がするわ」

「ベッドなんか必要ない」

アプリルの頭に、立ったまま壁に押しつけられてゆっくりとノアに突かれる自分の姿がいやでも浮かんだ。「ベッドルームもだめ。セックスもだめよ」

「わかった」ノアがささやき、指でアプリルの喉をなぞる。彼女の胸に顔を近づけると胸の頂を片方ずつそっと吸った。ノアが自分の行為を吟味するように濡れてすぼまった先端に息を吹きかけると、アプリルはこらえきれずに息をのんだ。

「ノア――」

「これはセックスじゃない。触れてるだけだ」ノアが体をずらし、サンドレスの裾から片手を差し入れた。ビキニのボトムの紐をすばやくほどき、再び唇で彼女の口をかすめて抵抗の言葉をのみこむ。彼の指先が熱く潤った秘められた部分にたどり着いた。

ノアが深く息を吸う。

「これじゃあセックスみたいだわ」アプリルは息を荒らげた。指を一本深く差し入れられると、思わずうめき声をもらし、かすかに脚を開いた。

「これはどうだい？」ノアが今度は芯を見つけ、指でゆっくりと円を描きはじめた。

「なんだか……セックスよりいいわ」

「俺が口でしてあげるとしたら？」

アプリルは頭を前後に振った。「そんなこと一度も……ああ、だめ」ノアはスカートをまくりあげて自分のしていることがアプリルからよく見えるようにしたが、彼女の脚のあいだに膝をつきはしなかった。両方の胸の頂を代わる代わる口に含み、熱を帯びた肌を愛撫しながら指で秘められた部分をたどり、張りつめたピンクの芯をつまびく。

「ああ、だめ」アプリルは再びうめき声をもらし、唇を噛んだ。もうのぼりつめようとしている。

驚くべきはクライマックスそのものではなかった。それならすでに経験している。自己中心的な恋人だったラウルとでさえ、達したことが何度かあった。けれどもラウルはたまに押しつけられる面倒な仕事に取り組むかのようにおざなりだった。

口を使ったことなど一度もない。

ノアは手の動きひとつ取っても、ラウルより緩やかで優しくて巧みだ。彼女の反応を確かめながらクライマックスへと導き、どこに触れたらいいかきちんと理解している。

「ああ……」アプリルは息をのみ、ノアの腕をつかんだ。つい、スペイン語で口走っていた。そこよ。動かさないで。やめないで。

アプリルの体が震えだすと、ノアは口で彼女の口を覆って歓喜の叫びをのみこんだ。アプリルは少しずつわれに返り、ドレスがウエストのまわりにたまり、そこから上も下もさらけだされていることに気づいた。ノアがゆっくりと引きだした指はつややかに濡れていた。彼は欲望をかきたてられた様子で、まぶたを半ば閉じている。

そして指を口に含み、アプリルを味わった。

その行為にも自身の姿にも愕然《がくぜん》としたアプリルは慌てて座り直し、サンドレスを整えた。鼓動は鈍く、頭もぼんやりしている。「あなた……私……よくない考えだったわ」

ノアがソファにもたれて目を閉じた。自身が満たされなくても満足げな顔だ。彼の欲望の証しははためにもわかるほどサーフパンツの前部分を突きあげている。ノアはなだめるようにそこを手のひらで押さえた。「たぶん大丈夫だ」

アプリルは手で髪をくしゃくしゃにしながら、ヘニーの部屋のドアをちらりと見た。

「最低だわ」

ノアが力なく笑う。「そうでもないよ」

「もう帰って」

彼がからかうように眉をあげた。「また明日会えるかい?」

アプリルは驚いて唇を開いた。「ええ」

「じゃあ、明日電話する」ノアはもう一度、彼女にキスをして立ち去った。

14

日曜の午後、エリクは仕事に出たものの、これからどうなるかよくわからなかった。ジャックがまだ勾留中ということしか知らない。オーナーであるジャックの父親も店にいたが、目の下にくまができていた。

クリスティーナのことは誰ひとり口にしなかった。

彼女と幼なじみだったエリクはその死を深く悲しんでいたけれど、遺族の家を弔問に訪れたりはしていなかった。歓迎されるかどうかわからなかったし、家族が大変なときにずかずかと入りこむことはしたくない。

フニオルのほうから来てくれるのを待っていた。

エリクはギャング対策班の警官と話をしたことによって、ギャングの掟《おきて》を破っていた。どこの地域も情報網を持っている。エリクが自らの意思で警察署に行ったことはすぐに知れ渡ってしまった。警察に協力するのはみっともない真似なのだ。

汚名を着せられずに仲間と手を切るにはパトカーに乗る——つまり、手錠をかけられるしかない。

だがもしギャングに足抜けを図ったと思われたら厄介だ。同じような裏切りを責められて殺されたメンバーはひとりやふたりではない。

エリクは命を危険にさらしたくなかった。兄はチュラビスタ・ロコスとメキシカン・マフィアのあいだの連絡係をしている。ラウルと刑務所内で活動するギャング《プリズン・ギャング》のかかわりはエリクの人生に暗い影を落としていたものの、今はそのおかげで多少の庇護《ひご》を受けることができていた。

フニオルも危険人物であることは言うまでもない。つきあいの長いエリクは、フニオルが何も考えず、したい放題のことをする男だとよくわかっていた。クリスティーナの死をエリクのせいにするかもしれない。

もしそうなったら、殴られるぐらいではすまないだろう。

びくびくしていても埒が明かないので、エリクは黙々と在庫管理の仕事を進めたが、頭に浮かんでくるのはメガンのことだった。昨夜は彼女の夢を見た。性的で不思議な夢だった。まずエリク自身が桟橋のたもとでメガンを押さえつけてほしいままにしていた。次の瞬間、エリクはフニオルがそうするのを見つめていた。

どちらの場面にも気分が悪くなったけれど、下腹部は正直だった。エリクは制御を失って熱く脈打つそこを強く握って目を閉じ、メガンの愛らしい口ややわらかな乳房を思い描いた。だがすぐにそんな妄想を抱くのが恥ずかしくなった。

やがてエリクは眠りに落ちた。

勤務を終えても、家に帰りたくなかった。メガンに会いに行くか、ヘニーとアプリルを訪ねるか考えた。だが運び屋の仕事が残っているし、家では祖母が待っている。彼はため息をつきながら陰気なキャッスル・パークへと自転車を漕ぎ、錆《さ》びた車や朽ちかけたアパートメントのあいだを疾走して悪の巣窟へと入っていった。

フニオルの濃い灰色のシボレー・マリブが祖母の家の前で街灯の光を浴びながらアイドリングしているのを目にしても、エリクは驚かなかった。

だが運転席側に近づきながら、底知れない不安に襲われた。フニオルは気軽に立ち寄ったのではなかった。目つきが用心深く、いつものように握手を求めてこない。膝のあいだにはビールの茶色の一リットルのボトルがある。

「どうしたんだ？《ケ・ウボ》」エリクは小声で尋ね、唇をなめた。

「出かける支度をしろ」

ノーという言葉は露ほども思いつかなかった。もはや選択肢などない。これこそエリクが携わってきた道、自分の力で築いてきた生活だ。そこから逃れたいなら、ちゃんと高校を出て、奨学金をもらうか軍隊に入るかすべきだった。

だがこの道を選んでしまった。

エリクは家に入って自転車をしまうと、茶色のパーカーをつかんだ。祖母はソファで居眠りをしていた。祖母からお腹はすいていないと言われたものの、エリクは簡単な食事を用意した。

「今夜は出かけないでおくれ《ノ・サレス・エスタ・ノーチェ》」祖母が彼の袖をつかんで訴えた。「お願いだから《ポル・ファボール》」

エリクは相手にしなかった。十歳のときから誰の指図も受けずに生きてきた。ここは祖母の家だが、いっさいの支払いをしているのは彼であり、出かけようがどうしようが好きにして当然だ。

「心配しないで。すぐ帰るから」エリクは祖母の手をそっと外した。

「ノ・サレス」行かないでおくれ。

「サルゴ」行ってくる。

祖母はか細い手を握りしめて振りまわした。「今に地獄へ堕ちるよ！《ケ・ベテ・アル・ディアブロ・ヤ》」

「もうとっくに堕ちてるよ」エリクはつぶやき、外の深い闇へ足を踏みだした。黒い目とかすかに光る頭のフニオルは少し悪魔のように見える。エリクが助手席側にまわると、そこには〝兎《コネホ》〟と呼ばれる男が座っていた。

コネホはがりがりに痩せている頭のねじがぶっ飛んだ男で、高校を卒業するのもやっとだった。じっとしていることができないやつだが、今は静かに座っている。兄貴分のエリクに遠慮して後部座席に移るべきなのに、助手席に座って微動だにしない。その挑戦的な態度にエリクの疑いがますます深まった。フニオルは自分に敵意を抱いている。

暴力に耐えろというなら耐えられる。だがやられっぱなしでいると思ったら大間違いだ。

「後ろに行け」エリクはコネホに告げて拳を見せた。両手ともかさぶたができてほぼ傷が癒えているうえ、アドレナリンが全開になっていた。自宅の前で喧嘩沙汰を起こしたくはなかったが、やむをえないときもある。

コネホがフニオルをちらりと見ると、フニオルは逆らうなというようにうなずいた。コネホは小さな目をずるそうに光らせ、慌てて後ろの席に移った。

車はテレグラフ・キャニオン近くの高台に行き、イトスギの木立の中で停まった。のこぎりの歯のようにぎざぎざの枝葉が夜空に突きでている。そのはるか下で街の明かりがきらめいていた。

そこは酒を飲んでひと息入れたり音楽を聴いたりするありふれたたまり場だが、今夜は陽気に過ごす雰囲気ではなかった。フニオルのCDプレイヤーから耳障りな重低音が流れてきた。コロンビアのギャングのラップだ。

エリクはフニオルから冷ややかなまなざしで値踏みされている気がした。一番の友にここへ連れてこられたのは殺されるためなのか？

「サツから聞いたが、金曜の夜、クリスティーナにメールを送ったらしいな」

エリクはゆっくりと息を吐いた。死ぬよりはしゃべるほうがいい。「ああ、そうだ」

「クリスティーナと一緒だったのか？」

「焚き火パーティに行ったら彼女がいたんだ」

「クリスティーナに会いに行ったのか？」

「違う」

フニオルがビールを飲んだ。「でたらめ言うな、この野郎《カブロン》。こそこそしやがって。おまえがあいつとつきあおうとしてたのは知ってるぞ」

エリクはクリスティーナが兄にパーティのお楽しみを台なしにされることをいやがっていたとは言えなかった。そこでメガンに登場してもらった。「俺はおまえの妹とつきあいたかったんじゃない。クリスティーナの友達目当てだった」

「じゃあ、どうしてそのことを隠してた?」

「頼むよ。わかってるだろうが。おまえの仲間がいないところで女の子と話がしたかったんだよ」

フニオルはさらにビールを飲むと、手の甲で口元をぬぐった。この男はプライバシーという概念を理解していない。エリクはこれまでの経験から、フニオルはいつでもどこでも誰とでも寝ることを知っていた。他人の前でセックスすることに快楽を見いだす、屈折した性格のようだ。あるいは、どんな女であれまわりに見せびらかすのが大好きなのだろう。

エリクにはフニオルの性癖は少年時代のある出来事が原因ではないかと思えた。その出来事はエリクにも影響を及ぼしている。メガンの体に馬乗りになっていたジャックを見たとき、エリクは記憶がよみがえってますます怒りが募った。

幼い頃からずっと、女を虐待する男を見てきた。父が母を打ち据えるのをどうすることもできず、ただそばに立っていた。アプリルに暴力をふるうラウルを止めようとした。

だが今まで目撃したうちで最悪の暴行にはフニオルも加わっていた。エリクは自分を犠牲者であり実行犯でもあると考えている。当時、エリクとフニオルは十歳と十四歳。その暴行は彼らの心に消えることのない痕跡を残した。

だがふたりがその暴行について話しあったことはない。

「パーティでガキども《チャバラス》を見かけなかったか？」フニオルが尋ねる。

「いや、見なかった。あとでタコスの店に寄ったとき、男が何人かいたが」

「どんなやつらだ？」

エリクはその男たちについて説明した。

「くそったれ《ピンチェ》のガキども《チャバラス》が妹を殺した」フニオルがくぐもった声で言った。

エリクは警察署で事情聴取されたことを思いだして血の気が引いた。「どうしてそう思う？」

「サツの話では、クリスティーナは口に布を詰めこまれてた。黒いバンダナだ」

その情報に動揺し、エリクは金曜の夜の出来事を覚えている限りフニオルに打ち明けた。ただしクリスティーナが色目を使ってきたことは黙っていた。

「おまえのボスが犯人なのか？ だったらそいつのケツをファックしてやる」

エリクは戸惑った。フニオルがジャックをその言葉どおりの目に遭わせるとは思えなかったが、復讐の念に駆られていることはわかった。「違う、やったのはジャックじゃない。俺はあいつをめちゃくちゃにぶちのめした。そのあと、やつは歩くのもやっとだった」

「だからサツに話したのか？」

「ああ、そうだ。俺だってクリスティーナの助けになりたかったからだ」

「くそったれのサツめ」フニオルは小声で言い、空になったビールのボトルを窓から投げ捨てた。ボトルは木の幹にあたったが、割れずに跳ね返った。「くそったれのイーストサイドめ！」

フニオルはエンジンを吹かして車を方向転換させると、砂利をはね飛ばしながら丘を下った。フニオルは最初の曲がり角でほとんど自制心を失っていた。エリクは事故に備えて気を引きしめたが、車はどうにか道路をはみださずに走った。

ダウンタウンまで行ってもまだ逆上していたフニオルは、乱暴なハンドル操作で通りを走り抜けた。酒に酔っているうえに度を失い、おそらく昨夜から一睡もしていないのだろう。アクセルを思いきり踏みこみ、ハンドルはいいかげんに握っている。しかも音楽を大音量で流している。

コネホのばかはエリクの座席のヘッドレストを盛んに叩きながら、運転手をあおってわめいている。

最後に——ようやく——車はスピードを落として静かな住宅地で停まった。街路表示を見たエリクはメガンの家がそう遠くないことを知った。フニオルに金曜の夜の事件について包み隠さず話したのだから、ここで解放してもらえるかもしれない。

ところがフニオルには明らかに別の計画があった。彼は座席の下に手を差し入れると九ミリのセミオートマティック拳銃を出した。

「くそっ」エリクは息をのんで助手席のドアに背中を押しつけた。この危険な状況からできるだけ遠ざかりたかった。

「ここにはイーストサイドのリーダーが住んでる。オスカル・レイエスだ。あの晩おまえが見たガキども《チャバラス》のひとりだ。俺は一緒に学校に通った」

エリクは黒々とした家を見やった。「よせ」

「止めるな」

コネホが後部座席で飛び跳ねる。「やっちまおうぜ」

「よせ」エリクは繰り返した。震える両手でフニオルの肩に触れる。「ドス・エメスが黙ってないぞ。勝手にこんなことをしたらだめだ」

ドス・エメスとはメキシカン・マフィアの別名であり、チュラビスタ・ロコスが敬意を払っているプリズン・ギャングだ。チュラビスタ・ロコスはチュラビスタでこそ幅をきかせていたが、ギャングの世界では小さな組織だ。別組織のリーダーを無計画に走行中の車から銃で襲うことなど絶対に許されない。

「ドス・エメスなんかくそくらえだ」フニオルが身をよじってエリクの手を振り払う。

エリクは恐怖をのみこんで家の正面に視線を向けた。最近外壁を塗り替えたようだ。車寄せには黒光りするシボレー・エルカミーノが停まっている。「やつの家族のことは？　おまえはほかの誰かを撃っちまうかもしれないんだぞ！」

フニオルが銃の安全装置を外した。「家族なんか知ったことか。あの野郎が俺のかわいい妹をレイプしながらその家族のことを考えたと思うか？　妹を窒息死させてるときに考えたと思うか？　やつはクズだ！」

エリクの脳裏にまたも十年前の忌まわしい記憶が浮かんだ。あのときの光景が頭の中でぐるぐるまわり、吐き気をもよおした。許しを請う少女は両手をバンダナで縛られていた。覆面をかぶった男が自分の番の金をラウルに払う。

「犯人がやつじゃなかったらどうするんだ？」エリクはフニオルの胸ぐらをつかんだ。「犯人が……覆面の男《エル・オンブレ・マスカド》だったら？」

これまでエリクとフニオルはその男について口にしたことがなかった。男の本名も知らなかった。だが、いくら酒に酔って深い悲しみと怒りで理性を失っていたとしても、フニオルはエリクが誰のことを言っているのかちゃんと理解したようだ。フニオルが目に涙をためて銃をエリクの頭に向けた。「あのことは口にするな」抑えた声は震えている。「二度と言うな！」

エリクはフニオルの胸元から手を離し、そろそろと引っこめた。頭に銃を突きつけられたのは初めてではない。愛する人に銃を突きつけられたのも初めてではない。かつてラウルにも同じことをされた。

そのときは心底恐ろしかった。心がずたずたに引き裂かれた。

今も絶望のあまり、エリクは目を閉じて爆発音を待つことしかできなかった。耳の中で血液の流れる音がどくどくと響き、心臓が激しく打つ。

フニオルが引き金を引き、エリクは身をすくめた。

耳をつんざく銃声が断続的に響いた。粉々に割れたガラスが道に降り注ぐ。タイヤを激しくきしませて自分の乗った車がその場を走り去る気配に、エリクは目を開けた。彼はまだ生きていた。フニオルが撃ったのは派手に改造されたエルカミーノだった。

オスカルの家ではない。エリクでもない。

エリクは左の胸に手をあてて心臓が鼓動していることに驚いた。

だが安心したのもつかの間だった。フニオルが猛スピードで道路を横切り、助手席側に停まっていた車にぶつかりそうになった。たちまちパトカーのサイレンが夜の闇を切り裂くように響き渡る。彼らは追われていた。

「くそっ」フニオルがバックミラーに目をやりながら右に大きくハンドルを切った。

エリクはダッシュボードにつかまって振り返った。パトカーは交差点を通りかかったか、オスカルの家の近くで張りこんでいたに違いない。

警察はこういう手段の報復を予想していたのかもしれない。

エリクは慄然とした。三人とも刑務所行きだ。発砲したのはフニオルひとりということなど関係ない。容疑は走行中の車からの発砲であり、この街はギャングの暴行をいっさい容認しない方針を打ちだしている。

フニオルは上体がそり返るほど強くアクセルを踏んで、人けのない通りを飛ばした。タイヤをきしませながら角を曲がって走りつづけ、目がまわるほど加速していった。衝突事故を起こすか、さもなければ人を轢き殺しかねない。黒塗りのパトカーはサイレンを鳴り響かせながら一定の間隔を置いて追ってくる。

「停めろ」エリクは声をあげた。「一か八かだ。走って逃げよう」

「冗談じゃねえ」フニオルが言い返しながら減速した。その顔は何かを決意したように引きしまり、膝には拳銃をのせたままだ。エリクはフニオルに自首する気などないことを悟った。車で逃げられないのなら――逃げられっこないが――銃を撃ちまくるつもりだ。

もはや自分はフニオルを止められない。エリクは座席にしがみついて心を張りつめ、木立や停まっている車の影が通り過ぎていくさまを見つめた。

そのとき、行く手に突然ふたつのヘッドライトが浮かびあがった。フニオルはハンドルを右に切って縁石を飛び越えたが、もはやそこまでだった。急に無重力状態になったように車体が浮いた。次いでいやな音をたてて落下するとともに横転した。

何回転がったか、エリクにはわからなかった。シートベルトが胸に食いこみ、摩擦で胸が焼けるように熱い。何かが頭のてっぺんにぶつかった。おそらくルーフだろう。

車は振動しながら停止したが、エリクは方向感覚を失っていた。何かのしずくが首筋を伝う。エンジンはまだ轟音《ごうおん》をたてつづけ、タイヤが深い下生えに抗うように空まわりしている。エリクたちはユーカリの木に囲まれた小さな谷に転落していた。フニオルは運転席側のドアに力なく寄りかかっている。顔が血まみれだ。

エリクはうめき声をあげながらシートベルトを外して手を伸ばし、エンジンを切った。フニオルがぐったりとうつむく。死んだのではなく意識を失っただけのようだ。

エリクが後部座席に目を走らせると、コネホも負傷していたが、命に別条はなさそうだ。意識が朦朧としたままうめいている。窓の外を透かし見ると、木々のあいだから赤い光がちらちらと見え隠れしていた。車が転落した道路との距離は五十メートルほどしかない。ほどなく警察が襲いかかってくるだろう。

エリクはドアハンドルを握って外に出ようとした。だがドアハンドルはびくとも動かない。

ふとリアウインドウを見ると粉々に割れていて、そこから外に出られそうだ。エリクは座席の隅で伸びているコネホの体を乗り越えた。肘を使ってガラスの破片に覆われた座席から窓を通り抜け、トランクを滑りおりる。地面に足がつくなり、膝が震えてくずおれそうになった。

エリクは深く息を吸って自分を励ました。数秒後にはめまいがおさまった。頭がずきずきし、首筋が濡れている。だが服から安全ガラスの破片を払い落とすと、やぶをかき分け、木々を飛び越えながら逃げた。

やがて暗い歩道に転がりでた。

だが駆けだす代わりにパーカーのフードをかぶり、散歩でもしているかのようにゆっくりと歩いた。心臓が激しく打つ。どこを歩いているのかわからないので一歩ずつ慎重に進みながら、転落事故の現場から離れた。

やがて一ブロック遠ざかった。さらに一ブロック。もう一ブロック。

ようやく見とがめられる心配のなさそうな寂れた通りに出たエリクは、バス停のベンチにへなへなと座りこんだ。頭の傷はまだ痛むものの、首を伝う血は止まっていた。ふくらはぎにも縫わなければならないほど深い裂傷があったが、病院には行けない。痛みと疲労で泣きだしそうになるのをこらえ、ベンチにもたれて目を閉じた。生きているのが奇跡だ。生きている。それも比較的軽傷で逃げおおせた。事故の現場から歩いて立ち去ることができた。

ここは刑務所ではない。

だがこんな生き方はしたくなかった。こんなふうに死ぬのもごめんだ。幸運にも逃げおおせ、人生をやり直すチャンスを得たことに感謝した。エリクは生まれて初めて、自分の命に価値がある気がした。

Tシャツの下から十字架のネックレスを出す。「神よ、感謝します《グラシアス・ア・ディオス》」つぶやいて、十字架にキスをした。涙に濡れた顔で夜空を仰ぎ、果てなくちりばめられた星々を見つめた。

15

月曜の午後、ノアは仕事に戻った。

午前中はメガンのそばにいようと思ったのだが、放っておいてほしいと言われてしまった。妹いわく、〝監視される〟のはまっぴらだそうだ。週末はずっと部屋に閉じこもっていた。

ノアは昨日の午後、冷たいシャワーを浴びたくてアプリルの家から自宅に戻ったが、そのときにもメガンの部屋をのぞいてみた。妹は寝たふりをしていた。

カウンセラーからは極端な反応が現れるだろうと言われていた。気力を喪失してぐったりしたり、異常なまでに神経を尖《とが》らせたり、過剰反応や拒食症状が出たりすることもある。ひどく愛情を欲したかと思うと、次の日にはよそよそしくなる。事件のことを話しつづけるかもしれないし、だんまりを決めこむかもしれない。

ノアは力になりたかったが、メガンは心を閉ざしていた。自分が男だからかもしれない。やはり母を呼んだほうがいいだろうかと思案した。事件のことを秘密にしておくのはよくないのかもしれない。

ノアは肩をまわし、受付を通り過ぎてオフィスに向かった。すでに来ていたパトリックは不機嫌そうな顔をしている。「巡査部長が話があるらしい」

「なんだろう？」

パトリックは肩をすくめた。

思いあたる節はある。昨夜の追走劇のことはノアも聞き知っていた。ノアとパトリックは街の反対側にいて捜査に加われなかった。なんでもフニオル・ロペスとカール・〝コネホ〟・アロヨというギャングが走行車両から発砲し、そのまま逃走したらしい。そのあと事故を起こしてアロヨは鎖骨を折り、ロペスは軽度の脳震盪《のうしんとう》を起こした。今は令状の発行待ちだ。

ふたりの本来の標的であるオスカル・レイエスは留守だった。家の中では内縁の妻と二歳の娘が眠っていた。銃弾が一発、跳ね返って壁にあたったが、ふたりは無傷だった。

ロペス家の家族はフニオルの逮捕をどう思っているだろう。娘は死に、息子は刑務所行きだ。残念だが、このたぐいの発砲事件はありふれた出来事だった。人々はトラウマを抱えながら戦々恐々と暮らしている。

ノアはパトリックに続いてブリッグズ巡査部長のオフィスに入った。サンティアゴ刑事はブリッグズの隣に椅子を並べて座っている。黒縁眼鏡の奥にあるサンティアゴの目は無表情だ。ブリッグズの目もまた、何も語ってはいない。

それぞれ独特の存在感がある男だが、並ぶともはや畏怖の念を起こさせるほどだ。

「座ってくれ」ブリッグズがデスクの向かい側にあるふたつの椅子を示した。彼は堂々とした筋骨隆々の元軍人だ。仕事柄、市政の領域にかかわることが増え、警察の本分とでも言うべき職務からは遠ざかっているため、顔を合わせる機会はあまりない。

パトリックは片方の椅子に大きな音をたてて座りこんだ。警戒心丸出しだ。ノアももう一方の椅子に腰かけた。楽しく談笑するというわけにはいかなそうだ。

「昨日の銃撃事件のことは聞いてるな」

「はい」ノアは言い、パトリックもうなずいた。

「フニオル・ロペスは目を覚ましてすぐに弁護士を要求したが、有罪は免れんだろう。発砲するところを警察官に目撃されている。運よくパトロールをしていたんだ」ブリッグズがノアとパトリックを代わる代わる眺めた。「ロペスはなぜ妹を殺した黒幕がイーストサイドのリーダーだと思ったんだろう？　心あたりはあるか？」

ノアはパトリックを見やったが、相棒は貝のように口を閉ざしたままだった。

「クルス巡査から君に見張りを頼まれたと聞いているが。どうなんだ、ヤング巡査?」

今度はパトリックがノアを見やる番だった。ノアは耳が熱くなるのを感じながら答えた。「そのとおりです。ロペスが仕返しに来るかもしれないと思ったものですから」

「どうしてだ?」

ノアは首の後ろをもんだ。「ロペスの取り調べをしていたとき、事件の情報がもれたんです」

サンティアゴが身を乗りだす。「どんな情報だ?」

「バンダナの件です」

「ヤング巡査、その点については伏せておくよう念を押したはずだ。私が言ったことを覚えているか?」

「はい」

主任刑事がパトリックを見やった。「相棒から聞いていなかったのか、シャンリー巡査?」

「だからなんだっていうんだ?」パトリックがむっとして言い返した。「捜査が進んでるのは俺たちの手柄だ。容疑者ふたりを生きたまま確保したし、殺人犯の犯行も食いとめた。あんたのために汗水流して働いたってのに、これがその礼ってわけか？」

「フニオル・ロペスに物的証拠のことを話したのか、シャンリー巡査？」

「ああ」パトリックが顎をあげた。サンティアゴに喧嘩を売るつもりらしい。

サンティアゴがノアのほうを向いた。口元の筋肉が痙攣《けいれん》している。「ヤング巡査、君の相棒は意図的に情報を漏洩《ろうえい》したのか？」

ノアは答えに窮した。パトリックが職務放棄や卑劣ないやがらせをするとは思いたくない。だが意図的に捜査を妨害したのではないかという疑念はぬぐいきれなかった。パトリックは以前サンティアゴともめた経緯があり、その遺恨は手がつけられないほどふくれあがっていた。

「くそったれ」パトリックが勢いよく立ちあがり、椅子が倒れた。だが椅子をもとに戻しもせず、ノアをにらみつける。「おまえもだ」

ノアはいたたまれず目をそらした。相棒を裏切るような真似をしておいて、言い逃れなどできるはずがない。

ブリッグズが割って入った。「シャンリー巡査、君には管理休暇を取ってもらう。今すぐだ。銃を返却して、正式な休職手続きを取れ。期間については決まり次第連絡する。それまで謹慎するように」

パトリックは椅子を蹴飛ばしてから部屋を出た。椅子は壁にぶつかり、衝撃でブリッグズの賞状がひとつ、床に落ちた。

一同は落ちた賞状をしばし見つめた。

ブリッグズがデスクの上で両手を握り、ノアに向き直った。「ヤング巡査、取り調べの際に捜査員が機密情報をもらした場合は、即刻捜査主任に報告しろ。シャンリーは君の先輩だが、サンティアゴ刑事に情報漏洩の報告をあげなかったのは君の責任だ」

ノアはこれまでブリッグズからも、そのほかの上司からも叱責を受けたことはなかった。尊敬するサンティアゴの前で非難されるのは、なおさら屈辱的だ。しかもサンティアゴもノアに非があることを知っている。「はい」ノアは咳払いをした。「申し訳ありません」

ブリッグズは返事の代わりに小さくうなった。「今回は見逃そう……家族が大変なときだからな。妹さんはどうだ?」

「大丈夫だと言ってます」

「よかった」ブリッグズが気まずそうにサンティアゴに目を向けた。「シャンリーが休職しているあいだはひとりで仕事をしてもらう。殺人事件の捜査にも適宜協力してくれ」

サンティアゴがデスクの書類の山をぱらぱらとめくりながら、ブリッグズのあとを引き継いだ。「オスカル・レイエスは土曜の早朝、〈タコ・ティコ〉で目撃されている。その日はひと晩中、ホームパーティに参加していたようだ。情報源によると、イーストサイドのメンバーはおおかた参加していたが、チュラビスタ・ロコスともめることはなかったらしい。どちらの殺人事件に関しても動機がない」

ノアはその報告を聞いても落胆こそすれ、驚きはしなかった。刑務所の常連のギャングが女性をレイプして殺すのは珍しくない。だが今回はこの界隈の男たちとは手口が違う。しかも犠牲者の名前はどちらもギャングの名簿には載っていない。

バンダナは捜査を攪乱《かくらん》させる小道具かもしれない。

「焚き火パーティに参加していたジャック・ビショップの友人や知人をこちらであたってみたが」サンティアゴが続けた。「犠牲者がひとりで人ごみから抜けていく姿を、複数名が目撃している。目撃者の中に疑わしい人物はひとりもいないが、引き続き捜査中だ」

「私にできることはありますか？」

「ああ」ブリッグズが言った。「イーストサイド近辺で、チュラビスタ・ロコスへの報復行為がないかどうか警戒してくれ。ロペスの家を監視しろ。犯人は友人グループの中にいるかもしれない。それから逃走劇についての聞き込みも頼む。三人目が乗っていたらしいんだ」

「ロペスはそれが誰だか言っていましたか？」

「ロペスは口を割らんだろう。カール・アロヨは、乗っていたのは自分だけだと言い張ってるが、現場の警官によると車には三人乗っていたようだ」

ノアはうなずいて了解の意を示した。「すぐに取りかかります」

だがボスのもとをあとにすると、ノアは真っ先にパトリックを捜しに行った。パトリックは駐車場で、愛車の白いフォード・レンジャーに乗りこもうとしているところだった。怒りで顔を真っ赤にしている。

「すまない」ノアは髪をかきあげた。「なんと言っていいかわからなかった」

パトリックがうなずいた。「おまえはすべきことをしただけだ」

パトリックは裏切られたと思っているだろう。相棒はいつなんどきも味方であらなければならない。だが今回のパトリックは度を越していた。まさかサンティアゴにいやがらせをするためだけに捜査を妨害し、ノアに援護を期待していたとは。パトリックの行動は筋違いであり、危険であり、何より間違っている。

　ノアは操り人形でも嘘つきでもない。今後のキャリアも長い。一方のパトリックはもうすぐ定年退職だ。相棒の心情を汲《く》むために、ノアが殺人課で働くチャンスを犠牲にするわけにはいかない。

　パトリックがノアを見つめた。青灰色の目はさながら薄汚れた氷のようで、赤らんだ額には汗が浮かんでいる。「おまえのほうのデートはどうだった?」

　批判めいた物言いに、ノアは顔をしかめた。「関係ないだろう」

　パトリックが鼻で笑った。「思ったとおりだ」トラックのロックを解除する。「ギャングのメンバーの若い母親と寝てるやつがいるのに、不適切な行動で自宅待機させられるのは俺ってわけか」

　ふたりが立っていたアスファルトの駐車場は三十二度以上はあろうかという暑さだったが、ノアの背筋には寒けが走った。「どういう意味だ?」

「おまえの色っぽい恋人はギャングと深いかかわりがあるんだよ。あの女は話してくれなかったのか?　口は話す以外のことに使ってたんだろうな」

　前歯を折って、歯医者通いで忙しくさせてやろうか——ノアはパトリックのシャツをつかみたい衝動を抑えこんだ。「そのギャングとは誰だ?」

「ラウル・エルナンデス」

巨大なブロックで頭を殴られた気分だった。ヘニーの父親が刑務所にいるとは聞いていたが、アプリルから元恋人について具体的なことは何も知らされていなかった。まさかエルナンデスのような男と関係を持っていたとは。あいつは人間のクズだ。

ノアもかつて二年間だけ、ギャングに所属していたことがあった。〝無慈悲なエルナンデス〟と直接会ったことはなくても、噂は聞いたことがある。チュラビスタ・ロコスの前リーダーは現在、武装強盗罪で最高警備レベルの連邦刑務所に収容されており、厳しく管理された日々を過ごしている。エルナンデスはすでに単なるこそ泥や、ドラッグの売人の域を脱していた。

エルナンデスは今やメキシカン・マフィアの一員だ。

「嘘だ」ノアは真実を受け入れることができなかった。アプリルがあんな男とかかわっていたわけがない。そしてその事実を隠すはずがない。

それとも本当なのだろうか？

パトリックが哀れみの表情を浮かべた。「純粋無垢《むく》なそぶりにだまされてちゃあ、世話ないな。女については忠告してやっただろう？」

「あんたは奥さんに逃げられてから斜に構えすぎだ」ノアは低い声で言った。「女がみんな嘘つきの売女《ばいた》ってわけじゃない」

パトリックの目にありありと悲痛の色が浮かんだ。ノアが相棒の家庭の事情について耳にしたのは一度きり、パトリックがぐでんぐでんに酔っ払って自分のことを語ったときだけだった。パトリックはいつも家庭より仕事優先で過ごしてきて、今になってそのつけを払っている。強制的に取得させられた今回の休暇も、誰もいない家で過ごすのだ。「〝女がみんな〟じゃない」パトリックが言った。「男にもいる」

「俺は嘘をついてない」

「俺を見捨てただろう」

「あんたの罪をかぶれっていうのか？　俺のキャリアは始まったばかりだ。あんたはもう……」

「定年退職だと？」

ノアは気まずさに目をそらした。

「俺は評価されなくてもわが道を行くほうがいい。人畜無害な飼い犬はごめんだ。おまえだって二十年も勤務したら、正直でいることがいつも正しいとは限らないとわかるだろうな。それまで持てばだが」パトリックは口をゆがめてトラックに乗りこむと、力任せにドアを閉めた。

パトリックが去ったあと、ノアも駐車場でもたもたしてはいなかった。自分のオフィスに戻り、ラウル・エルナンデスの情報を探す。前科はたいしたことはなかった。ドラッグ所持に家庭内暴力——よくある二大犯罪だ。

逮捕時の顔写真はどこか見覚えがあった。弟のエリクに似ているが、受刑者にありがちなように筋肉質で、顔立ちも険しい。

所属ギャングにまつわる資料には、タトゥーの写真も載っていた。首の横に太字で〝13〟とでかでかと刻まれている。メキシカン・マフィアが採用しているこのマークは、グループの頭文字である〝M〟がアルファベットの十三番目であることに起因している。ほかにも右手の指の付け根に〝RUTH〟、左手の指の付け根に〝LESS〟の文字が刻まれていた。ふたつ合わせて〝無慈悲《RUTHLESS》〟だ。

その手でアプリルに触れたのかと思うと、ノアの胸は締めつけられた。レイプしたのだろうか？　アプリルが誰ともつきあわず、男によそよそしいのは、そのためかもしれない。

そのほかのタトゥーは宗教的なシンボルをおとしめたものや、暴力的なモチーフ、みだらな女性など、ギャングには定番のものばかりだ。肋骨の横の部分に、ヘニーに捧げたタトゥーがあった。小さなハートの上に、ヘニーの名前が筆記体で書かれている。

ノアは画面を閉じると、片手で目を覆った。心臓が激しく打ち、ずきずきと痛む。不始末にもほどがある。ギャング対策班の警官でありながら、ラウル・エルナンデスの元恋人とつきあって、そのことに気づきもしなかったのだ。署内に知れたら、嘲笑の的だ。処分を受ける可能性もある。

自分たちの関係は重大な利益相反行為だ。

交際が不適切だとまでは言えなくても、軽率であることに変わりはない。これほどの……重荷を背負った女性と自分は恋をしたいのだろうか？　ノアはアプリルから母親とのトラブルも聞かされていたし、彼女は不法侵入にも遭っている。数年後にエルナンデスが出所すれば、ヘニーに対する面会交流権を主張してくるかもしれない。

ノアは昔から、男女のいざこざが苦手だった。だいたいにおいて、面倒とは無縁の、明るくて気さくな女性を選んできた。未練を感じるほど強い魅力を覚えた女性もおらず、そのせいか次に進むのも至って簡単だった。アプリルは何もかもが違う。試練の連続で、わずらわしいことばかりだ。

それほどまでに惹かれている。

本当に縁を切るなどということができるだろうか？

「くそっ」ノアはつぶやき、顔から手を離した。

アプリルのことを頭から追いだすと、パソコン内のファイルを調べ、フニオル・ロペスの事故現場の映像をアップロードした。追走していたパトカーが遠くから事故を撮影していたが、乗車している人物の特定は不可能だった。

とはいえ前部座席に座っている人物は、手首にバンダナを巻いている。

よくある格好だが、何かが引っかかる。ノアは椅子に座ったまま背筋を伸ばした。

トニー・カスティーリョの映像もアップロードし、国境を越えたところで映像を止め、まだ特定されていない人物を検分する。フニオル・ロペスにしては細身だし、髪型はスキンヘッドというよりもショートに近い。

カスティーリョのドラッグの密売の相棒はあの男でほぼ間違いないだろう。しかも昨夜の事故から逃げだした男と同一人物である可能性が高い。しかし、できることなら逮捕したくなかった。

同乗者はエリク・エルナンデスだ。

メガンは家中の窓とドアの鍵が閉まっていることを確認した――これで二回目の確認だ。

兄の家で身の危険を感じたことはなかった。隣人は静かだし、最寄りのビジネス街からも数ブロック離れている。車上荒らしはしょっちゅうあるが、重大犯罪はまれだ。数日前も魅惑的な街を堪能しながら、夜道を自転車で走ったばかりだ。

今夜は家に閉じこもって、ブラインドの隙間から侵入者がいないかどうか確認している。

根拠のない恐怖だと頭ではわかっていた。両親が保釈金を払っていないから、ジャックはまだ勾留中のはずだ。歩道をこそこそ歩いている者も、茂みに身を潜めている者も、奇襲をかけてくる者もいない。

「ばかばかしい」メガンはつぶやき、窓から離れた。

ノアからは外に出てスポーツをすることを勧められていた。今朝は一緒に朝食をとったが、話はあまりしなかった。兄には幻滅されているに違いない。絶対に迷惑はかけないと約束したのだから。

仕事に復帰したほうがよかったのかもしれない。ノアはクリスティーナのことがあったせいで、メガンが仕事に戻ることに反対していた。ジャックの父親であるオーナーがどんな反応をするかも未知数だった。争いに巻きこまれるのはごめんだが、家に閉じこもったままでは頭がどうにかなりそうだ。エリクにも会いたかった。

ガレージにノアの運動器具があったことを思いだし、メガンはエクササイズウェアを着て行ってみることにした。筋力トレーニング用のベンチには興味がない。その横を通り過ぎると、五キロのダンベルと縄跳びがあった。

ダンベルを手にして五分も経たないうちに、メガンの腕は燃えるように熱くなった。歯を食いしばって貧弱な上腕二頭筋を曲げる。ジャックのようなならず者に再び標的にされたときに備え、鍛えておいたほうがいい。

縄跳びのほうが性に合っていたらしく、十五分後、メガンは汗だくになっていた。気分も少し晴れた。爽快とは言えないが、よくなったのは間違いない。この二日間というもの、ゾンビのようにふらふらと歩いては、ひたすらベッドで眠り、目が覚めてもぐったりしていた。ようやく心臓が鼓動を再開し、活力がわいてきた。生きている実感がわいた。

ノアのサンドバッグが手招きしている。以前、兄がパンチしていたときには、変な音がするのでメガンは声をあげて笑った。今改めてサンドバッグを見た。どうやって使うのだろう？　拳を握り、おずおずとジャブを打ってみる。

もの足りない。

ノアが使っていたとき、サンドバッグはやわらかく弾力があるように見えた。だが、メガンでは歯が立たない。詰め物も微動だにしなかった。

蹴飛ばしてみると、尻もちをつきそうになった。

メガンは目を細めた。仇《かたき》を討つ勢いで殴りかかり、何度も拳を繰りだす。数分後、硬いカバーに頬を預け、サンドバッグにもたれかかった。息があがっている。

誰かが家のドアをノックしたことに気づき、メガンは凍りついた。

ガレージは表通りに面していたが、窓はない。しまった。裏庭に逃げるのがいい気がする。それとも家に駆けこんで、兄に電話をかけようか。

「メガン？」

ためらいがちな男性の声だ。脅すような声色ではない。

「俺だ。エリクだ」

メガンはほっとして、ドアを開けに行った。エリクが玄関前の階段に立っていた。紺色のTシャツに、色あせたジーンズを身につけている。不安げに眉間に皺を寄せていた。

メガンはうれしさに涙がにじんだ。「ハイ」息を弾ませて言う。

エリクの口の片隅が持ちあがった。「やあ」

もう自分とは話したくないのではないかとメガンは気をもんでいた。金曜の夜、自分があんな軽率な行動を取らなければ、クリスティーナはまだ生きていたかもしれない。エリクだってあの事件やそのあとの警察の事情聴取が楽しかったはずがない。だが彼に怒っている様子はなかった。エリクはメガンが着ている腹部がむきだしのスポーツブラとジョギングパンツに目をやってから、再び彼女の顔を見た。

「その……少し運動していたの」メガンはどぎまぎして言った。

「見ればわかる」

メガンは髪を耳にかけた。「寄っていく？」

「ああ」

エリクを家にあげたものの、メガンは何を話したらいいか、どこに行けばいいか途方に暮れた。自分の部屋に入れるのは軽率に思われた。一階を案内するだけだと、三十秒ほどしかかからない。座ってもらって、飲み物でもふるまうのがいいだろう。

「調子はどうだ？」エリクが尋ねた。

「元気よ」メガンはふいに、自分が汗だくでひどい格好をしていることに気づき、両腕を自分の体にまわした。「ガレージに兄さんのサンドバッグがあって、その……パンチの練習をしてたの」

エリクはメガンの言葉を吟味するようにうなずいた。「身を守るためか？」

メガンには怒りを吐きだすこと以外、特に目的があったわけではなかった。だがエリクの見解は妥当な気がした。「そうかもしれない」

「教えてあげようか」

「本当に？」

「もちろん」

メガンに続いてガレージに入ったエリクは、ノアの運動器具を見て口笛を吹いた。最新式でも高価でもないのに、感動したらしい。

「君の兄さんはトレーニングベンチで何をしてるんだ？」

「見当もつかないわ」

「家にいるのか？」

「いない」

「よし」

サンドバッグにジャブを打ちこむエリクを見て、メガンは笑みをもらした。彼女のパンチより威力がありそうだ。「誰に習ったの？」

「兄貴だ」

「仲がいいの？」

「昔はね」

「今でも会ったりする?」

「ああ」

記憶が正しければ、エリクの兄はたしか刑務所にいるはずだ。どうやって会いに行くのか気になったが、エリクがその話題を避けたそうだったので深追いはしなかった。

「どうやってジャックを殴ったか教えてくれる?」

エリクはメガンの華奢な腕を危ぶむような目で見た。「いいけど、たいして役には立たないぞ。君は上半身の力がないから、男と拳で渡りあうのは無理だ」

「増量しても?」

エリクは笑わなかった。代わりにメガンの隣まで歩いてきて、左腕を突きだした。メガンにも同じようにさせ、腕の長さを比べた。「俺はそこまで背が高いほうじゃないが、腕は君よりはるかに長い。君が俺を殴るときにはかなり近づかなきゃならないし、俺の拳にあたらないようにするにはずっと離れなきゃならない。それに君は小柄だ。どれだけ筋肉をつけても、男相手では分が悪い」

メガンはエリクの腕を見て、その均整の取れた筋肉と小麦色の肌にほれぼれした。隣にある自分の腕がかなり青白く見える。エリクにならって拳を作ると、サイズの違いは明らかだ。エリクの手は指の付け根の骨もはるかに大きい。生傷やかさぶた、古い傷跡がごまんとある。

「最善の策は逃げることだ」

「どうやって逃げだすの？」

「なんでもいい。目や鼻や膝あたりを狙ってもいいし、蹴ったり、嚙みついたり、叫んだりしてもいい。石を投げたり、肘を使ったりするのもいい」

襲われたときの記憶がよみがえり、メガンは拳をおろした。砂をつかんだときの、あの無力感。ジャックの目に砂を投げつけてやればよかった。口に肘鉄砲をお見舞いすればよかった。急所を膝蹴りすればよかった。

メガンは腹をくくり、エリクに背を向けて肘鉄砲の練習を始めた。

「その調子だ」エリクが言った。「背後から襲われたら、そうするといい」

「ジャックは……押し倒してきたわ」

「そのほうが簡単だからな。動きを封じたんだ」

メガンはそういうわけだったのかと納得した。「どうしてわかるの？」

「経験から学んだ」

それから一時間、エリクは反則技や簡単な護身術をやってみせた。それから先に進み、正しいパンチの打ち方を教えた。その場にとどまるよりは逃げたほうがいいというのがエリクの意見だったが、パンチの練習は筋力トレーニングにもなるという。

メガンが息切れしてきたのを察し、エリクは練習を打ちきった。「今日は休んで、明日また動きを練習したらどうだ？」

「そうね」メガンは腕を伸ばした。筋肉が心地よく痛み、頭は疲労していた。「何か飲まない？」

エリクはメガンに続いてキッチンに入ると、テーブルにあった椅子に腰かけた。メガンは冷蔵庫をあさった。「兄さんのビールがあるわ」

「未成年飲酒で君の兄さんに捕まる」

「何歳なの？」

「二十歳」

メガンは笑ってペットボトルの水を二本取りだした。水を渡すとき、エリクの頭頂部に三センチほどの傷があることに気づいた。「いったい何があったの？」

エリクがぼんやりと傷口に触れて撫でた。「なんでもない」

メガンは水をそばに置くと、エリクの顎に手を置き、頭を光のほうへ傾けた。傷はまだ新しいが、深くはない。「気絶した？」

「いや」

「運がよかったのね」

エリクが視線をさまよわせたので、ふいにメガンは彼の頭を自分の胸に抱えこんでいたことに気づいた。やめてくれと言われたわけではないが、彼の頭を放して、椅子に座った。水をあおって気恥ずかしさを紛らわせる。しばしの沈黙が訪れた。

「ごめんなさい」メガンは言った。

「何が?」

「クリスティーナのこと」

エリクがまじまじとメガンを見た。「君のせいじゃないだろう」

「いいえ、私のせい。あなたの気を引きたくて、タイトなトップを着ていったんだもの」

「作戦成功だな」

その意味するところに気づいてメガンは体がほてったが、本題からそれてはいけないと自分に言い聞かせた。「クリスティーナがあなたに抱きついてるのを見て嫉妬したの。だからジャックと桟橋に行った。私があれほど酔っ払ってなければ……あんなふうにやけになって軽率なふるまいをしなければ、クリスティーナはまだ生きていたはずよ」

「そんなことはわからないだろ」

「クリスティーナは私たちを捜しに来たんだわ、エリク」

「それはそうかもしれない」エリクが認めた。「でもクリスティーナのことだから、焚き火のそばからいなくなったサーファーを捜しに行ったり、怒ってパーティを抜けだしたりすることだって充分ありうる」

「慰めてくれてるの？」

「そうじゃない」

「クリスティーナはあなたのことが好きだったのよ」

「俺はクリスティーナのことが好きじゃなかった」

メガンはテーブル越しにエリクを見た。彼はいったいどう思っているのだろう。焚き火パーティまではメガンに惹かれていたとしても、エリクがもはやそんなそぶりを見せることはないだろう。自分がエリクにのめりこんでしまったがために、悲惨な事件が次々と起きた。ジャックのレイプ未遂、クリスティーナの殺害。本来ならメガンは罪悪感と羞恥心でふさぎこんでいなければならないはずだ。それなのにエリクの手を見つめ、触れてもらいたいと願っている。

「もう行く」エリクが言った。

「どうして？」

エリクはテーブルから立ちあがった。「とにかく行かないと」

ドアまで一緒に向かいながら、一歩進むごとにメガンの気持ちは沈みこんだ。傷つき、すりきれ、壊れたがらくたになった気分だ。

エリクが立ちどまり、目を見開いてメガンを見た。「幻滅した？」あっけに取られて言葉も出ない様子だ。彼は口を開いた。「君に幻滅するわけがない。自分に幻滅したんだ」

メガンは不安になって唇をなめた。「どういうこと？」

エリクはメガンの唇から視線を離し、体の横で拳を握りしめた。

「ガレージにいるあいだずっと、俺が何を考えていたか知ってるか？ 君とセックスすることばかりだ」

ぞくぞくする感覚がメガンの背筋を走り抜けた。エリクのハンサムな顔がこわばり、頬に赤みが差しているさまをまじまじと眺める。

「本当に？」

メガンを見つめるエリクの目には欲望が光っていた。

「床で、サンドバッグに押しつけて、トレーニングベンチの上で」

「まあ」メガンは小声で言い、思い返してみた。「全然気づかなかった……」

「これでわかっただろ。俺がどんな人間か」

「いい人よね？」

エリクがじれったそうにかぶりを振る。「ジャックとたいして変わらない」

「そんなの信じられないわ」

「俺なんかを家にあげたらだめだ」

「信用してるもの」

「俺は自分を信用できない」

「さっきまで一時間も、護身術を教えてくれたでしょ」

エリクは拳で自分の胸を殴った。「俺自身から君を守るためでもあるんだよ！」

エリクがこんなふうに自身を殴るのにメガンは耐えられなかった。彼は何も悪いことはしていないのに。メガンは前に進みでて距離を縮めた。「誰を信用して何を信じるか、教えてもらう必要はないわ」エリクの顔に触れた。「自分で決められる」

エリクが口元を引きしめたのが、メガンの指先に伝わった。「俺のことなんて何も知らないだろ」

メガンはゆっくりと顎をあげた。唇が触れあいそうなほど近づく。「トレーニングルームでそんなことを考えてたなんて……おもしろいわ」

エリクはじっと動かなかった。懸命に理性を保とうとしているようだ。メガンは体がこわばり、肌が熱くなっていた。猫のように体をすりつけたい衝動に駆られる。五感が研ぎ澄まされ、期待に小さな声がもれた。

エリクは口を引き結んでメガンのむきだしの腹部に手をあてた。そのまま後ろに彼女を押していく。メガンの肩が壁に触れた。望みの位置までメガンを動かすと、エリクは彼女を見つめた。メガンは肌が期待にちりちりし、スポーツブラがきつくなった。

永遠にも感じられる時間が過ぎた。エリクは、メガンの顔の横にもう一方の手をつくと、身をかがめて唇を重ねた。最初のキスは優しくためらいがちだった。腹部にあてられたエリクの手が焼けつくように熱い。メガンはその感覚に身を震わせた。彼を味わうように唇を開く。

エリクが再び、今度は唇を開けたままキスをして舌を絡めた。

メガンは声をもらしつつ、両腕をエリクの首にまわすと、むさぼるように彼の下唇を軽く嚙んだ。彼がメガンのウエストから背中に手をまわし、力強く引き寄せる。彼女の下腹部があたり、メガンは息をのんだ。エリクが激しく舌を差し入れてくる。彼女はじれったくなってうめくと、胸に触れてほしくてエリクに体を投げだした。

その勢いが少々強すぎたのか、エリクがよろめき、メガンの背中が壁から離れた。

ふたりはぎこちなく手足を伸ばしてカーペット張りの階段に倒れこんだ。体の上にエリクの体重を感じ、つかの間、メガンはパニックに陥った。

「やめて」彼の胸を押し返した。

エリクがすぐさま飛びのいた。「どうした?」

その反応で、メガンの恐怖はかなり鎮まった。彼女はにっこりしてエリクの唇に指で触れた。「ほらね? ジャックよりもずっといい人でしょ」

エリクの目が翳った。メガンは彼に身を寄せ、指を唇に置き換えた。しばしためらったあとエリクもキスを返し、今度は先ほどよりもゆっくりとメガンの腰へ手を滑らせた。だが彼女に覆いかぶさってはこなかった。ジーンズをはいたまま、腿をメガンの脚のあいだに割って入れ、敏感な部分に押しあてる。

メガンはわれを忘れてエリクに身を任せた。

16

エリクはやめるべきだということはわかっていた。

だがメガンの唇はあまりに甘美で、体は……たまらない《ポル・ディオス》。キスをするたび、肌が熱くなっていく。もっと腰を押しつけてひとつになりたいという衝動に抗うことができない。

絶対にやめなければならないわけではない。このまま続けても許してもらえるという自信があった。ベッドルームに行けば、ふたりとも満足できる。

ひとつになりたい。メガンも同じ気持ちのはずだ。

だがメガンがエリクの腰に触れてベルトを引っ張ったとき、彼は良心の呵責《かしやく》に襲われた。「だめだ」エリクは唇を引き離した。

メガンの唇はキスでふっくらとふくれ、目はとろんとしている。「どうして？」

全身の血の気が引いた。メガンに説明できるような言い訳が出てこなかった。だがたしかに理由はある。エリクは彼女の脚のあいだから腿を引き抜いた。メガンは彼の沈黙に困惑しているようで、けだるげな不満の声をもらした。途中でやめてしまうことで彼女を傷つけないよう、エリクは身をかがめ、むきだしになった平らな腹部に口を開いたままそっとキスをした。

唇の下でメガンが震えた。

エリクは濡れたキスマークを見つめた。メガンのジョギングパンツを引きおろし、先を続けたい衝動と格闘する。自信がなかった。先に進めば自制心を失ってしまうかもしれないし、見返りを求めてしまうかもしれない。メガンに舌で触れられることを思い描くと、下腹部《パロ》が熱を持った。

エリクはうなり、頬をメガンの腹部に預けた。「できない」

「したくないの？」

「そんなわけないだろ。もう限界なんだ」

メガンは逆らわず、ただエリクのうなじを撫でた。そんな他愛《たあい》のない触れ合いでも、エリクは悶絶した。これほどまでに駆り立てられたことはかつてない。今夜は猛烈に《コモ・ロコ》悩まされるに違いない。

苦しかったが、メガンから離れることができなかった。伝えたいことが山ほどある。

腐りきった子供時代に、真っ暗な未来。エリクは彼女に対して申し訳ないのだと気づいた。関係を持つことに踏みきれないのはその思いがあるからだ。どれだけ自分のものにしたくても、今は無理だ。

フニオルとともに行動していたときのあの事件がエリクの人生を変えた。あの夜はほとんど眠れず、これからどうしようかと寝返りばかり打っていた。今も答えは出ていない。この混乱状態から抜けだす方法を思いつかない限り、メガンとつきあうことはできない。エリクの人生は危険すぎる。

彼女を巻き添えにすることはできない。

エリクが顔をあげて口を開こうとしたとき、誰かが玄関のドアを開ける音がした。面倒なことになると思ったエリクはメガンを抱きしめ、肩越しに振り返った。

〝侵入者〟は制服姿のメガンの兄だった。

「大丈夫よ」メガンが慌てて言った。

明言してくれて助かった。ヤング巡査の右手は銃のホルスターに触れている。「表に出ろ」ヤングが目を細めて言う。

「ああ」

メガンがエリクを引きとめた。「行かなくていいわ、エリク」

「表に出ろと言ってるだろう！」

「すぐ行く」エリクは立ちあがった。少なくとも下腹部はすでに落ち着いている。あの状態のままだったら、もっと気まずかっただろう。

メガンが兄をにらみつけた。唇が震えている。「どうしてこんなことをするの？　私はもう子供じゃないのよ。大嫌い！」メガンは目に涙を浮かべ、走り去ろうとした。慌てて駆けだしたので、階段でつまずく。

ヤングは口元を引き結んだまま、二階に向かうメガンを見送った。エリクはメガンが暴行を受けたと聞いたときのヤングの反応を思いだした――過保護な兄なのだろう。その徹底ぶりには頭がさがるが、監視される身になればたまったものではない。

「行こう」ヤングはエリクを先に歩かせた。

エリクはドアを抜け、廊下を歩いた。一歩進むたび、不安が募る。こうして陶酔状態から覚めてみると、ヤングが乱入してきたのが偶然ではないことは明らかだ。エリクを捜していたのだろう。

「薬物、凶器その他を持ってるか？」

「持ってない」体を探られ、エリクはむっとした。財布と家の鍵以外は何も持っていない。

「座れ」

エリクは陰鬱な気分で縁石に腰をおろした。

「君のシボレー・シェベルか？」

みんなには祖母の車だと話していたが、登録してあるのはエリクの名前だった。

「ああ、俺のだ」

「自転車に乗ってたのを見たが」

「自転車を使うことのほうが多い」

「ドラッグの取引に便利なのか？」

そういう一面もある。だが同時に自転車は自由で匿名性が高かった。友人たちはエリクが車を持っていることを知らないから、運転や違法薬物の運搬を頼まれることもない。

エリクは無言でヤングを見あげた。

「ゆうべ起きた走行中の車からの発砲事件の捜査をしてる。何か知らないか？」

「知らない」

「助手席から採取した指紋と、今、君がわが家に残した指紋を比較したら一致するんじゃないか？」

エリクは肩をすくめた。「俺はあちこちの車に乗ってる」

「あちこちの車で出血してるのか？」

エリクは頭に手をやりたい衝動を抑えこんだ。頭の怪我が決定的な証拠になるのは間違いないが、警察がＤＮＡ鑑定をするかどうかは怪しいものだ。

「フニオルは君に妹をもてあそばれたと思ってるようだが」

「それは違う」

「フニオルが君をかばうと思うか？」

フニオルがどうするかは予測不能だ。だがフニオルがしゃべらなくても、コネホは十中八九、口を割るだろう。あのおしゃべりめ。

「君に似た男がトニー・カスティーリョと一緒に国境を越えるところが監視カメラに記録されている」ヤングが続けた。「ドラッグ売買の罪は非常に重い」

エリクはうろたえ、両手で頭を抱えてうめき声をもらした。ちくしょう！　いったいどうすれば、言い逃れられる？

「君を逮捕しなくてすむ理由がほしい」

「情報提供ができる」エリクは口を滑らせた。

「どんな情報だ？」ヤングは興味を持ったようだ。

エリクは唇をなめ、どこまで話したものか思案した。このあいだの殺人事件について言えば、すぐに警察署に連れていかれるだろう。「十年ほど前の事件……未解決事件だ」

「殺人か？」

エリクはうなずいた。おそらくこのふたつの事件には関連があるはずだ。フニオルによれば、クリスティーナは口にバンダナを詰めこまれた状態で発見された。過去の事件の少女もバンダナで縛られ、そのあとバンダナで首を絞められて窒息死させられた。偶然の一致にしては奇妙だ。

「目撃したのか？」

エリクは躊躇した。「ちょっと違う。これ以上説明するなら、その前にある人と話をしなければならない。何日か時間をくれ」

「何日というわけにはいかない」ヤングが言った。「俺でさえ、事件をつなぎあわせて発砲現場にいたのが君だと気づいたんだ。イーストサイドの連中も気づくだろう。あいつらに狙われているんじゃないのか？」

エリクはみじめな気分で靴を見おろした。その可能性については理解している。

「足を洗おうと思ったことはないのか？」

エリクはいらだちまじりにヤングを見た。当然ある。この二十四時間というもの、そのことばかり考えていた。「そんな簡単な話じゃない。俺はみんなにあてにされてる。ばあちゃんにも、おふくろにも、兄貴にも……姪っ子にも」

「姪っ子？」

「兄貴の子供」エリクは心ここにあらずの状態で言った。「ヘニーっていうんだ」

その名を聞いて、つかの間ヤングが顔をしかめた。悲しげに通りの向こうを見つめる。「刑務所の独房にいたら、誰も助けられない」

エリクはかすれた声で笑った。「独房からでもいろんなことができる。俺が言いたいのは、自分から辞めはしないってことだ。俺の地元《バリオ》では、自ら義務を放棄するよりは捕まったほうがましなんだ」

「君の兄さんみたいになってもいいと本気で思ってるのか？　ドス・エメスの手先になって、友人を刑務所送りにしてるんだぞ」

エリクは喉が詰まり、ただ首を振った。

ヤングに同情する様子はなかった。「君は頭がいい。妹と一緒にいるところを目撃していなければ気の毒に思ったかもしれない。この前の夜、助けてもらったから、メガンが君に恩を感じると思ってるのか？」

エリクは二階の窓を見やった。メガンはこちらを見ているだろうか。彼女に触れたことは悪いとは思っていない。だがヤングに捕まってしまったことは激しく後悔していた。「そういうわけじゃない。様子を見に来たんだ」

「なぜだ？」

「わからない。守ってやらなきゃと思ってる」

「君にメガンを守れると思うか？」

「いや。俺には誰も守れやしない」

ヤングがため息をつき、手で顔をこすった。「二日間やろう。そのあいだ、できるだけ目立たないようにしていろ。暗くなってからは出歩くんじゃない。ここにも来るな。近所で見かけたら、その場で逮捕してやるからな」

「わかった」

「それから、また妹に手を出してみろ。イーストサイドにつかまっておけばよかったと思わせてやる。わかったな《エンティエンデス》？」

エリクはいやというほど理解した。脅されるのには慣れていたし、歯に衣《きぬ》着せぬ物言いもありがたかった。悪くない——警察官としてはだが。「わかった《エンティエンド》」エリクはメキシコ系アメリカ人のギャング《チヨロ》のやり方でヤングの手を握った。「あんたの地元《バリオ》には近づかない」

エリクは急ぎ足でその場を去った。弾をまたひとつよけたのだ。とりあえずは。

これ以上ドラッグを売りつづけることはできない。副収入がなくなれば、祖母はメキシコに帰らざるをえなくなり、糖尿病の治療が困難になる。この問題についてはどうしようもないが、アプリルとヘニーはなんとかなるだろうし、母も問題ないだろう。就業支援プログラムを受講して、うまくいけば再び家族に仕送りできるようになるかもしれない。

まずは生き抜いて、それから刑務所行きにならないようにすること。

残念なことに、兄のラウルとも話をしなければならない。

ノアはエリクが走り去るのを見送った。これでよかったのだろうか。誰を信用して、何を信じればいいのかわからなくなっていた。

逮捕すると脅して、二度とメガンに近づかないように約束させた。チュラビスタ・ロコスには警察への情報提供を禁じる掟があるから、エリクが仲間から袋叩きに遭うのを免れるためにはそのほうがいい。

それよりも恐れるべきはイーストサイドの報復だ。

未解決殺人事件のことが嘘か本当かはわからない。警官が犯罪者とうさん臭い取引をするのはしょっちゅうあることだ。情報提供の見返りとして犯罪を見逃すのだが、それはノアのやり方ではなかった。

自分が自分でない、警官の制服を着た別人になったような感覚に陥った。憂鬱な気分でメガンの様子を見に家の中へ戻った。勤務中に私事を持ちこむことも、自分としては珍しかった。賄賂を受け取ったり、ストリップクラブでランチをとったり、パトカーで昼寝をしたりする日も遠くないだろうと思えた。

メガンの部屋のドアは閉まっていた。ノアは軽くノックした。

「あっちへ行って」

ノアは部屋に入った。

メガンはベッドに座り、iPodを聞いているふりをしていた。目は腫れあがり、鼻は赤くなっている。

ノアは小さなデスクから、梯子状の背もたれの椅子《ラダー・バック・チェア》を引きだした。そういえばどちらの家具も、これまで見たことがないものだ。「どこで拾ってきたんだ?」

「ガレージセールで買ったの」

デスクは古く、表面の木には小さな傷があった。部屋にたったひとつある窓の前に置かれていて、窓からは庭が見える。ノアはそこに座って勉強している妹の姿を頭に思い描き、ふいに目の奥が熱くなった。

「メギー――」

「その呼び方はやめて」

ノアは目頭を押さえた。事実ではなく、自分の気持ちを伝えることができればどんなにいいだろう。メガンは家族の絆《きずな》の中心にいる。自分の気持ちを言葉にしたり、ハグをしたり、大好きだと口にしたりするのはたいていメガンだ。ノアは殻にこもる妹を見るのには耐えられなかった。

「あいつはギャングのメンバーだぞ」

メガンが眉をあげた。「だから？」

「昨夜の発砲事件にも関与してる」

メガンがｉＰｏｄのイヤホンを外した。「嘘つき」

「頭を怪我していたのに気づいたか？　猛スピードで逃げているときに、乗ってた車が三、四回転がったんだ」

「エリクが運転してたの？」

「いや」

「発砲したの？」

ノアはためらった。「そうは思わない。それでも共犯で起訴されるだろう。相手のギャングにとっても、誰が引き金を引いたかは関係ない」

メガンはエリクの身を案じたのか、唇を嚙んだ。

「あいつがここに来たせいで、おまえにも危険が及ぶ。次におまえに手を出したら、そのときは逮捕すると言ってやった」

メガンが愕然とした。「そんな」

「そうするつもりだ。おまえのために。おまえは襲われたんだぞ、メガン。最近のおまえの行動は助けを求めて叫んでる以外の何物でもない」

「もう」メガンは声を張りあげて、両手で頭を抱えた。「大げさよ！　レイプされたわけでもないのに。大丈夫だったら」

「乱交は被害者によくある――」

「乱交なんかしてない」

「おまえはエリクの何を知ってるというんだ？」ノアはなおも言い募った。「パーティで暴行騒ぎを起こすギャングだということくらいだろう」

「不公平よ」メガンは腕組みした。「自分だって最近できた恋人のことを何も知らないくせに。シングルマザーだったかしら？　さぞセクシーなんでしょうよ」

ノアは顔が真っ赤になるのを感じた。メガンの指摘はもっともだ。たしかにアプリルのことはよく知らない。魅力を感じるのは体の化学反応に基づいたもので、欲望に目がくらんで危険信号を見逃していたのかもしれない。

パトリックの言うとおりでもある。自分はいつも女性の純粋無垢なそぶりに弱い。

「エリクの兄のラウルは刑務所にいる」ノアは静かに言った。「巨大犯罪組織のメキシカン・マフィアのメンバーだ。それからヘニーの父親でもある」

メガンは唖然《あぜん》とした。「ラウルがなんですって？」

「ヘニーの父親なんだ」

「アプリルがそう言ったの？」

「いや、パトリックだ」

「そう」メガンは徐々に事態がのみこめてきたようだ。「そうなんだ」

「そうだ」ノアは髪をかきあげた。まっとうな男とつきあえという説教をしていたのに、これでは台なしだ。

「そのことについて、アプリルとは話したの？」

「まだだ」

「アプリルは兄さんをだまそうとしてるの?」

ノアはかぶりを振った。これまでのアプリルとの会話はすべて本心からの言葉に思われた。アプリルが興味のあるふりをして自分をだましていたのだとは思いたくない。

「初めてデートに誘ったとき、断られかけた。何か企《たくら》んでいるなら、避ける理由はないはずだ」

「そうね」メガンが肩の力を抜いた。「女の人の中には、最初のデートでは子供がいることさえ黙ってる人もいるのよ」

「どこでそんなことを聞いたんだ?」

「『コスモポリタン』で読んだの」

なるほど。

メガンが期待をこめた目でノアを見た。「昨日はうまくいった?」

「完璧とは言えないが」ノアは白状した。アプリルは彼に金を払わせるのをいやがったし、最後には言い争いにもなった。「うまくいかなかったことは、とことんだめだった。だが、うまくいったことは……」

「とことんよかった?」

「最高だった」一番の目玉は当然、ソファで一緒に過ごしたことだが、仮にそれがなかったとしても心に残るデートだった。

「また会いたい？」

「ああ」反射的に答えてしまい、ノアは目をみはった。どうやら自分はアプリルに会いたくてたまらないらしい。くそっ。すっかり虜《とりこ》だ。

メガンがベッドから飛びおりた。「来て。見せたいものがあるの」

興味を引かれたノアはガレージまでついていった。メガンがサンドバッグを殴っている。ボクシングの指導を受けたのは見間違いようがない。「誰に習った？」

「エリクよ」

「今晩？」

「そう」

ノアはエリクに対する見解を変えるつもりはなかった。妹にはふさわしくないと決めてかかっている。大罪は犯していなくても、犯罪者は犯罪者だ。

それでも――エリクはメガンのために戦ってくれた。しかもメガンが自分の身を自分で守れるよう仕向けてくれたのだ。

「エリクが来たとき、私はガレージで自主練習してたの。そうしたら、体の使い方を教えてくれると言ってくれた」

なるほど、体の使い方を教えていたわけだ。階段で。ノアは心の中で皮肉った。

「わたしはたしかに少し……怯えているかも。兄さんは事件のことを話させたいんだろうけど、わたしは話したくないの。そっとしておいてほしいの」メガンが再びサンドバッグを殴った。「エリクといるのは、事件を乗り越える手段のひとつよ。一緒にいると安心できるの」

ノアは指で目元を押さえ、しばし心を落ち着けた。「俺は兄だ。俺と一緒にいれば安心だろう」

メガンはサンドバッグを止め、挑むようにノアを見た。「兄さんじゃだめなの」

17

火曜日、アプリルは数分早めにクラブ・スアベに到着した。大きなバッグを抱えてトイレの個室に入ると、サンドレスを脱ぎ、網タイツに足を入れた。もうひとりウエイトレスがヒールを鳴らしてやってきたとき、アプリルはまだ網タイツを引っ張っているところだった。

カルメンが個室の壁の上から顔を出した。「やったの？《テ・ロ・コギステ》」

アプリルは体を起こし、胸にタンクトップをかぶせた。「いいえ」カルメンをにらみつけ、怒りをにじませて言う。カルメンはアプリルが日曜にノアとデートしたことを知っていたが、まだその話はしていなかった。「やってないわ」

カルメンは個室に引っこんだ。「何してたの？　図書館にでも行ったわけ？　それともゴルフ？」

「からかわないで」

「アドバイスしてあげる。白人の男もメキシコの男《パィサノス》と同じものが好きなのよ。めりはりのきいた体の女と、フェラチオ」

「それがアドバイス？」アプリルはスカートをはきながら言った。「口でしろっていうの？」

「そのとおり」

アプリルは着替えをすませると、頭を振りながら個室を出た。洗面台に身を乗りだしてメイクを直そうとしていると、カルメンが隣に来た。マスカラを塗るアプリルの手が震える。

「ばつが悪そうな顔をしてる」カルメンが言った。「何かしたんでしょ」

アプリルは笑みを押し殺し、顔にパウダーをはたいた。今日はチークはいらなそうだ。

「うまかった？」

「やめて」アプリルはたしなめるように言い、コンパクトを閉めた。「ウォーターパークでささやかなデートをしただけよ。彼はヘニーにもとても優しかった。楽しかったわ」

「ヘニーを連れてったの？　頭がどうかした《エスタス・ロカ》んじゃない？」

「ヘニーは家に帰る途中で寝てしまったわ。それでノアは私にさよならのキスをしてきたの」

「どんなキス？」

アプリルは身を乗りだし、真っ赤な口紅を塗った。「熱いキスよ」そう打ち明けると、その瞬間を思いだして体が震えた。

「またデートするの？」

「たぶんね」

カルメンが腰をまわしてみせた。次のデートでは体の関係になると言いたいらしい。

アプリルは懸命に笑いを押し殺した。「アドバイスしてあげる。ミステリアスなほうがいいときもあるのよ」

「へえ、ほんとに？」

「ええ」アプリルは鏡に映った自分の姿を見ながら、指に髪を巻きつけてもてあそんだ。ノアにかかわるのは賢明とは言えないかもしれないけれど、それでもかまわない。心のどこかで、傷つくことになるのにという声がした。だがそれとは違う心のどこか奥深くでは、彼に触れられたい、もっと近づきたいという欲望が渦巻いていた。

カルメンが鼻で笑った。「いつまで持ちこたえられるかしらね？」

その晩はあっという間に過ぎた。火曜の夜にしては忙しかった。数日、売り上げがふるわない日が続いたが、また持ち直した。二週間後に大学の授業が始まれば、サンディエゴのバーはどこもかしこも慌ただしくなる。

先日の犠牲者は店とは無関係だったものの、ウエイトレスの多くはいまだ戦々恐々としていた。一連の事件の話題で持ちきりで、みんな口々に怪しげな男や夜道での出来事について話した。

ニキは前に一度、のぞき見が好きな男とベッドをともにしたことがあると主張した。マヤは数週間前にとある客を持ち帰ろうとしたが、客の車から死臭がして慌てて逃げたと言った。ルピタはメキシコの実家近くで起きた、背筋も凍る話を触れまわった。娼婦を標的にしている悪魔のような男の話だ。

チュラビスタの通りはいつもより閑散としていた。女性たちは夜に出歩かないよう厳しく言われた。人々は早々に帰路に就き、街の喧噪《けんそう》も落ち着いていた。バーの用心棒は念のため、女性客を車まで送るようにしていた。

アプリルは母のことをたびたび思い返した。昨夜、誰かから電話があったが、相手はひと言も話さなかった。アプリルは母のホセファに違いないと思い、張りつめた沈黙に耳を澄ましたあと、とうとう言った。「母さん?」通話は切れた。

母がたったひとりで苦しんでいると思うと心が痛み、何度となく自分の決断を責めた。薬物依存症者が入る病院に入れるか、もっと安い更生施設を探すべきだったのかもしれない。母の薬物依存症とアルコール依存症がアプリルの人生に暗い影を落としていた。だが少なくとも今は、ホセファの行動が直接的にヘニーに害を及ぼすことはない。

前に進まないと。

新しいベビーシッターともうまくいっていたし、ノアにまた会えたのもうれしかった。サンディエゴ州立大学で専門科目を学ぶのも楽しみだった。これまでの居場所から一歩踏みだし、明るい未来を思い描くのはいい気分だ。

シフトを終えると、アプリルはエディに挨拶し、カルメンとともに外へ出た。駐車場を横切るとき、携帯電話が鳴った――電話がかかってくるのは珍しい。

ノアからだった。「会えるかい？」

「いつ？」

「今すぐ」

「ええと……」

「君の家で会おう」

心臓が跳ねた。「わかったわ」アプリルは唇を湿した。電話が切れると、カルメンをすばやく見やった。

ミステリアスな女もこれまでだ。

「お誘いね」カルメンが歌うように言って車に乗りこんだ。

「違うったら」

カルメンは笑いながらバイバイと手を振った。

アプリルはカタツムリのごとくのろのろと家に向かった。家に近づくにつれ、不安は募るばかりだ。ノアは用件を言わなかったが、声は険しかった。電話だと、直接会うときよりぶっきらぼうになるのかもしれない。

体が目当てなのだろうか？

アプリルが家に着くと、ノアはすでに外で待っていた。彼女はガレージに車を停め、キッチンへ行ってバッグをカウンターに置いた。幸い、室内は片づいている。アプリルは床に転がっていたヘニーの犬のぬいぐるみをつかんで子供部屋に放り投げた。どう転んでも、ノアが子供部屋に入ることはないだろう。

アプリルは玄関のドアに向かった。髪にしみついたクラブのにおいを洗い流す時間があればよかったのに。

ノアはTシャツにジーンズ姿で、カジュアルな装いがよく似合っていた。ほとんど動かないせいか、肩幅がドアの幅と同じくらい広く見える。今夜は花束もなければ、打ち解けた様子もなく、けだるげな笑みも浮かべていなかった。

ノアの視線がアプリルが着ている薄手のタンクトップとミニスカートに移った。ノアがむっとしたように唇をゆがめる。アプリルの格好をありがたがっているようにも見えるし、そんな服を着ていることを怒っているようにも見える。

アプリルはかすかな不安を覚えた。「中に入る？」

ノアはうなずき、アプリルの体をかすめつつ中に入った。部屋に入ると、なんだか居心地が悪そうだった。体の両脇で拳を握っている。

アプリルは座るようには勧めなかった。

「俺に言いたいことはないか？」ようやくノアが口を開いた。

「なんの話？」

「ヘニーの父親について。君のギャングとの関係についてだ」

アプリルは喉を詰まらせた。「ラウルとは連絡を取ってないわ。もう無関係よ。前にも言ったでしょう」

「エリク・エルナンデスはどうだ？　連絡を取ってるのか？」

「ええ。ヘニーに会いに来てるわ」

「君にじゃなくて？」

アプリルは息をのんでうなずいた。「私たちは友達よ」

「金をもらってるのか？」

「ええ」アプリルは顎をあげた。「たまに助けてもらってる。あなたには関係ない」

ノアが眉をあげた。「あいつは紛れもなくチュラビスタ・ロコスのギャングだ。第二の被害者のクリスティーナ・ロペスとも同僚だった。しかも最近あったほかの犯罪現場にも居あわせていたらしいんだ」

フニオルの事故の件については聞き知っていたが、エリクからはなんの音沙汰もなかった。アプリルが店でノアから聞き込みを受けた日以来、エリクは一度もこの家には来ていない。彼女は動転して膝から力が抜け、ソファに倒れこんだ。

「エリクはドラッグを売ってるのか？」

「スーパーマーケットで働いているわ」アプリルはつかえながら言った。

「最低賃金で雇われてる仕事だ。家賃さえ払えないだろう」

「でも……おばあさんと一緒に住んでるから」

「その老人なら無職の不法移民だ。公的支援を受ける権利もない」

アプリルはエリクが祖母の面倒を見ていることは知っていた。ノアもそれはお見通しらしい。ノアが浴びせてくるのは罠《わな》のような質問だった。アプリルを絞首刑にするロープを思わせた。「何を言わせたいの?」彼女は手を上に投げだした。「何が目的?」

「真実だ」

アプリルの目に涙がにじんだ。「ヘニーの父親は服役中だと言ったでしょう。過去のトラブルのせいで男性不信になっていることも言った。そういう話を打ち明けるのが、なんでもないことだとでも思ってるの?」

ノアは口元を震わせて目をそらした。再び目が合ったとき、彼の視線は冷ややかだった。「君はドラッグを売っている男から金を受け取ってる。エリクが儲《もう》けた金はギャングの資金になる。君の元恋人はメキシカン・マフィアのメンバーで、俺はギャング対策班の警官だ。この関係に署がいやな顔をすることくらいわからなかったのか?」

アプリルはかぶりを振った。涙が頬を伝う。

「わからなかったわ。考えなければならないことがたくさんあったから。〝ギャングとの関係〟なんて、このあたりの人はみんなあるもの。チュラビスタ育ちのメキシコ人で、ギャングとつながりがないなんてありえない。わかるでしょう」

ノアがあざけるように鼻を鳴らし、アプリルは激高した。

「だからといって、私が犯罪者なわけじゃないわ」アプリルは胸に手をあてた。

「ドラッグを売った金をもらってもかまわないというのか？　君の母親は薬物依存症なんだぞ！」

激怒したアプリルはソファから立ちあがり、水を飲もうとキッチンに向かった。ノアがあとを追ってきて、彼女が震える手でグラスに水を注ぐのを見つめた。喉の渇きが癒えるとアプリルは言った。「よく私にお金のことが言えるわね。私の生活を何も知らないくせに！　スラム街を一掃するためにこの街へ来たんでしょう。そこに住むのがどんなものかなんて、あなたにはわからない。低所得者向けの医療サービスに申しこんだことも、その病院で列に並んだことも、割引切符で食料品を買ったこともない。あなたには貧しい人の気持ちなんてわかるわけがないわ、ノア」彼女はグラスを叩きつけるように置いた。「きっとノーマン・ロックフェラーの絵みたいな子供時代を過ごしたんでしょうね」

「ロックウェルだ」ノアが訂正した。

「なんですって？」

「ノーマン・ロックウェル。アメリカの生活を描いた画家の名前だ」

「もう、最低」アプリルはノアを押しのけた。批判なら受け流すこともできるし、怒りなら怒りで応戦することもできる。だが、こういう上からものを言う態度だけは許せない。「さっさと故郷に帰って、夏の湖で泳いだり冬の雪景色を眺めたりすれば。私のことは放っておいて」

左手首をつかまれて口論から逃げられないようにされると、アプリルは考えるより先に手を出してしまった。右腕を引き、ノアの頰をひっぱたいたのだ。鋭い音がキッチンに響き渡る。

ノアがすぐさまアプリルの手を放した。

アプリルはかつてラウルにも頻繁に喧嘩を仕掛けた。彼は理由もなんの前触れもなく、たびたびアプリルに手をあげた。怒りの爆弾がいつ爆発するかと彼女は日々怯えていた。不安に押しつぶされそうだった。

だから自分で爆発させることにした。

ラウルをわざと怒らせ、喧嘩を仕掛けて言い返す。彼が怒りを爆発させると、アプリルは決まって病的な安堵を覚えた。

ノアは怒りを爆発させなかった。アプリルは恐怖の面持ちで彼を見つめた。反動で手がひりひりする。ノアの頬には手の跡が残っていた。

ノアが手を持ちあげると、アプリルはひるんでキッチンキャビネットの前にうずくまった。だが予想に反して、拳が飛んでくることはなかった。アプリルがおずおずと見あげると、ノアは手を自分の顔に持っていって、彼女がつけた手の跡に触れただけだった。

同情のまなざしで見つめられ、アプリルは激しい羞恥心に襲われた。ノアの目に自分はどう映っているのだろう――カウンターにもたれて縮こまり、恐怖にあえぎながら、野生動物みたいに怯えている。

アプリルは体を起こし、髪を撫でつけた。

ノアが手を伸ばすと、アプリルは再びひるんだ。彼女の肩が震えている。ノアが今度は一歩近づいて、アプリルを腕に抱きかかえた。虐待のフラッシュバックに襲われた彼女は、必死で逃げようとした。ラウルにも同じことをされた経験がある。抱きかかえられたかと思ったら、次の瞬間には殴り倒された。

恐怖にとらわれて自尊心を傷つけられたアプリルは、ノアの胸を叩いて懸命に抵抗した。ノアがアプリルの両手を取って後ろにまわした。

アプリルは体をひねり、ピンヒールで思いきりノアの靴を踏みつけた。

ノアが痛みにうめいたが、手は緩めなかった。「やめてくれ」アプリルをカウンターに押しつけた。カウンターの丸みを帯びた角が彼女の腰に食いこむ。アプリルはバランスを崩し、ヒールがリノリウムタイルの床の上をむなしく滑った。「俺は殴らない」ノアは歯を食いしばった。「だが、殴らせもしない。わかったか？」

アプリルの目に涙が浮かんだ。ノアは信じられないほど強くて、手も足も出ない。疲れ果てた彼女は、もがくのをやめて、ノアが爆発したときに備えて体力を温存することにした。

けれども爆発はなかった。

ノアはひたすらアプリルをなだめただけだった。彼女は抱きかかえられたまま、ふたりの鼓動がひとつになった。アプリルが彼にもたれかかって体重を預けると、ノアは彼女を後ろ手にしたまま、カウンターの上に座らせた。

しばらくすると、心なしかノアの手が緩んだ。押さえつけているというよりも、握っている感覚に近くなった。

ノアが慎重に彼女の手首を放す。「もう大丈夫か？」

アプリルはうなずき、懸命に涙をこらえた。もう無理だ。壁という壁が崩れ落ちてしまった。感情に身を任せ、ノアの首元に顔をうずめて涙を流しながら、彼のシャツにすがりついた。ノアは優しくささやき、アプリルの肩を撫でて慰めた。彼女は自分の行動に愕然としつつも、ノアの手を心地よく感じていた。

えも言われぬほど心地よかった。

少しずつ、涙がおさまってきた。だんだんと状況がのみこめてくると、自分がカウンターに座っていることに気づいた。スカートがあられもなくたくしあがっている。ノアはアプリルの広げた脚のあいだに立っていた。彼の胸が上下するのが肌に伝わってくる。

もう力を入れる必要はないはずなのに、ノアの息はあがっていた。「ラウルに……暴力をふるわれてたのか？」

「ええ」

「かわいそうに」

アプリルはどう返事をしたらいいのか、どこから話しはじめたらいいのかわからなかった。真実を聞かせてほしいと言われたのだから、とにかくそうしようと口を開く。「ラウルが……暴力的になったとき、エリクはいつも守ってくれようとしたわ。当時はまだ子供だったから、体格的には全然及ばなかったけど、いつもあいだに入ってくれた。ラウルが邪魔をするなとエリクの頭に銃を突きつけたこともあった」探るようにノアの目を見つめる。「エリクがどうやってお金を稼いでいるのかは知らない。知っていたとしても言わないけど。エリクは弟みたいなものよ。私は絶対にエリクを裏切らない」

ノアはひと呼吸置き、アプリルの言葉をのみこんでから話しはじめた。「エリクから金を受け取るなと俺が言ったらどうする？」

アプリルはノアの肩に手を滑らせ、握ってできた服の皺を撫でて伸ばした。「やきもちを妬《や》いてるの？　それとも違法なことに手を出すなと言いたいの？」

「両方だ」ノアが言った。「ほかの男が……君の世話を焼くのは気に食わない」

「ラウルも？　彼が養育費を払っていたとしたら？」

「君が俺のものになったら、必要なものはすべて俺が払う」

ほとばしる感情を目のあたりにして、アプリルは胸があたたかくなった。だが頭では受け入れられなかった。「私はあなたのものじゃないわ」指でノアの顎に触れる。「あなたのものにはならない」

ノアが黙りこんだ。ふたりの唇は三センチも離れていない。彼は距離を縮めたくてたまらない様子だ。だが一緒になるのは双方にとって望ましくない選択肢だった。ノアにとって、アプリルと一緒にいるのは規律違反だ。アプリルにとって、ノアは自立を脅かす存在だった。

「どうして来たの？」

「君の言い分を聞きたかった」

「それから私と別れて、刑務所に送りこもうとしたの？」

ノアは否定できないようだった。「君に近づいてはならないことはわかってる」アプリルの目を見つめる。「君のことが頭から離れないんだ。目が覚めたら、君に会いたくてたまらない。ソファでの出来事を思い返してしまう。何度も何度も」

アプリルはうめきたくなるのをこらえた。自分もまた同じ問題に悩まされていた。昨夜、寝言でノアの名を呼んで目が覚めてしまい、ベッドの中で身もだえした。さまざまな意味で、これほどまでに男性とかかわり合いになろうとは思ってもいなかった。男性に触れるのでさえ、あと五年かかってもおかしくなかったというのに。

「帰る前に、お願いがあるの」アプリルは身をかがめると、ノアの喉元のあたたかな肌の感触を味わった。唇の下で彼の脈が激しく打ち、塩気が舌につく。アプリルの脚の付け根に、ノアの熱くこわばったものがあたった。

つきあうことはできなくても、体を重ねることはできるかもしれない。

「なんだい？」

アプリルはノアの耳に唇をつけた。「抱いて」

触れあっていたノアの体が震えた。激しい欲望に、彼の決心が揺らいでいる。ノアがアプリルのうなじを髪ごとつかんだ。それだけのことなのに、なぜか彼女はどうしようもなく高ぶった。ショーツが濡れ、動悸が激しくなり、体が熱を帯びる。

ノアがアプリルの頭を後ろに倒すと、彼女はうめき声をもらした。キスをする体勢を整えようと、カウンターの隅をつかむ。

ノアはずば抜けてキスがうまいわけではなかった。自分のものだと言わんばかりに、むさぼるように唇を重ね、舌を深く差し入れる。アプリルはキスを堪能しつつ、ノアの腰に脚を絡め、彼のシャツをつかんだ。

どちらかが砂糖の容器を倒した。中身がカウンター中に飛び散り、リノリウムタイルの床にぱらぱらと落ちた。

ふたりは前戯にはあまり時間をかけなかった。アプリルはノアのシャツを脱がせ、指先で胸の筋肉をなぞった。ノアがスカートの下に手を伸ばし、ショーツと網タイツを腿までおろした。ちょうど彼女に押し入ることができる高さだ。むきだしになった腰にカウンターが冷たく感じられる。ノアがジーンズのボタンを外すと、あらわになった下腹部を押しつけた。

「だめ」アプリルはノアを押し返した。

ノアの目に怒りがちらつく。「だめだって?」

「コンドームをつけて」アプリルははっきりと口にした。

ノアは靄を追い払うかのように頭を振った。「そうだった」小声で言って、ジーンズの前ポケットに手を伸ばす。「ああ、そのとおりだな」

ノアが準備をするあいだに、アプリルは靴を蹴飛ばし、ショーツと網タイツを脱いだ。トップを頭から脱ぎ、ブラジャーを外す。ブラジャーが体から落ちると、豊かな胸が解放された。

胸の頂が小石のように硬くなり、触れられるのを待っている。

ノアが唇をなめ、アプリルを見つめた——唇、胸、脚のあいだの茂み。すべてを一度に味わいたいとでもいうような飢えた目つきだ。

アプリルは待ちきれず、カウンターの上に手のひらをついて脚を広げた。

ノアがうなり声をあげて、ご馳走に歩み寄った。アプリルの頭上のキャビネットに片手をつき、もう一方の手を支えにして体を重ねる。潤っているのに、なかなか迎え入れることができない。アプリルはノアに両脚を絡め、角度を変えようと体をよじった。ノアが最適な角度を見つけ、突き入れてくる。

「ああ」アプリルはうめいた。

「その声がたまらない」

アプリルはノアの肩に爪を食いこませ、彼の喉元で息をのんだ。そのまましばらくじっとしていると、言いようもないほどの充足感に包まれた。大きいけれど、入りきらないほどではない。アプリルの体は順応しようとして限界まで広げられていた。

「痛むかい？」

「心地よい痛みよ」

ノアは歯を食いしばり、無我夢中で突きあげたくなる衝動を抑えているようだ。両手でアプリルの体の横を撫でてから、やわらかな胸の重みを包みこむ。それからふと、カウンターにぶちまけられた砂糖をアプリルの肌に振りかけた。砂糖の粒が張りつめた胸にあたり、肌をさらさらとかすめる。

ノアがかがみこんで砂糖がついた胸の先端を口に含むと、アプリルは歓びに息をのみ、腰を突きだした。ノアはわずかに体を引いてから、熱く潤った部分に再び深く突き入れた。

「ああ」アプリルはカウンターを握りしめた。

彼女はそのまま続けてほしかったが、ノアはペースを落とした。片手をアプリルの顔に添え、親指で半ば開いた唇を撫でる。アプリルが砂糖の味がするノアの親指を口に含むと、彼の目が欲望に翳った。彼女は限界に近づいていた。口にくわえたノアの指が、腰の動きと呼応するように動く。

もう我慢できない。

ノアはアプリルの口から親指を引き抜くと、脚のあいだの敏感な部分にあて、円を描くようにゆっくりと動かした。彼女の体の奥で彼が脈打つ。アプリルはノアにしがみついて声をあげ、官能の渦に自らを解き放った。

「なんて色っぽいんだ」ノアがうなり、アプリルを抱きかかえてカウンターから移動した。すばやく向きを変え、アプリルの背中を冷蔵庫に預ける。この体勢なら激しく突ける。実際、ノアは何度も腰を打ちつけてきた。

冷蔵庫のマグネットと紙が外れた。シリアルの箱が床に落ちる。

アプリルはまたしても高ぶっていた。ノアを包みこんでいた部分が再び引きしまり、今度は揃ってクライマックスを迎えた。ノアが喉を絞められたような声をもらし、深く突きあげる。のぼりつめた彼の体中から力が抜けた。

すべてが終わると、アプリルはばつが悪くなってあたりを見渡した。ふたりはキッチンにいた。砂糖がカウンターの上に散らばっている。アプリルは上半身がむきだしで、スカートはウエストまでまくれあがっている。ノアは冷蔵庫を支えに彼女を抱きあげていて、ジーンズは足首にたまっている。

ヘニーの絵が一枚、踏みつけられていた。

「足をついて」ノアが小声で言って、アプリルをおろした。

アプリルは爪先立ちになって、ノアが自分の体から身を離すさまを眺めた。過敏になった彼女の体はいやがって泣き言を言っていた。まるで……マラソンを走ったかのような気分だ。

ノアがコンドームを処分しに行くあいだ、アプリルはスカートを腿までおろし、床に落ちたトップを探した。砂糖を払い落として身につける。下着類はつける気になれなかった。

ほどなくノアがバスルームから出てきた。シャツは着ていない。なんてすばらしい体だろう。

アプリルは唾をのみこみ、椅子に座った。じきに体を重ねた興奮が冷め、恥ずかしくなるだろう。だがそれまでは、彼の肉体美を堪能することにした。

ノアがシャツを着たせいで、せっかくの体が見えなくなってしまった。「もう行かないと」

アプリルは息をのんだ。冷水のような言葉を浴びて、先ほどの口論を思いだした。

「叩いてごめんなさい」

ノアが肩をすくめた。あのくらいの平手打ちなど、なんでもないのだろう。

アプリルはテーブルを見つめた。「もう叩かないわ」

「ああ、もう叩かれない」

ノアが再びここに来ることはないに違いない。

アプリルの心臓が沈みこんだ。手遅れだ。自分が間違っていた。彼女は体の関係がほしいだけだと思っていた。けれども、そうではなかった。

抱きしめられたい。

そんな感情を抱いたことが恥ずかしかった。節操のないふるまいよりも、口論の末に手を出してしまったことよりも。アプリルは腕組みをして手の震えを隠した。

「ここに来てはいけなかった」ノアが重い口を開いた。あふれる感情で、声がかすれている。「近くにいると、どうしても触れたくなってしまう」

アプリルの心臓はその言葉を聞いてきりきりと痛んだ。唇を噛み、涙と闘う。

「くそっ！　俺は謝らないぞ。君の頼みを聞いただけだ」

「帰って」アプリルは叫んでドアを指さした。

アプリルに負けず劣らず、ノアもつらそうだった。彼もまた、こんなわずかな逢瀬《おうせ》では満足できないのだろう。ノアはぶっきらぼうにうなずき、彼女を残して立ち去った。

18

平日にラウルに面会するのは、困難だが不可能ではなかった。

兄が過去三年間収容されているドノバン刑務所は最高警備レベルの施設で、面会は週末しか認められていない。緊急の面会を希望する申請を正式に出していたら、おそらく却下されただろう。

幸い、エリクは別の方法を知っていた。ほかの多くの刑務所同様、ドノバンにも犯罪活動を行う地下システムがあり、日和見主義者の看守数名が運営していた。こちらが金さえ払えば、看守は弁護士のための部屋で時間外の面会を取りつけてくれる。

兄は喜んで会ってくれた。看守が手錠を外し、ふたりを残して出ていくと、ラウルはエリクを強く抱きしめた。エリクは気まずかったが、突き放すのは気の毒に思えた。エリクは兄にとって唯一の外の世界とのつながりであり、唯一、気を許せる相手だ。

「日曜に来なかったな」ラウルが言った。

「手が離せなかったんだ」

椅子に座るとすぐ、エリクはテーブルの下から金を渡した。いつもの流れだ。エリクはドス・エメスへの上納金を渡し、看守に口止め料を払う。一方ラウルはドラッグほしさに金の一部をくすねた。ラウルの薬物依存症は刑務所でひどくなるばかりだった。金を受け取って物品の受け渡しに目をつぶったり、面会を設定したりするのと同じ看守たちが、ドラッグ売買で荒稼ぎしている。

いつもながら、エリクはラウルに金を渡すことについて葛藤した。この金がなければ、プリズン・ギャングの中で兄の地位は地に堕ちる。上納金はラウルの命綱だが、同時に絞首刑のロープにもなっているようだ。回を重ねるごとに、ラウルは着服する金額を増やし、自らの首を絞めているのではないかとエリクは勘繰っていた。

「どうした?」ラウルがそわそわと部屋を見まわした。エリクが来た理由についてではなく、次のドラッグを打つことを考えているのだろう。たまにヘニーのことを尋ねるときもあったが、だいたいは外の世界に無関心だった。この前のヘニーの誕生日はバースデイカードを送ることすら忘れていた。

刑務所に閉じこめられてから、年を追うごとにラウルは人間らしさを失っていくようだった。

エリクはテーブルの向かい側からラウルを観察し、これが自分の未来の姿なのだろうかと思案した。浅黒い肌の色も、身長もだいたい同じだ。ドラッグ常習者だが、体は健康だ。シャンブレー織の半袖シャツから、ウエイトリフティングで鍛えあげられた筋肉がのぞく。頭をきれいに剃りあげている一方、豊かな口ひげと顎ひげをたくわえている。

かつてエリクにとって、ラウルは太陽のような存在だった。陰の庇護者であり、敵に制裁を下す騎士だった。ラウルに取りこまれる前のエリクの世界は、まさに混沌《こんとん》としていた。父は母に暴力をふるっていたが、母はそれでも父を愛していた。刑務所内の喧嘩で父が死ぬと、母は涙に暮れてメキシコへ帰った。

十歳だったエリクは、親は不要だという結論に達し、ラウルとともにチュラビスタに残った。兄がエリクに指図をしたことはない。ラウルはエリクを大人として扱ってくれた――ギャングのメンバーとして。ラウルが薬物依存症になり、アプリルに暴力をふるうようになるまで、エリクは兄の人間性を疑ったことはなかった。

だがエリクは今、ラウルの中に父を見ていた。

「フニオルの妹が殺された」エリクは言った。

「知ってる」

「フニオルは犯人を捜そうとしてる」

「どうやって？」

エリクは唇を湿した。これは厄介だ。自分が警察と組んでいることを疑われれば、兄は烈火のごとく怒るだろう。「クリスティーナは窒息死させられたんだと思う。フニオルは疑ってるんだ……あの男がやったんじゃないかって。そのことを兄貴に話してくれと頼まれた」

ラウルがぽかんとした顔をした。「あの男？」

エリクはスペイン語に切り替えた。「覆面の男だよ。女の子の代金を払った男だ。あの夜、空き家で」

ラウルの目に驚きが宿った。「フニオルから話を聞いたのか？」

「違う。俺もあの場にいただろ」

ラウルは椅子にもたれかかり、スキンヘッドを撫でた。「フニオルの野郎め。頭がどうかしちまった《ロコ》って、ここではみんな言ってる。どっかのガキ《チャバラ》んとこで銃を撃ちまくったらしいな。犯人捜しよりも刑務所行きを心配するべきだ」

エリクは違う手法を取ることにした。「トニー・カスティーリョの女も殺された。あの夜、トニーもそこにいたんだ。怪しいと思わないか？」

ラウルが腕組みをした。「怪しい」そう繰り返し、天井を仰いで目を細める。「平日におまえが来るのも怪しい」

エリクは胃がむかついた。ラウルを怒らせたらどうなるかは重々承知している。金をもらって部屋の外で待機している看守は、エリクとラウルが殴り合いになったとしても何も行動を起こさないだろう。「近所の女の子がふたり殺された。ひとりは友達の妹で、もうひとりはアプリルの同僚だ。犯人を見つけたいと思って当然だろ」

「見つけてどうするつもりだ？」

「始末する」

ラウルは笑ったが、表情は冷ややかだった。「フニオルが言えば、信じたかもな。あいつのほうがおまえより気骨がある」

「名前を教えてくれ」

ラウルは腕を伸ばしてエリクのシャツをつかむと、テーブル越しに弟を引き寄せた。「名前はない」耳元に向かって言う。「そんなやつはいない。あの夜もなかったんだ。わかったか、弟《エルマニート》よ。次にその話題を口にしてみろ、おまえの命はない」

エリクはもはやパンチのスピードを遅くするために父の腕にすがっていた子供ではない。アプリルを殴らないでと懇願した痩せっぽちの少年でもない。自分の身の守り方を心得た一人前の大人だ。

それを証明するように、エリクは拳を構えて兄の顎を殴りつけた。

ラウルの頭が横に吹っ飛んだ。兄はあっけに取られたようだが、それも一瞬だった。低くうなって反撃し、弟の口に拳を見舞った。衝撃とともに痛みが広がり、エリクの頭蓋骨に響き渡った。歯がガタガタと鳴る。

エリクはテーブルの反対側に崩れ落ちた。頭がくらくらする。兄は追い打ちをかけてはこなかった。必要ない。要点は伝わった。ラウルのほうが強い。ラウルのほうが上だ。

無慈悲なエルナンデス――血を分けた弟が相手でも、それは変わらない。

エリクは立ちあがり、手の甲で口をぬぐった。「こんなやつを尊敬してたとはな」

「ふざけるな、この野郎《デード》。おまえが来た本当の理由を知らないとでも思ってるのか？」

「おまえにドラッグの金を届けるためだろ？」

「警察に垂れこんでるな」

「まだ垂れこんじゃいない。でも覆面の男の正体を教えてもらえなければ、そうするかもしれない」

ラウルははったりにだまされなかった。「出ていけ」顎をあげて言う。「ブタ箱で待ってるぞ、くそったれ《プート》。おまえほどかわいい顔をしてれば男どもの注目の的になるだろうが、俺は守ってやらないぞ。垂れこみ野郎を守るやつはいない」

エリクはゆっくりとうなずいて、皺だらけになったシャツを伸ばした。今この瞬間、兄に対して抱いていた愛情が完全に消えた。怒り以外の感情は何ひとつ残っていない。去り際に吐き捨てる。「ドラッグの金は別のところから調達するんだな。ろくでなしめ」

ラウルが椅子をドアに投げつけた。

看守につき添われて部屋をあとにしながら、エリクは八方ふさがりになったと感じていた。交渉に使える情報が何もない。刑務所にも外の世界にも友人はいない。信用の置ける相手といえば、フニオルとトニー・カスティーリョとラウルだけだった。警察に話すとなれば、全員を裏切ることになる。だが、どうすれば黙っていられるだろうか?

自分は刑務所行きになって、誰かの慰み者にされる。エリクが協力的なら口で奉仕することになり、非協力的ならケツをレイプされる。

協力的になれるとは思えなかった。

「くそっ」エリクはつぶやきながら、急ぎ足で駐車場を歩いた。フニオルは覆面の男の名前を知らない。ラウルは口を割らない。だがもうひとり、あの夜あの場に居あわせた男がいる――トニー・カスティーリョだ。覆面の男や被害者の女性について、何か知っているかもしれない。

最近の殺人事件と関係があるなら、可能な限り情報を集めて、ヤング巡査に知らせなければならない。クリスティーナのため、そして自分のため。近隣に住んでいる女性たちのため。被害に遭ってもいい人など、ひとりもいない。

だが同時に、はるか昔に自分が助けられなかったあの子のためでもある。

郡刑務所にいるトニーを訪ねるのは、問題ではない。本当に難しいのは、刑務所から自由の身のまま出てくることだ。

「めちゃくちゃだ」エリクは頭を振った。ドラッグ売買の元相棒であり、現在は収監されている人物と、未解決の殺人事件について話さなければならないのだ。逮捕されずに。

ノアは良心の呵責にさいなまれていた。

水曜の午後は犯罪者になった気分で出勤した。空席になっているパトリックのデスクがノアをあざ笑っている。相棒が近くにいるときは、そりが合わないと感じることも多かったが、こうしていなくなってみると寂しさを覚えた。

今は話し相手がほしかった。

ノアはため息をつくとコンピュータの電源を入れ、過去十年間の未解決の殺人事件を詳細に調べはじめた。ギャングが噛んでいると思われる事件は複数あったものの、そのうちのひとつに特に注意を引かれた。八年前、建設作業員が身元不明の女性の遺体を発見した。遺体は雑木林に埋められていた。腐敗が進んでいて死因の特定は困難だったが、被害者の頭にはビニール袋がかぶせられていた。

そして首に茶色のバンダナを巻かれていた。

エリク・エルナンデスが本件に関する情報を握っている可能性もゼロではないとはいえ、ノアは懐疑的だった。おそらく銃殺事件や暴行致死事件に関する些末《さまつ》なことだろう。

あるいはノアはからかわれているだけかもしれない。

現時点ではエリクと関連がありそうな事件を追及するのは好ましくない。メガンを巻きこむはめになる。アプリルを巻きこむはめになる。ノア自身も巻きこまれている。昨夜の自分の行動は不謹慎きわまりなかった。どうかしていた。

　ノアはデスクから立ちあがり、まっすぐにサンティアゴのオフィスへ向かった。開けっぱなしになったドアをノックすると、刑事は眼鏡を外して目のまわりをもみながら、ノアに入るよう合図した。

「少しお話しさせていただいてもよろしいですか？」

　サンティアゴがあくびを嚙み殺した。「もちろん」

　ノアはサンティアゴの向かいにある椅子に腰をおろした。「月曜に話をしたあと、お伝えしなければならない話があることに気づいたんです」

　サンティアゴは首を傾けて聞いている。

「捜査初日、パトリックと私はクラブ・スアベの従業員に聞き込みをしました。ウエイトレスのひとりのアプリル・オルティスがある情報をくれたんです。それにより、トニー・カスティーリョの逮捕に至りました」

　これはすでにサンティアゴも知っていることだ。「それで？」

　ノアは首が熱くなるのを感じ、制服の襟を正した。「彼女とはそのあと、勤務時間外に偶然会いました……それから親しくしています」

「交際しているということか？」

「そうです」

サンティアゴはほほえんだ。「おめでとう」

ノアは咳払いをした。「彼女はギャングとつながりがあるんです。名簿に載っているギャングたちとかかわっています。それが問題になるだろうと思いまして」

サンティアゴは椅子にもたれかかり、胸の前で両手の指を組みあわせた。「私が妻と出会ったのはパトロール中でね」

ノアは面食らった。「そうなんですか？」

サンティアゴは引き出しの上段をあさり、フレームに入った写真を取りだした。「スピード違反で呼びとめたんだ。妻は呼び出し状を受け取って、私の電話番号を訊いてきた。私はすっかり舞いあがってしまってね」ノアに写真を手渡した。「この手のことは君にはしょっちゅうあるのかもしれないが、私のようなさえない男にはめったにない」

ノアは興味をそそられ、写真を受け取った。今よりも溌剌《はつらつ》としたサンティアゴが、若い花嫁と一緒に祭壇に立っている。大切な瞬間、誓いを交わした瞬間だ。「とてもきれいな人ですね」

「ああ。残念ながら、結婚生活は長く続かなかったが」

ノアはぼそぼそと慰めの言葉を口にした。離婚していたとは知らなかった。

「働きづめの私に愛想をつかして出ていってしまった。私はもっと家庭を大切にすると約束したが、結局果たせなかった」サンティアゴが険しい顔で写真をしまった。「家族がある身には過酷な仕事だ」

「そう聞いています」

「クラブで出会った女性は特別な相手なんだろう？　そうでなければ、わざわざ私のところまで出向かないはずだ」

ノアは躊躇した。特別な相手なら、なぜあれほどぞんざいに扱ってしまったのだろう？　特別でないのなら、なぜ距離を置かないのだろう？「利益相反行為にあたるのでうかがいました。正直に言ったほうがいいと思ったんです」

「このことは内密にしておこう」サンティアゴが言った。「ブリッグズ巡査部長は感心しないかもしれない。先日のシャンリー巡査のこともある」

「あの件に関しては申し訳ありませんでした」

「たしか殺人課への異動を希望しているそうだな？」

「はい。認められればすぐにでも」

「シャンリーが君の希望について話してくれた。実を言うと、異動願を出されたとしても無視してくれと頼まれた」

ノアはショックで凍りついた。「理由は訊きましたか?」

サンティアゴが身を乗りだし、黒い目でノアをのぞきこんだ。「君は人間的すぎるそうだ。この仕事はある程度冷徹でないと務まらないんだ、ヤング巡査。私も生きた心地がしないことがある」

「感情を殺します」

サンティアゴは笑った。「本当に異動したいのか? 目を閉じるたび、脳裏に遺体が浮かぶんだ。死の残像を家族がいる家に持ち帰りたいか? いずれ自らが家族を汚しているように感じるときが来る。やめておけ」

サンティアゴが言うことは真実だろう。殺人課は小心者や怠け者が所属する部署ではない。並々ならぬ覚悟が必要だ。ノアは暗に打たれ弱さを指摘されたのが不満だったが、即座に否定することもできなかった。

もしかすると、自分は人がよすぎるのかもしれない。今後の課題にしよう。

ノアは挑戦できる環境を求めていたし、野心家だった。これまで職業の選択が私生活に与える影響についてなど考えたこともなかった。アプリルに出会うまでは、自分が妻子持ちになるなんて、遠い未来の選択肢のひとつにすぎなかった。二週間前まで、長時間労働のせいでメガンの身に何か起きるのではないかと心配する必要もなかった。

自分は家族よりも仕事を優先するような男になりたいのか？

「パトリックの隣にいると、誰でも優しく見えるものです」ノアは言った。「包み隠さず教えていただいて、ありがとうございます。先ほどの話については真剣に考えてみます」

「そうしてくれ。希望を出すなと言ってるわけじゃない。大学出の頭がいい部下は、いつでも歓迎だ」

「ありがとうございます。もうひとつだけ……」

「なんだ？」

ノアは先ほど見ていた解剖所見を渡した。「未解決事件のファイルから見つけたんです。被害者は身元不明の女性で、年齢はおよそ十四歳から十七歳。茶色のバンダナで首を絞められて窒息死した可能性があります。彼女も頭にビニール袋をかぶせられて埋められていました」

サンティアゴがプリントアウトされた紙を見やった。「ヤング巡査、ビニール袋に入れられて埋められた遺体はごまんとある。それに窒息死というわりには頭から大量に出血している」

「そうですね」ノアは言った。「それでも、鈍器で殴られた跡は見あたりません。ナイフや銃弾の傷もありません」

「八年前か」サンティアゴは肩をすくめた。見込みがなさそうだと思っているのは明らかだ。「私はそこまで昔にはさかのぼっていなかった。過去五年間にこのあたりで起きた未解決殺人事件をあたっていた。とんでもない量だ」それを見せるために、コンピュータで見ていた血生臭い犯罪現場のスライドショーを引っ張りだしてきた。

ノアは唾をのみこんで、顔をしかめないよう努めた。

「ギャングの関連が疑われるうえに、被害者の属性も近い。調べてみる価値はあるだろう」サンティアゴはプリントアウトをノアに返した。「やってみるといい」

「私が捜査するということですか？」

「もちろんだ。君の勘はなかなか鋭いし、経験も必要だ。正直なところ、人手が足りなくて困ってる。連続殺人が疑われる犯人が逃亡中とあって、われわれは昼も夜も働き通しだ。皆、多忙でね」

ノアはサンティアゴに礼を言って、オフィスをあとにした。新たな手がかりを自分で捜査するチャンスをもらい、意気揚々としていた。エリク・エルナンデスとの会話を報告すべきだったかもしれないが、しなくて正解だろう。

やりすぎは禁物だ。

アプリルのことを打ち明けたときのサンティアゴの反応には驚かされた。どれほど寛大でも、断固として反対されると思っていた。サンティアゴは特に心配していないようだ。分別さえあれば、つきあいつづけてもかまわないのだ。

アプリルにその気があればだが。

再び彼女に会うことを思い描き、ノアは胸が締めつけられた。昨夜の自分は〝人間的すぎる〟とはほど遠かった。腕を背中側にまわさせ、冷蔵庫に押しつけた。欲望に目がくらんで避妊するのを忘れかけた。なんの障害もなく完璧にアプリルとひとつになりたかった。その結果どうなろうとかまわなかった。だがコンドームのせいで達するまでに時間がかかるということもなかった。なんとも激しい一夜だった。

なんてことだ。

あれほどまでに女性を手荒に扱ったことはかつてない。ほかでもないアプリルにそんな扱いをしてしまったことを思い、ノアは心が引き裂かれた。アプリルは自らが受けた暴力について打ち明けてくれた。それなのに自分がお返しにしたことといえば、虐待の悪夢を追い払うために腰を打ちつけたのだ。

突然出ていったことについては申し訳なく思っていたが、体を重ねたこと自体は後悔していなかった。至福のひとときだった。しかも向こうから誘ってきた。

くそっ。桁外れによかった。

ノアはうめき声を押し殺すと、記憶を押しやった。明日アプリルの家に寄って、話をしてみよう。丸くおさまる方法が見つかるかもしれない。今は過去の事件を再捜査しなければならない。

ノアは慎重ながらも楽観的な気持ちでアーカイブをたどり、例の未解決事件のファイルを開いた。

19

メガンは自転車に乗って、クリスティーナとの対面に向かった。

葬儀場はノアの家から八キロほどの、閑静な住宅街にあった。メガンは通りの向こうにある日陰の多い小さな公園に寄って水飲み場の水を飲んでから、駐輪場に自転車を停め、鍵をかけた。

葬儀のミサは土曜に執り行われ、そこでカトリック教の告別式と埋葬が行われる。メガンは兄と出席するつもりだった。今日の故人との対面は葬儀ほど堅苦しい場ではない。午後早めの時間から夕方遅くまで、誰でも立ち寄って故人に会うことができる。

メガンはクリスティーナに会うのが不安だった。なぜ来たのかもわからない。病的な好奇心かもしれない。それから、腹に重くわだかまる罪悪感だ。

葬儀場に足を踏み入れたとき、時刻は午後四時をまわったばかりだった。赤らんだ額から髪を払う。きちんとした装いでは自転車を漕ぎづらいから、薄手のワンピースに、膝丈の黒いレギンスを合わせた。太陽でほてった肌に、エアコンのきいた室内がひんやりと感じられた。

人目が気になり、むきだしになった腕をこすった。

待合室には中年女性が三人いた。顔をくしゃくしゃにして、手にティッシュペーパーを握っている。メガンは丁寧にお辞儀をして通り過ぎた。入口近くに、献花と手紙を置くためのテーブルが設置されていた。

メガンは受付名簿に名前を書きながら、無意識にエリクの名前を探した。ない。

メガンはエリクのことは忘れて部屋を進み、両開きのドアの前で立ちどまった。向こう側に何があるのか思い描こうとする。これまで、亡くなった人を見たことはない。クリスティーナは安らかな顔をしているだろうか？

メガンは戸惑い、先ほどの女性たちを見やった。クリスティーナの親戚は、スペイン語で話をしていた。悲しみに声を詰まらせている。

メガンは疎外感を覚えて目をそらした。居場所がない。クリスティーナと知りあってまだ二週間足らずだ。あの人たちは悲嘆に暮れていて、自分はその悲しみに水を差している。

だが故人に別れも告げずに帰るわけにはいかない。

不安で心臓が早鐘を打った。メガンはドアを通り抜け、会場に滑りこんだ。短い通路を挟んで、両側に空席の椅子が並んでいる。高い壇の上に、蓋を開けた棺《ひつぎ》が置いてあった。

メガンは手に汗を握り、ふらふらと前に歩いていった。またジャックのマリファナを吸ったのではないかというほど頭がぼうっとして、奇妙な感じだ。建物内の落ち着いた照明になかなか目が慣れない。

メガンは深呼吸をして棺に近づいた。

クリスティーナはベルベット張りの棺の中に横たわり、レースの立て襟がついた上品な青いドレスを身につけていた。目は閉じられ、落ちくぼんでいるように見える。顔からは若さあふれるみずみずしさが消え失せ、どれほどメイクを施してもそれを補うことはできていない。

眠っているようには見えなかった。

クリスティーナの潑剌とした笑顔や、ちゃめっけのある目を思いだし、メガンは胸が悲しみで締めつけられた。

こんな不公平なことがあるだろうか。

メガンはクリスティーナの喉元のレースに視線を走らせた。クリスティーナのファッションセンスとはかけ離れている。立て襟で、まだらになった肌の色を隠しているのだ。ふいにあの恐怖の夜がよみがえり、メガンは事件の記憶に襲われた。ジャックの指が鎖骨に食いこみ、タンクトップをわしづかみにされる。後ろから押さえつけられ、ショーツと一緒にジーンズを引きおろされた。

クリスティーナはどんなに怖かっただろう。襲撃者に邪魔が入ることはなかった。犯人は服をはぎ取っただけではない。中に押し入って凌辱《りょうじょく》し、ずたずたに破壊したのだ。地面に押さえつけて窒息させ、死に至らしめた。

クリスティーナの最期を思い、メガンは手の甲で嗚咽《おえつ》がもれるのを抑えた。エリクが来なければ、わが身に起こったことかもしれない。メガンは恐怖と罪悪感と安堵に打ちのめされて棺から離れ、近くの椅子に座りこんだ。

焚き火パーティで、メガンはクリスティーナに嫉妬した。クリスティーナと入れ替わりたいと願った。

メガンは両手で顔を覆い、声をあげて泣いた。まだ自分が神を信じているかどうかわからなかったけれど、それでも神の許しを請うた。

シーダー・グレンの実家を出たのは間違いだったのかもしれない。メガンはどうしようもなく心細く、孤独だった。数日前までは都会のすべてが刺激的だったのに、今は冷酷でよそよそしく感じた。たったひとりの友達が殺されてしまった。ここに来る途中、たくさんの人とすれ違ったが、同じ年代の人も、同じ言葉を話す人もいなかった。

メガンは長いあいだ座りこんでいた。クリスティーナのために、自分のために、涙を流した。

数分後、若い男性が別れを告げに来た。しばらく棺の前にひざまずき、祈りの言葉をつぶやいていた。祈りを終えると、シャツの下からチェーンを取りだし、十字架を唇にあてた。

エリクだ。

部屋に入ったときにはメガンに気づいていなかったようだが、今、目が合った。エリクは十字架をシャツの襟の下にしまって立ちあがった。暗い色の瞳でメガンをまじまじと見つめる。彼女の苦悩に満ちた目や、涙の跡がついた頬に気づいたようだ。

「おいで」エリクが手を差しだした。

メガンはエリクと一緒に、木もれ日の差す庭に出た。枝を広げたオークの木の下に墓石のサンプルが置かれている。高速道路の高架橋を走る帰宅ラッシュの車の音は、静寂を破るというよりも、むしろ庭を守っているように思えた。

「神様を信じる？」メガンは尋ねた。

「ああ」

「どうして？」

エリクはしばし考えを巡らせた。「俺が生きてるから」

「疑問を抱いたことはないの？」

「ないね」

「いやなことが起こったとき、神様に忘れ去られてしまったと思ったことはない？　神様が本当にいるのかって思ったことは？」

エリクは肩をすくめた。「ないかな。俺自身の問題で神を責めはしない。これまで起きた悪い出来事は自分で招いたことばかりだ」

「じゃあ……みんな自業自得だって考えてるの？」

「いや」エリクは静かに言い、走行車が通り過ぎるのを眺めた。「たいがいは違う。その点から言えば、人生は平等じゃない。でも、それが神のせいだとは思わない」

「神様の思《おぼ》し召しではないってこと？」

「わからない」

「神様なんか嫌いよ」

エリクは声をあげて笑い、メガンの肩に手をまわした。その感触にメガンはどうしようもなく胸が高鳴ったが、エリクの男らしい快活さと、クリスティーナの早すぎる死があまりに対照的で気がとがめた。エリクがこんなに簡単に笑うのも、自分がその笑顔を見て息をのむのも間違っている気がする。「ちっともおかしくないわ」メガンは小声で言った。

「すまない」エリクがわれに返ったように言った。「君とまた会えるとは思っていなかったんだ、メガン。でも会えた。君といると幸せなんだ」

メガンはまたしても胸が高鳴った。エリクにもたれかかり、そのぬくもりに身をうずめる。「子供の頃、母に言われたの。あなたよりも神様を愛してる、敬虔《けいけん》なクリスチャンはみんなそうだって。あなたのお母さんもそうだったと思う？」

エリクはメガンの目を探り、心の傷を見て取ったようだ。「いや」ややためらってから言った。「とても敬虔だけど、それはないな。でも俺よりも親父のほうが好きだったとは思う。親父は神とは似ても似つかなかったが」

その答えを聞いて気が楽になったのか、それともいっそう苦しくなったのか、メガンにはわからなかった。たしかなのは、エリクと心が通じたように思えたことだ。メガンはさらに彼に近づき、首に腕をまわした。「かわいそうなグスト」

ふたりはいくばくかの安心感を覚え、しばしそのままでいた。メガンはクリスティーナが憤慨しないことを祈った。死を目のあたりにして、この特別な瞬間を、命を大切にしなければならないと思った。

「君の兄さんに逮捕されそうだ」エリクは言った。

「何をしたの？」

「いろいろとね」

「有罪なの？」

「ああ」

メガンはため息をつき、彼の襟に顔をうずめた。エリクは今日、濃い色のジーンズにボタンダウンシャツという、きちんとした装いをしていた。「信じない」

「君の意見は関係ないんだ。まったくね」

「どうやってここに来たの？」

「運転してきた」

「車があるの？」

エリクは答えるのをためらいつつ、手でメガンの背中をさすった。「ああ」

「どこかに連れていって」

「どこへ?」

「どこへでも」

エリックはメガンとともに駐車場まで歩いていった。つややかな茶色の車が、日陰に停められていた。旧型だったが、フォルムがなめらかでスピードが出そうだ。

「盗んだの?」

エリックは苦笑いして助手席のドアを開けた。「違う」

メガンは黒いフェイクレザーの座席に座り、腰だけの二点式シートベルトをつけた。なんだか……心もとない。

ふたりは窓を開けて高速道路を走った。ラジオからジェイ・Zとビヨンセの《'03ボニー&クライド》が流れている。夕方の風にメガンの髪がなびき、ワンピースの前面が体に張りついた。彼女は完全に自由になった感覚に胸を躍らせた。問題をあとに残し、今この瞬間を満喫する。

エリックはサンディエゴのダウンタウンにあるバルボア・パークにメガンを連れていった。メガンもノアと数回訪れたことがある。広大な敷地には何エーカーもある植物園や、子供向けの施設、音楽ステージがあり、十以上の博物館も併設されていた。

メガンは何をするつもりなのかは尋ねなかった。なんでもよかった。

小規模な博物館で写真展が開催されている。エリクは少額の入場料を支払い、メガンを引き連れていった。カジュアルな雰囲気だ。二十代くらいのおしゃれな人たちが数人、アートについて話しあっていた。

エリクは彼らを無視した。

展示はこの界隈の落書きを撮影したものだった。メガンもガード下やブロック塀やフェンスでそのサインを目にしたことがある。これまでアートとして見たことはなかった。よく見てみると見事なものもあった。色鮮やかな幾何学模様に、複雑なブロック体のデザイン文字、不思議な装飾。

展示されている作品は都会的で、暴力的で、宗教的で、心をかき乱された。

ふたりが刺が生えた心臓をモチーフにした美しい絵の前に来たとき、エリクが横目でメガンを見て反応を探った。

「あなたが撮ったの?」メガンは訊いた。

「いや」

メガンは近づいて、作品とエリクの関連を探した。心臓の一番下に、装飾的な小文字で〝e〟とある。「あなたが描いたのね」メガンは気づき、ほかの作品にも彼のサインがないかどうか探した。「ほとんどあなたの作品だわ」

エリクは写真を学んでいる学生たちを一瞥し、近づいてこないよう無言のシグナルを送った。「しいっ。誰にも知られたくない」

「どうして？　すばらしいじゃない、エリク。カメラマンもそう思ったに違いないわ」

エリクが決まり悪そうに肩をすくめる。「でも犯罪だ」

メガンは彼が描いた作品をじっくりと見た。テーマは間違いなく大人びている。客待ちをしている街角の娼婦。ドラッグを打とうと、腕を縛って静脈を探している男。作品は芸術の才能よりも、画家自身について雄弁に語っていた。

「仕事にできるわ」メガンは言った。「グラフィックデザインとか、壁画を描くとか。美大に行こうと思ったことはないの？」

エリクは何も言わず、ただメガンの手を取って外へ向かった。「あいつらの話を聞いたか？　スタイルがどうとか、シンボリズムがどうとか……時代がどうとか。俺には無理だ。スラム街の不良が落書きしてるだけ。あいつらは……ヒルクレストあたりの金持ちだろ」

メガンは笑った。キャッスル・パーク出身の男の子が、ゲイが多い一風変わった街の住民に委縮するなんておかしなものだ。「どうしてここに連れてきたの？」

「たぶん俺の違う一面を知ってほしかったんだと思う。ほんの少しのあいだでも、犯罪者じゃなく、アーティストになったふりをしたかった」

「どんな一面も好きよ」

「俺のことなんて何も知らないくせに」

そう断言されて、メガンは傷ついた。展示会場の入口の方向を見やり、考えにふける。「あれは自伝的なもの？」

エリクが目をそらす。「なんのことだ？」

「わかっているでしょ」

「俺がこれまでに見たこと、したことを描いてる。現実社会だ」

「先にスケッチするの？」

「そうするときもある」

「どこに描くのが好き？」

エリクが唇の片側を持ちあげた。「なめらかなコンクリートは、かなりいい」

「社会に何か訴えてるの？」

「くだらない」エリクは切り捨てるように言った。

「美大生と張りあえるわよ、エリク。したいことをなんでもすればいい」

エリクがゆっくりと愛撫するように、メガンの体を見まわした。「そうできたらいいけど」

メガンの心臓が早鐘を打った。「作品を見せてくれてうれしかった」エリクのシャツのボタンに指で触れる。「この話の続きは……ふたりきりでもかまわない」

エリクはメガンからの誘いに驚きの表情を見せた。先日の夜、エリクはあまり乗り気ではなかった。おそらくノアの家にいたからだろう。今日は様子が違う。あの日よりも自分の欲求に正直だ。

エリクはうなずき、メガンを連れて車に戻った。日暮れどきで、駐車場は人けがない。エリクは静まり返った駐車場の片隅に車を移動させると、ブラシノキが生えた斜面の前に停めてエンジンを切った。「ここでいいか？」

今でこそ付近には誰もいないが、いつ通行人に見られてもおかしくない。

「完璧よ」メガンは言った。

エリクはリアウインドウを振り返り、あたりに誰もいないことを確かめた。メガンは、ワンピースの前ボタンを外しはじめた。エリクはブラジャーがあらわになるのを穴が空くほど見つめた。レースに彩られた胸のふくらみに目を据える。

「これは何？」エリクがメガンの首にさがっていた化学繊維の紐の下に手のひらを差し入れた。

前にエリクにもらったホイッスルを首にさげ、ブラジャーに押しこんでいたことを、メガンはすっかり忘れていた。彼が紐を引っ張ると、ホイッスルが出てきた。金属のホイッスルは体温であたためられている。エリクがホイッスルを唇にあて、温度を確かめた。

メガンはそわそわした。

「どうして身につけてるんだ？」エリクはホイッスルをそっと手で包みこんだ。

メガンはエリクの手に自分の手を重ねた。「だって、あなたのだから」

エリクが再び紐を引っ張ると、ふたりの唇が数センチのところまで近づいた。「どうして俺と一緒に来た？」

メガンは唇をなめた。「私に触れてほしかったの」

エリクの視線が半ばあらわになった胸元に吸い寄せられた。「どうせ地獄行きだ」小声で言い、頭の位置をさげてキスをした。だが唇が触れあうと、彼はかすかに顔をしかめた。どうやら痛むらしい。

「怪我してるの？」

「たいしたことはない」

よく見ると、口角が赤く腫れあがっている。また喧嘩をしたのだろう。メガンはエリクを守りたい本能に駆られた。傷口にあたらないようにキスをして、熱く舌を差し入れる。エリクが低くうなり、口を開けてキスを返してきた。

唇でかすめあう感触に、メガンはたまらなくそそられた。唇を押しつけてほしかったけれど、エリクにはできないのだろう。体中がより完全な一体感を求めてほてっている。メガンは息を切らして彼のボタンを外した。

エリクはメガンがやりやすいようにハンドルから離れた。メガンはエリクのシャツを肩から脱がせると、彼の膝にのり、筋肉がついて引きしまった胸を手のひらで撫でた。「すごい体だわ」

エリクがメガンの腰をつかみ、自分のこわばりに押しつけた。「ほら」

ワンピースを着たままなら少しはプライバシーも保てるだろうが、たっぷりとした生地がわずらわしくなり、メガンは頭から服を脱ぎ捨てた。エリクが彼女の胸を手で包みこんでそっと握る。メガンは官能にわれを忘れ、腕をエリクの首にまわして体をそらし、膝の上で身をくねらせた。

ブラジャー越しに彼の息が胸の頂にかかり、熱い口が先端を包みこむ。それからもう片方も。メガンはうめき声をあげ、むきだしになったエリクの肩に爪を食いこませて後頭部を撫でた。

なんの前触れもなく、車内が明るくなった。愛をはぐくんでいるあいだに、あたりは暗くなっていた。

近づいてくる車のヘッドライトに照らされて、メガンは凍りついた。

エリクはメガンを助手席に座らせ、脅威が去るまで覆いかぶさるようにして抱きかかえていた。触れあう胸から、彼の速い鼓動が伝わってくる――エリクもかなり驚いたようだ。メガンは彼の胸に顔をうずめ、たがが外れたように笑いだした。

メガンが落ち着くと、エリクは居心地がよくなるよう横にずれた。メガンは彼の片方の腕の中におさまった。公共の駐車場でことに及ぶのはあまり名案とは言えないようだ。

エリクがため息をついて、メガンの頭頂部にキスをした。

メガンはエリクの胸に指を伸ばし、平たい頂点のまわりで円を描きながら、精巧なタトゥーに目をみはった。胸の上部に、祈りを捧げようとする合わせた手が刻まれている。メガンは続いて、上腕二頭筋にぐるりと刻まれた筆記体のタトゥーを解読しようとした。「なんて書いてあるの?」

「ペルドネーメ、パドレ、ポルケ・エ・ペカード」

「どういう意味？」

「主よ、罪を犯した私をお許しください」

「手首にバンダナを巻いてないのね」メガンは言った。

「ああ」

「もうギャングじゃないの？」

「わからない」

「辞めるときには殴られるのよね？」

「正式に入ってもいない」

「どうやって入ったの？」

エリクは肩をすくめた。「生まれつきじゃないかな、たぶん。親父も兄貴も、俺の家の男たちはみんなメンバーだったから」

「生まれつき入っていたら、どうやって辞めるの？」

「引っ越すか、死ぬかだ」

メガンが顔をあげると、エリクは真剣そのものだった。「引っ越すの？」

「もしかしたら、引っ越さなくてすむかもしれない。調べなきゃならないことがあるんだ。取引がうまくいくかもしれない」

メガンはそれを聞いて不安になり、彼の胸に頬を預けた。「死なないで」ささやいて、エリクの十字架に触れる。

エリクはメガンの腕に手を滑らせ、素肌を撫でた。「別の話をしよう。君といるあいだは、ほかのことはどうでもいい」

メガンはエリクの肋骨や引きしまった腹筋に指を這わせた。「何も話さなくてもいいわ」

メガンの指がそれ以上動きまわらないよう、エリクが彼女の手をつかんだ。「メガン――」

「初めて体の関係を持ったとき、恋人が泣いたの。それって普通?」

「いや……普通じゃない」

「この罪を償うために結婚しなければならないと言ってたわ」

「悪いが、そいつは腰抜けだ」

メガンはほっとして、かすかに笑みを浮かべた。「私、自分が変なことをしたのかと思ってた」

「たとえば?」

「わからない。でも、あんまり楽しめなかった」

エリクは驚きこそしなかったが、興味を引かれたようだ。思い過ごしではない……メガンの手のひらの下でエリクの下腹部がこわばった。

「もっと練習したほうがいいのかも」メガンはささやき、彼の胸にキスをした。

エリクがふいに背筋を伸ばし、自分のベルトからメガンの手を引き離した。「絶対に誰もここを通りかからないとは言いきれない——」

「かまわない」

エリクが唇を湿し、窮屈な車内を見渡した。「わかった」助手席に滑りこんで、メガンに前を向かせたまま自分の膝に座らせた。

メガンはその位置関係にぎょっとして固まった。ジャックに背後からつかまれたことを思いだす。でも今の相手はエリクだし、彼の愛撫には安心感を覚えた。エリクの唇がむきだしになったうなじに触れるや、メガンはとろけそうになった。

エリクは口を開けて、メガンがこれまで知らなかった敏感な部分に口づけた。両肩にキスをし、ブラジャーのストラップを肩から落とす。背骨の隆起に、肩甲骨のくぼみに唇が触れた。唇が再び首筋に戻ってくる頃には、メガンの胸の先端は張りつめ、レースのカップ部分にあたっていた。脚のあいだが脈打っている。

メガンはじれったさにうめき、彼の膝の上で身をよじった。エリクの情熱の証しがメガンをからかうように腰に押しあてられている。

エリクがメガンの脚のあいだに手を滑りこませ、薄いレギンスの上から愛撫した。敏感な部分に歓びが花開き、メガンは息をのんだ。すでにたまらなく刺激的なのに、もっと触れてほしいと願ってしまう。

そうする代わりにエリクはメガンの胸に手を伸ばし、両手でブラジャーのカップを引きおろした。彼女のうなじに歯を滑らせ、胸の先端を優しくつまむ。

「ああ!」メガンは息をのみ、フェイクレザーの座席に爪を食いこませた。

エリクがようやく手をおろした。潤った下腹部を見つけ、彼はうめき声をもらした。そしてショーツの中へと指を滑りこませる。レギンスのウエストバンドの中に、そしてショーツの中へと指を滑りこませる。メガンはエリクが手を動かさないように手首をつかみ、悦びにあえいだ。エリクは指を押し入れては、濡れた指先で愛撫することを繰り返した。メガンは声を押し殺し、とうとうエリクの腕の中でくずおれた。

波が去ると、彼の肩に頭を休めた。まだ心臓が激しく打っている。外にいる虫の羽音が聞こえた。夏の夜の音だ。「これで終わり?」

エリクがかすれた笑い声をもらし、膝からメガンをおろした。「がっかりした?」

「いいえ」メガンは言ったが、歓びを感じたのが一方だけなのは明らかだ。「そうね、やっぱりがっかりしたわ。あなたはどうするの？」

「車の中は狭すぎる」

「ふうん」メガンは床におりて、広げられたエリクの脚のあいだにひざまずいた。「ここなら広いわ」

エリクは口元をぴくりとさせ、再びリアウインドウを振り返った。「そろそろ捕まるぞ」そう小声で言ったものの、口先だけの抵抗だった。彼自身も望んでいることだ。

メガンがブラジャーを取ると、エリクの目が光った。

メガンはにっこりして前かがみになり、エリクの腹部に唇を押しあてた。「誰にも見えないわ」

エリクがメガンの口を見て唾をのみこむ。

メガンは自分の女としての力に満足しながら彼のベルトを外し、ファスナーをおろした。「何が好きか教えて」

エリクがスペイン語で何かささやいた。指示ではなく、ひとり言のようだ。

メガンはボクサーパンツの前を引きおろして欲望の証しを手で包み、力をこめたり撫でたりした。ためらいがちな彼女の動きをエリクが食い入るように見つめる。メガンが顔を近づけて熱い肌に舌を這わせると、彼は体を震わせた。その反応を目にしたメガンは大胆になり、先端に舌を押しあてて円を描いた。

「くそっ」エリクがかすれた声で言い、メガンのショートヘアに指を絡めた。「口を開けて」

メガンは内なる力に駆り立てられ、エリクに従って自分でも信じられないほど深くこわばりを口に含んだ。彼の求めに応じて口で締めつけ、上下させる。ほとんど本能的な行動だったが、エリクにも不満はなさそうだった。

メガンはエリクがもらす声と男らしさを存分に楽しんだ。

「ちょっと待ってくれ」突然エリクが言った。「待って！」

メガンは問いかけるように顔をあげた。

エリクがバンダナを取りだして下腹部に押しあて、くぐもったうめき声とともに自らを解き放った。

「どうしてそんなことをするの？」

エリクが目を閉じ、激しい息をついた。「口の中でイッてほしかったのか？」

「ええ」

エリクは座席に頭をもたせかけて笑った。「無礼だと思ったんだ」

メガンは満足してブラジャーのフロントホックをとめ、床に落ちていたワンピースを拾った。

エリクが背筋を伸ばし、バンダナを空の灰皿に押しこんだ。あらわになった彼の体をメガンは興味津々で眺めた。引きしまった筋肉質な上半身が、均整の取れたウエストに向かって細くなっている。おへそから鼠径部《そけいぶ》にかけて、黒い毛がつながって生えていた。メガンの視線を受け、やや力を失った欲望の証しがぴくりと動いた。エリクは顔をしかめ、それをしまいこんだ。

「それで、どうする？」メガンは尋ねた。ふたりの時間が終わってしまうのが気に入らなかった。

エリクもまた、次にどうしていいかよくわからないようだ。ただ、約束を交わすことはしなかった。メガンを胸に引き寄せて抱きしめる。つかの間のふたりの時間を味わうように。次々と問題を投げかけてくる外の世界からメガンを守るように。

20

ノアからの電話はなかった。

アプリルが頭の中から彼のことを追いだそうとしても、目はキッチンカウンターや、砂糖入れや冷蔵庫に向かってしまい、気持ちが沈んだ。ヘニーはアプリルの隣でソファに腰かけて、『スポンジ・ボブ』の長時間連続放映を見ていた。

アプリルはため息をついてコーヒーをキッチンに運び、キッチンの窓から裏庭を眺めた。芝生は伸び放題で、植木鉢には雑草が生い茂っている。庭を手入れしなければ。二、三時間後には朝日で海が焼けるほど熱くなるが、今はまだ庭仕事が苦ではないくらい涼しかった。

「外に行くわよ」メガンはテレビの電源を切った。

ヘニーが抗議の声をあげたが、すぐに注意がほかのことに移った。「遊ぶの？」

「仕事よ」

ヘニーは庭でアプリルの手伝いをするのが好きだった。うきうきとソファから飛びおり、服を着替えに子供部屋へと走る。古くて汚れてもかまわないオレンジ色のTシャツとピンクのショートパンツを身につけるのだ。「ソックスと靴も忘れないで」アプリルは髪をかきむしって言った。ヘニーときたら、アプリルが注意しなければ一日中裸足のままだ。

アプリルも自分の〝遊び着〟に着替えた。破れたジーンズに、古びたタンクトップだ。髪をポニーテールにまとめ、ガレージにガーデニング用品を取りに行った。

外で体を動かすのは健康的に思えた。旧式の手押しの芝刈り機で芝生を刈っていく。庭に生えている木は一本だけだったものの、そのコショウボクも剪定《せんてい》が必要そうだ。木陰ができるし、枝はヘニーのブランコをつるすのにぴったりだったが、小さな黄色い花には蜂が寄ってくるし、落ち葉も多かった。

アプリルが垂れさがった枝を切り落とし、ヘニーが葉を集める。それからふたり一緒にごみ箱に緑のごみの山を放りこんだ。ガーデニング用の手袋をはめて植木鉢に取りかかる頃には日は高くのぼり、うだるような暑さになった。

「プールに水を入れてもいい？」ヘニーが訊いた。

アプリルは手の甲で、汗ばんだ額から髪をかきあげた。「もちろん。水着を着ておいで」

長さ百二十センチの子供用プールは、ヘニーが体を伸ばせるぎりぎりの大きさだった。シーズンも終盤なので、いくらかくたびれている。来年の夏にはひとまわり大きいものを買わなければならないだろう。

アプリルが雑草を抜く隣で、ヘニーはプールの底にあった砂を洗い流し、きれいな水をためはじめた。「コンスエラのおうちはどう？」アプリルはヘニーに尋ねた。「楽しく通えてる？」

「まあまあかな」

「ほかの女の子たちは優しくしてくれる？」

「うん。でも、昨日ファビアナにつねられた」

アプリルは振り返った。「水はそのくらいでいいんじゃない」蛇口を閉める。「それで、どうしたの？」

「何もしてない。痛くなかったし」

「友達に意地悪されたら、ママに教えてね」

ヘニーは水遊び用のおもちゃをプールに入れた。「わかった」

前に大学内の一時預かりに連れていったときも同じ質問をしたことがあった。母のホセファに叩かれたことがあるか、頭ごなしに怒られたことがあるかどうかも尋ねた。ヘニーの答えはノーだった。後ろ向きな会話ばかりするのは不本意だが、やはり折に触れて訊いておくべきことではある。

母は子供だったアプリルを、何度か不適切な人に預けてしまったことがあった。ホセファの恋人だった前科者もそのひとりだ。その男に何をされそうになったか、それを母に打ち明けるべきかどうか悩んだことを、アプリルは今でも覚えている。ありがたいことに母は自分の恋人よりもアプリルを信用してくれて、ろくでなしを叩きだした。

けれどもその心の傷が消えることはなかった。恥辱感が心の中に巣くい、アプリルは自分が気を引くようなことをしてしまったのだと思いこんだ。のちに受けた虐待に対しても打たれ弱くなった。初めてラウルに殴られたときにも、アプリルは誰にも打ち明けられなかった。

「なんでも話してね」アプリルは言った。

「おばあちゃん《アブエリータ》に会いたい」

「そうね。ママも同じよ」

「いつ帰ってくるの？」

「わからない。来年の夏くらいかな」

ヘニーは六歳の誕生日に何をしたいか話しはじめた。まだ十カ月も先の話だ。馬に乗って、バウンシーキャッスル（城などをかたどった四角い部屋状のバルーン遊具。内部は空気圧式のトランポリンになっている）で遊んで、とんでもなく大きなチョコレートケーキを食べたいそうだ。アプリルは笑って植木鉢に向き直った。「ケーキは間違いなく食べられるわ」

数分後、ドアベルが鳴った。

「あたしが出てもいい？」ヘニーが訊いた。

アプリルは立ちあがり、ジーンズの膝を払った。「だめよ。家の床を水浸しにされたら困るもの」

「わかった」ヘニーはリトル・マーメイドの人形の腕を動かし、バイバイと手を振らせた。

アプリルは家の中を通り、のぞき穴で確認してからドアを開けた。

ノアだ。

ノアのことがずっと頭から離れなかった。アプリルは今も後悔にさいなまれつづけている。彼女はひどい扱いを受けた。そして彼にもっとひどい扱いをした。それからふたりで……。ノアは完璧ではないけれど、たしかにすばらしかった。彼に気を許せば、きっと心を粉々にされてしまう。

ノアがアプリルの顔とガーデニング用の服に視線をさまよわせた。「やあ」

アプリルも同様にノアの格好を観察した。Tシャツにジーンズ姿で、手に茶色い紙袋をさげている。「ハイ」

「俺は愚か者だ。この前の夜、あんなふうに帰るなんて」

アプリルは何度もこの瞬間を思い描いていた。謝ってきたノアに対し、思いきりドアを閉めてやるつもりだった。けれども現実にはそうはならなかった。「ヘニーがプールに入ってるの」裏庭を見やる。「見ていないと」

「入ってもいいかい？」

「ええ」

ノアがアプリルのあとについて裏口から外へ出ると、ヘニーが大喜びで叫んだ。「ノア！　教えてもらったことを練習してたの！　見て、浮いてるでしょ」ヘニーは浅いプールで精いっぱい実践してみせた。「ぶくぶくもできるよ！」

「すごいじゃないか」ノアがヘニーに笑いかけた。彼の目は輝いている。太陽の光を受けたノアの髪は、暗めの金色に見えた。「イルカみたいだ。誰だかわからなかったよ」

ヘニーは歓声をあげると、その気になって水に潜りはじめた。

ノアがアプリルに向き直り、持っていた紙袋を掲げた。「手土産を持ってきた」

「ランチなの？」

ノアは笑って目頭をもんだ。「残念。外れだ」

アプリルはガーデニング用の手袋を外し、プラスチックのアウトドアチェアに腰かけた。ノアも別のアウトドアチェアに腰かけたが、彼が座ると椅子がずいぶん小さく見える。紙袋の中には紫のリュックサックが入っていた。アプリルはそれを取りだした。

「ヘニーにだ。もうすぐ幼稚園に入るだろう？」

「ええ」アプリルは娘がこのリュックサックを背負って、園児たちの中にまじって見えなくなるところを頭に思い浮かべた。ふいに不安に襲われ、目をしばたたいて空想を追いやる。

「背負ってみていい？」ヘニーがプールから急いで出てきた。

「体を拭いてからね」

ヘニーはおとなしくバスタオルで体を拭かれると、ノアに手伝ってもらってリュックサックを背負った。ノアが肩紐を調整する。「鏡で見てみる！」ヘニーは目をきらきらさせた。

アプリルは無理やり笑顔を作った。「まずノアにお礼を言わないと」

「ありがとう、ノア！」

「どういたしまして」

ふたりはヘニーが家に駆けこむのを見送った。

「気に入らなかったみたいだな」ノアがぼそりと言った。

アプリルは喉が詰まった。「そうじゃないの。とてもかわいいわ。ただ、ヘニーが幼稚園に行くと思うと不安で」

「なるほど」ノアが表情を緩めた。「ヘニーなら大丈夫だ」

アプリルは紙袋からふたつ目の品物を取りだした。先ほどよりも重い。ラッピングペーパーに包まれていたのは、つややかなレザーのブリーフケースだった。しっかりとした作りで落ち着いたデザインだが、同時にしゃれていて女性的だ。

「もう持ってるかな？」

「いいえ」アプリルはブリーフケースを抱きしめたくなる衝動を抑えこんだ。

「授業や仕事で必要になるだろうと思って」

アプリルは内張りを見てみた。「高そうだわ」

「そうでもない。メガンに探すのを手伝ってもらったんだ。妹はセンスがいいから」

中に白いカードが入っていた。きれいな字で走り書きがされている。〝すまなかった。謝罪を受け入れなくても、プレゼントは受け取ってほしい。愛をこめて、ノア〟

愛をこめて。

アプリルは思いきってノアを見た。ノアはこちらの反応をうかがっている。この一瞬にすべてがかかっていた。イエスと言えば、謝罪とプレゼント、そして彼の好意をも受け入れることになる。

アプリルは心の準備ができていなかった。

先日の夜、ノアはアプリルのもとを去った。ギャングとかかわりのある女とつきあうことは、ギャング対策班の一員として許されないのだ。やり直すかどうか決める前に、重要な問題について話しておかなければならない。

「仕事はどうなったの？」アプリルはブリーフケースを紙袋に戻して尋ねた。

「ボスに相談した。正確には未来のボスと言うべきかな。サンティアゴ刑事だ。問題ないと言ってくれた」

「あなたの相棒は？」

ノアの目が翳った。「パトリックのことはいい。どう思われてもかまわないから」

アプリルは眉根を寄せ、顔をそむけた。ノアとシャンリーの火種にはなりたくなかった。ノアはただでさえ危険と隣り合わせの仕事をしている。アプリルとの交際についてのノアの変わり身の早さも気がかりだった。アプリルのもとに舞い戻ってきて彼女をあっさり説き伏せ、ロマンティックな言葉をささやいてすべてを丸くおさめるつもりなのだ。

そんな簡単な話ではない。

ノアがアプリルの手を取った。「ほかの人はどうでもいいんだ、アプリル。君と一緒にいたい。この関係は黙っていよう……少なくとも、今回の事件の片がつくまでは。君から離れることができないんだ。ほんの一瞬たりとも」

アプリルはためらい、唇をなめた。

ヘニーが家の中から飛びだしてきた。ふたりの気まずい雰囲気には気づいてもいない。「押して、ノア」ブランコに向かって駆けだした。

ノアは立ちあがり、悲しげな表情でアプリルを見やった。

アプリルはノアがブランコを高く押しあげるのを眺めた。ヘニーの顔には子供だけが感じることのできる、あの天真爛漫《らんまん》な喜びが浮かんでいる。

アプリルの目が涙でかすんだ。

ノアは完璧ではない。それでも彼はいい人すぎて、アプリルにはこれが現実だとは思えなかった。ノアは真面目すぎる。献身的すぎる。ハンサムすぎる。誠実すぎる。それに女性をたやすくものにする。彼もいつか誰かと身を落ち着けるのだろうが、その相手が自分だとは思えなかった。

ノアには自分のもとを立ち去ってほしかった。アプリルがのめりこむ前に。ヘニーがのめりこむ前に。

家の中で電話が鳴り、アプリルのもの思いは中断された。ノアはブランコに乗ったヘニーを押しつづけている。アプリルは家に入り、電話に出た。

「もしもし」

「ミス・オルティスですか？」

「はい」

「州立ドノバン刑務所の所長のジョン・サリバンです。悲しいお知らせがあってご連絡しました」

アプリルは不安で胃がきりきりした。「なんですか？」

「受刑者のラウル・エルナンデスが昨日の夜、亡くなりました」

手から力が抜けて受話器が滑り落ち、リノリウムタイルの床で跳ねる。アプリルは膝をついて受話器を拾った。

「もしもし？」

「い……いったいどうして？」

所長は咳払いをした。「目立った外傷はありません。薬物の使用によるものではないかと疑っています。受刑者がなんらかの方法で規制薬物を入手することがあるんです」

「そんな」アプリルはささやいた。

「現在、検死を行っているところです。結果はまたご連絡します。相続人の一覧にへニフェル・オルティスの名前があります」

「私の娘です」

「わかりました。最近親者にあたるエリク・エルナンデスにも私から連絡を入れてあります。彼が葬儀の手配をしてくれます」

アプリルは無言のままうなずいた。

「お悔やみ申しあげます」

決まり文句なのに、不自然に聞こえた。ラウルが死んで……お悔やみ？　アプリルは呆然としつつ言った。「ありがとうございます」そして電話を切った。

ノアが戸口に立っていた。「大丈夫か？」

「ええ」アプリルはノアの背後を見た。ヘニーはまだブランコに乗っている。漕ぎはじめは手伝ってやる必要があるが、そのあとは脚を曲げ伸ばしして、ひとりで長いあいだ乗ることができた。「ドノバン刑務所の所長からだったわ。ラウルが死んだって」

ノアの顔が険しくなった。「死因は？」

「薬物だと考えているみたい」

ノアがかすかに表情を緩め、いかにも警察官といった態度を改めた。「気の毒に」

「そんなことないわ」

ノアがアプリルの体に腕をまわした。批判はせず、ただ慰める。アプリルはやや躊躇したのち、腕を持ちあげてそれに応えた。

「最後に会ったとき、何日もメタンフェタミンをやっていたみたいだった。午前三時に家に来て、ドアを叩いてヘニーに会わせろと怒鳴った。私は家に入れなかったけど」

ノアはアプリルの背中をさすり、耳を傾けた。

アプリルは思いだすだけでつらく、目から涙があふれた。「ヘニーを連れていきたがったの。家の周囲をまわって窓を叩いて、ドアを銃で撃って開けてやるって言ったわ。それで私は警察を呼んだ」

「よかった」

「警察はなかなか来なかったわ。母も家にいなかった。警察が来るまで、ふたりでヘニーのクローゼットに隠れたの。怖かった」

「来た警官は誰だ？」

「シャンリーよ。でも逮捕できなかった。シャンリーが着いたときには、ラウルはもう逃げてたの。シャンリーは接近禁止命令を出してもらう手続きをするよう言って、帰っていったわ」

ノアはシャンリーを罵った。

「数週間後、ラウルは武装強盗容疑で逮捕された。私は彼が刑務所で更生してくれることを祈ったわ。薬物から足を洗ってほしかったの。ヘニーのために。そうならなかったわね」アプリルはノアのシャツに顔をうずめた。「ヘニーに手紙をくれることもあった。バースデイカードをね。ヘニーはあの夜のことはあんまり覚えていないみたい。パパのことが大好きだから。父親が本当は……ひどい人間だなんてとても言えないわ。ヘニーの半分はラウルなのよ。そんなことを言ったら、ヘニーはどうなってしまうの？」

「ヘニーはいい子だ。かわいいし、優しい。君みたいにね」

「ラウルが死んでよかった」アプリルは顔をあげた。「ラウルなんて大嫌い。死んでくれてよかったわ」

「誰が死んだの？」

アプリルは息をのんで、戸口にいるヘニーを振り返った。

「パパのことを話してるの？」アプリルは愕然としてヘニーに駆け寄った。「ヘニー――」聞かれてしまった。ヘニーは目に涙をためている。

「やっぱりパパのことが嫌いなんだ！」ヘニーがあとずさりした。「ママが追い返したんでしょ！　パパはあたしに会いに来たのに。プレゼントをくれて、すごい誕生日パーティを開いてくれるつもりだったのに。ママはあたしをクローゼットに閉じこめた」

アプリルは呆然となった。ヘニーの前にひざまずき、娘の両腕を握る。「そうじゃないわ」

ヘニーがアプリルの手を振り払った。「ママが追い返した！　パパは死んじゃって、もう会えない。ママなんか大嫌い！」

アプリルはヘニーを抱きしめ、声をあげて泣いた。

ヘニーは絶叫してアプリルを蹴った。「おばあちゃん《アブエリータ》もママが追いだしたんだ。なんでそんな意地悪ばっかりするの？　ママのせいで、みんな死んじゃう」

ノアがふたりのあいだに入り、なだめようとした。ヘニーは両の拳でノアを叩いた。

「ノアも大嫌い！　パパじゃないもん！　パパがいい！」

玄関のドアを軽くノックする音が聞こえ、エリクが入ってきた。

エリクを見るなり、ヘニーは腕を広げて叫んだ。「エリクがいい！」

エリクはキッチンに来ると、ノアからなんなくヘニーを取りあげた。ヘニーはエリクの首にすがりついて脚を絡め、全身で叔父にしがみついた。「大丈夫だよ」エリクがかすれた声で言った。「俺が来たから、もう大丈夫だ」

ヘニーはエリクの肩に顔をうずめて大声で泣いた。

エリクはノアとアプリルを交互に見た。エリクの悲しげな表情の裏に、好奇心とかすかな驚きが見て取れた。「子供部屋に連れていく」

アプリルはうなずいた。エリクは最後にもう一度ノアを見やってから、ヘニーを連れて子供部屋に行き、ドアを閉めた。

ノアは……落胆しているようだ。先日の夜、アプリルは事実上、ノアではなくエリクを選んだ。今度はヘニーが同じことをしたのだ。

ノアが落ちこんでいるのはわかっていたが、アプリル自身もショックを受けていて、彼に手を差し伸べられる状態ではなかった。ヘニーの前でラウルのことが嫌いだと言ってしまった。死んでくれてよかったと。ヘニーは絶対にアプリルを許さないだろう。

自分は世界一だめな母親だ。

アプリルは床にくずおれ、両手で顔を覆って泣いた。ノアの手が肩に触れると、すばやく避けて腕に顔をうずめた。同情してもらう価値もない。自分はノアに見あわない。

「お願い」アプリルは心に穴が空いたような痛みを覚えていた。「ひとりにして」

いたたまれない沈黙がしばらく続いたのち、ノアは立ち去った。

21

エリクはヘニーが寝入るまでずっと姪っ子を抱きかかえていた。寝息が落ち着いたのを見計らって、ベッドから起きあがる。ヘニーの濡れた髪を眉から払った。ヘニーは半分握った拳に、ラウルからの手紙をくしゃくしゃにして握っていた。泣き疲れて眠る前、父親からの手紙を全部読んでと頼まれた。手紙は胸が痛むほど少なかった。

ヘニーは引き出しの一番上に手紙をしまっていた。バースデイカードが二枚にクリスマスカードが一枚、それからとりとめのないことを書き連ねた手紙が数枚。曖昧だが、前向きな内容だった。〝幸せを祈っている〟〝元気でな〟〝いつも思ってるよ〟謝罪や後悔はみじんも感じ取れなかった。

ラウルはエリクに対しても非を認めたことは一度もなかった。ラウルは自分をスラム街の産物であり、社会の犠牲者なのに、世間から誤解されていると思っていた。

ヘニーが混乱するのも当然だ。父親の本当の姿を知らないし、父親がアプリルに何をしたのかも理解できない。父親を〝追いだした〟と言って母親を責めるのも無理はない。いつか母親の庇護に感謝するときが来るだろう。だが今、ラウルの本当の姿を伝えることに意味はない。

ヘニーの父親は暴行とレイプを繰り返した、薬物依存症の犯罪者なのだ。

「パパはあたしのこと好きかな？」ヘニーは震える声で尋ねた。「ママもヘニーが大好きだよ。それから俺も」

「大好きだ」エリクはかすかに喉を詰まらせながら答えた。

ヘニーがエリクを抱きしめる。「あたしも大好き」

エリクは目から涙をぬぐうと、手紙を集めて引き出しに戻した。さっきは気づかなかったが、ほかの手紙とは違う場所にもう一通手紙があった。〝ウェイブ・シティを楽しんできてね！　愛をこめて、メガン〟と書いてある。

エリクはそっと引き出しを閉め、ヘニーを起こさないよう慎重に部屋を出た。

アプリルはソファに横になり、ダイエットコーラを片手に、布巾をたたんで目にのせていた。足元にはプレゼントらしき大きな茶色い紙袋がある。ヤング巡査はいなかった。エリクはヤングが制服に着替えて戻ってこないことを祈った。

アプリルが顔から布巾を取った。「ヘニーはどう？」

「大丈夫だ」エリクは両手をポケットに突っこんだ。「寝たよ」

「ラウルが死んでよかったって言ったのを聞かれたの」

エリクはアプリルの気持ちを聞いても驚かなかった。もっともエリク自身はそうは思っていなかった。同じ思いを共有できればよかったのに。安堵の感情なら、罪悪感よりはるかにましだ。「許してくれるよ」

「いつかは父親のしたことについて話さなければならないと思ってる」

「早まるな。父親が犯罪者だと知らされるのは子供にはきつい」

エリクは自分の経験からそう言った。アプリルが同情の面持ちで彼を見あげた。

「かわいそうに。大変な思いをしたのね」

エリクはその話をするのは気が進まなかった。アプリルの隣に座り、すばやく様子を観察する。ジーンズの膝部分は汚れ、目は涙で腫れ、髪には葉がついている。アプリルはぼろぼろだった。エリクはメガンの兄も一因なのだろうかといぶかしんだ。二週間ほど前、アプリルは警察に情報提供をしたと言っていた——ヤングに話したに違いない。

「それで、あのミスター・おまわりとはどういう関係なんだ？　仲よく裏庭で転げまわってたのか？」

「違うわ」アプリルは髪をかきあげた。ポニーテールを直しながら、キッチンのほうへ目を泳がせる。

エリクはアプリルの視線を追った。「キッチンカウンターで？」

冗談だったが、アプリルはばつが悪そうに顔を赤らめた。

「くそっ」エリクは事情を察して言った。エリクの知る限り、アプリルはラウル以降、男を近づけていなかった。メガンの兄はなかなかやり手のようだ。

アプリルが唇を嚙んだ。「かまわない？」

「なぜ俺に訊く？」

「ラウルのことがあるから」

「君がラウルとやり直せると思ったことは一度もない。兄貴の仕打ちのせいで君が一生男を怖がるかもしれないと思ってたから、誰かとつきあってるならうれしいよ。幸せなことじゃないか」エリクは泣き腫らしたアプリルの顔を見て、眉間に皺を寄せた。

「幸せか？」

アプリルはため息をついて、足元にあったプレゼントの袋を手に取った。「ノアがくれたの」

エリクはブリーフケースを見て感心した。心のこもった高価なプレゼントで、ふたりがすでに深い仲であることをうかがわせた。カードも読んだ。「ヤングはどうして謝ってるんだ？　何かされたのか？」

アプリルはためらった。「喧嘩したの。ふたりとも悪かったのよ」

エリクは自分がキッチンに入っていったときのヤングの表情を思い返した。世界が崩壊したかのような顔をしていた。「あいつは本気なのか？」

アプリルは狼狽《ろうばい》して顔をゆがめた。

「何がそんなに悲しいんだ？」

「どうしていいかわからないのよ！」

「そうか。そこまで好きじゃないなら——」

「好きよ」アプリルはすっかりみじめな気分になって言った。

「それならなんの問題がある？　プレゼントのことじゃないよな」

「なんの問題があるですって？　ノアは警官なのよ、エリク。違う世界に住んでいるの。理解してもらえないわ……つらい過去なんて」

「非難されると思うのか？」

アプリルは肩をすくめ、目をそらした。「私は何度も道を踏み外した。ノアはたぶん、過ちを犯したことなんて一度もないのよ」

エリクはアプリルが自分に厳しすぎるのではないかと思ったが、置かれた状況には同情した。エリク自身も自分はメガンにふさわしくないと痛感していた。エリクの過ちに比べれば、アプリルの過ちなどかわいいものだ。

「どうすればうまくいくの?」アプリルが言った。

「結婚しなくたっていいんだ、アプリル。楽しんだらいいじゃないか」

アプリルはしばし黙りこんだ。「あなたがドラッグを売ってるのかって訊かれたわ」

エリクの胃が沈みこんだ。「どう答えた?」

「どうやってお金を稼いでいるのかは知らないって言った」

「俺のために嘘はつくな。頼む。嘘はつかれたくない」

「トラブルに巻きこまれてるの?」

エリクは立ちあがり、リビングルームを行ったり来たりした。

「ギャングを辞めて」アプリルは頼みこみ、ティッシュペーパーを握った。「今すぐ、手遅れになる前に。あなたが刑務所に行ってしまうと考えただけで苦しくなる。もしかしたら、もっとひどいことになるかもしれないのよ」

「辞めようとしているところなんだ。ヤングは俺とメガンについて何か言ってたか?」

「メガン？」

「ヤングの妹だ」

アプリルは唖然とした。「まさか。エリク……嘘でしょう」

エリクは自分のしたことを後悔するのはまっぴらだった。メガンには手を出さないと約束したが、彼女に触れたことを申し訳ないとは思っていなかった。チャンスがあればまた同じことをするだろう。地獄行きになってもかまわない。

「本当なのね。どうしちゃったの？」

「ヤングに殺されるだろうな」エリクは言った。「まず逮捕されて、それから殺される」

「私にできることはある？」

「時間をくれと伝えてほしい。ヤングに渡せる情報を集めてるところだ。実を言うと、もう行かなきゃならない」

アプリルがエリクを見送ろうと立ちあがった。「気をつけて」

玄関のところでエリクは立ちどまった。「刑務所の所長はラウルの死因について何か言ってたか？」

「ドラッグだと考えてるみたい」

エリクはうなずいた。彼もまたそう聞いていた。「俺が金を渡したんだ。二日前に」アプリルは腕を伸ばしてエリクの顎に触れた。「自分を責めてはだめよ。あなたのせいじゃないんだから」

エリクは咳払いをして、アプリルの言葉を信じようとした。彼女がエリクの頬にキスをしたとき、白のシボレー・モンテカルロが一台やってきて、路肩でスピードを落とした。助手席にはスキンヘッドの男が乗っている。タコス店で見た男だと気づき、エリクは瞬時に悟った。オスカル・レイエスに違いない。

「家に入れ」エリクは言った。

アプリルは彼の背後を見やった。「エリク――」

「早く！」

ヘニーがいるからか、アプリルはそれ以上言い争わず、一緒に家の中に入れとも言わなかった。エリクは急ぎ足で通りの先に停めてあるシェベルに向かいながら、モンテカルロの運転席にいるオスカルの仲間についてくるよう合図した。距離が縮まるにつれ、心臓が早鐘を打ちだす。

モンテカルロがアプリルの家の前から離れてシェベルのそばに停まると、エリクはオスカルの車の助手席に近づいた。車には男が三人乗っていて、みんなイーストサイドのメンバーだった。後部座席の男は九ミリ拳銃を持ち、下向きに構えている。

エリクはオスカルを見つめて言った。「どうした?《ケ・オンダ》」

オスカルの目に驚きの色が浮かんだ。真っ向から対峙《たいじ》してくるとは思わなかったのだろう。「車をどうしてくれるんだ、おい」

エリクはなぜ自分がかかわっていることを知っているのかと尋ねはしなかった。スラム街では何もかもが筒抜けだ。フニオルが妹の仇を討とうとしていたことも、自分が止めようとしたことも言わなかった。この手の男に通用するのは行動だけだ。口は役に立たない。

「おまえの女、いいケツしてんな」運転手がアプリルの家を見て言った。「あとで戻ってきて、触らせてもらうとするか」

エリクは口元をこわばらせた。「手出しするな《デハラ・エン・パス》。彼女は俺の恋人じゃない」

「ああ、悪い。おまえの娼婦《プータ》か」

エリクは怒りをこらえてオスカルに注意を戻した。「あの件は忘れる《ベリー》ことにしないか?」

「おまえを埋める《べりー》ってのはどうだ?」オスカルがあざ笑うように口元をゆがめた。

エリクは壁に背を押しつけた。こいつらはアプリルを、エリクを脅している。つけを払わなければアプリルの身が危ない。

「明日の夜、ブラウン・フィールドで」オスカルが目を光らせた。「俺とおまえ、一対一でだ」

エリクは喧嘩するのは気が進まなかったが、ほかにどうしようもない。「俺が勝ったら、そのまま立ち去る。それで終わりだ」

「俺が勝ったら？」

エリクは顎でシェベルを指した。自慢の愛車にして、唯一の資産だ。「車をやる」

オスカルが笑うと、前歯の金歯がのぞいた。「俺の気がすんだら、俺の仲間が地面に転がったおまえをばらばらにしてやるぞ」

エリクは自分が不利であることは承知していた。オスカルはエリクより二十キロほど重く、体格がいい。「そういうことなら、おまえが失うものは何もない」

「いいだろう《ブエノ》」オスカルは条件をのんだ。オスカルが助手席のドアに手を叩きつけて出発の合図をすると、運転手はアクセルを踏みこんだ。

エリクは車が走り去るのを見送った。自分の車のキーを渡すだけでも事態をおさめられたかもしれない。だが地元《バリオ》で生き抜くには、男は胸を張っていなければならない。殴られなければならないときもあるのだ。

堂々たる取り決めだった。

悪態をつきながら、エリクはシェベルに乗りこんでエンジンをかけた。高速道路に乗って東に向かう。頭の中をさまざまな考えが駆け巡った。明日の夜、オスカルに会う前にしておくべきことが山ほどある。

サンディエゴ郡刑務所ではトニー・カスティーリョに会うために一時間以上待たされた。そのあいだずっと、エリクは滝のように汗をかいていた。自分の名前がマークされていれば、面会者ではなく収監者になってしまう。だが要注意人物として名前は挙がっていなかったらしく、特に問題もなく例の面会のための部屋に通された。ここには来たことがあった。ドノバン刑務所の共有スペースとは異なり、ここにはプレキシガラスの壁と電話用のヘッドセットがあった。

トニーは喜ばなかった。トニーがエリクのことを黙っていたのには理由がある。ドラッグ売買の相棒が逮捕されなければ、相棒が抜け駆けして口を割ることもないため、トニーは刑を免れる可能性が高くなる。

「このばかめ、いったい何しに来た？」

ひどい態度だったが、エリクは受け流した。「話がある」

「話すことはない」

「ラウルが死んだ」

トニーは顔をしかめた。これほど神妙な顔をしたのは初めてかもしれない。また悲しそうでもあった。ロラの死をいまだ悼んでいるのだろうか。「気の毒に」ささやき声には心がこもっていた。トニーとラウルは古くからの親友だった。

エリクは幼いときからトニーを知っていた。ラウルと同じく、暴力的な薬物依存症者だ。模範的な先輩とは言えない。だがどこかに優しさがあるとエリクは思っていた。

「もう終わりだ」エリクは淡々と言った。「俺も、おまえも、フニオルも。だが解決策を思いついた」

「なんだ？」

「あの女の子のことを話すんだ。あの夜の」

トニーは椅子にもたれかかった。「だめだ、絶対にだめだ」周囲を見まわし、ふたりの会話を記録しているであろう監視カメラを確認した。「いったいなんの話だ？あの夜だと？」

「俺たちは何も悪いことはしてない」

「俺は何もしていないの間違いだろ」

「司法取引をしたくないのか？　あいつの名前を出せば、おまえは自由の身になれる。

少なくとも減刑はされるはずだ」

トニーは口を引き結んだ。首を振って取りあうまいとする。「なんの話かわからない」

「あいつはあの子を窒息死させたんだ。ロラを殺したのも同じやつかもしれない」

「まさか」トニーが小声で言った。目には涙がたまっている。

「警察に何が起きたか話そう。必ずちゃんと聞いてくれるはずだ。俺たちの証言で犯人だって捕まえられるかもしれない。捜査やら何やらしてくれるんだ。ようやく」

トニーがシャツの袖口で目元をぬぐい、乾いた笑い声をもらした。「どんな警官もあの事件にはお手あげだ」

「なぜだ？」

「ラウルがあいつの名前を言わないまま死んじまったからさ。一度だけあの男のことを言ってたことがある。なんて呼んでたか知ってるか？」

「なんだ？」

「エル・パトルリエロだ」

〝巡査〟だ。

勤務開始まではまだ数時間あったが、ノアは落ち着かず、家で過ごすことなどできそうもなかった。

メガンはここ最近、心なしか前ほどよそよそしくはなくなっている。ノアはまだエリクと会っているのではないかと踏んでいたが、確かめるのは気が進まなかった。あのドラッグ売買と落書きをしているガキのせいで憂き目を見るのはうんざりだ。

メガンは兄といるよりもエリクと一緒にいたいらしい。アプリルは何があってもエリクを守り抜く気だ。ヘニーはエリクがいいと叫んで抱っこをねだる始末だ。

誰も彼もがエリクを愛している。

ノアは意気消沈してアプリルの家をあとにした。あそこまで女性に打ちのめされたのは初めてだった。こんなことになるから、いつも気軽な女性とつきあってきた。別れるときも平和だ。感情的になることも、泣きつくこともない。

冷蔵庫に女性の背中を押しつけて、衝動的に体を重ねたこともない。

「くそっ」ノアはうなって髪をかきあげた。とっさに高速道路の出口をおりて、パトリックの家に向かう。訊きたいことがあったし、怒りのはけ口も必要だった。あるいは単に話し相手がほしかっただけかもしれない。

先日言い争いをしたばかりだが、それでもノアはパトリックを友人だと思っていた。パトリックの家はいつもと同じように見えた。芝生は整然と刈られ、青々としている。魚釣り用のボートのオーロラ・リー号が、昼さがりの日差しを浴びて輝いていた。

ノアは路肩に車を停めると、憂鬱な気分で庭を歩いていった。

応対に出てきたパトリックも、ノアと同じ気分のようだ。フランネルのパジャマのズボンをはき、ローブの前ははだけている。目は血走っていて、酒のにおいがした。

「入ってもいいか？」ノアは尋ねた。

「ああ」

家の中は外ほど片づいていなかった。暗くて気が滅入《めい》りそうだ。リビングルームのカーテンはしっかりと閉められている。かすかにではあるが、老人特有のにおいがした。シャワーを浴びていない肌のにおいに、防虫剤のにおいがまじった感じだ。

ノアは座る気になれなかった。

「ビールでも飲むか？」

「いや、仕事がある」

パトリックは鼻を鳴らした。自分用の缶を手に取って開け、リクライニングチェアに座る。ひと口飲んで、何も映っていないテレビ画面をぼんやり見つめた。

「昨日、サンティアゴ刑事と話した」

パトリックは画面を見つめたままビールを飲みつづけている。

「俺が異動願を出したとしても無視するよう頼んだそうだな」

パトリックが椅子の背にもたれかかった。「だから？」

「どうして俺の邪魔をするんだ？」ノアは静かに尋ねた。「退職前に新人の相棒のトレーニングをするのが面倒なのか？」

パトリックが太い指をノアに突きつけた。「おまえのこれまでの言動でそう判断しただけだ、青二才め。おまえは殺人課に行くには弱すぎる」

「あんたみたいな人種差別主義者のくそったれじゃないからか？」

パトリックは顔をしかめた。「メキシコ人のガキたちはみんな本当はいいやつだと思ってるんなら――」

「現にそうだ」

「おまえに銃を向けたやつもか？」

「それはそれだ」ノアは言った。「たったひとりの行動で、メキシコ人全体を判断するのは間違いだろう？」

「そんなんじゃ殺されるぞ」パトリックがひび割れた声を張りあげた。「サンティアゴに異動願を無視してくれと言ったのはおまえのためだ。おまえがかわいいからだ、この大ばか者め」感情的になったことが悔しかったのか、またひと口ビールを飲む。

「あと二、三年パトロールを続けろ。おまえは人を信用しすぎる」

ノアは茶色のウールのソファに座りこんだ。怒りはいくらかやわらいでいた。パトリックがよかれと思ってしたのなら、とがめることはできない。だがパトリックの価値観は偏見のかたまりだ。スラム街の少年はみんな脅威で、女はみんな娼婦だと思っている。法を守って暮らしている善良な市民に目を向けることができないのだ。警察官が自分の受け持ちの地域を嫌っていたら、住民を支え、守ることなどできるはずがない。

パトリックがサンティアゴのような人であればよかったのに。サンティアゴは厳しいけれど、公平な人物だ。優しいと言ってもいい。言葉を交わした機会は片手で数えるほどだが、ノアは現在の相棒よりも未来のボスであるサンティアゴのほうをはるかに尊敬していた。

「サンティアゴにアプリルのことを話した。問題視はされなかった」

「サンティアゴはおまえをはめたんだ」

「どうしてそんなことをする必要がある？」

パトリックが渋い顔をした。「捜査にけりがつかなかったとき、都合のいい生贄《いけにえ》にできるからだ。これほどの大事件なのにギャング対策班の人員ふたりを引っ張りだして重大責任を負わせるなんて、おかしいと思わないか？」

「殺人課は人手不足だ。それに……サンティアゴは俺の勘が鋭いと言ってくれた」

パトリックが酔っ払った顔で薄ら笑いを浮かべた。「勘が鋭いだと？　目の前に犯人が座ってても、おまえは気づきもしないくせに」

ノアの忍耐は限界を超えた。「サンティアゴの何が気に入らないんだ？　サンティアゴと相棒だったときに、差別的だと責められでもしたのか？　認めたらどうだ。褐色の肌の男が昇進したのが悔しいんだろう」

パトリックがかぶりを振り、さらにビールをあおった。「あんな仕事、俺は最初からやりたいとは思ってなかった」

「やっぱり」ノアはあきれ返った。「ふたりとも同じタイミングで殺人課に異動願を出したんだな。選ばれたのはあんたじゃなく、サンティアゴだった」

「俺が白人だからという理由だけでな」

「哀れなもんだ」

息を詰まらせたような怒りのうめきとともに、パトリックがのそりと立ちあがった。

酒のせいで動きは鈍かったが、力強さを失ってはいない。ノアのシャツをつかむと、腕を引いて殴る構えを見せた。

ノアはぎこちない拳をよけ、パトリックを押しやった。

パトリックがよろけて椅子に座りこんだ。ビールの缶が傾き、中身が青いカーペットにこぼれて泡立つ。

「次にやったら、あんたの配置換えを訴えてやる」

「その必要はない」パトリックは息を切らして小声で言った。「もう辞めた」

ノアは軽蔑のまなざしで相棒を見た。自分の非を認めない男を尊敬することはできない。パトリックの言い分では、自分が成功できなかったのは能力ではなく人種のせいなのだ。〝取り柄のない浮気女〟という妻からも愛想をつかされた。

パトリックには何もない。仕事も、家族も。残されたのはがらんどうの暗い家と、家を出ていった妻の名前がついた魚釣り用のボートだけだ。

「こんな結果になって残念だ」ノアはパトリックの家をあとにした。

パトロールは夜まで長引いた。ノアはアプリルとの感情的なやり取りや、パトリックとの激しい口論を思いださないよう努めた。

飲酒運転の現行犯逮捕を終えても、夜はまだ半分残っていた。

サンティアゴのチームは連邦捜査局《FBI》と協力体制を敷いて新たな手がかりを捜査していたが、ノアは関与できなかった。ノアが分析していた未解決事件のファイルからも、手がかりは得られなかった。八年前の発見当時、遺体はかなり腐敗が進んでいたものの、サンプルの採取が行われ、DNA鑑定のために犯罪科学捜査研究所に送られていた。

ファイルに結果は記載されていなかった。

ノアは犯罪科学捜査研究所の留守番電話にメッセージを残した。もしかするとほかの事件と書類がまじってしまったのかもしれない。

直近のふたつの事件の被害者からは、本人以外のDNAは検出されなかった。コンドームを使用するのが犯人の手口なのかもしれない。もし共通点を見いだして未解決事件と最近の殺人事件を結びつけることができれば、大きな手がかりとなる。

ノアは勤務を終えると、アプリルのことを考えながらシャワーを浴び、私服を着た。ノアがアプリルの家をあとにしたとき、彼女は傷ついていた。ノアはそのせいで落ち着かず、自宅に帰る途中、もう一度アプリルの家に寄ってみることにした。

アプリルを勝ち取るチャンスがほしかった。

幸いアプリルは自宅にいて、まだ起きていた。ピンストライプのパジャマのズボンと、リブ編みのタンクトップという姿で応対した。ブラジャーはつけておらず、パジャマのズボンの上になめらかな腹部が三センチほどのぞいていたが、ノアが釘付けになったのはその顔だった。メイクを落とした顔ははっとするほど美しい。

黒のアイシャドウを施した目元や、鮮やかに塗られた唇が嫌いというわけではない。だが素のままのアプリルのほうが、より心に訴えかけてくるものがあった。

アプリルは脇にどき、ノアを通した。

「今夜は仕事はないのか?」

「ええ。ヘニーのために家にいたかったの」

「ヘニーはどうだい?」

「取り乱してる」アプリルはソファに座った。「寝つくまでに、ひどく時間がかかったわ」脚を折り曲げてその上にヒップをのせ、サイドテーブルから湯気が立つマグカップを取った。

ノアは隣に腰かけ、ソファの背に腕を預けた。「君はどう?」

アプリルは紅茶をひと口飲み、眉をあげた。「私? 大丈夫よ」

ノアはアプリルが驚いたのを見てほほえんだ。他人の面倒を見てばかりで、自分のことはあとまわしなのだろう。

「父は私が二歳のときに死んだの」つかの間の沈黙のあと、彼女が言った。「会ったことはないわ。母は父について何も話さなかったから、自分でどんな人か考えたの。学校まで歩いて送ってくれて、寝る前に本を読んでくれるのよ。ばかみたいでしょう」

「そんなことはない」ノアは応じた。

「ヘニーも同じことをするって、わかってたはずなのに。優しくて穏やかなラウルを作りあげるって。ヘニーが本当のことを知ったら悲しむと思うけど、いつかは話さなければならないわ。ヘニーが私と同じ間違いを犯さないように」

ノアは自分がこれほどまでに難しい決断を迫られたことがあるだろうかと考えた。メガンの身に起こった出来事を両親に秘密にしていることは近いかもしれない。

「あなたのお父さんはどんな人なの？」アプリルが尋ねた。

ノアは都合のいい返答をしたくなかったので、正直に答えた。「気難しい。それによそよそしい」

「寝る前に本を読んでくれた？」

「いや。ほとんどいつも、教会の仕事や説教をしてたよ。でもときどき一緒に野球をしてくれた」

「いいお父さんね」

ノアは肩をすくめた。「裏庭で、父がノックを打ってくれたことがあった。俺はお気に入りのシャツを着てて、それを汚したくなかった。そのあとジェイミー・シンプソンと映画に行く約束をしていたからね」

「ジェイミー・シンプソンね」アプリルはあざけるように言い、またひと口紅茶を飲んだ。「何歳のとき？」

「十三歳だったと思う。とにかく父はひたすら遠くにボールを打ちつづけて、めそめそしないで一生懸命走れと言ったんだ。それで俺は次のボールに飛びついた」ノアは肘に残る細長い傷跡を見せた。「十針縫った。石にぶつかったんだ」

「お父さんは謝ったの？」

「まさか。大笑いして、よくやったと言ってたよ」

「お母さんは怒った？」

「もちろん、新品のシャツが台なしになったからね」

「ふうん。あなたの子供時代も完璧ではなかったと言いたいの？」

「俺の子供時代はかなりよかったほうだと思う」ノアは認めた。「大多数の子よりね」

アプリルは間違いなく悪かった部類だろう。だが彼女は認めなかったし、ノアも無理に話させようとはしなかった。

また泣かせるために来たわけではない。

気まずい沈黙が訪れた。ノアはほかに何を言っていいかわからなかった。すでに謝罪をしているし、プレゼントも買っている。ただ一緒にいたかったが、アプリルのほうはこれまでよりもさらに交際に乗り気でない様子だ。

ノアがもう一度チャンスをもらえないだろうかと思いながらアプリルを見ていると、彼女もまた見つめ返して唇をなめた。

これほどまでに色っぽい唇をノアは見たことがなかった。

「忘れたものがあるんだ」ノアは意を決した。

アプリルが紅茶を置いた。「ブリーフケースのこと？　取ってくるわ」

「違う」ノアは腕を伸ばしてアプリルの顔を手で包みこんだ。片手を首に滑らせ、親指で彼女の頬を撫でる。相手が弱っているときにキスをするのはずるいかもしれない。だが再びアプリルを手に入れるためなら、どんな手でも使うつもりだった。「これだ」

ノアは身をかがめ、唇を重ねた。

熱く甘い蜂蜜のような味がした。アプリルが彼の舌を求めるように、震える唇を開く。ノアは舌を滑りこませ、彼女を自分のものにして支配した。アプリルが両手でノアの髪に触れて指を差し入れると、彼はさらに踏みこんでキスを深めた。

アプリルが両手をノアの胸に置いて牽制《けんせい》した。「忘れ物はこれで全部？」

ノアはアプリルの唇に視線を注いだ。そこはキスで腫れあがっている。「俺が帰る前にまたお願いをしてくれないかと思ってたんだ」

アプリルの瞳が翳った。「気に入ったのね？」

「ああ」ノアはかすれた声で言い、アプリルの手を膝に引き寄せた。どれほど気に入ったか、彼女の手のひらを下腹部に押しあてて示す。

アプリルがノアのジーンズに指先を這わせ、欲望の証しを握った。

ノアはうなり声をあげると再び唇を重ね、甘美な味わいを堪能した。息継ぎをしようと唇を離したとき、アプリルが言った。「今回のお願いは、少し違うの」

ベッドルームに行ければ、なんでも大歓迎だ。「早く教えてくれ」

アプリルが彼の耳に唇をつけた。「愛して」

ノアは動きを止めた。情熱の証しが硬く張りつめる。〝抱いて〟以上に色っぽいせりふがあるとは思ってもいなかった。だがこのせりふは、たしかにそれ以上だ。時間をかけて愛おしんでもいいという許可をもらったのだ。

アプリルの命令に従うのが待ちきれない。

ノアはソファからアプリルを抱きあげてベッドルームに行き、マットレスの上に彼女を横たえた。ナイトテーブルに置かれたランプが部屋にあたたかな光を添えている。

「鍵をかけて」アプリルがタンクトップを脱ぎはじめた。

ノアは頭からシャツを脱ぎながら、ドアに鍵をかけた。

次の瞬間には、アプリルのみずみずしい体が彼の下に横たわっていた。アプリルがノアのウエストに脚を絡めて背中をそらし、張りつめた胸の頂をむきだしになった彼の胸にこすりつける。ノアは期待に震えながら唇を押しつけた。手をアプリルの腰に添え、身をうずめる体勢を整える。

そのとき自分が今にも自制心を失いそうなことに気づいた。これほどまでに激しく女性を欲したことはかつてなく、そのせいで暴走してしまいそうだ。ショーツを引きちぎってひとつになりたいという衝動は耐えがたいものだった。

ノアは片側に重心を移してペースを落とした。唇を離し、アプリルの体にキスをしながら、だんだん下へと向かう。唇で喉元のくぼみに触れ、鎖骨、胸のふくらみの内側、張りつめた胸の先端にキスをする。なめらかな腹部まで来るとキスをやめ、へそに鼻をつけた。パジャマのウエストの紐をほどき、ズボンを腰の下まで引きおろす。

アプリルが身につけていたショーツはシンプルで真っ白だった。小さなレース地が大切なところを覆い隠し、脚の付け根を縁取っている。

ノアは喉元で息がつかえた。

彼がショーツの前面にキスをすると、唇に熱が伝わってきた。アプリルを見あげて反応をうかがう。

「わかってるくせに」アプリルが言う。「ほかに……お願いは？」

ノアはショーツを脱がせた。生まれたままのアプリルの姿がこのうえなく愛らしく、ひたすら見つめていたいくらいだった。だが下腹部がジーンズの下で張りつめ、活躍の場を求めて脈打っている。これ以上もたもたしてはいられない。

ノアは両手でアプリルの腰をつかみ、ベッドの端に移動させた。

アプリルは起きあがった。「な……何をしているの？」

ノアは硬材の床に膝をつくと、手でアプリルの脚を開かせた。そこは潤いを帯びて光り、芯がつややかにふくれている。肩越しに後ろを見ると、チェストの鏡に彼女の姿が映っていた。

アプリルが唇を開き、ふたりの目が合った。

その体勢にノアは言いようのない満足感を覚えた。アプリルが脚を広げて座り、可《か》憐《れん》な下腹部が彼のためだけにあらわになっている。ノアが舌で愛撫するところをアプリルが目のあたりにすることを思い、彼はうなり声をあげた。

これほどまで高ぶったことはいまだかつてない。

ノアは顔をうずめ、口を開いて、震える腿の内側にキスをした。アプリルがさらなる愛撫を求めてうめくと、ノアは秘められた部分に口を近づけ、舌を滑りこませた。彼女が息をのみ、上掛けを握りしめる。

ノアはじらすのをやめて小さな芯に唇をつけ、そっと口に含んだ。アプリルが震えはじめると、彼はすばやく体を引いた。ノアは長く楽しみたかった。再び肩越しに鏡を見ると、彼女はのけぞり、胸の頂を突きだしている。ノアは指を二本差し入れて前後させた。アプリルの体は驚くほど熱くなっている。

「お願い」

ノアはアプリルの顔を見あげた。「何をだ?」

「なめて」

ノアは彼女の目を見つめて再度、口を近づけ、舌で先端に触れた。アプリルは声をあげ、指で彼の髪を探りながら腰を突きだした。ノアは求められるがままに激しく愛撫した。甘い潤いでノアの指がなめらかになる。アプリルが震えるほど高ぶっているのが伝わってきて、指が心地よく締めつけられた。

かすれた叫び声とともにアプリルが限界を超えた。ノアの頭を脚のあいだに押さえつけて髪をつかみ、歓びに体を震わせる。激震がおさまると、アプリルはベッドに倒れこんだ。息があがっている。

ノアは口をぬぐい、アプリルの隣に横たわった。言いようのない満足感を覚えていた。下腹部は違う意見のようだったが、ノアは無視を決めこんだ。

アプリルが何やら不明瞭な言葉をつぶやいてノアにすり寄った。

ノアは体中が解放を求めていたが、アプリルをやすませてあげることのほうが大事に思えた。生まれて初めて、自分の欲望のことなどどうでもよかった。すべてを捧げ、信頼を得て、彼女を勝ち取りたかった。

待つことに満足して、やわらかな呼吸の音に耳を澄ます。アプリルが眠りに落ちた。

22

アプリルははっと目を覚ました。暁《あかつき》の光が差しはじめ、室内が赤く染まっている。数時間だけ眠ったらしく、まだ起きる時間にはなっていない。ノアが夜のあいだにランプを消し、やわらかな毛布をかけてくれたようだ。

でも彼は帰らなかった。

ノアの体のぬくもりが伝わってくる。

アプリルは毛布を胸元まで引きあげ、肩越しにちらりと振り返った。ノアは目を閉じ、仰向けに寝ていた。片腕を枕代わりにしているせいで、脇の下の黒っぽい茂みがあらわになっている。もう一方の腕は引きしまった腹部に置かれていた。

ノアはジーンズをはいたままだった。眠りに就く前に窮屈さから解放されたかったのか、ファスナーが開いている。その瞬間、彼を放って眠ってしまったことを思いだし、頬が熱くなった。手を口にあて、チェストの鏡を見つめた。

ああ、なんてこと。

胸の高鳴りを覚えながらゆっくりベッドから出ると、ノアのぬくもりとあたたかな毛布から離れ、何も身につけていない姿のまま足音を忍ばせて部屋を横切った。ドアのそばのフックから丈の短いローブをつかみ、そっと部屋を出て廊下を進む。

ヘニーのベッドルームのドアは閉まっていた。普段は開けっぱなしにしておくのだが、昨夜はノアを招き入れる前に閉めておいた。静かにドアノブをまわし、部屋の中をのぞいた。

ヘニーは犬のぬいぐるみのラロを抱いたまま、ぐっすり眠っていた。

アプリルはほほえみ、ドアを閉めた。バスルームに行って手早く身繕いをすませる。用を足し、鏡に映った姿を確認したあと、キッチンへ行ってグラスに水を注いだ。

ヘニーが目を覚ますまで、あと一時間はある。

こっそりベッドルームに戻り、ドアに鍵をかけた。ノアはまだ眠っている。ナイトテーブルに水の入ったグラスを置くと、手足を伸ばしてベッドに横たわり、ノアの美しさに見とれた。ノアはたまらなくハンサムだ。穏やかな顔にぼさぼさの髪、角張った顎にはうっすらと無精ひげが生えている。シャツを着ていない姿を見るのはこれが初めてではないのに、むきだしになった胸から目が離せなかった。

体つきは筋骨隆々というよりはよく引きしまっていて、枕代わりにしている右腕の筋肉が盛りあがっている。なぜか彼の脇毛に興味をそそられた。金色の髪よりもいくらか暗い色合いをしていた。

アプリルはさらに下のほうへ目をやった。手が置かれている腹部はいっそう毛が濃く、おへそのまわりで渦巻いている。彼女は舌で唇を湿し、ファスナーの開いた下腹部を見つめた。青いボクサーショーツが視界をさえぎっている。

ジーンズとボクサーショーツを引きおろして、すべてを見たい。

目を閉じ、次にどうすべきか思案した。昨夜は自分で決めたルールを破り、ヘニーが家にいるのに、男性をベッドルームに連れこんでしまった。娘が目を覚ます前に、ノアに出ていってもらわなければならない。

しかも、昨夜は何をしていたのだろう？　彼からのプレゼントと謝罪をきちんと受け入れるのではなく、舌での愛撫を受け入れた。鏡に映っていた自分のみだらな表情を思いだし、頰に血がのぼる。ノアの舌でクライマックスへと導かれるのをこの目で見ていたのだ。

恥ずかしさよりも欲望がこみあげた。やわらかなローブに包まれた素肌が敏感になっている。胸の先端が硬く尖り、腿のあいだが熱を帯びはじめた。

どうやら甘いうめき声がもれてしまったらしい。ノアが身じろぎしたかと思うと、ベッドの上で身を起こした。

驚きに満ちた彼の青い目をのぞきこんだ瞬間、アプリルは喉の渇きを覚えた。時間を稼ぐために、水をひと口飲んだ。

ノアが身ぶりで水を求めてきたのでアプリルはグラスを手渡し、彼が喉を鳴らして飲むさまを眺めた。彼女がナイトテーブルにグラスを置いたとたん、ノアが手を伸ばしてきた。水を飲んだせいでふたりの唇はひんやりしていたが、それもほんの一瞬だけだった。

ノアがアプリルの髪に手を差し入れ、激しく唇を奪った。彼女はノアの首にしがみつくと、乳房を押しつけて身をよじった。

「帰ったほうがいいかい？」ノアがキスの合間に尋ねる。

アプリルは鍵のかかったドアをちらりと見た。「静かにしないと」

ノアは勢いよくうなずくと、また唇を奪い、アプリルのヒップへ手を滑らせた。ローブの下の素肌に触れて称賛のうめきをもらし、やわらかなヒップをつかむ。

「待って」アプリルは小声で言うと、ノアの両肩を手で軽く押し戻した。「あなたにお返しをしようと思って」

ノアは一瞬ためらってから仰向けに倒れ、ベッドに両肘をついて体を支えた。アプリルはこんなにぞくぞくするのは初めてだった。彼が主導権をゆだねてくれたことにたまらなく興奮した。

アプリルは身を起こすと、ローブを肩から滑りおろした。あらわになった乳房と硬くなった先端を見たとたん、ノアの目の色に深みが増した。アプリルはさらに見せつけるようにウエストの紐をほどき、ローブを投げ捨てた。

ノアがアプリルの腿の合わせ目にむさぼるようなまなざしを向けてくる。青いボクサーショーツの下で、下腹部がこわばっているのがわかった。腹筋と両手に力がこもっている。

アプリルは手で両の乳房を寄せた。

彼の喉が上下に動く。今にも飛びかかってきそうな表情をしているのに、ノアはそうしなかった。見事な自制心だ。

アプリルは今度はじらすように下腹部へと手を這わせ、腿を開いて人差し指を差し入れた。

ノアが枕に頭を預け、うめき声をあげた。

アプリルは人差し指を引き抜き、口元に持ってきた。「しいっ」

その瞬間、自制心が限界に達したらしく、ノアはもどかしげにジーンズとボクサーショーツを脱ぎ捨てた。

彼の欲望の証しを目にして、アプリルは口元を緩めた。はちきれそうなほど張りつめている。

ノアは視線を合わせたまま彼女の手を取り、欲望の証しを握らせた。アプリルは驚嘆の目で見つめ、握りしめた手を上下させた。やがて先端から塩気を含んだしずくがあふれてくると、彼女は身を乗りだしてなめ取った。ノアが鋭く息を吸いこみ、アプリルの頭の後ろに手を置く。頭を押しつけられなくても、彼が何を求めているのかアプリルにはわかっていた。ノアの腿に黒髪を垂らして高ぶったものを口に含むと、彼の顔を見ながら、強く吸ったり舌を這わせたりしはじめた。

舌で自分の秘められた部分を愛撫されるのには慣れていないけれど、これなら何をすべきか心得ている。しかもノアとなら心から楽しめる。

彼をクライマックスに導きたい。

ところが、ノアはそうはさせなかった。

アプリルが愛撫を続けていると、やがてノアは喉の奥から歓びのうめきをもらし、アプリルの髪に指を差し入れて頭を引きあげた。

そんなことはラウルはただの一度もしたことがなかった。

「君の口は最高だ」ノアがささやき、唇を重ねた。

「あなたの口も最高よ」

ノアはアプリルのヒップをぽんと叩いた。「ジーンズのポケットにコンドームが入ってる」

アプリルはベッドを這っていって脇からおり、彼のジーンズに手を伸ばして四角い包みを見つけだした。一分ほどかけてゆっくりとノアに装着し、彼の睾丸《こうがん》を手のひらにのせて、重みを確かめた。

ノアは喉が詰まったような声をもらすと、アプリルの両腕をつかんで覆いかぶさり、脚を開かせた。次の瞬間、いっきに身を沈めた。

アプリルは息をのみ、ノアの肩にしがみついた。今回はすんなり彼を受け入れられた。とてもしっくりくる。

「こんなに熱く潤ってる」ノアが荒い息を吐いた。「長くは持ちこたえられないな」

アプリルはノアの体の下で身をくねらせた。「お願い、早く」

ノアは言われたとおりにした。

大きく引いたかと思うと奥深くまで貫き、アプリルを完全に満たした。深くつながったふたりの下で、ベッドのスプリングがきしみをあげる。アプリルは歓喜の声をあげ、彼の肌に爪を食いこませた。

「静かに」ノアが言い、ドアのほうに視線をやった。

「もっとほしいの」アプリルは甘い声をもらし、ノアに両脚を巻きつけた。

ノアが低くうめいて体勢を変えたので、アプリルは彼の体の上になった。彼女はすっかり夢中で、抵抗さえできなかった。ベッドのきしむ音は小さくなったが、興奮はますます高まった。

アプリルは何度も動き、歓びに体を震わせた。ノアは半分閉じた目でアプリルの動きを見つめながら、ヒップの曲線をなぞり、ウエストをつかんだ。硬く尖った胸の先端をつまんで刺激されると、アプリルはいっそう激しく動いた。

「ああ、もうだめ」

ノアが結ばれた部分を見おろし、自分の親指をなめた。なめらかな内側が彼の高ぶりを熱く濡らしている。「スペイン語で何か言ってくれないか」

このまま続けてほしくて、アプリルは真っ先に頭に浮かんだ言葉を口にした。ノアが親指で敏感な芯に触れたとたん、アプリルはのぼりつめた。秘められた部分がノアを締めつける。アプリルは彼にもたれかかり、声を必死に抑えた。ノアがアプリルの髪に手を入れて唇を引き寄せ、互いの声を封じて自らを解き放った。

アプリルはノアの胸にぐったりと倒れこんだ。

けだるさの中で、ノアはアプリルのもつれた髪を撫で、むきだしの背中を指でなぞった。「つまり……君は俺と千回ベッドをともにしたいんだな？」

アプリルは顔をあげた。「なんですって？」

「そう言っただろう」

彼女はくすくす笑いをもらした。「スペイン語がわかるなんて知らなかった」

「実はそうなんだ。その言葉を忘れないでくれよ」

アプリルは笑いながら彼の体からおりた。うつぶせになって、ベッドの脇に置いてあるごみ箱をつかんで手渡す。「ここに入れて」ノアはコンドームを捨てると、アプリルを背後から抱き寄せて毛布をかけた。

「シーダー・グレンについてもっと聞かせて」アプリルはノアにすり寄った。

「山あいにある平凡で小さな町だよ。景色はきれいだが……退屈だ」

「すてきだわ」

「いつか連れていくよ」ノアが約束した。

「本当に？」

「ああ。感謝祭とクリスマスの休暇には必ず帰省するからね。夏のあいだに一週間ほど帰ることもある」

「ご両親に私を紹介するつもり？」

「もちろん。あまり気が進まなければふたりで景色を見るだけでもいい。湖には遊泳区域が設けられているし、雪が降るとゲレンデもオープンする」

「スキー場には一度も行ったことがないわ」アプリルはもの思いにふけった。

「断っておくが、両親はひどく古風な人たちだ。泊まる部屋は別々になると思う」

「どうしてわかるの？」

ノアはすぐには答えなかった。

「今までに何人の女性を家に連れていったの？」

「数人だよ」ノアは打ち明けた。

「その人たちとはどうなったの？」

「たいした関係じゃなかったんだ。彼女たちは……君とは違った」

ノアが率直に答えたので、アプリルは身をこわばらせ、肩越しに彼を振り返った。

ノアは相変わらず落ち着いていて、正直で無防備だ。恋愛に臆病にならずにいられるのはどんな感じなのだろう。彼のようにまっしぐらに突き進めたらいいのに。

「今までに恋人がたくさんいたんでしょうね」

「そんなに多くはない」

「真剣につきあった人は？」

ノアは一瞬考えた。「真剣につきあいたいと思った女性は何人かいたが、おそらく俺の努力が足りなかったんだろう」

「なぜ努力しなかったの？」

「いつも自分のキャリアを築くことのほうに集中していた。関係がうまくいかなくなれば落ちこみはするが、これほどのめりこんだのは……初めてだ」

彼はアプリルの腰にまわした腕に力をこめた。彼女を手放すと考えるだけでたまらないと言いたげに。

アプリルはぼんやりとノアの手の甲を撫で、指をなぞった。「私にはのめりこんでるの？」

「ああ」ノアがアプリルのむきだしの肩にキスをする。

「私のことをもっと知ったら、気が変わるはずよ」アプリルは小声で言った。

ノアは黙りこんだ。「試してみればいい」

アプリルも黙りこんだ。楽しい雰囲気を台なしにしたくはないが、前に進むためには正直にすべてを打ち明けなければならない。

「おいおい」ノアはアプリルを自分のほうに向かせた。「君が何を言おうと、俺の気持ちは変わらない」

アプリルはノアからすばやく身をかわした。本当にそうならいいけれど。

「俺は警察官なんだぞ、アプリル。めったなことでは驚かないよ」

彼女はベッドから起きあがり、ローブを身にまとった。「妊娠がわかったとき、私はドラッグをやっていたの」

ノアはたじろぎもしなければ、非難の言葉を投げかけもしなかった。背筋を伸ばして起きあがり、アプリルが先を続けるのを待った。

「私がラウルと出会ったとき、彼はすでにドラッグに手を染めていた」アプリルは話を少しだけ前に戻した。「ラウルのほうがいくつか年上だったけど、全然気にならなかった。どことなく父に似たものを感じたのよ。父の面影のようなものを」

「ギャングのメンバーという点で？」

自分の生い立ちに引け目を感じ、アプリルは目を閉じた。「ええ。それにラウルはたくさんお金を持っていた。いいえ、そういうふうに見えたの。いろいろと買ってくれたから。母はラウルを嫌ってたけど、私の目には刺激的で魅力的な人だと映った」

「続けてくれ」ノアが言った。

「つきあいはじめてからひと月ほど経った頃、私はラウルの家に転がりこんだ。彼はドラッグを売ってたから家には人が自由に出入りしていて、毎日、朝から晩までパーティみたいだった。そのうち私もドラッグを常用するようになって、そのことが原因でよく喧嘩になった。ある日、私が仲間たちがいる前で食ってかかったら、ラウルがいきなり逆上して……」殴られたときの衝撃を思いだし、アプリルは頬に手をやった。「少し経って謝ってくれたから、そのときは許したの。でもラウルは何度も同じことを繰り返すようになった。私はそのうち自分のせいだと思うようになったわ。私のほうが求めているんだと。自分から殴られるように仕向けているんだと」

ノアが怒りをにじませ、口を引き結んだ。「手をあげたほうが悪いんだ。どんな理由があっても許されることじゃない」

アプリルはいったん言葉を切り、ノアを見つめた。「この前の夜、あなたをひっぱたいたのは……あなたの我慢の限界を知りたかったのかもしれない」

「この手が女性に危害を加えるようなら自分で切り落とす。前にも言っただろう」

アプリルはうなずいた。今なら信じられる。「あなたの言葉をうのみにできないのは、いろいろな目に遭ってきたからなの。ラウルのことだけじゃない。父は母を捨てたし、母がつきあった男たちの中には……」

ノアが目を細めた。「君にも手を出したのか？」

「手を出そうとした男もいたわ。母に言って、家から追いだしてもらったけど」

「くそったれ」ノアは険しい表情で悪態をついた。「そいつの名前は？　署に戻ったら、取っ捕まえてやる」

　男に関する情報を伝え、アプリルは先を続けた。どうしても最後まで話す必要があった。「ヘニーを身ごもったとわかったときは恐ろしくてたまらなかった。メタンフェタミンで何日間もハイになっていたから……だからもう……手遅れだと思ったの」涙をこらえ、拳を口に押しあてた。「エリクだけに打ち明けて、病院に一緒に行ってもらった。超音波検査の画像に写ったヘニーを見た瞬間、何か……つながりのようなものを感じたの。この子を産んで、変わりたいと思った」

　ノアがベッドの脇に足をおろし、アプリルを抱き寄せて慰めた。

「家に帰ってすぐに荷物をまとめて」アプリルは心が麻痺したような状態のまま話を続けた。「出ていこうとしたら、ラウルが逆上したの。エリクがラウルの腕をつかんで、私には手を出すなと言った。妊娠してるからって。でもラウルはエリクの忠告に耳を貸さずに、私を壁に叩きつけて言ったわ……おまえはどこへも行かせないって。エリクがもう一度割って入ろうとした瞬間、ラウルはエリクに銃を突きつけた。ふたりが言い争っている隙に私は逃げだした」ノアと視線を合わせた。「エリクは私の命の恩人なのよ」

ノアがアプリルの頬に手をやり、親指で顎にそっと触れた。「エリクが君のそばにいてくれてよかった。俺がそばにいてあげられればと思う」

目に涙があふれ、アプリルは深く息を吸いこんだ。「このことは誰にも話したことがないの。母にさえ」

「そのせいで俺が君を軽蔑すると本気で思っているのか？」

アプリルは肩をすくめ、視線をそらした。

ノアがアプリルの顎をつかみ、自分のほうに向ける。「そんなはずがないだろう。君は自分の人生を変えた。すばらしいことじゃないか。どんなに大変だったかわかるよ。十代で母親になった子の多くは大学へ進むのはおろか、高校さえ卒業しない。君は強い人だ。そして立派な母親だ」

ノアの言葉を聞き、アプリルは胸がいっぱいになった。昨日は悲劇的な出来事が続いたから、そういう言葉を聞きたかった。声を殺して泣きながらノアの首にしがみつき、喉元に鼻を押しつけ、心を開いて思いを分かちあった。

アプリルが泣いているあいだ、ノアは彼女を抱きしめ、髪を撫でてくれた。やがてアプリルの顔をそっと手で包みこみ、キスで涙をぬぐった。アプリルが甘い息をもらしてキスを返すと、ノアは覆いかぶさってきて彼女のローブに両手を滑りこませた。

「待って」アプリルは唇を離して言った。「だめよ。そろそろヘニーが目を覚ますわ。あなたの姿をあの子に見せたくないの」

ノアがうめき声をあげ、アプリルの鎖骨に額を預けた。「今夜も仕事かい?」

「ええ」

「店に立ち寄るよ。君が無事に帰宅するのを見届けたい」

理由は訊くまでもなかった。今日は金曜だ――また殺人が起こるかもしれない。

アプリルはローブの紐を結ぶと、ノアが服を着るのを眺めた。彼はベッドの端に腰かけ、靴を履いた。アプリルはハンサムな横顔を見つめながら、首に両腕を巻きつけ、耳をかじりたい衝動を必死に抑えた。

「ええと、つまり……いいんだよな?」ノアはちらりとこちらを見た。

「いいって何が?」

「俺たちはつきあうってことで」

アプリルを驚かせようとして単刀直入に質問したわけではないだろうが、ノアはいつも不意を突いて防御をすり抜けてくる。「エリクはどうなるの?」アプリルは互いの立場をはっきりさせておこうとして尋ねた。

ノアが口を引き結ぶ。「君がエリクから金を受け取るのにはやっぱり賛成できない」

「どのみち、もうやめるつもりだったわ」アプリルは髪に指を走らせた。「ギャングから足を洗ってほしいとエリクに頼んだの」

「エリクはなんと言った?」

「あなたに渡せる情報を集めてると言ってたわ。エリクのことが心配でならない」

ノアが顔をしかめて立ちあがった。「何ひとつ約束はできないんだ、アプリル。不本意ながら、俺は一度だけエリクを大目に見てやった。あいつは違法行為にかかわっている」ノアの顎がぴくりと動いた。「君がエリクを大事に思っているからといって、俺は信条を曲げるわけにはいかない」

ノアの口調と険しい表情に、嫉妬の色がにじんでいた。アプリルとエリクの絆にやきもちを妬いているのだ。まったく皮肉なものだ。彼女はこんなにもノアに夢中なのに。

その瞬間、気づいた。今朝、アプリルはノアに身も心もすべてさらけだした。最もつらい時期の、最も恥ずべき部分をさらした。もはや隠れる場所はない。ふたりのあいだの壁はなくなった。

彼に正直な気持ちを打ち明けたかったが、アプリルはためらった。大きな一歩を踏みだすのが怖かった。

それにヘニーがいつ目を覚ましてもおかしくない。

「この話はまたあとにして」アプリルは頭が混乱していた。

玄関まで来ると、ノアは身を乗りだし、名残惜しそうに唇を重ねてきた。ノアが顔をあげた瞬間、彼の目に生々しい感情が浮かんだ。アプリルはノアの言葉を待った。彼女が聞きたくてたまらない言葉を。彼女が言いたくてたまらない言葉を。

ところがノアはアプリルも同じ気持ちだとは思わなかったらしく、ひと言だけ言った。「じゃあ、また」

ほっとするべきなのか、がっかりするべきなのかアプリルは自分でもよくわからなかった。ノアが立ち去ると、アプリルはドアに鍵をかけた。せつなさで胸が痛い。喉が締めつけられて泣きだしてしまいそうだ。恋に落ちるのが恐ろしくてたまらない。

汗ばんだ手をローブでぬぐい、キッチンへ行った。コーヒーが沸くのを待つあいだ、キャビネットの上部をぼんやりと見つめていたら、写真を入れた箱をしまっていたことを思いだした。

花と砂糖入れをどけると、奥から箱が出てきた。アプリルはカップに入れたコーヒーと箱を持ってソファに座った。

アプリルが箱を開けようとしたとき、ヘニーが身動きする音が聞こえた。「ママ？」すぐさまアプリルは娘のベッドルームに向かった。ヘニーは毛布にくるまっていた。髪にかわいい寝癖がついている。「なあに？」

「手を引っ張ってくれないと起きられない」

アプリルはほほえみ、片手を差しだした。ヘニーは手をつかみ、アプリルをベッドに引っ張りこんだ。アプリルはヘニーが降参の悲鳴をあげるまでくすぐった。娘を強く抱きしめると、涙がこみあげた。

「ママ、どうして泣いてるの？」

アプリルは愛らしい頭のてっぺんにキスをした。「あなたをとっても愛してるからよ。あなたにメロメロなの」涙をぬぐって身を乗りだし、背中にのるよう身ぶりで伝えた。「おんぶしてあげる」ヘニーを背負ってソファへ向かう。

「これなあに？」ヘニーが箱に気づいて尋ねた。

「昔の写真」

「見てもいい？」

「ええ」

ラウルの家を出るときに持ってきた箱の中身をじっくり見るのは初めてだった。中にはヘニーに見られるとまずい写真もあるはずだ。一枚目はアプリルが女友達と一緒に写っている写真で、みんなスプレーで髪を立たせ、ギャングのハンドサインをしている。

ヘニーが気づく前に、アプリルはその写真を箱の下のほうに戻した。アプリルはチュラビスタ・ロコスのメンバーではなかった。ラウルはアプリルが加わるのを頑として認めようとしなかった。女の子はメンバーに加わるとき、殴られるか、セックスをしなければならない——複数の男と関係を持つのだ。その点においてはラウルに感謝すべきなのだろう。

アプリルは記憶を押しやり、ヘニーに別の写真を手渡した。

「これは誰？」

「おじいちゃんよ」アプリルも一緒に写真をのぞきこんだ。「ママのお父さん」マリアーノ・オルティスが得意顔で腕組みをして、青いシボレー・エルカミーノの隣で膝をついている。父はわずか二十歳でこの世を去った。次に手渡したモノクローム写真には、若くて美しい十八歳のホセファが写っていた。

「これはママ？」

「いいえ、おばあちゃん《アブエリータ》よ。ママに似てる？」

「うん」

ラウルの写真もたくさんあり、ヘニーの目が釘付けになった。父親が短い生涯を終えた秘密を解明しようとするかのように、ヘニーは一枚一枚食い入るように見つめていた。どの写真でも、ラウルは一・二リットルのビールのボトルを手に持ち、ならず者たちに囲まれている。

アプリルはヘニーの反応を見定めようとした。

「パパも病気だったの？　おばあちゃん《アブエリータ》みたいに？」

「そうよ」胸が締めつけられた。「でもよくならなかったの」

「おばあちゃん《アブエリータ》はよくなる？」

「そう願ってる」アプリルはヘニーの髪を撫でた。「本当にそうなってほしいわね」

23

エリクは一日中、ラウルの埋葬の手配にかかりきりだった。

墓地の区画はかなりの高額だった。空いている一番安い区画に持ち金のほとんどを使ってしまうと、きちんとした棺と立派な墓標を用意する余裕はなくなった。結局、葬儀場が見積もった価格の何分の一かで、ティファナで簡素なマツ材の棺と大理石の墓標を手に入れられた。

それらの代金を支払い、母を拾ったあと、国境の町サン・イシドロで二時間も待たされた。太陽が容赦なく照りつけ、露天商がアイスキャンディ《パレタス》を売り歩いている。母は刺繍《ししゅう》入りのハンカチで涙をぬぐいながら、すすり泣いていた。

ようやく国境の検問所を越えると、エリクはアクセルを踏みこみ、スピードをあげた。潮風で汗に濡れたTシャツが乾いていくのを感じながら、母にもうひとつの悪い話を切りだした。「ばあちゃんも一緒に連れ帰ってもらわなきゃならない」エリクはスペイン語で言った。「もう面倒を見られなくなった」

母がティッシュペーパーで目をそっと押さえた。「どうして?」

「墓地の区画に二千ドルかかった。家賃を払えそうにないんだ」

母は頑固な性格だ。親戚から金を借りるのはプライドが許さないだろう。しかも親戚のほとんどがエリクよりも困窮している。「メキシコに埋葬すればいいじゃないか。父さんと一緒に」

「それはできない。ヘニーが墓参りできるようにしてやらないと」

重い沈黙がおりた。「おまえの考えが一番正しいよ」

その言葉を聞くのはこれが初めてではない。十七歳のときから稼ぎ頭として家計を支えてきたため、何か起きるたびに難しい決断を下すことを求められた。だが今は、責任感がすり減っていた。

ほかにも考えなければならないことが山ほどある。

家に帰ると、友人や親戚が集まっていた。少人数だが、いろいろな意味で、いかにもメキシコ人らしい集まりだった。会ったこともないいとこが何人かいて、食べきれないほどの食べ物が用意されている。陽気な音楽が流れ、さながらちょっとしたパーティのようだ。ありがたいことに、お悔やみの言葉を受ける役目は母が果たしてくれた。ラウルが死を悼むに値するまっとうな人間だったふりをするのはエリクには耐えられなかった。

しかしその一方で、ラウルには欠点を補う長所がなかったにもかかわらず、エリクは喪失感に打ちのめされていた。たしかに兄は怪物のような人間だったが、それでもエリクは愛情を感じていた。

今夜はもっと多くの人が集まってくるだろう。みんなラウルの思い出話に花を咲かせ、酔っ払うはずだ。埋葬は日曜の午後に予定されているから、長い週末は故人の思い出にふけりながら、しこたま酒を飲むに違いない。

フニオルの家で見たような場面には居あわせたくなかった。自分の身内に起きたことに対処するのはいっそう落ち着かない。エリクはこっそり抜けだすつもりで裏口から外へ出た。

ところが、そこには伯父のラモンが立って煙草を吸っていた。「おまえもどうだ?」

「いや」

ラモンがポケットから札束を取りだした。「おまえの母さんから聞いたよ。葬式代の足しにしてくれ」

見たところ、一週間分の給料はありそうだ。しかも、伯父のほうがよほど金に困っているはずだった。伯父の思いやりに、エリクは目頭が熱くなった。「それは母に渡してください」エリクは咳払いをした。「それから母が棺と墓標を取りに行くのにつき添ってもらえますか?」

「もちろんだ《クラロ》」ラモンは言うと、また煙草を吸った。

エリクはポケットから自分が受け取った領収書を何枚か取りだし、伯父に手渡した。

「俺はいろいろとやらなきゃならないことがあるんで」

「とにかく中に戻って一杯飲まないか?」

エリクはかろうじて正気を保っていた。これ以上優しい言葉をかけられたり、そっと触れられたりしたら、取り乱してしまいそうだ。「いや、もう行かないと。みんなによろしく伝えてください」

ラモンが釈然としない顔でうなずいた。

伯父と抱擁を交わすと、エリクは誰かに引きとめられる前に立ち去った。車の運転席に乗りこんでエンジンをかけ、安堵のため息をつく。兄のための集まりからこっそり抜けだすことへの罪悪感は、ほんの一瞬しか続かなかった。公道に出て、車の窓を開けてラジオをつけたとたん、気分が晴れてきた。

「おまえと離れるのはつらいな」ダッシュボードを叩いて言った。このまま車を走らせつづけて、面倒なことを置き去りにできればいいのに。

伯父に嘘をついたわけではなかった。オスカル・レイエスとの約束の時間までに、あとひとつだけしなければならないことがある。そのためにはメガンに会う必要があるが、気が進まなかった。それどころか恐怖心でいっぱいだ。

汗ばんだ手で携帯電話を取りだし、メガンに電話をかけた。「今、君の兄さんは家にいるか？」

「いないわ」

「今からそっちに行く」

メガンは恥じらうそぶりを見せなかった。「わかった」

エリクは路肩に車を停め、あたりに警戒の視線を投げてから玄関に近づいた。エリクがノックする間もなくメガンが姿を現し、彼の腕の中に飛びこんできた。「会えてうれしい」彼女はそう言って唇を重ねてきた。エリクはそういう目的で会いに来たわけではないのに、キスを返さずにはいられなかった。思わずキスに酔いしれたが、思考と両手がさまよいはじめる前に抱擁を解いた。「どこかへ行こう」

「どこへ？」

「どこでもいい」

メガンは少しがっかりしたようだ。「ちょっと待ってて」兄宛に走り書きのメモを残すと、ペーパーバックくらいの大きさのバッグを手に取った。エリクはメガンのビンテージのTシャツにチェック柄のショートパンツという姿に目をやり、彼女のスタイルのよさに見とれた。奇抜なヘアスタイルと流行《はや》りの服は、写真展で見かけるあか抜けた女の子のイメージそのものだ。

エリクのような負け犬とは住む世界が違う。

一緒に過ごすようになってまだ間もないのに、すべてを台なしにするのは耐えられない。そこで車でビーチへ行き、手をつないで海岸沿いを歩いた。メガンは靴を脱ぎ捨て、水の感触を楽しんだ。ペリカンが魚を捕る様子をふたりで眺め、イルカが弧を描いてジャンプするのも何度か目にした。エリクがヤドカリを指さすと、素足で砂の上を歩いていたメガンは甲高い声をあげ、駆け戻ってきた。

このうえなくすばらしいひとときだった。夕日を背に受け、幻想の世界にいるようだった。

「話さないといけないことがある」やがてエリクは言った。

メガンがエリクの腰に手をまわしてきた。「何？」

ふたりは例の桟橋の手前まで来た。エリクは落ち着かない気分になり、向きを変えて来た道を引き返しはじめた。「この前の夜、君の兄さんと約束した。逮捕されないですむように、ある情報を提供するって」

メガンの目が翳った。そんな話は聞きたくないようだ。彼女も幻想の世界に浸っていたいのだろう。「どんな情報なの？」

「殺人」

「殺人」メガンは弱々しい口調で繰り返し、腕をだらりとさげた。

「俺が知ってることを今から洗いざらい話すから、君の兄さんに伝えてほしい。できれば今夜のうちに。大事なことなんだ」

「なぜ自分で直接伝えないの？」

「逮捕されたくない。とりあえず供述を取るために署に連れていかれる」

「だから？　匿名で言えばいいじゃない」

「だめだ。それはできない」

メガンは海を見つめ、顎をあげた。「わかった。あなたが犯した殺人について話して」

エリクは彼女の言葉をあえて訂正しなかった。「俺が十歳のとき、親父が死んで、おふくろはメキシコに帰った。兄貴は十八歳になってたから、俺はチュラビスタに残って兄貴と暮らすことにした。兄貴の家はまさに無法地帯だった。俺を学校に通わせようとしなかったし、ふたりで盗みも働いた。ひと晩中遊び歩いて、ドラッグにも手を出した」

「十歳で？」

「ああ。兄貴がすることはなんでも真似したよ。そのときからすでに、俺は落書きが得意だった。みんな、ハイになっている俺にスプレー缶を渡して楽しんでた」

メガンが心配そうに目を見開いた。エリクはこれが事実でなければいいのにと願った。

「ある晩、兄貴はあることを計画した……とんでもなく悪いことを」

「なんなの？」

エリクは視線をそらし、唾をのみこんだ。「地元に俺たちの仲間に入りたがっている女の子がいた。その子は友達がほとんどいなくて、母親からもほったらかしにされてた。言ってみれば……なんでもするタイプの子だったんだ」

「たとえば？」

「どんなドラッグでも、どんな男でも」エリクはしばらく口をつぐみ、心を落ち着けた。「兄貴はその子にメンバーに加えてやると言った。俺たちはその子を車で拾って、空き家へ連れていった。ぼろぼろの家で、みんな酔っ払ってた。兄貴が彼女の手首をバンダナで縛った」

「なぜ？」

エリクはやっとの思いでメガンと視線を合わせた。「女の子はみんな、そうやって仲間に加わるからだ」

「嘘よ」メガンが首を振った。「レイプされて？　あなたはそんなことしてないわよね？　そんなことはしてないと言って」

「最初は兄貴だった。その次がトニー、それからフニオルも」

メガンは唇を震わせた。「あなたはしてない。お願いだからしてないと言って」

「ああ、してない。でも俺も同罪だ。彼女を助けようとしなかったんだから。映画でも見てるみたいに、ただ見てた」

「その子は同意してたの？　自分が何をされるのかわかってたの？」

「ああ、たぶん。でもそのうちにいやがりだした。特にフニオルのときは、叫び声をあげた。あいつにとっては初体験だった。だから……夢中になりすぎたんだ」記憶がよみがえってきて動揺を覚えながらも、エリクは先を続けた。「ことがすんだら、俺はみんなが彼女の手首のバンダナをほどくと思ってた。ところが兄貴は彼女を縛ったまま放っておいた。そのとき別の男がやってきたんだ。覆面をかぶった男が。その男は自分が交代するために兄貴に金を渡した」

メガンは言葉を失い、片手で口を覆った。

「フニオルが自分のしたことを棚にあげて、兄貴に食ってかかった。そんなふうに女の子を売り渡すのはさすがにひどいと思ったんだろう。ふたりは喧嘩を始めた。壁に穴が空くほど激しい殴り合いの喧嘩を。俺とトニーは止めに入った」エリクは吐き気で胃が締めつけられた。「そのときになってようやく、女の子の叫び声がもう聞こえないことに気づいた。兄貴がドアを蹴破ったが、男の姿は消えていた。そして彼女は死んでいた」

「なんてこと」メガンはか細い声で言った。

「頭にビニール袋をかぶせられて、首にバンダナが巻きつけられてた。その男が首を絞めて窒息死させたんだ。兄貴が拳で彼女の胸を何度か叩いたが、もう息をしてなかったし、鼓動も止まってた。俺たちはどうしたらいいかわからなくて途方に暮れた。警察に通報するのは論外だった。結局、兄貴が遺体を古いカーペットでくるんで、みんなで家の裏の雑木林に運んだ。俺も穴を掘るのを手伝って、みんなで埋めた」

メガンは愕然として砂浜に腰をおろした。「その家はどこにあるの?」

「シカモアだ。それから数年後に建設作業員が遺体を見つけたが、身元は特定されなかった」

「女性の名前は？」

「マギー。たしかマグダレーナという名前だったと思う」

「その事件の捜査はまだ続けられているの？」

「あの謎の男が自首していなければ。でも殺人を繰り返してる可能性のほうが高いだろう。クリスティーナを殺したのもその男かもしれない」

「だけどその男の顔も名前もわからないんでしょ？」

エリクは身ぶりでいらだちを表した。「そうだ。今週ずっと必死に情報を聞きだそうとしたんだが、さんざんな結果に終わった。フニオルは頭に銃を突きつけてきたし、兄貴は俺の口を殴りつけた。でもトニーが唯一の手がかりを与えてくれた」

「どんな手がかり？」

「犯人は警官だとトニーは言っていた。巡査だって」

「私の兄さんみたいな？」

「それはわからない。でたらめかもしれないし。大きな声じゃ言えないが、トニーはドラッグで頭がイカれてる」

メガンは予想どおりの反応を示した——恐怖と嫌悪の表情を浮かべた。ほんの一週間前、メガンはあの桟橋のたもとで襲われたばかりだ。だからこそ、自分はわざわざ彼女をここへ連れてきたのかもしれない。今まで悪夢のような人生を生きてきたことを伝えるために。おぞましい光景と暴力に彩られた人生を。

張りつめた沈黙のあと、メガンがエリクを見あげ、片手を差しだした。エリクが驚きながら手を取ると、メガンは彼の手を引いて隣に座らせた。「あなたのお兄さんはその男の名前を知ってると思う？」

エリクは喉が締めつけられ、一瞬言葉に詰まった。「ああ。この前の夜、面会に行ったとき、俺は殴られる前にドラッグを買う金を渡した」やっとのことで言葉を絞りだした。「その翌日、兄貴はドラッグの過剰摂取で死んだ」

メガンがエリクを抱きしめた。「ああ、エリク、そんなひどいことがあったの」

エリクは身を振りほどいた。「俺は誰かがレイプされて殺されるのを、ただ手をこまねいて見てたんだぞ。俺の話を聞いてたのか？」

「あなたはまだ子供だったのよ」メガンが言う。

「大人になってから、俺が何も悪いことをしていないと思ってるのか？　俺は筋金入りの犯罪者だ。盗みを働き、罪のない人にも暴力をふるう。ガキにドラッグを売ったり、銃を密輸したりもする。俺は悪い人間なんだよ、メガン」

メガンが真実を探るような目でこちらを見つめた。「自分のしたことを反省しているんでしょ？」

エリクは否定したかったが、ノーと言えなかった。

「人は誰でも間違いを犯すものよ」

「こんな間違いは犯さない」

メガンはエリクの肩をさすった。どうやら彼が最悪な人間だと信じないつもりらしい。「あなたは悪い人間なんかじゃない。悪い人間は後悔したりしない。悪い人間は、私がジャックに襲われていても助けたりしないし、過ちを償おうとしたり、命を危険にさらしてまで犯人を見つけようとしたりしない」エリクが思わず視線をそらすと、メガンは両手で彼の顔を包みこんだ。「お兄さんが悪い人間だったのよ。あなたじゃなくて」

エリクは一日中こらえていた涙が目にこみあげた。

「悪い人間は自分を犯罪者に育てた兄の死を悼んだりしないし、十歳のときに自分を捨てた母親を許したりしない」

メガンがエリクのうなじに手を滑らせ、自分のほうに引き寄せた。エリクはもはやこらえきれなかった。見知らぬ人が通りかかるのもかまわず、メガンの肩に顔をうずめて泣いた。背後から波が打ち寄せる音が聞こえる。

メガンがエリクの涙をぬぐって唇を重ね、優しいキスでまわりの世界を遮断した。

「家に連れて帰って」体を離し、耳元でささやく。

彼女が何を望んでいるのかわかったが、エリクはその望みをかなえるわけにはいかなかった。メガンの体をもてあそんで捨てるのは、身勝手な男のすることだ。今夜の対決から無傷で帰ってこられて、なおかつ逮捕を免れる確率は恐ろしく低いだろう。

メガンがエリクの喉に唇を触れ、肌を味わいはじめると、彼は高ぶりを熱い舌で愛撫されたときのことを思いだし、心が揺れ動いた。あの感触をまた味わいたい。メガンの体を組み敷き、彼女が歓びに身を震わせるまですべてを奪いたい。

最後にもう一度だけ、現実から逃れたい。

エリクはうなずいて同意を示し、立ちあがった。歓びを放棄することはできなかった。

メガンは期待に胸を高鳴らせてエリクを二階へ連れていった。彼のあとから部屋に入り、ドアを閉める。

エリクは無言のまま、ベッドに腰をおろした。

メガンは緊張を覚え、音楽をかけるためにデスクに近づいた。リサイクルショップでレコードプレーヤーと名曲のレコードを五枚ほど手に入れていた。ザ・ビーチ・ボーイズの《イン・マイ・ルーム》を選んでレコードに針を落とし、後ろにさがる。

「これでいい？」メガンは着ているものを脱ぎながら訊いた。

服が床に落ちるさまを見つめるエリクの喉ぼとけが上下した。「ああ」

メガンがブラジャーとショーツだけの姿になると、エリクは立ちあがり、Tシャツを頭から脱いだ。

夕日が沈んだばかりの薄暗がりの中で、見事に浮きでた筋肉と筆記体のタトゥーが見えた。

エリクは影のようにじっと立ち、メガンが近づいてくるのを待っている。

メガンは部屋を横切って近寄ると、エリクの胸に両手を這わせ、銀のチェーンにさがる十字架に触れた。自分の体に注がれる視線を感じながら、エリクの上半身から引きしまった腹部へと指先を滑らせる。やわらかなブラジャーの中で胸の先端が硬く尖り、腿の合わせ目が熱くなりはじめた。

エリクがうめき、ほぼむきだしのメガンのヒップを両手で包んで引き寄せ、むさぼるように唇を奪った。ふたりはそのままベッドに倒れこみ、手と脚を絡めた。数日前は気恥ずかしさを感じたのに、今はエリクが覆いかぶさってきて、下腹部を押しつけられても歓びしか感じられない。

エリクがメガンの口の中を探りながら、片手でショーツを押しさげ、ヒップをつかんだ。メガンはエリクの肩に爪を食いこませて猫のように背中をそらし、彼の胸に乳房を押しつけた。メガンはまだキスをやめる気になれなかったのに、エリクは唇を引き離し、荒々しくショーツを脱がせた。

下半身だけ裸にされたことに、メガンはなぜか興奮を覚えた。エリクがメガンの白い腹部と、むきだしのヒップと、腿の合わせ目に視線を注いでいる。エリクに触れてほしくて、ブラジャーに押しこめられた乳房が張りつめ、先端が痛いほど硬くなった。

メガンは背中に手をやり、ブラジャーのホックを外した。乳房があらわになると、エリクが舌で唇をなめた。

「私に触れて」メガンは脚を開いた。

エリクがメガンの腿のあいだに手を入れ、愛撫を始めた。熱さを確かめるように指を一本、さらにもう一本滑りこませる。同時に乳房に唇を寄せ、尖った先端を舌でなぞった。

メガンはもっと触れてほしくて、さらに大きく脚を開いた。

エリクが顔をあげ、濡れた胸の頂と腿のあいだからメガンを見つめる。「君としたくてたまらない」

「ええ」メガンは息をあえがせた。

けれどもエリクは彼女の熱く潤った部分を愛撫しつづけた。やがてメガンは声をあげ、体を震わせてのぼりつめた。目を開けると、エリクがメガンの顔を記憶に刻みこもうとするように見つめていた。メガンがくらくらする頭で見つめ返すと、彼はポケットからコンドームを取りだし、ズボンの前ボタンを外した。準備が整うとエリクがのしかかってきて、下腹部に手を添えてメガンの中に身を沈めた。

痛みを感じた。初体験のときほどではないものの、メガンは戸惑った。

エリクがぴたりと動きを止める。「大丈夫か?」

メガンはベッドに釘付けにされたように身動きができず、胸の中で心臓が飛び跳ねていた。エリクが押し入ってきた瞬間に身をこわばらせていたことに気づき、彼女は体の力を抜こうとした。握りしめていた手を開き、両膝を高く持ちあげる。「ええ、たぶん」

エリクがスペイン語で悪態をつくと、わずかに腰を引き、再びそっと突き入れた。

メガンの体から痛みが引き、甘く熱い感覚が走る。メガンは彼の腰に脚を巻きつけ、首に両腕をまわしてしがみついた。エリクが動くたび、体が心地よく彼を受け入れていく。「ああ、エリク、すごくいい」

エリクが低くうめき、メガンの乳房が揺れるさまを見つめながら、さらに奥深くまで身を沈めた。メガンは収縮する筋肉と欲望を宿した瞳にうっとりと見とれた。エリクがざらついた声で悪態をつき、歯を食いしばる。彼が興奮している姿を見ると、メガンはぞくぞくした。何もかもさらけだしてこんなに激しく奪われたら、どうにかなってしまいそうだ。

次の瞬間、エリクはどことなく申し訳なさそうな顔をしたかと思うと、長く持ちこたえられなかったことを惜しむようにクライマックスを迎えた。両手でメガンのヒップをつかみ、首筋に顔をうずめ、欲望を解放した。

彼は汗ばんだ体でメガンに覆いかぶさった。「ちょっと待っててくれ」そっと離れるとズボンを引っ張りあげ、コンドームを捨てるためにバスルームへ行った。

メガンはほほえみ、枕を胸に抱いた。エリクは戻ってくると枕を奪い取り、彼女をベッドに押し倒して全身にキスを浴びせた。メガンは身もだえして甲高い声をあげた。

ふたりは息を切らし、手足を伸ばして並んで横たわった。これほど生きていることを実感したのは初めてだ。「愛してる」メガンはハンサムな顔に触れた。

　エリクがすばやくメガンの手首をつかんだ。「嘘だ」

　メガンは顔を曇らせ、つかまれた手を引き抜いた。「嘘じゃないわ。本当に愛してる」

　気まずい沈黙のあと、エリクは目をそらして頭を振った。「ちょっと用事があるんだ。必ず君の兄さんに伝えてくれよ」

　エリクの投げやりな態度を見てメガンは胸が痛み、なかなか言葉が出てこなかった。

「自分で私の兄さんに打ち明けられないほど意気地なしなの？」

　エリクが怒りをにじませて顎を引きしめ、ベッドから立ちあがって床に脱ぎ捨てたTシャツを拾った。

「これはあなたにとってはどうでもいいことなの？」メガンは毛布にくるまり、かすれた声で言った。「私のことをなんとも思ってないの？」

　エリクは裏返しになったTシャツを表に返した。「まあまあよかったな」

　メガンは彼の顔をひっぱたいてやりたくなった。「まるで怯えた子供ね、エリク。自分の本当の気持ちを認めるのが怖いの？　ギャングから抜ける勇気がないの？　今から何をするつもり？　私から逃げださなければならないほど大事な用事って何？」

「別に逃げだすわけじゃないし、俺は意気地なしでもない」エリクはTシャツを頭からかぶって着ると、そっけなくうなずいて別れを告げた。「じゃあ、そのうちまた」

「ネックレスはどこ？」

しばらく間を置いてからエリクは答えた。「なんのことだ？」

「あなたの十字架のネックレスよ。いつも肌身離さずつけてるでしょ」メガンがネックレスを捜してあたりを見まわしているうちに、エリクは背中を向け、部屋から出ていった。メガンは毛布を引きずって急いであとを追いながら、バスルームをちらりとのぞいた。

銀の十字架が洗面台に置かれていた。メガンはネックレスを手に取ると、もつれそうな足で階段を駆けおりた。「わざと置いていったでしょ！　なんでこんなことをするの？」

ドアノブに手をかけたまま、エリクが立ちどまった。「もう戻ってこられないかもしれないからだ」肩越しに振り返った。「君に思い出の品を渡したかった。本当にもう行かないと」

メガンはエリクに駆け寄った。目に涙があふれてくる。「どこへ行くの？」

エリクは視線をそらし、答えようとしない。

「やめて」メガンは片手で毛布を押さえ、もう一方の手にネックレスを持って言った。

「お願い、エリク。何をしようとしてるのかわからないけど、とにかくやめて」

エリクが一瞬ためらい、ふさわしい言葉を探した。「さっきは嘘をついた。ああやって別れを告げたほうが楽だと思ったんだが、やっぱり無理だ。正直に言うよ……君のおかげで人生最高のときを過ごせた。君が愛せるような男になれたらよかったのに」呆然と立ちすくむメガンの頬にキスをすると、ドアを開けて出ていった。

24

ノアが署に戻ると、留守番電話にメッセージが入っていた。犯罪科学捜査研究所の所長からで、例の未解決事件で採取したサンプルは保管されているが、殺人課からの要請によって検査は実施しなかったという。

メッセージをもう一度聞き、ノアは途方に暮れた。鑑識の検査を中止する権限があるのは捜査主任だけで、通常は捜査が終結したときに中止される。とはいえ予算の問題は長年にわたる懸案事項だし、ＤＮＡ鑑定は費用がかかる。おそらく費用対効果の観点から中止の指示が出されたのだろう。あるいは連絡に不備があったのかもしれない。大量のサンプルが処理される中で、検査依頼がうっかり見過ごされることもあるだろう。

問題の原因を突きとめ、検査を依頼し直さなければならない。この件についてサンティアゴ刑事に相談することとメモに書きとめ、ノアは席を離れた。

未解決事件については月曜の朝まで待たなければならない。

今夜は掃討作戦に加わっていた。数カ月に一度、ギャング対策班が一丸となって実施する作戦で、警察のデータベースに登録されているメンバーがいないかどうか街中を徹底捜索し、あちこちで情報を集め、ギャングのたまり場に急襲をかけて一斉検挙するのだ。

パトリックが辞職したため、ギャング対策班の警官は六人から五人に減っているが、だからこそ腕の見せどころでもある。ノアはひとりでパトロールに出るのに徐々に慣れ、自立を楽しんでさえいた。隣に相棒がいないのは寂しいが、以前よりも警察官としての能力に自信が持てるようになっていた。

それに、このところパトリックの存在を重荷に感じていた。

夜はこれからが本番というときになって無線連絡が入った。「ヤング巡査、妹さんから伝言です。至急、自宅に電話がほしいと」

幸い、今は高速道路を走っていて、容疑者を追っている最中でもない。通信指令係に応答すると、携帯電話を取りだして自宅の番号を押した。

メガンは最初の呼び出し音で出た。

「兄さん？」

妹の声を聞いたとたん、ノアは胸が締めつけられた。どうやらメガンは泣いていたらしい。「どうした？」

「話があるの」

「なんの話だ？」

「エリクのことで」

「あいつがそこにいるのか？」

「いいえ。でも彼からある話を聞かされて……本当にひどい話なの。家に帰ってきてもらったほうがいいと思う」

ノアは悪態をつき、バックミラーをちらりと見た。すでに高速道路の出口を通り過ぎている。「わかった。なんとかする」

「今、誰かと一緒にいるの？」

「いや」

「パトリックもいない？」

「ひとりでパトカーに乗ってる。どうしてだ？」

「とにかく帰ってきて。お願い。最近起きた殺人事件と関係があるかもしれないの」

「五分で行く」ノアは約束し、ヘッドライトをつけた。同僚の巡査に家族の緊急事態だと伝えると、高速道路をおりて西へ向かい、インペリアル・ビーチにある自宅を目指した。

ノアが家に入ると、メガンが華奢な体を毛布でくるみ、階段の下に座っていた。肩はむきだしで、泣き腫らした目をしている。

さらに手のひらで包みこむようにして十字架を持っていた。

警官の勘を働かせなくても、何が起きたのか察しがついた。エリクがノアとの約束を破って妹に手を出したのだ。「あの野郎」ノアは壁を殴って穴を空けたい衝動に駆られた。「あいつに痛い目に遭わされたのか？」

「そうじゃないの。ただちょっと……気が動転して」

ノアは無性に腹が立ち、また悪態をついた。エリクを追いかけて、首を絞めてやる。

「どんな話を聞かされたんだ？」

メガンは涙を流しながら、おぞましい話を始めた。身の毛もよだつ話を詳しく聞くうちに、ラウルへの嫌悪感が増すのと同時に、アプリルへの同情の念が新たにわき、エリクに対する怒りがいくらかやわらいだ。

「犯人の特徴については何か言ってなかったか？」

メガンは首を振った。「仲間から情報を得ようとしたらしいの。そうしたらフニオルには頭に銃を突きつけられて、お兄さんには殴られたって。でもトニーという名前の友達が言ってたらしいの。犯人は巡査だって」

冷や汗がノアの背中を伝った。「トニー・カスティーリョのことか?」

「たぶん。本当に巡査なのかどうかについてはエリクも確信が持てないようだった。エリクはお兄さんが犯人の名前を知ってると思ってる」

「でもあいつの兄は死んだ」

「ええ」

ノアは髪をかきあげた。さまざまな考えが頭の中を駆け巡った。チュラビスタ市警察には何十人もの巡査が所属している。サンディエゴ市に至っては何百という人数にのぼるだろう。その情報をうのみにできないという点ではエリクに同感だった。トニー・カスティーリョといえば、二週間前にノアに銃を向けてきた男だ。

「エリクは殺された女性の名前も話してくれた」メガンがさらに言った。「マギーとかマグダレーナとかいう名前だったそうよ。遺体は数年後に建設作業員に発見されたけど、身元は特定されなかったって」

例の未解決事件の被害者と見て間違いない。最近起きている殺人事件と関連があるというエリクの予想はあたっている気がする。未解決事件の被害者も頭にビニール袋をかぶせられていたし、首にバンダナを巻きつけられていた。

「くそっ」ノアは犯人が警察官だった場合の影響を考えた。ＤＮＡ鑑定が中止になったのは偶然ではなかったのだ。「くそったれが！」

「そんなに怖い顔をしないでよ」メガンがしゃくりあげた。「エリクを見つけてほしいの。何か危険なことをしようとしてるみたい。もしかしたら、ギャングから抜けようとしてるのかもしれない」

ノアは今夜は街中をパトロールしてまわったが、ギャングから足を洗おうとしている者がいるという噂は耳にしなかった。ただし、イーストサイドとチュラビスタ・ロコスのあいだで果たし合いが行われるという情報はつかんでいた。各グループのリーダー格のふたりが一対一で対決することになっているらしい。それぞれの人物の名前と場所については誰も口を割らなかった。

「あいつを捜しに行ってくる」ノアはメガンの前にかがみこんだ。「おまえは大丈夫か？」

メガンはうなずき、顔をゆがめた。「エリクを愛してるの」

「おいおい」ノアは小声で言い、ぎこちなく妹を抱きしめた。メガンが誰かを愛していると口にするのは、思いだす限りではこれが初めてだ。相手がギャングのメンバーだと聞き、ノアは気が遠くなりそうだった。しかもエリクは自ら命を失いかねない行動に出て、場合によっては刑務所行きになるかもしれないのだ。

エリク・エルナンデスのどこがそんなに特別なんだ？

だが今は、メガンが厄介な相手を好きになった問題に対処している時間はない。絶対に家から出ないよう妹に約束させると、ノアはパトカーに戻った。ギャング対策班に無線連絡を入れてエリクを捜してほしいと要請し、〝マグダレーナ〟の名前を入力して警察のデータベースを検索した。

ノアはついていた。

最近の情報はひとつもないが、マグダレーナ・〝マギー〟・チャベスの十年前の逮捕記録が出てきた。少年犯罪の記録は閲覧が制限されているので顔写真を見ることはできないが、判明している最後の住所と近親者の名前はわかった。母親のエルビア・チャベスは今も同じ住所に住んでいるようだ。

ノアは母親を訪ねてみることにした。

キャッスル・パーク高校のそばにある小さな家は、すっかり荒れ果てて悲惨な状態だった。ペンキははげ、庭の草木は枯れ、空き家のように見える。ノアは路肩にパトカーを停めると、ホルスターに手をかけ、用心しながら玄関に近づいた。

破れた網戸の向こうで人の動く気配がした。「ミセス・チャベスですか？」ドアの向こうに中年女性が現れた。「ええ《スィ》」

「マグダレーナについてお訊きしたいことがあるのですが」

ミセス・チャベスは網戸を開け、ノアを招き入れた。ノアは薄暗い照明に目が慣れてくると、彼女が思っていたよりも若く、おそらくまだ四十代だと気づいた。顔色が悪く、髪がぼさぼさのせいで、実年齢よりも老けて見える。ぼんやりした目と赤らんだ鼻はアルコール依存症者の特徴だ。

「娘が見つかったの？」

ノアは答えられなかった。「行方不明になってどのくらいですか？」

「十年よ」

「捜索願を出しましたか？」

「二度出したわ。一度目の届けは紛失したと言われたから」

警察のデータベースに記録が残っていないということは、二度目の捜索願も同じ運命をたどったのだろう。「娘さんについて教えてもらえませんか？」

ミセス・チャベスは眉をひそめ、腕組みした。「あの子はいい子だった。でも悪い男たちとつきあうようになったの。ギャングのメンバーたちと」

ノアは手帳を取りだした。「娘さんが親しくしていた人物の名前を覚えてますか？」

彼女は悲しげに首を振った。

「最後に娘さんに会ったのはいつです？」

ミセス・チャベスはノアから離れると、薄暗いリビングルームへ行き、腰をおろした。室内は壊れた家具とがらくたで足の踏み場もなかった。埃っぽいカーペットと猫の尿のにおいがする。彼女は部屋の隅を見つめると、コーヒーテーブルから小さなグラスを手に取って口に運んだ。「二〇〇〇年の夏よ。あの子は十六歳だった」

「捜索願を出したとき、巡査がこちらにうかがいましたか？」

「ふたりで来たわ。ひとりはもの静かで感じのいい人だった。口数が少なくて。もうひとりのほうが言ったのよ。ギャングの悪ガキどもが街にはびこっていて、どうすることもできない、マグダレーナはそのうちひょっこり姿を現すだろうって。たしかシャンリーと名乗ってたわ。もしかしたら、あの警官が最初の捜索願を捨てたのかもしれない」

ノアは時間を割いてくれた礼を言った。ショックで心臓が激しく打っている。彼は未解決の殺人事件についてはいっさい触れず、名刺を渡してまた連絡すると言った。

家の外に出ると何度か深呼吸をして、次にどうすればいいか考えた。悪夢にはまりこんだ気分だ。最後に会ったときにパトリックが言っていた言葉が頭に浮かんだ。〝目の前に犯人が座ってても、おまえは気づきもしないくせに〟

相棒が人種差別主義者で、女性嫌いで、どうしようもない警官だということは薄々感じていた。だが殺人まで犯すだろうか？

どちらとも言えなかった。

ノアはサンティアゴに至急相談したいことがあると連絡を入れた。さらにアプリルにも電話をかけ、エリクの居場所は知らないだろうと思いつつも、いちおう留守番電話にメッセージを残した。

必死に平静を保ち、いくつかの選択肢を検討した。きわめて慎重を要する状況だ。パトリックの家を訪れて直接問いつめるわけにいかないし、連続殺人犯の警官を捜していると無線でみんなに知らせるわけにもいかない。

とにかくエリクを見つけなければならない。今すぐ。

無線機に手をやり、ギャング対策班に呼びかけた。「イーストサイドの喧嘩の件で何かわかったことは？」

「ああ、どうやら噂は本当みたいだ。果たし合いの場所はブラウン・フィールドらしい」

「誰と誰が対決するんだ？」

「オスカル・レイエスとチュラビスタ・ロコスの誰かだそうだ。ひょっとしたら、先週起きた走行車両からの銃撃事件の三人目の同乗者かもしれない。掃討作戦が終わったら、すぐに現場へ急行する」

「現場で合流しよう」ノアは無線を切った。ブラウン・フィールドは地方空港の裏手にある区域だ。埃っぽい丘陵地帯で、裏道が入り組んでいるため、内密に人と会うのにうってつけだ。広々としていて、身を隠す場所がいくらでもある。

エリクの携帯電話から居場所を追跡することもできるが、厄介な法律上の問題が生じる。エリクの命が危険にさらされていると証明できない限り、彼の個人情報にアクセスするには裁判所命令が必要だ。

そのときアプリルが折り返しの電話をかけてきた。「どうしたの？」

「エリクの居場所を知らないか？」

「知らないわ」

「今夜、誰かと対決するつもりらしいんだ」

「そんなことだろうと思ったわ」アプリルがため息をついた。「昨日あなたが帰ったあと、三人の男が乗った車が家の前を通ったの。エリクに家の中に戻るように言われたわ」

「それでエリクはどうしたんだ？」

「その車に近づいていったのよ！　話をしてたのは、せいぜい一分ほどだったけど」

「その車と、乗っていた男たちの特徴を覚えているか？」

「白のシボレー・モンテカルロ。少なくとも十年は乗ってる。男たちはメキシコ人で、みんなスキンヘッドだった」

ノアは手帳に書きとめた。「エリクとそいつらが待ちあわせそうな場所に心あたりはないか？　果たし合いによく使われる場所とか」

アプリルは少し考え、エリクの無鉄砲さにふたつの言語で悪態をついた。「思いつくのはブラウン・フィールドの南側の区域ぐらいね。ずっと昔に、チュラビスタ・ロコスとイーストサイドがよくそこで喧嘩《ブロンカス》をしてたの」

ノアは情報を提供してくれたことに礼を言った。昔ながらの殴り合いの喧嘩が起きるらしいという噂は耳にしていたが、これでようやくより具体的な捜索区域が見つかった。「仕事が終わったら、まっすぐに家に帰るんだぞ」パトカーを発進させ、チャベス家から離れた。「なるべく早く連絡する」

「気をつけて」アプリルがささやいた。

「ああ」ノアはもっと言いたいことがあったが、今はそんな場合ではない。電話を切ると、ブラウン・フィールドを目指して南へパトカーを走らせた。

エリクはオタイー・メサ・ロードを東へ向かって進み、ブラウン・フィールドまで来ると車のスピードを緩めた。空港の裏手に起伏の多い広大な土地が広がっていて、昔はよくここでラウルからボクシングを教わった。開けた場所ながら人けがなく、オフロードバイク専用の道や砂利道など逃げ道が無数にある。この数年のあいだにオタイーにもギャングが出現し、このあたりを縄張りにしはじめたが、チュラビスタ・ロコスもイーストサイドも連中を見くだしている。

しかし今夜、やつらはここにはいないようだ。

いずれにせよ、エリクはかまわなかった。もし出くわしたら、もっと人けのない場所に移動すればいいだけの話だ。

オスカルが先に来て待っているとは思っていなかったが、やはりまだのようだ。エリクは大通りから見えない平坦《へいたん》な場所に車を停め、ライトをつけたままにしておいた。神経が高ぶって食事をとる気になれなかったので、グローブボックスからビーフジャーキーを数本つかみ取り、機械的に噛んでコーラで流しこんだ。

果たし合いのことを考えると不安になるので、午後にメガンとのぼりつめた瞬間を頭の中で再現した。ところがなぜか彼女の体の上で迎えた至福の瞬間よりも、ビーチを散歩したときのことが脳裏によみがえった。

「ばかめ《バボソ》」エリクは目を閉じると、メガンの顔を何度も思い浮かべた。彼女の笑顔と〝愛してる〟と言ったときの口調を。

一時間後、車の窓をコツコツと叩く音が聞こえ、エリクははっと目を覚ました。

「まだか《リスト》？　この野郎《カブロン》」

エリクは座席の中で身を起こした。数台の車が鼻先をこちらに向け、半円を描くように停まっている。空に満月が浮かんでいるため、ヘッドライトで照らす必要はなかった。

エリクはコーラを飲み干し、車から降りた。

オスカルは白いモンテカルロのボンネットに寄りかかり、仲間の女の肩に手をまわしていた。フニオルが車から発砲したとき、彼女もオスカルの家にいたのだろうか。すらりとしたきれいな子だが、濃いメイクと険しい目つきをするには若すぎるように見える。

「ひとりか《エスタス・ソロ》？」オスカルが尋ねた。

エリクは両腕を広げた。どう見てもひとりだ。

「おまえはもうチュラビスタ・ロコスの一員じゃないのか？」

エリクは肩をすくめた。「そんなことはどうでもいいだろ？」

「おまえの仲間が俺の車に銃弾を撃ちこんだ。俺の家族にふざけた真似をしやがった。ひとつはっきりさせておくが、おまえがやったことの落とし前をつけてもらうんだからな。おまえの仲間の分じゃなくて」

「あいつはおまえに妹を痛めつけられて殺されたと思ったんだ」

オスカルに寄り添っていた女が眉をひそめた。

オスカルが地面に唾を吐いた。「俺はそんなばかな真似はしない。あいつを痛めつけてやる。おまえもな」

エリクは沈黙した。ことの経緯を説明すればフニオルは助かるかもしれないが、今夜のこの状況は変わらないだろう。

「車の所有権利書はどこだ？」

「グローブボックスの中だ。サインもしてある。キーは俺のポケットに入ってる」

「本当にいいんだな？　車をさっさとこっちによこして、逃げるなら今のうちだぞ」

エリクはオスカルの取り巻き連中に視線を投げて思案した。結果がどう出ようと、やつらはエリクを袋叩きにしようとするだろう。エリクはチュラビスタ・ロコスとは一定の距離を置いてきたとはいえ、今も一員であることに変わりはない。男らしくこの戦いを終わらせることができたら、大手を振ってこの街とおさらばするか、こっそり逃げだして絶えず背後を気にしながら暮らせばいい。

「俺から奪い取ってみろ」エリクは腹を決めた。

オスカルが冷ややかな笑みを浮かべる。「勝手にしろ《ア・ケ・キエラス》」前に踏みだすとTシャツを頭から引き抜き、最近まで刑務所に入っていた証拠を見せつけた――隆々とした筋肉を。月明かりを受けてスキンヘッドが光り、筋肉がくっきりと浮かびあがる。

エリクは不安で胃が締めつけられた。喉の渇きを覚えて唾をのみこむと、シャツを脱ぎ、車のボンネットに投げ捨てた。引きしまった体をあらわにしたとたん、畏敬の念ではなく笑い声が起こった。オスカルの女だけが称賛の目を向けてきたのは、かえって好都合だ。男たちからは高く評価されるより、見くびられたほうがいい。

「俺の仲間がボディチェックをする」オスカルは言った。

エリクが身をかがめてボンネットに両手をつくと、取り巻きのひとりがエリクのズボンを叩き、武器を持っていないかどうか調べた。エリクは屈辱に耐えてオスカルをにらみつけた。その様子を見ていたオスカルの女が唇を舌で湿した。

取り巻きがエリクのボディチェックを終えると、オスカルが自分の恋人のほうを向いた。「俺のボディチェックはおまえにしてもらおう」

彼女はエリクになまめかしい笑みを投げると、オスカルの背後にひざまずき、足首をつかんでズボンの裾を持ちあげた。さらに腿の内側にゆっくりと両手を滑らせてから立ちあがり、ズボンの前を手で包みこんだ。「頑張ってね」

エリクは見せつけられても何も感じなかった。彼女を見ていると、人前でフニオルと体を交えていた女の子たちを思いだす。

「準備はいいな？」オスカルが尋ねた。

エリクは前に進みでた。心臓が喉元にせりあがり、アドレナリンが全身を駆け巡って血管がどくどくと脈打っている。体重ではオスカルがうわまわるが、身長はエリクのほうが十センチほど高いので、その分拳が届く範囲《リーチ》も長い。足も速くて敏捷《びんしょう》だ。大柄だからといって喧嘩が強いとは限らないとエリクは自分に言い聞かせた。大柄な男は動きが鈍く、忍耐力に欠けることが多い。

腕力に腕力で対抗すれば不利な戦いになる。パンチを一発食らっただけでノックアウトされてしまうだろう。でもパンチをうまくかわせたら、自分よりも大柄な男に粘り勝ちできるかもしれない。

ふたりは拳を振りあげ、円を描いて動いた。エリクは相手の実力を再評価しはじめた。オスカル・レイエスは鈍重な獣ではなかった。蝶《ちょう》のように舞うタイプではないが、決して不器用ではない。オスカルをよけてぐるぐるまわるのはもはや得策とは言えない気がした。

そこで自ら攻撃を仕掛け、すばやい左パンチを繰りだした。しかしオスカルはやすやすとかわした。そしていっきに距離を詰めるとエリクのみぞおちに一撃を食らわし、続いて顎を殴りつけた。

エリクはバランスを失い、後ろへよろめいた。焼けるような痛みの走るみぞおちに手をやり、苦しそうにあえぎをもらす。

オスカルは笑い声をあげ、なおも円を描いて動きつづけた。

エリクが体勢を立て直す間もなく、オスカルはまた殴りかかってくるはずだ。エリクはためらいながらも、わざと弱点を見せて攻撃を誘った。敵はまんまと罠にはまった。オスカルが慎重に攻撃を続けるのをやめ、とどめを刺そうと近寄ってきた。

エリクは次の攻撃をかわすと、弧を描くように大きく腕を振り、オスカルの顎に二発見舞った。強烈なワンツーパンチを。

オスカルがのけぞり、ふらふらとよろめいた。

　エリクが指の関節が何本か折れたような感じがしたということは、オスカルのほうは目から火が出ているだろう。よりよい突破口が見つかるとは思えなかったが、エリクは再び攻撃に出た。オスカルの肋骨に拳を叩きつけた瞬間、ボキッという小気味よい音が聞こえたものの、オスカルはすばやくエリクの首に腕をまわし、寝技に持ちこんだ。

　よし。殴りあうよりも、取っ組みあうほうが得意だ。

　ところがあろうことか、オスカルは優位な体勢をうまく利用してエリクを押さえつけ、左の脇腹を何度も拳で殴りつけてきた。

　くそっ、痛い。

　息がまともにできない。指の関節がずきずきし、顎が焼けるように痛む。しかも尖った石が背中に食いこんでいる。エリクは低くうなりながらオスカルの腹に両脚を巻きつけ、胸郭を腿で強く締めつけた。

「このくそったれが《プータ・マドレ》！」オスカルが腕を後ろに引き、エリクの顔面を殴った。

　破壊的な一撃だった。

　エリクは力を緩めてあえいだ。くそっ。痛みで目がかすんでまともに見えない。血が頬を伝って流れ落ち、ゼリーのように脳が揺れていたが、エリクはオスカルの肋骨に巻きつけた両脚にさらに力をこめた。

「これでくそったれの息の根を止めればいい」取り巻きのひとりが言い、オスカルにナイフを渡した。月明かりを受けて、細く鋭い刃がきらりと光る。

オスカルはためらわなかった。いや、むしろ初めからそのつもりだったのかもしれない。ナイフが弧を描いたかと思うと、エリクの胸元に振りおろされた。エリクは息を切らしているせいで、危うくよけ損ねるところだった。パニックに襲われ、本能のままにオスカルの手首をつかんでひねった。その瞬間、エリクの肋骨に刃先があたって骨がこすられ、これまでに感じたことのない痛みが走った。思わず苦悶の叫びをあげ、オスカルの手首をさらにきつく握りしめる。

オスカルがナイフをわずかに回転させ、悪意のこもった笑みとともに金歯を見せた。耐えがたいほど痛みが強くなり、エリクは吐き気に襲われた。目の前に黒い点がちかちか躍っている。意識を失いかけているのだとわかった。

「くそっ《ディオス》」かすれる声で言った。

「ディオス・テ・リェベ！」オスカルが怒鳴り返す。〝あの世に送ってやる！〟

エリクが持てる力を振り絞ってナイフを押しやると、生ぬるいものが滴り落ちた。刃先を傾けながら地面を転がり、オスカルの上に馬乗りになる。その勢いでナイフが前に出て、オスカルの肋骨のあいだに突き刺さった。

奥深くまで。

「おまえが先に逝《い》け」エリクはナイフを押さえたまま言った。あたたかな血があふれだし、エリクの手を濡らした。オスカルの口からさらに大量の血が噴きだす。衝撃を受けたように見開かれた目から、やがて生気が消えた。エリクの下の体が痙攣し、オスカルは神に召された。エリクはナイフを放して脇に落とした。肺が燃えるように熱い。「悪かったな《ベルドネメ》」暗闇がおりてくるのを待ちながら、エリクは祈りを捧げた。

25

ノアがブラウン・フィールドに到着しても、騒ぎの気配はなかった。

空港の裏手の舗装されていない道を走りながら、彼は車のライトや人の動きを探った。

静かで人けのない場所だった。そろそろ別のところを調べようかと思ったとき、黒いＳＵＶがもうもうと土煙をあげながら丘を転がるようにおりてきた。

車が通ってきた跡を目で追うと、開けた場所が見えた。

ノアがヘッドライトでそこを照らしたとたん、若者たちが蜘蛛《くも》の子を散らすようにそれぞれの車に乗りこみ、その場から走り去った。エリクのシボレー・シェベルだけが停まったままで、石だらけの地面に血まみれのふたりの人影がぴくりとも動かずに横たわっていた。

ひとりの胸にナイフが突き刺さっている。

ノアは通信指令係を呼びだし、逃げた車のナンバーと特徴を伝えた。しかし容疑者を追跡せずに応援と救急車を要請すると、パトカーを降りて横たわった人影に用心しながら近づいた。

ナイフが突き刺さったままの男はオスカル・レイエスだった。体の下に血だまりができていて、彼は生気のない目で夜空を見あげている。

もうひとつの死体の主はエリクだった。胎児のように体を丸め、両手で頭を抱えこんでいる。脇腹にぎざぎざの裂傷が走り、背中の至るところにも小さな切り傷を負っている。髪には泥がこびりつき、裸の上半身は靴跡だらけだ。

エリクは暴行を受けて殺されたのだ。

ノアは胃が締めつけられた。

「おまえはばかだ。このばか野郎」低い声で言い、涙をこらえた。メガンとアプリルは悲しみに打ちのめされるだろう。ノアがエリクのかたわらにひざまずき、肩に装着した無線機で現場の詳細を通信指令係に伝え終えたとき、エリクがごほごほと咳きこんだ。

ノアは驚いて後ろに飛びのきそうになった。

生きている!

エリクが頭から手を離し、うめき声をあげた。口から血を滴らせ、目は腫れてほとんど開いていない。

「ヤング巡査だ」エリクにはこちらの姿が見えないようだ。「ノアだ」

「俺は死んだのか？」

「いや」

「殺してくれ」

ノアはエリクの肩をぽんと叩いた。笑うべきか泣くべきかわからなかった。「じっとしてろ。もうじき救急車が来る」

「オスカルは死んだのか？」

ノアは亡骸《なきがら》に視線を投げた。「わからない」嘘をついた。「何があったんだ？」

「俺がやつをナイフで刺した」

「くそっ」ノアは小声で言い、片手で自分の顔をさすった。その供述だけで終身刑になりかねない。もっとも、エリクの命が助かればの話だが。

「死にたい」

「おあいにくさまだな」ノアは言った。「おまえは死なないよ」

エリクが身を震わせ、血と胆汁のまじったものを吐いた。

一秒たりとも無駄にはできなかった。今はエリクに優しい言葉をかけている場合ではない。「いいか、弁護士を立てるまではその口をつぐんでおけ。今から大事な話をするからよく聞くんだ。マギー・チャベスを殺した男について話してくれ」

エリクが抗議のうめきをあげた。

「メガンから聞いたよ。男の顔は見てないって。なんでもいいから、ほかに特徴はないか？　声は聞いたか？　髪の色は暗かったか？　明るかったか？　背が高いか、痩せてるか？　黒人か？　白人か？　それともヒスパニックか？」

「中肉中背。髪は……暗い色だ」

ノアは頭が混乱した。「本当か？」

「ああ」

「ほかには？」

「たぶん俺たちの……仲間だと思う」

エリクがまた意識を失うのではないかと不安になり、ノアは身を乗りだした。

「ギャングのメンバーってことか？」

「いや……メキシコ人だ」エリクはそう言い、気を失った。

救急車が到着したので、救急救命士たちがエリクの状態を安定させる処置を行えるようにノアは後ろにさがった。もしかしたら内臓を損傷しているかもしれない。怒り狂った若いやつらから寄ってたかって蹴られ、刺され、殴られたのだ。

ノアがここに来るのがもう少し遅かったら、エリクは死んでいただろう。いや、その可能性はまだ消えたわけではない。

「家族の緊急事態じゃなかったのか？」ノアの姿を見つけ、ギャング対策班の同僚が驚いた表情で言った。

「ちょっと寄り道したんだ」ノアは小声で言った。

パトカーに戻ると、手をきれいにしながら、エリクが意識を失う前に口にした言葉について考えた。パトリックをメキシコ人と間違える者はいないだろう。ついこのあいだまで相棒だった男は長身で体格がよく、肌も髪も明るい色をしている、

「くそっ」また振りだしに戻った。

市民のほとんどがスペイン語を話すわりには、チュラビスタ市警察内でヒスパニックの警察官は少数派だ。十年前にメキシコ人の巡査がどれくらいいたか知らないが、多くはなかったはずだ。

ものの数分で短いリストを作成できるだろう。でもそれからどうする？

やはり情報源が疑わしく思える。ラウル・エルナンデスがトニー・カスティーリョに犯人は巡査だと伝えたという話だが、ふたりとも重度の薬物依存症で札付きの犯罪

者だ。

誰かが嘘をついている可能性は？

たとえその情報が正しいとしても、手がかりをたどるのは至難の業だ。同僚の警察官に話すわけにはいかなかった。署内でこっそり嗅ぎまわり、職員名簿と捜索願を検索しなければならない。

内部調査部に連絡を入れるべきだ。

「くそっ」ノアはハンドルに額をのせた。

そうこうするうちに今日は金曜だ。この二週間で二件の殺人事件が発生し、どちらも土曜の明け方近くに犯行が起きた。やはり例の未解決事件が関連しているに違いない。おそらく同一犯だろう。犯人は三人の若い女性を窒息死させた。被害者は皆、チュラビスタ・ロコスのメンバーとかかわりがあった。

次はどこで襲撃するつもりだ？

アプリルは職場で悲惨な夜を過ごしていた。飲み物の注文と伝票の計算を間違え、ビールをこぼした。

ノアから電話をもらう前から注意力が散漫になっていたが、彼と話したあとはまるで使いものにならなくなった。気もそぞろでまともに接客ができなくなり、自ら引き起こした混乱にどうにか対処しようと、テーブルのあいだをうろうろした。ジンファンデル（カリフォルニア州を代表するブドウ品種から作られる赤ワイン）を注文した女性グループのテーブルに全員分のテキーラを運んでしまったところで、アプリルはいらだちのあまり泣きたくなった。「申し訳ありません」ショットグラスをトレイに戻しながら言った。「すぐにワインをお持ちします」

カウンターに引き返しながら肩越しに振り返ると、三人の女性客はいらいらした表情を浮かべていた。

そのとき、エディにぶつかった。トレイが傾き、金色のテキーラがこぼれ、彼のクリーム色のシャツが台なしになった。ショットグラスは床に落ちて粉々になった。

アプリルはとうとう泣きだした。

普段なら、エディはアプリルを厨房に引きずり戻して怒鳴りつけていただろう。新人なら、その場で解雇されるところだ。ロラのように、彼のオフィスで特別な謝罪を求められたかもしれない。

「ちくしょう《イホ・デ・プータ》」エディは悪態をつくと、カウンターの後ろからタオルを取ってきた。

そして驚いたことにアプリルの手からトレイを奪い取り、ひざまずいてガラスの破片を拾いはじめた。「休憩してこい」そう命じると、つき添ってやれとカルメンに目で合図した。

アプリルは肩を震わせ、カルメンと一緒にその場を離れた。カルメンは厨房の椅子にアプリルを座らせると、自分もテーブルを挟んで向かいの席に腰をおろし、互いの膝が触れそうなほど身を乗りだした。「何があったの？　ラウルのこと？」

「いいえ」アプリルは涙で濡れた目をエプロンで拭いた。はなをすすりながら、家から追いだした母のホセファの行方がわからないこと、エリクが警察沙汰を起こしたことをカルメンに話した。人生がめちゃくちゃになった気がした。「全部ノアのせいだわ」彼が現れるまで、アプリルは仕事中に取り乱したことなど一度もなかった。

「あいつに何かされたのね？」

カルメンがやけに芝居がかった口調になっていることに気づき、アプリルは涙を浮かべたままほほえんだ。「昨日、彼からとてもすてきなブリーフケースをプレゼントされたの。カードには〝愛をこめて、ノア〟って書いてあった」

「すごいじゃない《ケ・バルバロ》。なかなか度胸があるわね」

「早すぎるのよ、カルメン。とんとん拍子に進みすぎてる気がするの」

「どうして？　彼は強引なの？」

アプリルは首を振った。「根気強く誘ってきて、無理をして一緒に過ごす時間を作ってくれたけど、強引だとは思わない」

「仕事人間ってわけでもないんでしょ？」

「ええ。いろいろなことに関心があるみたい。どちらかといえば、あれこれ手を広げすぎてるくらい」

カルメンが親指と人差し指を五センチほど広げた。「ちっちゃすぎるとか？」

「そんなことない！　違うわよ」

「自分勝手なの？　それとも下手くそなの？」

ノアが自分の快楽よりもアプリルの快楽を優先してくれたことを思いだし、彼女は顔を赤らめた。「いいえ、どっちも違う」

「優しすぎるとか。退屈でつまらないとか」

「全然そんなことない」

「何が問題なのか教えてほしいんだけど」カルメンは両手を固く組みあわせた。「ハンサムでセクシーで思いやりがある。そのうえきちんとした仕事に就いていて、ベッドでも最高。それなのに彼と一緒にいたくないっていうの？」

アプリルの目にまたしても涙があふれた。「傷つきたくないの」

カルメンが身を乗りだす。「一か八か賭けてみるのと、今までどおり、お堅い不感症の女みたいに男を寄せつけずにひとりでいるのとどっちがいいの？」

「私は慎重にことを進めたいたちなの。そのほうが安心できるのよ」

「ねえ、アプリル、あなたは美人でセクシーな体をしてる。その魅力を活用しないなんて宝の持ち腐れよ。つまり何が言いたいかっていうと、かえって不健全だってこと」

カルメンが本心から言っているのだとアプリルにはわかった。ヒスパニックの女性はみんな情熱的だ。どんなに控えめに見える女性でも、貪欲に歓びを求める。「私たちの進展が早すぎると思わないの？」

カルメンが片方の眉をあげた。「別に思わない。自分が何を求めてるのか、彼がちゃんとわかってるなら」

アプリルはうなずき、膝の上でエプロンをよじった。ノアはすばやく決断を下したけれど、少しも迷っていない。真面目で誠実で信頼できる人だ。彼なら頼りにできる。

「あなたの言うとおりだわ。彼に自分の気持ちをきちんと伝えるべきだってことね」

カルメンがアプリルを抱きしめた。「いい子ね。せっかく手にしたチャンスをみすみす逃しちゃだめよ」

アプリルは感謝の言葉を口にして立ちあがると、バッグからコンパクトを取りだし、鏡で自分の姿を確認した。彼女は落ちたマスカラを直し、ふたりでフロアに戻った。その瞬間、けばけばしい銀色のトップを着た女性に目がとまり、不安と安堵がいっきに胸にこみあげた。「なんてこと」

「どうしたの？」

「母が来てる」アプリルは額に手をあて、うめき声をあげた。悪夢のような夜だ！無事でよかったと思うものの、母は許しがたい言動でアプリルを困らせるに違いない。カルメンが客でいっぱいの店内に視線をさまよわせ、目を細めた。「私が引き受けるわ」

アプリルは客を待たせていた。もうじきラストオーダーの時間になるため、急いで最後の飲み物の注文を取りに行った。いつものように上手に接客し、ミスを挽回《ばんかい》するためにてきぱき働いた。

閉店時間になったときには、客からもらったチップはそれなりの額になっていた。ホセファも上首尾に終わったらしく、若い男性のグループにちやほやされていた。客のひとりに腰を撫でられながら、飲み物を口にし、声をあげて笑っている。

午前二時に閉店を知らせる明かりがともると、男性客たちは店をあとにしたが、ホセファはその場にとどまった。カルメンがアプリルに向かって、指をこすり合わせて合図した――〝お金を持ってない〟

信じられない。

アプリルは背筋を伸ばし、母に近づいた。顔色がくすんで見える蛍光灯の光の下でも、母は元気そうに見えた。ドラッグとアルコールは母の美しさと体のラインを奪っていなかった。今のところは。

「元気？」アプリルはカウンターにトレイを置いた。

ホセファはこわばった笑みを浮かべた。「お金がないんだよ」

アプリルが店の奥にいるエディに目をやると、彼は首を振った。情けなかった。勘定を払えない客がいれば、エディは警察に通報する。けれどもアプリルが代わりに払えば、母は毎晩通ってくるようになるだろう。

「ラウルが死んだわ」アプリルは話題を変えた。

ホセファは眉をあげ、残っていた酒を飲み干した。「せいせいしたじゃないか」

アプリルは同意のしるしにうなずいた。「ヘニーが寂しがってる」

その言葉を聞いたとたん、母の投げやりな態度がかすかに変化し、目つきが少しやわらいだ。「私もあの子に会いたくてたまらないよ」ホセファが小さな声で言った。

アプリルは喉にこみあげるものを感じたが、何も言わなかった。

そのときホセファといちゃついていた若い男性客が店の入口から顔をのぞかせた。どうやら母を待っていたらしい。「なあ、行かないのか?」

長い沈黙が流れた。アプリルは母の哀願の視線を避けた。やがてホセファはスツールから立ちあがると、ゆっくりとカモに歩み寄り、彼の耳元で何かささやいた。勘定を払ってほしいと頼んだのだろう。男性客はカルメンに札を何枚か手渡し、ホセファの肩に手をまわした。ふたりは夜の闇の中に出ていった。

エディがアプリルの隣に来た。「大丈夫か?」

アプリルはエディの様子をちらりと観察した。この数週間、彼がドラッグを断っていることに気づいていた。ひょっとしたら、ロラの死によって改心したのかもしれない。「ええ、大丈夫」実際、さっきより気分はよかった。とはいえ母には見知らぬ男に体を売るのではなく、薬物依存症者の更生施設に入っていてほしかったのでほろ苦い結末になった。

正しい行いをするのは簡単ではない。

アプリルはノアに会いたくなり、自分の体に両腕をまわした。彼のぬくもりとたくましさが恋しくてたまらない。テーブルをきれいに拭き終えるとバッグをつかんで挨拶し、留守番電話のメッセージを確認しながら店の外へ出た。

着信はなかった。

もしかしたらノアは彼女の家の前で待っているのかもしれない。ノアに会いたい一心で、アプリルは車のドアを開けてバッグを放ると、そわそわしながら駐車場から車を出した。

残念ながら、家の前にノアのトラックは停まっていなかった。その代わり、流線形の黒のアウディがエンジンをアイドリングさせたまま停まっていた。アプリルはガレージに車を入れると、おそるおそるバックミラーを一瞥した。男性が車から出てきて、身分証をすばやく掲げた。

「ああ、もう」アプリルは頭の上に手をあげた。

「ミス・オルティス？　車から降りてもらえるかな？」

アプリルは両手をあげたまま、指示に従った。

その動作が、男性の目にはおもしろく映ったらしい。「君はトラブルに巻きこまれたわけじゃない。ヤング巡査に頼まれて立ち寄ったんだ。事故が起きたものでね」

彼女は胸が締めつけられた。「ノアが怪我したんですか？」

「いや、エリク・エルナンデスだ」

「そんな」アプリルは思わず絶句し、両手をおろした。「エリクは今どこに？」

「救急車でシャープ医療センターに搬送中だ。今から彼に話を聞きに行くんだが、君も一緒に来るかい？」

アプリルはバッグに手を伸ばした。「もちろんです。ありがとう」

彼は落ち着き払った態度で助手席のドアを開けた。その瞬間、アプリルは見覚えのある顔だと気づいた。一度見た顔は決して忘れない。

「サンティアゴ刑事だ」男性がにっこりした。

アプリルは助手席に乗りこんだ。「以前、シャンリー巡査と一緒にギャング対策班にいましたよね」

サンティアゴ刑事は助手席のドアを閉め、車の前をまわりこんで運転席に座った。

「記憶力がいいんだな。何年も前の話なのに」

「エリクは大丈夫なんですか？」

サンティアゴ刑事はバックミラーを確認し、車を通りに出した。「容体について、詳しいことはわかっていない」

アプリルは深呼吸をし、体の力を抜こうとした。見知らぬ人の車に同乗するのは気が進まなかった。たとえ、物腰が温厚な警察官の車でも。

そのときバッグの中で携帯電話が鳴りだし、アプリルはぎくりとした。

「電源を切ってもらえないか？　警察無線に雑音が入るんだ」

ノアからの電話だとわかっていたが、聞き入れないわけにいかなかった。サンティアゴ刑事はノアの上司だ。いや、ゆくゆくはそうなるはずだ。彼女は携帯電話を取りだして電源を切り、すばやくバッグに戻した。とたんに全身の神経が張りつめた。

三、四キロほど進んだとき、シャープ医療センターの近くではないことに気づいた。曲がりくねった暗い道に眉をひそめ、近道をしているのだろうかといぶかった。なぜか激しい胸騒ぎを覚えた。

自分は間違いを犯したのだろうか。

アプリルの不安を察したのか、サンティアゴ刑事が車の窓を開けた。次の瞬間、彼はアプリルの手からバッグを引ったくり、路上に投げ捨てた。

彼女は恐ろしさのあまり口を大きく開け、殺人犯の顔を見つめた。

26

ノアはアプリルに電話をかけたが、彼女は電話に出なかった。もう一度かけると今度は留守番電話につながったので、ノアはパニックを起こしそうになった。

「くそっ！」

すぐに折り返し電話がほしい、誰とも――特に警察官とは――どこへも行かないようメッセージを残すと、携帯電話を助手席に放った。パトカーのエンジンをかけ、ブラウン・フィールドをあとにした。

捜査員に何も告げず、被害者の状態さえ確かめずに事件現場を離れるなんて常軌を逸している。勤務中にこれほど不適切な行動を取るのは初めてだ。

しかしノアはためらわなかった。

それから数分のあいだに、疑念は雪だるま式にふくらみ、やがて確信に変わった。エリクから聞いた犯人の特徴にあてはまる人物は署内でひとりしかいない。その人物なら、DNA鑑定を中止するぐらい簡単なことだろう。マギー・チャベスが行方不明になった頃、その人物は巡査だった。そして彼女の遺体が発見される頃には殺人課の刑事になっていた。

パトリックの元相棒で、目下の天敵――ビクトル・サンティアゴだ。

警官の本能が、アプリルが危険にさらされていると警告を発していた。これまでの被害者はどちらも、チュラビスタ・ロコスとつながりのある若くてきれいな黒髪の女性だ。アプリルはラウルと関係があった――そしてエリクともかかわりがある。彼女が標的にされた可能性もある。

ノアは回転灯をつけると、手遅れでないことを祈りながら、アプリルの家を目指して猛スピードでパトカーを走らせた。今朝、彼女に愛していると伝えておけばよかった。さもなければ、さっき電話で話したときに。なぜそうしなかった?

パトカーを路肩に寄せて停めると、アプリルの車がガレージに停まっているのが見えた。ノアは心底ほっとし、声に出して神に感謝した。エンジンをかけたまま車を降り、走って玄関に向かうと、ドアを何度もノックした。

返事はなく、窓の明かりも消えている。

ノアは家の横へまわり、彼女の名前を呼んだ。ガレージの扉が開けっぱなしになっているのは妙だし、車のドアもわずかに開いている。車内をのぞいてみたが、バッグが見あたらない。ノアは胃が沈みこむのを感じ、裏口のドアを確認した。鍵がかかっている。

アプリルは家の中に入らなかったということだ。

ノアは骨まで凍りつく寒けを覚えた。パトカーに駆け戻り、通りの向こうの家にちらりと目をやる。隣人の家も真っ暗だ。

彼女はここにいない。

ノアはためらいなく携帯電話会社に連絡し、警察官の身分証の番号を告げて電波情報の提供を求めた。その場に立ちつくし、神と、サンティアゴと、もたもたしている電話会社を罵った。オペレーターは三角測量によってアプリルの居場所を特定しようとしていた。

「最後に電波が発信されたのは、ホリスター・ストリートの二〇〇〇番ブロックです」オペレーターがようやく口を開いた。「そのまま追跡を続けてください。あとでかけ直します」

ホリスター・ストリートはサウスウエスト高校を過ぎると、間もなく国境に沿って流れるティファナ川渓谷にぶつかる。アメリカの端、世界の果てだ。ノアは渋滞している車の群れを追い越しながら、時速百九十キロで九〇五号線を西に向かって走り抜けた。

高速道路の出口をおりる前に、パトリックに電話をかけた。

「もしもし？」相棒はだいぶ酔いがまわっているようだ。

「なぜサンティアゴを目の敵にしてるんだ？」

パトリックは沈黙した。

「おい、こっちは真剣に訊いてるんだぞ！　何か感づいてるんだろう？」

「あいつはどうも虫が好かない」

「そんなことはわかってる」ノアはいらだった。「なぜだ？」

パトリックは答えたくないらしく、いったん間を置いた。「おそらくあいつが犯人だ」かすれた声で打ち明けた。

ノアは深呼吸をして、どうにか平静を保とうとした。「どういう意味だ？」

「あいつは死体が好きで、レイプの被害者を見るとよだれを垂らさんばかりに興奮する。みんなからは仕事熱心な刑事だと言われてるが、俺は昔からゲス野郎だと思ってた」

「くそったれ！」ノアは急ブレーキを踏み、左に曲がってホリスター・ストリートに入った。「今になってそんなことを言うのか！　なぜもっと早く教えなかった？」

「俺の話を信じたか？」

「このくそったれが」ノアは電話を切ると、手のひらをハンドルに叩きつけた。「くそっ！」

ホリスター・ストリートの二〇〇〇番ブロックに人けはなかった。しかしサンセット・アベニューと二二〇〇番ブロックの交差点付近にホームレスの男がいた。どっさり荷物を積んだ自転車のかたわらの縁石に座り、小さな黒いバッグの中を引っかきまわしている。

ノアはタイヤをきしらせて急停止すると、パトカーから降りた。

男が目を大きく見開いた。「たった今、見つけたんだ。本当だって」

ノアはバッグを奪い取り、中をのぞいた。アプリルの携帯電話と財布が入っていた。

「どこで見つけた？」

「ここだ。草の上にあった」

ノアが通りの先に目をやると、〝ティファナ川渓谷自然公園〟という表示が見えた。広大な湿地帯に囲まれた辺鄙《へんぴ》な地域で、主にバードウォッチングに利用される。「誰が落としたんだ？」

「知らないよ」

「車が通り過ぎるのを見たか？」

「ああ。しゃれた黒い車だった。メルセデスじゃないかな。あっちへ行ったよ」男は公園の入口を指さした。

「ありがとう」ノアは礼を言うとパトカーに戻り、全班に応援を要請した。

無線から矢継ぎ早に質問を浴びせられたが、ノアは答えなかった。応援の到着を待つつもりはない。ヘッドライトを消して拳銃を抜くと、人目につかないように公園に続く道へ車を進めた。サンティアゴの車を捜すために。

サンティアゴがアプリルを連れていったのは、ティファナ川河口部の三角江だった。静かな自然保護区なので、昼間でもめったに人が訪れない。夜のこの時間ともなると、ひっそりと静まり返っている。彼は柳の枝の陰に隠れるように車を停めた。アプリルは車の窓から外の暗闇を見つめた。

叫び声は誰にも届かないだろう。

サンティアゴが腰に装着したホルスターから拳銃を抜いた。「外へ出てくれ」

アプリルの胃が沈みこんだ。「解放してくれるの？」

「いや、外で殺すんだ」

ヘニーの顔が思い浮かび、アプリルの目に涙がこみあげた。娘を残して死ぬと考えるだけで耐えられなかった。「どうして？」

「後始末が楽だからだ」

「なぜ私なの？」アプリルはその場に凍りついたまま問いただした。サンティアゴが外で殺そうと思っているなら、車内にとどまるべきだ。

「わからないのか？」

アプリルはゆっくりと首を振った。そこでふと気づいた。サンティアゴがシャンリー巡査以外の男と一緒にいるのを見たことがある。「あなたはラウルとかかわりがあったのね。以前、彼を訪ねてきたことがあったでしょう。あなたがラウルに渡したんだわ……ドラッグを買うお金を」

「それを言うなら口止め料だ」

「なんのために？」

「取引したんだ。あいつから聞いてなかったのか？」

「ええ、何も」

サンティアゴは車で迎えに来たときと変わらず、控えめで落ち着き払っている。どこから見ても、黒縁眼鏡をかけた感じのいい紳士だ。けれども穏やかな表情と物騒な拳銃が不釣り合いで、かえって恐ろしさを感じた。

もちろん苦痛を与えずに殺すつもりなどないだろう。

「あいつは秘密を守ったわけか」サンティアゴはひとり言のようにつぶやいた。

「ど、どんな秘密なの？」アプリルは恐怖で声が震えた。

体に愛撫するような視線を注がれ、背筋に冷たいものが走った。「ずいぶん前になるが、あいつから地元《バリオ》の若い娘を買った。しかし、ひどくがっかりさせられてね。その娘は穢《けが》されていたんだ。私が到着する前に集団でレイプして、すべてを台なしにした」

「おあいにくさま」アプリルは吐き気をもよおし、小声で言った。

「だがとにかく練習だけはしておこうと思って、その娘を窒息死させた。骨の折れる仕事で、少しも満足できなかったよ。性行為に及んだわけではないし、バンダナで絞めるのもうまくいかなかった。結局、とっさにつかんだビニール袋でとどめを刺したんだが、その方法を発見できたのは思わぬ幸運だった」

アプリルは恐怖に目をみはった。

「その一件にひどく幻滅して、現実に手にかけることをあきらめ、何年ものあいだ、空想の中で人を殺しつづけた。今度こそうまくやってのけるところをね。殺人課の刑事になったおかげで、ある意味で関心は満たされたし、細部にこだわるのは楽しかった」

アプリルはあたかも共感したかのようにうなずいた。実際には恐ろしさのあまり、サンティアゴが何を言っているのかよくわからなかった。彼の顔が間近にあるせいで、肌の毛穴が見え、息から殺菌性の洗口液のにおいがする。触れられると考えるだけでぞっとした。必死に平静を装おうとしたが、顔面が麻痺して動かない。

今にも手首をつかまれそうだ。というより、いつ引き金を引かれてもおかしくない。

「だがそのうち、空想するだけでは満足できなくなった。そして数週間前にラウルが私から金をゆすり取ろうとしたのがとどめの一撃になった。あいつのグループが、私の初めての恋人を、最初の獲物を凌辱した。だから、やつらが愛する者たちも同じ目に遭わせてやろうと決めたんだ」

「ラウルは死んだわ」アプリルは乾いた唇を湿した。「それでもまだ足りないの？」

「ああ。男を殺しても快楽を得られないものでね。だが君は……」サンティアゴがアプリルの頭に銃口を押しつけた。「まさしく好みのタイプだ」

「あなたがラウルを殺したの？」アプリルは恐怖で身がすくみ、か細い声で言った。

「まあね。あの男が死ぬよう段取りをつけた」

「お願い。私を解放して」

サンティアゴが鷹揚《おうよう》にほほえんだ。「先にスタートさせてやろう」

アプリルはドアハンドルに手をかけた。車内にとどまるのは、もはや得策とは思えなかった。

「私は死を大切にしている」サンティアゴは手のひらを胸に置いた。「不遇な人生を送った女性には敬意を払うつもりだ」

「私は穢れてる」アプリルは思いつくままに口にした。汗ばんだ指が滑ってドアハンドルがうまくつかめない。「本当に信じられないほど穢れてるの」

「ほかの女たちに比べれば、きれいなものだ」サンティアゴがリボルバーを振ってみせた。「さあ、走れ」

「もうじきノアが助けに来るわ」

サンティアゴは一笑に付した。「そのほうがかえって好都合だが、それはまずないだろうな。ヤングはエリクの事件現場に何時間も張りついていなければならないし、君の居場所を知らないはずだ。ふたりでたっぷり楽しもうじゃないか」

アプリルは絶望の声を押し殺してどうにかドアハンドルをつかむと、ドアを押し開け、よろめきながら車から出た。

「五秒与えてやろう」サンティアゴが言った。

地面が湿っているせいでハイヒールを履いた足がふらついた。真っ暗で空気がよどんでいて、粘度の高い泥のにおいが漂ってくる。あたりに人影はないが、アプリルは叫んだ。その声は鬱蒼とした茂みと蒸し暑い夜気に吸いこまれて消えた。

走るのよ！

何歩か走っただけで、ぞっとするジレンマに直面した。道路を一直線に突き進めば無防備になるし、塩性湿地に避難すればはまりこんで身動きが取れなくなるだろう。

アプリルは湿地を選択した。

追っ手から逃れるには困難な道を進むしかない。

ヒールが泥にはまらないように足の親指の付け根に体重をかけ、息を切らして膝まである草の中を全速力で走った。草が鞭《むち》のように容赦なく足首とふくらはぎに打ちつける。網タイツが破れ、肌がずきずきと痛んだ。

見渡した限りでは、木々は道路の近くにしかない。まばらに生えた木のあいだに身を隠すのは不可能だが、湿地なら傾斜やくぼみがそこら中にある。サンティアゴとの距離を広げたら、草の中を這って進めばいい。

とりあえずそうしよう。

「時間だ」サンティアゴの叫び声が聞こえたとたん、アプリルは背筋に寒けが走った。振り返らなくても、彼が徐々に迫ってくるのがわかった。アプリルは声をあげて泣き、草を踏み分けながら進んだ。音をたてずに逃げるのは不可能だった。それにひきかえサンティアゴは無言のまま、すさまじい勢いで追ってくる。

まるで殺人マシンだ。

パニックに襲われながらひた走るうち、胸が焼けるように苦しくなった。しかし次の瞬間、右足のヒールが泥にはまり、足首をひねって体勢を崩した。

アプリルは甲高い悲鳴をあげて膝をついた。

立ちあがって走らなければならないことはわかっていた。さもなければ死んでしまう。ずきずきする足首に手を伸ばし、必死にハイヒールを脱ごうとした。

ようやく片方の靴を脱いだとき、サンティアゴが勢いよく飛びかかってきて、アプリルを押し倒した。見かけ以上に図体《ずうたい》が大きく、屈強だった。彼はアプリルの髪をつかんで泥の中に顔を押しつけ、体重をかけて動きを封じた。

叫ぶのはおろか、息をすることさえできない。この体勢のまま押さえつづけられたら、失神してしまうだろう。

けれどもサンティアゴはアプリルをもてあそぶつもりらしく、やがて顔をあげさせた。

「ろくでなし」アプリルは息を切らして泥を吐きだすと、歯を食いしばり、重い体を引きずって蛇のように草の上をずるずると進んだ。助かる見込みはほとんどないとはいえ、抵抗をやめるつもりはなかった。ラウルから受けた数々の暴力の記憶に駆り立てられ、先へ進んだ。

もう二度とあんな目に遭わないと心に誓った。怒りとアドレナリンと不快な記憶にあおられ、ハイヒールを握りしめてサンティアゴが次の行動に出るのを待った。そのとき、くじいた足首をきつくつかまれ、アプリルは痛みのあまり叫び声をあげた。体をひねって、尖ったヒールでサンティアゴの顔を思いきり殴りつけようとした。

しかし狙いが外れた。少しだけ。

サディスティックな奇跡が起き、尖ったヒールはサンティアゴの左耳にめりこんだ。彼はアプリルの足首を放し、甲高い悲鳴をあげた。

サンティアゴが鼓膜が破れたとおぼしき耳からハイヒールを引き抜いているあいだに、アプリルは慌てて逃げだした。だが立ちあがったとたん、またしても足首に痛みが走った。苦痛の叫びをあげつつ逃げつづける。ガタガタ震えながら、四つん這いになって濡れた草の中を進むよりほかなかった。

すぐそばに川の支流があるらしく、U字形に曲がりくねった水面が月明かりを受けて銀色に染まっていた。川を歩いて渡る以外に道はない。アプリルは川岸に倒れこむと、浅い流れに顔から突っこんだ。

冷たい水が目や鼻にいっきに流れこんできた。泥で覆われた川底に両手をついて体を起こし、口から水を吐きだす。川の流れが遅すぎてどこへも運んでくれないし、浅すぎて泳ぐこともできない。顔に張りついた髪を払いのけると、アプリルは立ちあがって向こう岸に這いあがった。

サンティアゴが狭い流れを飛び越えてアプリルに飛びかかり、思いきり殴りつけた。

彼女は一瞬、呼吸ができなくなった。

ふたりはもみあいながら、そのまま再び川に転げ落ちた。アプリルは口いっぱいに吸いこんだ空気でむせそうになった。

またしてもサンティアゴがとどめを刺す機会が巡ってきた。どうやら何かほかの考えがあるらしく、彼はアプリルを溺死させようとはせず、シャツの前をつかんで引きずりあげ、手の甲で顔を打った。

その衝撃で、アプリルはサンティアゴの胸に倒れこんだ。

サンティアゴはアプリルを川岸に押しあげ、自分も川から出た。彼のズボンはびしょ濡れになっている。「このあばずれが」サンティアゴもぜいぜい息を切らしていた。月明かりを受けて、黒い目がきらりと光った。耳から血が滴り落ち、頰に飛び散っている。「すぐに撃ち殺すべきだったな」

彼はアプリルの服をはぎ取りはじめた。

アプリルは意識が自分の体から切り離されている感じがした。レイプは必ずしもラウルのレパートリーには含まれていなかったが、ドラッグに溺れてひどく暴力的になったときに何度かレイプされたことがあった。一度でもアプリルは充分に打ちのめされた。

今も身をもって体験しているのではなく、一場面を真上から見おろしている気分だった。サンティアゴがズボンのポケットからくしゃくしゃのビニール袋を取りだした。アプリルが抵抗する間もないうちに、サンティアゴは彼女の頭にビニール袋をかぶせたかと思うと、首に巻きつけて息ができないようにした。

その瞬間、アプリルはわれに返った。

心が抵抗の悲鳴をあげ、肺が酸素を求めて大きく上下しているが、じっとしていようと努めた。サンティアゴがアプリルの首に巻きつけたビニール袋を片手で押さえたまま、もう一方の手で自分のズボンのファスナーを引きおろす。アプリルはサンティアゴの拳銃にも、もう片方のハイヒールにも手が届かなかったので、彼の頭を叩き割れそうな石はないかとあたりを手探りした。

何もない。

アプリルは頭を横に傾け、失神したふりをした。そしてサンティアゴがビニール袋を持つ手を緩め、片腕で体を支えてアプリルに身を沈めようとした瞬間、彼女は唯一の武器で攻撃に出た——拳で。

アプリルはビニール袋を顔から引きはがし、彼の血まみれの耳を思いきり何度も殴りつけた。

その攻撃が期待以上の効果をあげたらしく、サンティアゴは平衡感覚を失い、ふらつきながら横ざまに倒れた。彼の体の下から這いだしたとたん、アプリルの体に力がみなぎった。

ハイヒールを引っ張って脱ぎ、片手で握りしめて立ちあがると、必死で呼吸をした。片足を引きずりながら草の生い茂った湿地を小走りで進み、道路を目指した。胸の中で心臓が激しく鼓動している。

ヘニー。ヘニーのために生きなければ。

川からあがったサンティアゴが罵声をあげる。もはや殺しをじっくり味わうことに興味はなくなったらしく、アプリルに銃を向けてきた。

ノアはサンティアゴの車が道路脇に停まっているのを発見した。拳銃を抜いてパトカーから降りると、あたりを捜索しはじめた。

車が停止している場所から塩性湿地にかけて生えている草が不自然に倒れている。不安と怒りで血がたぎるのを感じながら、ノアは踏み倒された草をたどってすばやく移動した。三十メートル足らず進んだとき、銃声が聞こえた。

四百メートルほど先で、銃口が閃光《せんこう》を放つのが見えた。

「やめろ」ノアは声を張りあげ、全速力で走りだした。草地を駆け抜け、閃光の発生源を捜す。

サンティアゴのもとにたどり着いたときには、ノアは次々と銃弾を発射し、シリンダーを空にしようとしていた。千回殺しても足りないぐらいだ。

さらに銃声が響いた直後、女性の叫び声が聞こえた。

ノアは彼女の姿を捜してあたりを見まわした。希望で胸が張り裂けそうだ。「アプリル！」

アプリルはノアとサンティアゴのあいだの草むらに腹這いになっていた。賢明な女性だ。全身泥だらけで、髪はびしょ濡れで、恐怖に目を見開いているが、彼女は生きている。ああ、よかった。アプリルは生きていた。

サンティアゴがリボルバーを構えたまま、ふらつく足取りでアプリルに近づいた。顔に狂気を宿し、目を血走らせている。

ノアはそのまま走りつづけ、真正面からサンティアゴに立ち向かった。「武器を捨てろ!」そう告げ、サンティアゴの射程圏内に入った。ノアは制服の一部である防弾チョッキを着ているが、サンティアゴは私服だ。「やめないと撃つぞ!」

サンティアゴが動きを止め、思案した。

「銃をおろせ」ノアは一歩も引かずに叫んだ。

ノアがかつて心酔していた男はおとなしくうなずくと、ゆっくりと身をかがめ、拳銃をかたわらに置こうとした。

一カ月前ならノアは警戒態勢を解き、サンティアゴの行動を額面どおりに受け取っただろう。たいていの場合において、容疑者は警察官の命令に従うものだ。ノア自身もこれまでのキャリアで容疑者をおとなしく従わせるよう努めてきたし、凶悪犯でさえ丁重に扱ってきた。過度な威圧は必要ないと思っていた。

しかし今は状況が違う。サンティアゴは恐ろしく暴力的な犯罪を行ったうえに、署の警察官全員を欺いてきた。手段を選ばない男だ。さらにノアはトニー・カスティーリョを逮捕したときに危機一髪の経験をしたことからも、決して油断してはならないと学んでいた。

だから警戒を解かなかった。

拳銃が草地からほんの数センチのところまでおろされた瞬間、サンティアゴがノアに銃口を向け、引き金を引いた。

ノアもためらわずに撃ち返した。引き金を引いて五発発射し、そのうちの三、四発が標的に命中した。

サンティアゴは草の上に仰向けに倒れ、ぴくりとも動かなくなった。

サンティアゴが撃った弾はノアの左腕にあたり、制服を引き裂いた。ノアは刺すような痛みを無視してアプリルにその場でじっとしているよう身ぶりで伝えると、大股で前に進みでた。ユーティリティベルトから懐中電灯を引き抜き、右手でグロックを構えたまま、細心の注意を払って倒れた男に近づいた。

サンティアゴは息をしていなかった。胸郭の上部に四つの弾痕がうがたれていたが、出血さえしていなかった。地面に倒れる前に事切れたらしい。

ノアは念のために脈を調べてから、肩に装着した無線機に触れ、警察官が倒れたと通信指令係に伝えた。

彼が振り返ってアプリルの姿を捜すと、彼女が涙を流しながら足を引きずってこちらへやってきた。髪はほつれ、服は引き裂かれ、泥の筋がついた脚にずたずたになった網タイツが引っかかっている。

ノアは誰かの顔を見て、こんなにうれしいと感じたのは生まれて初めてだった。駆け寄ってアプリルをすばやく抱きあげた。彼の腕の傷口から血がしみでると同時に、目の奥から熱いものがこみあげるのを感じた。

なんてことだ。自分はアプリルを心から愛している。

アプリルが感情を高ぶらせ、ノアの腕の中で嗚咽をもらした。「死ぬかと思った。もう二度とあなたにもヘニーにも会えなくなると思ったのよ！」

「しいっ」ノアは涙をこらえ、彼女の頭のてっぺんにキスをした。「もう安全だ」

アプリルはノアにしがみつき、まだ泣いている。

「大丈夫かい？」ノアは体を引き、彼女の顔をまじまじと見た。頬が赤くなり、喉には絞められたような跡がある。「レイプされたのか？」

「いいえ、なんとか……逃げだしたわ」

ノアは愛情と誇らしさと安堵感で胸がいっぱいになり、もう一度アプリルを抱きしめた。腕の中の彼女はこんなに小さく感じられるのに、勇猛果敢に戦い、連続殺人犯と互角に渡りあったのだ。「君は驚異的な人だ。わかってるかい？」

アプリルが濡れたノアの腕に触れ、眉をひそめた。「あなたも撃たれたのね」「ああ」ノアはうなずいた。腕の傷のことを考えたとたん、少しめまいがした。「医者に診てもらう必要がありそうだ」

アプリルが潤んだ目を見開いた。「純粋なる聖母マリア様《アベ・マリア・プリシマ》」ささやいて、ショックから立ち直った。「横になって」

ノアが仰向けに寝そべると、アプリルはぼろぼろの網タイツを腿のあたりから引きちぎり、ノアの腕に巻きつけた。「君のスペイン語が大好きだ」ノアは小声で言った。彼女は信じられないほどセクシーで機転がきく女性だ。

「応援を呼んだのよね？」

「ああ……そうだ」

「ノア！」

「なんだい？」ノアは訊き返し、目を開けた。

アプリルが覆いかぶさってきて、なまめかしい唇を噛む。「愛してるわ」

ノアは顔をゆがめてほほえんだ。「もっと頻繁に銃で撃たれたほうがいいな」

「そんなこと言わないで！　本当にごめんなさい。あなたを避けたり、喧嘩を吹っかけたり、キッチンでひっぱたいたりして。私が愚かだった。お願いだから、死なないで！」

「俺は死なない」ノアはアプリルに見とれた。「これくらいなんでもない」

「本当に？」

「ああ。こっちへおいで」

アプリルがうっとりした表情を浮かべ、身を寄せてきた。

ノアは右手をあげ、アプリルの頭の後ろに手を置いた。「俺も愛してる」頭を引き寄せ、唇を重ねた。彼女は泣きじゃくりながらノアに抱きつき、キスを返した。ちょうどそのとき、十台以上のパトカーがサイレンを鳴らしながら現場に到着した。

27

エリクは治療を受けたあと、薄暗い病室に運ばれ、半醒半睡の状態で何時間もまどろみつづけた。

朝になって目を覚ますと全身がずきずきしたが、頭ははっきりしていた。目を開ける前に負傷した箇所をひとつずつ確かめてみた。胸の上部の肋骨に包帯がきつく巻かれ、左脇腹に痛みを感じる。縫合された傷口に触れようとしたとき、右手もガーゼで覆われているのに気づいた。

エリクは思わずうめき声をもらした。体を動かそうとすると、痛くてたまらない。そのとき、部屋の隅から本を閉じるような音が聞こえた。

「エリク?」

メガンの声だ。

自分はひどく腫れあがったグロテスクな顔をしているに違いない。肩より上の怪我の具合も確認したかったが、何がどうなっているのか不安でたまらない。エリクはおそるおそる目を開けた。よし、片目は開いた。しかしもう一方の目は覆われていた。

自分がどこにいるのか把握するのに数秒かかった。すべてがぼんやりして見える。両方の眼窩《がんか》が痛むということは、どす黒くなっているに違いない。まつげに軟膏《なんこう》のようなものが塗られているらしく、視界がかすんでいる。

メガンがそばに来た。エリクは何度かまばたきをすると、彼女の姿がはっきり見えるようになった。「エリク?」

エリクは話をしようとしたが、喉がからからで声が出せなかった。

メガンがベッドサイドからカップを取り、エリクの口にストローをあてた。エリクはけだるさと決まり悪さを覚えながら、少し喉を潤した。彼女はカップを脇に置くとエリクの左手を取り、気遣わしげな表情でこちらを見た。

「どんな見た目になってる?」エリクはかすれる声で尋ねた。

「ひどいことになってるわ」

エリクは片目を閉じ、目を休めた。「脇腹に触ってみてくれないか」一瞬ためらってから言った。「どうなってるのか教えてほしい」

メガンは顔をしかめ、毛布を腰のあたりまで引きおろし、傷をしげしげと眺めた。

彼女の指先はひんやりしていた。「大きな白い包帯で傷口が覆われてる」

「くそっ」

「お医者様の話では、目はじきによくなるそうよ。腫れが引けばガーゼを外せるって」

ほかの部分のほうが心配だ。走行中の車から投げだされたように全身が痛い。「小便がしたい」

「まあ！　看護師さんを呼んでくるわね」

「いや、待ってくれ。自分で起きあがれると思う」

エリクはメガンの手を借り、よろよろと立ちあがった。両脚に体重をかけ、すぐそばにあるバスルームに無事にたどり着く。ドアも閉めずに洗面台に負傷した手をつき、ぎこちなく用を足した。痛みは感じなかった。どうやら男の機能は正常らしい。ああ、よかった。

メガンの助けを借りてベッドに戻った。彼女は頬を赤らめている。「楽になった？」

「ああ」エリクは脇腹の痛みに顔をゆがめ、枕にもたれた。「俺は逮捕されたのか？」

メガンがうなずくと、前髪が目にかかった。「ええ、困ったことに。病室の前に警官が立ってる」

「なんの罪で?」

「それがわからないの。兄さんもここにいるんだけど、銃で撃たれて傷の手当てを受けてるところだから――」

「なんだって? いつの間にそんなことが?」

メガンの話によれば、アプリルが犯人に――ビクトル・サンティアゴ刑事に――湿地へ連れ去られたという。エリクが提供した情報が事件解決に役立ち、アプリルの命を救ったらしい。

「君の兄さんは大丈夫なのか?」

「ええ、まあね。ほんのかすり傷だって本人は言ってるわ」

「アプリルは?」

「足首を捻挫したけど、それ以外は元気よ。さっきまでヘニーと一緒にここにいたの。あなたが眠ってるときに。それはそうと、あなたには弁護士が必要だと兄さんが言ってたわ。めちゃくちゃに殴られて、そのうえ刺し傷まで負って。やっぱりどう考えても正当防衛が成立するって」

「いや」エリクは即座に言った。「それは違う」

「どういうこと?」

「俺は同意のうえで喧嘩を始めたんだ、メガン。先に手を出したのは俺だ。それにあいつを殺してしまった」

「ナイフを取りだしたのは誰なの、エリク？」

エリクは答えなかった。

「目撃者が大勢いるわ」

「敵対しているギャングのメンバーが俺のために証言するはずがない」

メガンは舌で唇をなめた。「兄さんは宣誓供述したそうよ。兄さんの考えではあなたの協力のおかげで連続殺人犯のもとにたどり着けたわけだから、地方検事の心証も変わってくるって。少なくとも減刑にはなるだろうし、あなたが法廷できちんと主張すれば――」

「いや」エリクに語気鋭くさえぎられ、メガンがはっとした。「そのつもりはない」

「エリク、殺人の罪を認めたら、最低でも懲役二十五年の判決を受けるのよ」

エリクはため息をついた。

「月曜になったら弁護士に相談して、問題を解決するの」

エリクは言い争うのをやめた。ほかに言うべきことがなかった。自分は拘置所に入れられ、やがて刑務所送りとなるだろう。そこでイーストサイドに命を狙われ、ドス・エメスが接近してくるに違いない。

プリズン・ギャングの一員として生きていくか、死ぬかのどちらかだ。

「アプリルがあなたのお母さんに連絡したわ」やがてメガンが言った。

「くそっ」エリクは目を閉じた。母はどれほどつらい思いをするだろう。長男の埋葬を目前に控え、入院中の次男は逮捕された。「兄貴の葬儀に出ないと」

「いつなの？」

「明日だ」

「兄さんに相談してみるわ」メガンは請けあうと、真顔になった。「もうしばらくそばにいてほしい？」

「ああ」エリクはかすれた声で言った。「頼む」

メガンはベッドの脇の椅子に座り、エリクの左手を取った。数分後、彼女はエリクの腿に頭を預け、熱い涙をこぼした。エリクは彼女の髪を撫でて懸命に慰めたが、泣くなとは言えなかった。

目を傷めていなかったら、エリクも一緒に泣いていただろう。

エピローグ

ノアは感謝祭の休暇中に、アプリルとヘニーを実家へ連れていくことにした。アプリルがひどく緊張しているので、ノアは短期間だと約束した——午後に到着したら一緒に夕食をとり、別々のベッドルームで一泊する。そして翌朝には出発しようと。

メガンはその計画にすぐさま賛成した。彼女としても滞在時間は短いほうがいいらしい。

ここ数カ月間でアプリルとメガンは親しくなった。ふたりでエリクについて話しあい、メガンはレイプされそうになったときに彼が助けてくれたことにまで触れた。とはいえ、あの一件については母親には打ち明けたくないという。

アプリルはメガンを抱きしめ、助言を与える代わりに支えになると言った。

メガンはヘニーともすっかり仲よくなって、無料でベビーシッターを申しでてくれた。ノアが家賃の代わりだと言い、アプリルは最初は渋っていたけれど、結局、素直に従った。全員にとって便利で快適な取り決めだった。

今ではメガンとヘニーは週に何日かはどちらかの家に泊まっている。

ノアの腕の傷はすぐに回復し、アプリルの足首も数日でよくなった。ふたりはビーチでのんびりして、夢のような一週間を過ごした。やがてヘニーの幼稚園が始まり、アプリルも仕事を再開した。ほぼ同時に始まったサンディエゴ州立大学の講義は興味深く、アプリルはやりがいを感じていた。

満ち足りた生活だった。大部分は。

ホセファはまだ悪い癖が直らないものの、どん底には落ちていない様子だ。母はごくまれにクラブ・スアベに姿を見せる。アプリルとしては薬物を断つために必要な手順を踏んでほしいと思っているが、すぐにそうなるとは期待していない。

そしてエリクのことは……アプリルは彼のために泣いた。

メガンは罪状を認めないよう懇願した。アプリルも考え直してほしいと頼んだ。ノアまでがエリクのもとを訪ね、ハンサムな若者が刑務所に入った場合の現実について話して聞かせた。それでもエリクの決心は揺るがなかった。

最後の望みをかけた試みがようやくエリクの心をつかんだ。アプリルが奥の手を使ったのだ――ヘニーを。アプリルは自分の娘の人生にはエリクの存在が必要だけれど、彼が刑務所にいるあいだはヘニーを面会に行かせないと告げた。エリクはついに罪状を軽くする司法取引に応じることにした。故殺罪に対する刑罰は懲役三年だが、十一カ月の刑期を勤めればいいという。

エリクが軽い刑ですむようみんなで祈っていた。

刑務所で過ごす期間がどれだけ短くても、当然ながらエリクにとっては耐えがたいものになるだろう。生き抜くためにはギャングの保護が必要になるのではないか、彼が命を大切にしなくなるのではないかとアプリルはあれこれ気をもんだ。エリクは逮捕されて以来ずっと心ここにあらずの様子で、家族の忠告にも耳を貸さず、メガンとの関係に終止符を打った。

メガンのためを思って別れたのだろうが、アプリルはふたりのことで心を痛めていた。メガンはエリクにすっかり心を奪われているし、彼も同じ気持ちだからだ。メガンはずっとぼんやりしてふさぎこんでいる。ノアは妹の幸せを気にかけてはいるものの、彼らの関係を認めたわけではなかったので、ふたりが別れたと聞いてほっと胸を撫でおろしていた。あと何週間か経てば、メガンはエリクのことを忘れるだろうと。

もっとも、アプリルはそこまで確信が持てなかった。

シーダー・グレンに向かう途中で、ノアはひと息入れるためにリンゴの果樹園に立ち寄った。ヘニーは自分でリンゴを摘めるかもしれないと大喜びした。アプリルがうなずいて許可すると、メガンはバスケットをつかみ、一番いい木を探すためにヘニーと果樹園に走っていった。

そんなふたりを見てアプリルはほほえんだ。明るい色の髪をした女性と、黒髪の女の子が手をつないで走っている。

「ヘニーと一緒に過ごすのがメガンにとってはいいようだな」ノアが言った。

「メガンと一緒に過ごすのはヘニーにとってもいいことなのよ」ノアの妹はホセファの代わりにはならないし、エリクが去ったあとの空白は誰にも埋められないけれど、ヘニーはメガンが大好きだ。ヘニーは朝から晩まで姉のような存在のメガンについて話し、彼女の一言一言に聞き入っている。

ノアと過ごすのもヘニーにとってはいいことのようだった。ノアが娘にさりげなく愛情を示してくれるのを見て、アプリルはますます彼が好きになった。

アプリルは腕組みをすると周囲に目をやり、すがすがしい空気と明るい日差しを堪能した。リンゴの果樹園はまるで絵のように美しかった。緩やかに起伏する丘陵、果実をたわわにつけた木々、遠くには雪を頂いた山が見える。

「シーダー・グレンまであとどれくらいなの？」アプリルは尋ねた。

「三十分ぐらいだ。どうだい？」

「きれいだわ」

「ここで暮らしてみたいと思うかい？」

アプリルは驚いてノアをちらりと見た。ただの雑談とは思えない。「あなたは？」

ノアは肩をすくめ、両手をポケットに突っこんだ。「俺はチュラビスタで暮らすほうがいいかな。あるいは殺人課のあるそこそこの規模の都市に。でもどこへ行っても職場へ通えばいいわけだし、ここは子育てをするには最高の場所だ」

彼が何を考えているのか、アプリルには見当がつかなかった。物語に出てくるような美しい場所に立ち、すてきなウールのセーターを着た誠実な青い目をしたノアは、ほれぼれするほど魅力的だ。「子育てならもうしてるわ」アプリルは小首をかしげて言った。

ノアの口元に笑みが浮かんだ。「しかもそれを立派にこなしてる」

アプリルは困惑し、話の続きを待った。

ノアが咳払いをした。「君も今のところはチュラビスタで暮らしたいだろうが……ええと、つまり……このあいだ、メガンと話したんだ。ほら、妹はヘニーが大好きだろう？　だからふたりでわが家に引っ越してこないか？　ヘニーは二階のベッドルームを使えばいい」

アプリルはさまざまな考えが頭を駆け巡り、乾いた唇を湿した。「メガンはどうするの？」

「書斎に移るよ。そっちのほうが広いし、プライバシーも守られる」

アプリルは言うべき言葉が見つからなかった。引っ越しは大きな決断だ。ヘニーの転園の問題も出てくる。

「君が家計のやりくりに苦労する姿を見たくないんだ、アプリル。毎日くたくたになるまで働いて、宿題さえきちんとできてないだろう。俺の家に引っ越してきたら、仕事を辞めて学業に専念できる」

彼女は不安で胃がきりきり痛みだした。「私の仕事が恥ずかしいの？」

「そうじゃない！　君は有能なウエイトレスだし、一生懸命働いてる。君を誇りに思ってるよ」

アプリルは少し気が楽になった。「夜勤の仕事を減らしてもいいかもしれない」

「それはそうと、俺はもう一年、ギャング対策班で働くことにしたよ。だから夜勤があるんだ」

「いつ決めたの？」

「つい最近だ。サンティアゴのチームはまだ痛手から立ち直れないでいるから、今は俺を受け入れるのは難しいだろう。それにパトリックの言い分を認めるのは悔しいが、巡査としてまだまだできることがあると思うんだ」

「ずいぶん急な話ね」アプリルは小声で言った。

ノアがアプリルの顔に手をあて、目をのぞきこんだ。「アプリル、俺には君しかいないし、この先ずっと一緒にいたいと思っている。でもまあ、ゆっくり始めるのも悪くないか」

「つきあって三カ月で一緒に住むなんて、ちっともゆっくりじゃないわ！」

「充分ゆっくりだ。今から婚約指輪を渡すことを考えれば」

アプリルははっと動きを止めた。思っていた以上に大事な瞬間になりそうだ。

ノアは〝やるしかない〟とかなんとかつぶやくと、アプリルの足元にひざまずいた。ベルベット張りの黒い小箱をポケットから取りだし、蓋を開ける。アプリルの目に飛びこんできたのは細いプラチナの指輪で、ひと粒のダイヤモンドが輝いていた。

「なんてこと」唇が震えた。

「俺を世界一幸せな男にしてくれるかい？　俺の妻になると言ってくれ」

「なんてこと」アプリルはもう一度言うと、あたりを見まわした。メガンはヘニーと一緒にリンゴを摘んでいるが、横目でなりゆきを見守っている。

「すぐに結婚しようと思わなくてもいい」ノアは請けあった。「でも君を婚約者として家族に紹介したいんだ」

「今夜、同じ部屋に泊まりたいだけでしょう!」

ノアは笑い転げ、落ち葉の上に横向きに倒れこんだ。「もちろんその可能性を考えなかったわけじゃない」いたずらっぽく目を輝かせた。「君が求める合格点に達するまでには何年もかかるかもしれないが、そのためのチャンスをくれないか」

アプリルは震える手で小箱から指輪を取りだし、指を滑りこませた。喉にこみあげるものを感じ、きらめく宝石からハンサムな彼の顔へと視線を移す。アプリルはうなずいた。生まれて初めて、少しも迷わずにすばらしいことをした気がした。

ノアがすばやく立ちあがり、アプリルを抱きしめた。「イエスだろう? イエスと言ったんだよな?」

アプリルは涙を浮かべてにっこりした。「断られると思ってたの?」

「最終的には応じてくれるだろうと思ってたが、まさか一度目のプロポーズでオーケーをもらえるなんて!」

「あなたこそ、もう逃げられないわよ」

ノアは胸がいっぱいになったのか、唾をのみこんだ。「愛してるよ」

アプリルは手を伸ばして彼の顔に触れた。「私も愛してるわ、ノア」

彼が頭の位置を低くして唇を重ねてきた。アプリルは体がとろけそうになり、ノアの首にしがみつき、たくましい胸のぬくもりにうっとりと酔いしれた。しばらくして唇を離すと、真っ赤なリンゴの入ったバスケットを抱えたメガンとヘニーが、頬を赤らめてすぐそばに立っていた。

「イエスの返事をもらったよ」ノアが告げた。

アプリルが何にイエスと言ったのかヘニーにはわからなかったようだが、メガンには伝わったらしい。メガンはヘニーを抱きあげると、果樹園のあちこちで少女をぐるぐるまわした。ふたりの笑顔は太陽のほうを向いていた。

訳者あとがき

カリフォルニア州サンディエゴ郡のメキシコ国境に近い街――美しい景色が広がる一方、貧困と犯罪がはびこるこの地で警官を務めるノア。ギャング対策班の巡査である彼が、若い女性の遺体を発見したことをきっかけに、殺人事件の捜査に参加することに。活躍を見せられれば、念願の殺人課刑事に昇格できるチャンスとばかりに奮起する。

遺体はレイプされ、ビニール袋をかぶせられて窒息死させられるという無惨なものだった。被害者が働いていたバーでノアが聞き込みを行ったところ、同僚のアプリルという美しい女性と出会う。アプリルは派手なメイクと髪型のコールガールじみた見た目とは裏腹に、礼儀正しく落ち着いていて、人を見抜く鋭い目を持ち、抜群の記憶力の持ち主だった。実は苛酷な環境に置かれながらも、シングルマザーとして働きながら大学に通うことを決めた努力家の女性で、ガードが堅く、ミステリアスで、どこか危うげなはかなさがある彼女にノアは急速に惹かれていく。被害者とアプリルは遠目には似ていなくもない。ひょっとして実際はアプリルが狙われていたのでは……？

また両親に反発して大学を中退し、ノアの家に転がりこんできた妹のメガンと、アプリルの義弟にあたり、ギャングのメンバーでもあるエリクの関係もノアにとっては悩みの種で……。

ジル・ソレンソンはＲＩＴＡ賞にノミネートされた経験もある実力派作家です。日本デビュー作となった『禁断のキスを重ねて』についてのインタビュー記事から、その人となりも垣間見えるので、一部ご紹介させていただきます。

『禁断のキスを重ねて』では、ギャングの抗争が重要なキーワードになっていますが、どこからインスピレーションを受けましたか？

「私自身もサンディエゴ郡在住ですので、ギャングは身近な問題です。メキシコ国境に近い郊外地区では特に。また大学時代、放課後のプログラムで、非行や虐待などの問題を抱える青少年とともに活動したり、高校教師をしていた頃に、スペイン語が母国語の生徒たちを教えたりしていました。そうした多文化社会に属していた経験がインスピレーションの源になっています。多様性こそ大きな強みになると常々思っているので、そのことを自分の作品には反映させたいと考えています」

本作を書くにあたって、どのようなリサーチをされましたか?

「インターネットや地元の図書館を利用するのはもちろん、落書きに関する文献を読んだり、『闇の列車、光の旅』という映画を見たりしました。また、ギャングの更生や撲滅に尽力されている専門家に話を聞いたり、チュラビスタ警察署のギャング対策班の警察官に同行させてもらったりもしました」

作家自身の経験やモットーが色濃く反映されたリアルで骨太な作品になっていますので、日常を忘れてどっぷり浸っていただければ幸いです。サスペンスの部分だけでなく、ふた組のカップルのせつないロマンスの行方も最後まで目が離せません。どうぞお楽しみください。

二〇一九年九月

ザ・ミステリ・コレクション

禁《きん》断《だん》のキスを重《かさ》ねて

著者　ジル・ソレンソン
訳者　幡《はた》　美《み》紀《き》子《こ》

発行所　株式会社 二見書房
東京都千代田区神田三崎町2-18-11
電話 03(3515)2311 [営業]
03(3515)2313 [編集]
振替 00170-4-2639

印刷　株式会社 堀内印刷所
製本　株式会社 村上製本所

落丁・乱丁本はお取り替えいたします。
定価は、カバーに表示してあります。

ISBN978-4-576-19170-6
https://www.futami.co.jp/

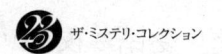

許されざる情事
ロレス・アン・ホワイト
向宝丸緒［訳］

連続性犯罪を追う刑事のアンジー。男性との情事中、呼ばれて現場に駆けつけると、新任担当刑事はその情事の相手だったが……。ベストセラー作家の官能サスペンス！

夜の果ての恋人
アリー・マルティネス
氷川由子［訳］

テレビ電話で会話中、電話の向こうで妻を殺害されたペン。コーラと出会い、心も癒えていくが、再び事件に巻き込まれ…。真実の愛を問う、全米騒然の衝撃作！

愛は闇のかなたに
L・J・シエン
水野涼子［訳］

父の恩人の遺言で政略結婚をしたスパロウ。十も年上で裏社会にさえ顔がきくという男との結婚など青天の霹靂だったが、いつしか夫を愛してしまい…。全米ベストセラー！

灼熱の瞬間《とき》
J・R・ウォード
久賀美緒［訳］

仕事中の事故で片腕を失った女性消防士アン。その判断をした同僚ダニーとは事故の前に一度だけ関係を持っていて…。数奇な運命に翻弄されるこの恋の行方は？

危うい愛に囚われて
ジェイ・クラウンオーヴァー
相野みちる［訳］

危険と孤独と恐怖と闘ってきたナセルとストリッパーのキーリン。出会った瞬間に惹かれ合い、孤独を埋め合わせるように体を重ねるが……ダークでホットな官能サスペンス

ミッシング・ガール
ミーガン・ミランダ
出雲さち［訳］

10年前、親友の失踪をきっかけに故郷を離れたニック。久々に家に戻るとまた失踪事件が起き……。〝時間が巻き戻る〟斬新なミステリー、全米ベストセラー！

夜の果てにこの愛を
レスリー・テントラー
石原未奈子［訳］

同棲していたクラブのオーナーを刺してしまったトリーナ。6年後、名を変え海辺の町でカフェをオープンした彼女はリゾートホテルの経営者マークと恋に落ちるが…